Me leve pela mão

Dolen Perkins-Valdez

Me leve pela mão

Tradução de

Thaís Britto

1ª edição

José Olympio

Rio de Janeiro

2025

Título original: *Take My Hand*

Capa: Adaptação do design original de Vi-An Nguyen

Imagens de capa: TorriPhoto/Getty Images e Connect Images/Getty Images

CIP-BRASIL. CATALOGAÇÃO NA PUBLICAÇÃO
SINDICATO NACIONAL DOS EDITORES DE LIVROS, RJ

P526L

Perkins-Valdez, Dolen
Me leve pela mão / Dolen Perkins-Valdez ; tradução Thaís Britto. - 1. ed. - Rio de Janeiro : José Olympio, 2025.

Tradução de: Take my hand
ISBN 978-65-5847-199-8

1. Ficção americana. I. Britto, Thaís. II. Título.

25-97310.0 CDD: 813
CDU: 82-3(73)

Gabriela Faray Ferreira Lopes – Bibliotecária – CRB-7/6643

Texto revisado segundo o Acordo Ortográfico da Língua Portuguesa de 1990.

Reservam-se os direitos desta tradução à
EDITORA JOSÉ OLYMPIO LTDA.
Rua Argentina, 171 – 3° andar – São Cristóvão
20921-380 – Rio de Janeiro, RJ
Tel.: (21) 2585-2000.

Seja um leitor preferencial Record.
Cadastre-se no site www.record.com.br
e receba informações sobre nossos lançamentos e nossas promoções.

Atendimento e venda direta ao leitor:
sac@record.com.br

ISBN 978-65-5847-199-8

Impresso no Brasil
2025

Para Elena e Emilia

Ben, não deixe de tocar
"Take My Hand, Precious Lord" na reunião
hoje à noite. Toque lindamente.

— Supostas últimas palavras de
Martin Luther King Jr.,
em 4 de abril de 1968

Parte I

1.

MEMPHIS

2016

Nunca se passa um ano sem que eu pense nelas. India. Erica. Seus nomes costuram cada um dos jalecos brancos que já vesti. Conto esta história para gravar os nomes delas nas suas roupas também. Um lembrete para nunca esquecer. A medicina me ensinou, me ensinou de verdade, a aceitar as coisas que não posso mudar. Uma oração de serenidade difícil de engolir. Não estou tentando mudar o passado. Estou contando-o para que esses fantasmas possam descansar.

Você pinta fervorosamente, como a mamãe. No entanto, tem a firmeza e a constância do papai. Seus talentos sem dúvida desafiam a noção de fundo genético. Fico olhando para você agora, em casa de novo depois da graduação, aquele momento em que vocês, jovens, ou encontram o próprio caminho, ou descem ladeira abaixo a trilha da incerteza. Você está sentada na varanda esfregando o nariz no focinho do cachorro, um vira-lata cinzento meio pitbull que foi deixado para morrer depois de atacar o rosto de um homem. Já estamos com ele há seis anos, e ele tem sido mais arredio do que feroz, como se soubesse que um olhar minimamente errado pode causar sua ruína. O que eu sei agora é que esse tipo de certeza, por mais terrível que seja, é uma dádiva.

O cachorro resmunga enquanto você procura o local exato para coçar. Queria que alguém me coçasse desse jeito. Sinto uma exaustão que vai até os ossos. Vou fazer sessenta e sete este ano, mas já está na hora. Estou pronta para trabalhar no meu jardim, sentir a terra úmida entre os dedos, ficar sentada com minhas memórias, como uma daquelas pegas de cauda longa cujas asas já não batem como antes. Hoje em dia, quando acordo, só quero virar de lado e dormir por mais alguns minutos. É, está na hora.

Duas semanas atrás, recebi a notícia de que India está muito doente. Não sei direito o que ela tem, mas creio que isso seja um sinal de que chegou a hora de partir para o sul. Sei o que vai parecer. Não, eu não vou salvá-la. Não, eu não alimento nenhuma fantasia de que ela será a primeira e última paciente da minha carreira. Já fiz minhas orações. Por favor, Senhor, revelai-me o meu coração.

Chamo o seu nome, e você olha para trás, pela tela, para a cozinha. Sei que está acostumada à minha presença, embora precise cada vez menos de mim, e eu lamente por isso. Logo seremos apenas eu e o cachorro, uma velhinha balbuciando naquele tom meio louco e frenético que as pessoas usam para falar com seus bichinhos quando não há ninguém por perto.

Mas antes que nós duas sigamos para o próximo capítulo de nossas vidas, precisamos conversar. Sempre fomos muito francas uma com a outra. Assim que você atingiu uma idade em que começaria a se questionar, contei tudo o que sabia sobre seus pais biológicos. Contei como você entrou na minha vida, sobre a dádiva da nossa família.

Eu contei a você a história de seus pais, mas não falei sobre a sua linhagem. Não contei como você veio a existir. Como faz parte de uma longa história que desafia a biologia. O que estou tentando dizer é que a sua história está ligada à daquelas irmãs. A história de como eu trouxe você para a minha vida, de como decidi não me casar nem engravidar, é complicada. Tentei não te sobrecarregar com isso, mas estou começando a achar que não ter contado toda a verdade, ter deixado você vagar por essa terra sem compreender completamente essa história, foi um desserviço a você.

Pego o papel no bolso do meu vestido. Sem abrir, sei o que está escrito porque memorizei o endereço, mapeei as coordenadas no meu celular e sei qual caminho vou seguir. O carro está abastecido, os lanches guardados numa mochila. Os últimos conjuntos do meu guarda-roupa estavam cuidadosamente embalados em uma mala atrás da porta. A única coisa que ainda não fiz foi contar a você aonde estou indo e por quê. Você sabe um pouco sobre as irmãs, sobre o caso que ficou famoso em todo o país, mas não conhece a história completa. E está na hora de conhecer.

— Anne? – chamo seu nome de novo. Dessa vez, faço um gesto para que entre.

2.

Montgomery
1973

Havia oito de nós. Quando me lembro do tempo que passei na clínica, não consigo deixar de pensar nesse número. O que poderia ter sido. O que teria acontecido. Nenhuma de nós nunca vai saber. Imagino que ainda estarei fazendo a mesma pergunta quando estiver diante do meu próprio túmulo. Mas, naquela época, tudo o que sabíamos era que tínhamos um trabalho a fazer. Amenizar o fardo da pobreza. Pisar firme com os dois pés. Antecipar-nos à dor antes que ela explodisse. O que não sabíamos era que, mesmo depois que tudo terminasse, ficariam as cicatrizes, e continuaríamos envolvidas.

Em março de 1973, nove meses após a formatura, consegui meu primeiro emprego na Clínica de Planejamento Familiar de Montgomery. No meu primeiro dia, havia outras duas enfermeiras recém-contratadas, Val e Alicia, junto comigo. Éramos como soldados se apresentando ao serviço. Cabelos alisados. Uniformes engomados. Sapatos polidos. Toucas impecáveis. Filha, ninguém poderia falar um "ai" de nós.

Nossa supervisora era uma mulher alta chamada Linda Seager. Eu posso jurar que aquela mulher tinha três olhos. Nada lhe escapava. Embora seu rosto fosse duro como pedra, parte de mim não conseguia deixar de admirá-la. Afinal, era uma mulher branca trabalhando numa clínica que atendia mulheres negras pobres. Tentando fazer a coisa certa. E era o tipo de trabalho que demandava certo nível de comprometimento.

— Parabéns. Vocês agora são oficialmente funcionárias da Clínica de Planejamento Familiar de Montgomery.

Essas palavras marcavam o fim do treinamento. Uma semana. Um manual de instruções de cinquenta páginas, metade delas ensinando a limpar as salas e o banheiro, e a manter o armário de suprimentos organizado. Tínhamos passado três dias só aprendendo essa parte. Tempo suficiente para nos questionarmos se tínhamos sido contratadas como enfermeiras ou faxineiras. No quarto dia, finalmente começamos a lidar com os prontuários dos pacientes e protocolos. Quando as enfermeiras mais experientes perceberam nossas expressões desanimadas na sala de descanso, prometeram nos ajudar durante as primeiras semanas. Estávamos todas juntas naquilo.

Conforme fomos dispersando, a Sra. Seager apontou para mim.

— Civil.

— Sim, Sra. Seager? Ela apontou para minhas unhas com a testa franzida e depois se retirou, voltando para sua sala. Eu ergui uma das mãos. Minhas unhas precisavam mesmo ser cortadas. Escondi as mãos nos bolsos.

Nós três, novatas, nos apertamos na sala de descanso e pegamos nossas bolsas na prateleira. Uma das enfermeiras me tocou de leve com o cotovelo. Ela se apresentou como Alicia Downs alguns dias antes. Tinha mais ou menos a minha idade, nascida e crescida numa cidade pequena perto de Huntsville. Eu tinha conhecido garotas como ela em Tuskegee, meninas do interior com rostos redondos e olhos arregalados, cheios de uma inocência que contrastava com o meu lado mais urbano.

— Acho que não é de verdade – disse Alicia.

— O quê?

Ela apontou para a própria cabeça.

— Aquele capacete vermelho que ela chama de cabelo. Não se mexeu nenhum centímetro em cinco dias.

— Parece uma nave espacial – sussurrei.

Alicia cobriu a boca com uma das mãos e pude vislumbrar algo nesse gesto. Durante toda a semana, ela esteve fingido muito bem diante da Sra. Seager. Alicia podia até ser do interior, mas estava longe de ser tímida.

— Aposto que, se alguém enfiasse o dedo ali, ia ficar um buraco – declarou.

A outra enfermeira nos lançou um olhar e eu recompus minha expressão. Val Brinson era pelo menos uma década mais velha do que eu e Alicia.

— Você é doida, Alicia Downs – falei enquanto saíamos da sala. – Ela deve ter ouvido.

— Você já olhou seu arquivo?

Tirei um envelope amarelo da minha bolsa. Tinham me designado para um caso externo: duas meninas. A única coisa que me chamou a atenção no caso foi imaginar por que diabos uma menina de onze anos precisaria de contraceptivos. De acordo com o arquivo, ela e a irmã tinham recebido as primeiras injeções havia três meses e precisavam tomar a segunda dose.

— Pegou alguma coisa interessante? – perguntou ela.

Eu quis responder que aquela era uma pergunta idiota. Não se tratava de uma busca por talentos. Alicia tinha estudado enfermagem no Good Samaritan, em Selma. Era bonita de um jeito singelo, e em seu rosto sempre havia um sorriso pronto. A certa altura, a Sra. Seager perguntara: "O que está achando tão engraçado, Srta. Downs?", ao que Alicia respondera: "Nada, senhora. Só estou prestes a espirrar." E então seu rosto ficou inexpressivo. A Sra. Seager a observou por um momento antes de voltar às instruções sobre como limpar um banheiro numa instituição médica.

— Na verdade, não. – Não sabia o quanto eu podia contar sobre os casos. A Sra. Seager não tinha explicado muita coisa sobre privacidade. – Duas pré-adolescentes que precisam tomar injeções anticoncepcionais.

— Bom, eu peguei uma mulher com seis filhos.

— Seis?

— Você ouviu certo.

— Então é melhor você se apressar antes que virem sete.

— Tem razão. Bom, te vejo por aí. – Alicia acenou e eu acenei de volta.

Vou ser honesta com você, houve uma época em que eu era arrogante. Não vou negar. Papai me criou com certo tipo de orgulho. Nós morávamos em Centennial Hill, a uma curta distância do estado do Alabama, e durante toda a minha vida estive rodeada de pessoas instruídas. Nossa arrogância era uma espécie de escudo contra aquele tipo de desdém incapaz de até mesmo conceber uma intelectualidade negra. Conversávamos sobre Fanon e Baldwin no jantar, discutíamos Du Bois e Washington, falávamos sobre Angela Davis com admiração. Quando uma pessoa negra, como Sammy Davis Jr., aparecia na TV, a família se reunia para assistir.

Mas Alicia ignorou meu ar de superioridade e se abriu comigo já no primeiro dia em que nos conhecemos. Enquanto a observava ir embora naquele dia, sabia que logo nos tornaríamos amigas.

Eu tinha estacionado a um quarteirão e meio de distância, na rua Holcombe, para esconder meu carro. Papai tinha acabado de me dar um Dodge Colt novinho de presente de formatura, e fiquei com vergonha que alguém na clínica o visse. A maioria das enfermeiras andava de ônibus. A Sra. Seager tinha me dado o caso das duas irmãs que moravam longe porque sabia que eu tinha um jogo de rodas confiável.

— Civil?

Deus, o que será que ela quer agora? Eu me virei para a Sra. Seager.

— Podemos dar uma palavra?

— Claro, senhora.

Ela voltou para dentro do prédio e deixou a porta de tela bater atrás de si. Senti uma rajada de vento quente ao meu redor. Eu podia jurar que aquela mulher soltava fogo quando falava. Tive professores aterrorizantes em Tuskegee, então ela não era o primeiro dragão que eu enfrentava. O professor Boyd dizia que, se chegássemos dois minutos atrasados, ele iria diminuir nossas notas. O professor McKinney dividia a sala entre homens e mulheres e nos desafiava a pensar em olhar para o outro lado. Eu conseguia lidar com aquele tipo de maldade. O que mais me incomodava na Sra. Seager era que ela passava a sensação de que eu poderia estragar tudo sem nem mesmo saber o motivo.

Dentro do prédio, a mesa da recepção estava vazia. Ajeitei a touca e alisei a frente do vestido antes de bater à porta. Ela tinha se dado ao trabalho de não apenas entrar no escritório, mas também fechar a porta.

— Entre – disse ela.

A clínica era, originalmente, uma casa de três quartos. A Sra. Seager tinha convertido o menor dos quartos em seu escritório. Os outros dois eram salas de exame. A antiga cozinha agora era uma sala de descanso para as funcionárias, e as salas de estar e de jantar serviam de recepção e sala de espera. Nos fundos do imóvel, dava para ouvir o barulho da nova estrada que passava atrás de nós.

Na sala da Sra. Seager, de um lado havia pilhas de livros e, do outro, armários de arquivo. Na parede atrás de sua mesa, estavam pendurados pelo menos uns doze prêmios comunitários. Prêmio "Outros" do Exército da Salvação; Membro Vitalício da Liga Júnior. Nas superfícies não havia qualquer bagunça. Sobre a mesa estava uma caneca com lápis, as pontas para cima. Ela segurava um arquivo nas mãos.

— Sente-se.

— Sim, Sra. Seager. – Eu me sentei. A janela estava aberta e um pardal piava insistentemente.

— Soube que seu pai é médico na cidade.

Percebi, então, que ela segurava meu arquivo de funcionária. Tentei falar, mas acabei tossindo.

— Está doente?

— Não, senhora.

— Porque, na nossa profissão, temos de manter nossa saúde em dia para podermos ajudar os outros. É preciso descansar e comer bem sempre.

— Sim, senhora.

— Muito bem. Então, seu pai é médico – repetiu ela, direta.

Eu sabia o que ela estava prestes a dizer. Era a mesma ladainha que ouvira de meus professores em Tuskegee quando eles descobriram que meu pai e meu avô eram médicos. "Suas notas são impressionantes. Claro, sendo uma mulher, precisa levar outras coisas em consideração. Começar uma família, por exemplo. Você escolheu bem a profissão de enfermeira, Srta. Townsend." Eu nunca soube o que dizer quando falavam desse jeito forçado. O que a princípio soava como um elogio, sempre acabava como um insulto pungente. No geral, eu apenas balbuciava qualquer coisa sem sentido e me perguntava se estava sendo sensível demais.

— Sim, senhora.

— Nós fomos autorizadas pelo governo federal a exercer nossos serviços. Devemos levar nossa missão muito a sério. Uma máquina não funciona sem as engrenagens. Nós somos as engrenagens dessa máquina.

Alicia tinha razão. O cabelo da mulher não se movia.

— O que estou dizendo, Civil, é que você é uma garota inteligente. Foi por isso que a contratei. Tenho altas expectativas em relação a você: acho que vai ser uma ótima enfermeira um dia. Não quero que comece a ter ideias erradas.

Ela tinha acabado de me fazer um elogio, mas algo soou estranho aos meus ouvidos.

— Ideias a respeito de quê, senhora?

Ela franziu a testa e, por um momento, temi que meu tom de voz tivesse escorregado para a insolência.

— A respeito do seu lugar em tudo isso. Você tem de trabalhar junto com suas colegas enfermeiras. Nossa missão é ajudar pessoas pobres que não conseguem ajudar a si mesmas.

— Sim, senhora – respondi em voz baixa, digerindo aquelas palavras.

Meu pai se certificara de que minha educação não viesse apenas dos livros, mas também, como ele uma vez descrevera, dos códigos que ditavam nossas vidas no Alabama. Saber quando ficar calada. Escolher suas batalhas. Deixar que os outros pensassem o que quisessem porque você não ia mesmo fazê-los mudar de ideia a respeito de certas coisas. Era uma lição dura, mas a absorvi o suficiente para conseguir algumas coisas que eu queria da vida. Como esse emprego, por exemplo. "A mulher está apenas tentando fazer um elogio, Civil. Mostre que consegue aceitá-lo de modo gracioso."

— Sim, senhora. Não vou decepcioná-la, Sra. Seager.

Ela assentiu.

— E, Civil, não se esqueça de cortar essas unhas.

— Sim, senhora.

Eu sentia o chamado para trabalhar como profissional de saúde desde a época do ensino fundamental. Embora meu pai quisesse que eu estudasse medicina, eu sempre soube que enfermeiras ocupavam um espaço muito importante na vida dos pacientes. Medicina era a terra da hierarquia, e as enfermeiras estavam mais próximas do chão. Eu ia ajudar a levar nossa classe a outro patamar, e esse trabalho na clínica era a plataforma perfeita para isso. A Sra. Seager poderia estar fazendo outra coisa, mas escolheu ajudar jovens mulheres negras. Sua aprovação significava algo para mim. Nosso trabalho faria alguma diferença.

Foi assim que eu compreendi. Havia diferentes tipos de ministros. Ministros de congregações; ministros de música. O trabalho do ministro era servir. Esse trabalho era um tipo de ministério que servia a jovens mulheres negras.

O vento fez minha touca balançar. Andei rapidamente e, assim que entrei no carro, tirei os grampos do cabelo e soltei a touca. Estou lhe dizendo, naqueles primeiros dias eu tinha certeza de que ia trabalhar naquela clínica durante o tempo que me quisessem. Eu tinha uma nova amiga. Um novo trabalho. Um diploma da Tuskegee. Eu estava pronta para tudo.

Assim que cheguei em casa, perguntei à mamãe se ela podia trocar de carro comigo. Não queria chamar mais atenção do que já tinha feito, e o Ford Pinto dela era bem mais velho do que o meu Colt. Eu estava determinada a não decepcionar a Sra. Seager. Aquele dragão passaria a comer na minha mão antes que a história chegasse ao fim.

3.

Preciso confessar uma coisa a você antes de continuar. Algo que nunca contei antes, e rezo para que compreenda.

Eu fiz um aborto na primavera de 1972.

Tinha vinte e três anos: uma estudante de enfermagem a dois meses da formatura, pronta para começar a minha vida. Na época, meu plano era trabalhar em um hospital, talvez no centro cirúrgico. Quando comecei a perceber os sinais, disse a mim mesma que não podia ser verdade. Eu precisava ser mais do que apenas esposa e mãe. Embora o pai do bebê fosse Tyrell Ralsey, meu melhor amigo desde a infância, eu não estava pronta, e ele também não. Depois do procedimento, Tyrell dirigiu até Tuskegee para me ver. Falamos muito pouco enquanto comíamos sopa de repolho. Depois, ele dirigiu de volta para casa, e não tocamos no assunto por meses.

Eu queria que as coisas fossem diferentes para as minhas pacientes. Por meio dos milagres dos contraceptivos, elas poderiam ter uma gravidez planejada. Meu objetivo era minimizar as incertezas, as surpresas indesejadas. Se Ty e eu tivéssemos tomado os cuidados necessários, não teríamos passado por essa situação. A maior parte das pacientes da clínica já tinha aprendido essa lição do jeito mais difícil. Já tinham tido bebês ou sofrido abortos espontâneos. E, sim, em alguns casos, já tinham induzido abortos. Elas costumavam aparecer na clínica sem ter consulta marcada, e pareciam conformadas com o fato de que precisariam compartilhar suas questões privadas para conseguir a ajuda de que precisavam.

E tinha também a parte da aproximação. Nós visitávamos algumas pacientes em casa porque já havia sido compreendido que, se não fôssemos até a comunidade, algumas mulheres nunca seriam atendidas. No começo, cada uma das enfermeiras recém-contratadas foi designada para um caso externo. Nossos encargos aumentariam depois de seis meses de trabalho. Minha tarefa externa era bem longe, no interior, e me assustava. Eu não tinha a menor ideia de como deveria falar sobre sexo e contraceptivos no meio da sala de estar de alguém. Além disso, minhas duas pacientes eram menores de idade. A mãe e o pai delas ficariam olhando enquanto eu aplicava as injeções? Até a ideia de fazer uma visita domiciliar já me deixava apavorada.

Veja bem, eu acreditava na missão das clínicas de planejamento familiar muito antes de me inscrever para trabalhar em uma. Sabia que a taxa de gravidez entre mulheres jovens e solteiras em Montgomery era terrível. Um pouco antes, naquele mesmo ano, a Suprema Corte dos Estados Unidos tinha decidido que o aborto seria legal em determinadas circunstâncias, mas o Alabama não havia aderido à lei. E, ainda que a possibilidade de fazer um aborto seguro em um hospital tivesse sido assegurada, o procedimento era caro e totalmente inacessível para a maioria das mulheres pobres. A profilaxia sempre fora a melhor solução. Embora eu me recusasse a acreditar na existência de filhos indesejados, a gravidez indesejada era um fato – e eu podia falar sobre isso com propriedade.

Nas manhãs de segunda-feira eu ia para a clínica no carro da mamãe, ainda que pudesse ir a pé. Minha casa ficava a apenas três quilômetros de distância, mas papai insistia que eu fosse de carro. Ele dizia que não queria que ninguém me assediasse por causa do uniforme. Isso até podia ser verdade, mas também acho que ele queria me ver dirigindo porque o deixava orgulhoso. Ter um carro era mais uma prova de nosso *status*. Eu abaixava a janela e deixava o vento bater no meu rosto.

Cheguei cedo à clínica naquele dia, mas não fui a única. A estressada da Sra. Seager já estava circulando e conferindo as lâmpadas. A que ficava no abajur da sala de espera estourou assim que foi ligada. A mulher pareceu satisfeita com a descoberta e saiu andando em busca de outra no armário de suprimentos.

A recepcionista deixava a agenda de consultas aberta sobre a mesa, para que pudéssemos ver a escala do dia ao chegar. Normalmente, não havia muitos nomes na agenda. Como eu disse, a maioria das mulheres simplesmente ia até lá. Depois que a paciente preenchia o cadastro, a recepcionista colocava o arquivo no suporte de plástico pregado do lado de fora da sala de exames. Trabalhávamos em rodízio. Quem estivesse na vez pegava o arquivo e entrava na sala. Durante o treinamento, eu tinha levantado a mão para fazer uma pergunta: "Será que as pacientes não se sentiriam mais confortáveis se fossem atendidas pela mesma enfermeira toda vez que viessem?" A Sra. Seager apenas fez uma careta.

Não vi nenhum caso complicado naquele primeiro dia – no geral, apenas mulheres em busca de anticoncepcionais. Uma delas reclamou de dor ao urinar. Eu rezei para que ela não tivesse uma doença venérea. Usava uma blusa de cetim e uma saia, um conjunto típico de secretárias. Um ótimo uniforme de trabalho numa cidade em que muitas das mulheres negras usavam avental. O teste deu positivo para infecção urinária.

A clínica não atendia pacientes homens e, durante o treinamento, a Sra. Seager enfatizou que aquela não era a nossa missão. "Mas planejamento familiar não inclui os homens?" Depois de levar o segundo fora, fiquei de boca calada pelo resto do treinamento.

À tarde, já era a hora de visitar minhas pacientes externas, mas eu estava apavorada, então passei no consultório do papai primeiro. Antes, o consultório ficava a apenas alguns quarteirões da clínica. A rua Holt abrigara uma série de negócios de pessoas negras, mas a rodovia interestadual foi construída bem no meio da antiga vizinhança, e ele teve que se mudar para a estrada Mobile. Meu pai continuava resmungando sobre o projeto, sobre como tinha destruído os empreendimentos da rua Holt. À medida que Montgomery crescia e expandia suas fronteiras, os negros eram empurrados para lá e para cá, reclamava papai. Ele não estava errado, mas, sem representação política, não havia muito o que pudéssemos fazer naquela época.

Quando entrei, Glenda estava sentada na recepção, comendo na mesa. Era uma mulher negra de pele clara com um sorriso que ocupava seu rosto por inteiro. Em todos os anos desde que eu a conhecera, Glenda nunca tinha faltado ao trabalho. O mesmo penteado volumoso, os mesmos vestidos largos. Meu pai a chamava de boa e velha Glenda. Ela fazia de tudo – enfermeira, recepcionista, gerente de escritório. Sua lealdade sempre me fez sentir culpa por não ter ido trabalhar lá, sendo eu a filha única do meu pai.

— Almoço tardio?

— Saiu e entrou gente por essa porta aí o dia inteiro. Acho que seu pai não conseguiu colocar nada no estômago. Quando ele sair da sala, pode colocar esse sanduíche na mão dele?

Peguei o sanduíche enrolado em papel laminado, e Glenda apertou o botão que abria a porta para mim. No fim do corredor, a porta do consultório do papai estava aberta. Havia livros por cima de todas as superfícies. Embora amasse a ciência, ele era um literato por natureza. Amava especialmente poesia, e tinha uma prateleira inteira só de coletâneas. Pertencia a uma geração que memorizava poemas, e, quando eu era criança, recitar versos era um de seus rituais ao me colocar para dormir. Adorávamos conversar sobre a situação política do Alabama e, se alguém perguntasse a ele como ia o país, uma possível resposta seria: "Se isso é paz, essa coisa morta e embotada/ Então prefiro a aflição insuportável, a dor." Na maior parte do tempo, eu não fazia ideia do que ele estava falando, mas sempre adorei a musicalidade dos versos em sua boca.

"Venha me ver de novo se não melhorar", pude ouvi-lo dizer. Sempre que estava terminando uma consulta, ele soava do mesmo jeito. Aumentava a voz e acrescentava um tom de fim ao que dizia. Provavelmente eu tinha feito o mesmo com minhas primeiras pacientes naquela manhã. Afinal de contas, eu era filha do meu pai.

Sentei no sofá. Todas os retratos pendurados na parede eram fotos minhas em vários estágios da vida. A parede de uma filha única. Uma delas chamou minha atenção, uma foto da qual eu tinha me esquecido. Eu estava deitada em cima da mesa da sala de jantar. Mamãe tinha me colocado ali, sobre uma toalha de mesa rendada, e um amigo fotógrafo dela fizera o registro em preto e branco. O homem tinha capturado o sol que entrava pela janela, um rastro de luz sobre meu rosto. Eu conhecia cada detalhe daquela foto. Quando era criança, ficava analisando-a, pensando no amor que minha mãe devia sentir por mim naqueles primeiros dias da maternidade. Meu cabelo estava escondido sob uma touca e meus olhos estavam fechados.

Ouvi a maçaneta da sala de exames girar. Peguei a foto da parede e escutei meu pai dizendo a Glenda para preencher uma prescrição de duzentos e cinquenta miligramas disso ou daquilo. As solas de couro do sapato dele raspavam contra o linóleo. Enfiei a foto debaixo do sofá. Um prego solitário surgiu ali, no meio da mancha quadrada na parede onde há poucos instantes ela estava pendurada.

Papai abriu a porta.

— Civil, o que está fazendo aqui? Não devia estar no trabalho?

Abri o papel laminado e entreguei-lhe o sanduíche. Ele se sentou ao meu lado no pequeno sofá e colocou um dos pés sobre a mesinha. O cheiro da mortadela atiçou meu olfato.

— Estou prestes a fazer minha primeira visita domiciliar.

— Onde a pessoa mora?

— Lá para os lados da estrada Old Selma.

— É muito longe? Você está com o tanque cheio? Tome cuidado.

— Cuidado com o quê, papai? Cobras?

Eu sabia o que ele estava querendo dizer, mas falar em voz alta, de alguma forma, parecia inadequado. Meu pai tratava pacientes de todas as classes sociais, até aqueles que não podiam pagar. Mas não tinha a menor vontade de ir a seus bairros, nenhum desejo de sujar as mãos e experimentar o mesmo desconforto que eles passavam. Era isso que eu queria fazer, e por isso não quis trabalhar no consultório dele.

— Quando chegar lá, buzine e espere que saiam. Não entre na casa.

— Mas, pai, como vou fazer meu trabalho se não entrar?

— Só faça o que tem que fazer logo de cara.

— Minhas pacientes são duas irmãs de onze e treze anos.

— E vão tomar anticoncepcional?

— Eu pensei a mesma coisa.

— Elas têm filhos?

— Não que eu saiba.

— Dr. Townsend? – Glenda bateu à porta e, antes que ele respondesse, enfiou a cabeça pelo vão por um instante. – O próximo paciente está aqui.

Sempre tive a impressão de que, se meu pai cuspisse no ar e dissesse a Glenda que estava chovendo, ela acreditaria. Desde muito cedo, compreendi a adoração que as pessoas têm pelos médicos.

Ele fechou os olhos, como se aqueles poucos segundos pudessem funcionar como uma soneca. Ainda de olhos fechados, disse:

— Onze anos e fazendo sexo?

— Pai, meu trabalho é ajudá-las. Não me intrometer no que estão fazendo. O governo federal confia em nós para evitar que essas meninas estraguem a própria vida.

Evitei olhar nos olhos dele. Não queria que soubesse que eu quase tinha estragado a minha. Meus pais nem sequer faziam ideia de que Ty e eu tínhamos namorado, muito menos de que acabara em gravidez.

— Você não sabe nada sobre essa gente, Civil.

— *Essa gente* tem nome.

— Só preste atenção pra sair de lá antes de escurecer.

— Você acha que vou ser assassinada ou algo assim? Eles são pessoas como nós, pai.

Ele arregalou os olhos e pareceu um pouco mais alerta do que antes.

— Você deveria dormir mais – falei.

— Eu não estaria tão cansado o tempo inteiro se você tivesse estudado medicina pra vir trabalhar comigo.

— Saúde sexual também é saúde. Além disso, papai, eu não ia querer roubar o holofote da sua discípula. – Apontei para a porta.

— Civil, não seja má.

— Ela passa mais tempo com você do que a mamãe.

Ele amassou o papel laminado e o jogou na lixeira.

— Eu tenho muito orgulho de você, Civil. Teve um bom desempenho nos estudos. É só não deixar esse ar de superioridade moral tomar conta de você e vai se sair muito bem.

Quando ele abriu a porta, observei seus ombros relaxarem e se ajeitarem novamente. Era como se outra pessoa se apossasse de seu corpo quando ele estava com os pacientes. Era ele mesmo, mas também outro. Papai era um homem baixinho, não tinha mais do que um metro e setenta, com uma circunferência grande, que o deixava largo.

Ele fechou a porta assim que saiu e eu respirei aliviada. Não chegou a perceber a foto tirada da parede, nem eu mesma conseguiria explicar por que a tinha escondido. Embora o papai fosse a rocha da família, eu era mole como um travesseiro, uma covarde diante dessa dor sobre a qual não suportava falar com ninguém. Minha foto de quando era bebê me deixou perturbada, uma sensação ruim no estômago. Será que meu bebê teria se parecido comigo? Peguei a foto debaixo do sofá e a coloquei dentro da bolsa.

4.

Alabama. O coração do Cinturão Bíblico dos Estados Unidos. Morada de quase meio milhão de seres humanos outrora escravizados. Sou alabamiense, nascida e criada, mas até o momento em que conheci a família Williams, a maior parte da minha vida em Montgomery estivera restrita à minha pequena comunidade em Centennial Hill. Mamãe era associada ao Link. Papai pertencia à fraternidade The Boulé. Quando eu tinha quatro anos, a Igreja Batista da avenida Dexter contratou um pastor de vinte e cinco anos chamado Martin Luther King Jr. Pouco depois, ele foi escolhido para encabeçar o boicote aos ônibus e, alguns anos mais tarde, acabou liderando a marcha por direito ao voto até a escadaria do capitólio estadual em Montgomery. Quando o papai me levou para ver o Dr. King, ele apontou para a multidão reunida e disse: "Está vendo essas pessoas? Precisa conquistar seu lugar entre elas." Eu sei que você vai argumentar que não existe apenas uma comunidade negra, que não somos um monólito. Mas, naquela época, quando falávamos de comunidade, falávamos de algo real, algo definido pela experiência compartilhada. Lógico, isso não significa que não tivéssemos nossas rachaduras. Uma das maiores era entre os instruídos e os não instruídos, os pobres e os não tão pobres. O fato é que a única vez que me lembro de irmos para o interior foi quando passamos por lá a caminho de outro lugar, talvez um piquenique da igreja ou algo assim. Definitivamente, nunca tínhamos visitado alguém de lá. Aquilo era outra coisa, totalmente diferente. Agora, quando digo *interior*, estou falando interior, *interior* mesmo. Sem água encanada. Banheiros do lado de fora. Ruas sem pavimentação. Os bairros para além da estrada Old Selma não eram tão distantes assim da minha casa fisicamente, mas era como se ficassem em outro planeta.

Quando dirigi até lá, a princípio imaginei que as irmãs Williams morassem em uma bela casa de rancho feita de tijolos, onde havia duas caminhonetes estacionadas do lado de fora. Uma nuvem espessa de poeira rodopiou em volta do carro da mamãe e, quando se dissipou, vi dois meninos brancos parados na varanda. Abaixei o vidro do carro até o fim, na esperança de que vissem meu uniforme.

— Estou procurando a família Williams – anunciei.

Eu tinha certeza de que tinha lido o número certo na caixa de correio.

Um deles apontou para os fundos da casa e eu entendi. Dei a volta por trás das caminhonetes e fui seguindo a trilha meio apagada do rastro de pneus. O Ford Pinto foi avançando pelos sulcos da trilha e sacudia com tanta força que tive medo de bater a cabeça no teto. Rezei para não atolar. A última coisa que queria era voltar naquela casa e pedir aos meninos que fossem chamar o pai deles. Por sorte, não chovia há um tempinho e o chão estava seco.

As árvores foram sumindo e o terreno se elevou numa subida. Lá em cima ficava uma casinha. O carro engasgou, mas pisei no acelerador e de algum jeito consegui chegar ao topo. Tudo ficou plano e as marcas de pneus desapareceram no meio do mato. À minha esquerda, havia um campo grande cheio de talos verdes. Eu não sabia nada sobre cultivo, mas qualquer um que tivesse olhos saberia dizer que aquilo era uma plantação de trigo. Vacas pastavam num lote ao lado do celeiro. Uma única galinha olhava para mim enquanto andava sobre a grama, que estava na altura do joelho. Mais de perto, a estrutura estava mais para uma choupana de madeira do que para uma casa. E parecia cansada, como se o vento a tivesse inclinado e não houvesse energia suficiente para voltar ao lugar. Um cachorro preto e magro se coçava sobre a terra. Pelo retrovisor, vi que eu estava com os lábios secos. Passei a língua e senti o lábio rachado arranhando-a.

Saí do carro e caminhei em meio a uma nuvem de mosquitos. O ar cheirava à madeira queimada. Algo me dizia que aquelas meninas não estavam indo à escola. Se iam, não eram todos os dias. Em teoria, elas estariam me esperando, mas nenhuma das duas tinha telefone e eu não estava confiante de que tinham sido avisadas do nosso encontro. A princípio, elas tinham sido designadas para outra enfermeira, que acabara se demitindo da clínica no mês anterior. Eu estava ali para continuar de onde ela havia parado.

Uma menina vestindo uma calça encardida e camiseta laranja cobriu os olhos com a mão. A sombra do sol escureceu seu rosto.

— Como você está? Eu sou Civil Townsend, da Clínica de Planejamento Familiar.

Não fazia muito sentido estar ali de uniforme, mas a Sra. Seager insistiu. Era março, fazia frio, e eu tinha deixado o casaco no carro. Senti o vento bater na minha nuca.

Cheguei mais perto. Alguém tinha tentado trançar o cabelo da menina, mas a raiz estava tão suja, que só dava para pentear as pontas. Segurei o arquivo sob o braço e tentei me lembrar do que tinha lido.

— Você é India?

O cachorro se esfregou na minha perna e eu contive a vontade de enxotá-lo. Ele se afastou. Olhei para baixo e, como esperado, agora tinha uma mancha marrom na minha meia-calça branca.

— Ela não fala.

Dei um pulo. Me assustei porque não tinha visto a outra menina de pé por trás da porta telada. Relembrei o conteúdo do arquivo. A irmã mais nova era muda. Tinha esquecido esse detalhe, mas me veio à memória de repente.

— Ah, tudo bem. Eu me chamo Civil Townsend. Sou a enfermeira enviada para dar as injeções em vocês hoje.

— O que aconteceu com a outra?

— Eu... eu não sei – gaguejei.

Os boatos sobre a enfermeira que tinha ido embora também me deixaram surpresa. Talvez as demandas do trabalho tenham sido excessivas. Talvez tenha encontrado algo que pagasse melhor. Vir tão longe, até essa fazenda, não era exatamente divertido para ninguém. No entanto, não havia muitas vagas de emprego do governo disponíveis por aí, simplesmente esperando para serem ocupadas.

— Seu pai está em casa?

— Não, senhora.

Pisquei enquanto montava a história deles na cabeça. Mace Williams, pai, trinta e três anos. Ordenhava vacas, arava o campo, fazia tudo o que o homem branco mandava em troca dessa choupana e uns trocados. Constance Williams, mãe, falecida. Patricia Williams, avó, sessenta e dois. À distância, os vultos pretos das vacas que pastavam tremeluziam sob a luz do sol.

— Sua avó está aqui?

— Vó, a enfermeira tá aqui!

Tentei sorrir, mas não tinha certeza se minha expressão parecia educada. Não sabia se devia pedir para entrar ou esperar a avó sair.

A irmã mais velha resolveu o problema. Naquela hora lembrei que seu nome era Erica.

— Pode entrar se quiser – disse ela.

A menina abriu a porta para mim. A tela se afastou do batente de madeira, não oferecia muita proteção contra as moscas. As dobradiças rangeram. Não sei se eu já disse isso antes, mas entrar naquela casa mudou a minha vida. E, sim, mudou a da família Williams também. Entrei por aquela porta com meu arquivo e minha bolsa de remédios, pronta para salvar a vida de alguém. Tolinha, aquela versão de mim. Uma sabe-tudo de um metro e sessenta e cinco.

A primeira coisa que percebi foi o cheiro. Urina. Suor. Cachorro. Tudo isso misturado com o fedor de algo salgado sendo cozido numa panela. Uma casa de um cômodo sustentada por tábuas podres. Uma única janela com um pedaço de lençol pendurado. Estava escuro, a não ser pelo sol que entrava pela porta telada e pelos buracos nas paredes. Quando meus olhos se acostumaram, vi que havia roupas empilhadas sobre a cama, como se alguém tivesse passado por lá e largado elas ali. Panelas, frigideiras e sapatos estavam espalhados sobre o chão de terra. Moscas zuniam e voavam por todo lado. Quatro pessoas viviam em um cômodo, e não havia espaço suficiente. Muita gente no Alabama não tinha água encanada, mas aquela situação ia além. Tive que conter a vontade de vomitar.

No meio de tudo aquilo estava a avó, sentada, mexendo uma panela grande com alguma coisa fumegante. Cheguei mais perto e vi que havia um buraco no chão no meio do cômodo. Uma grelha de arame cobria o buraco, e a panela ficava por cima. O calor que emanava dali aquecia o ar frio. De perto, ela parecia ter mais do que sessenta e dois anos, mas ainda era uma mulher bonita, com a pele cor de bronze e bochechas saltadas. Os olhos eram castanho-claros, mas tinham perdido o brilho; a parte branca deles estava escurecida e amarelada.

— Quer comer alguma coisa? Você não me parece estar passando muita fome.

No Alabama, os comentários sobre o meu corpo não costumavam ter a intenção de insultar. Estar acima do peso era sinal de prosperidade. Mas é algo que me deixava insegura entre pessoas que eu não conhecia bem.

Ela limpou as mãos no vestido. As axilas estavam manchadas. Abriu a boca e revelou a escuridão da falta de dentes.

Estendi a mão.

— Boa tarde, Sra. Williams. Meu nome é Civil Townsend. Sou a nova enfermeira designada para atender India e Erica. Estou aqui para aplicar as injeções.

— Acho que isso significa que você não vai querer um pouco desse cozido.

— Adoraria experimentar em outro dia, senhora. É só porque tenho horário para voltar pra clínica. Tentei vir num horário em que as meninas já tivessem saído da escola.

Eu estava falando muito rápido. Era exatamente esse tipo de coisa que me preocupava. Recusar comida ou bebida na casa de alguém podia ser considerado um insulto.

Ela não disse nada, só ficou me encarando com um olhar curioso.

— É que eu assino um livro de ponto – acrescentei.

— Livro de quê?

— Livro de ponto.

A mulher apertou os olhos e depois soltou uma gargalhada.

— Você vive por aqui?

— Sim, senhora. Quer dizer, não, senhora. Eu moro na cidade.

— E como é seu nome mesmo?

— Civil.

— Sybil.

— Civil.

— Bom, prazer em conhecer você, Srta. Civil. – Ela apontou com o dedo retorcido. – Abram um espaço aí pra moça sentar.

— Obrigada. Agradeço por isso.

As duas irmãs sentaram sobre a pilha de roupas. Eu me empoleirei na cama ao lado delas, em cima de um shorts masculino. Senti um nó na garganta. Um cheiro forte, bem pior do que o odor de alguns dias sem banho, encheu minhas narinas. Era notável que as meninas não se lavavam havia semanas. Devia haver ao menos uma mangueira lá fora, certo?

Respirei pela boca e tentei puxar papo para deixá-las à vontade.

— Vocês foram pra escola hoje?

— Não, senhora – respondeu a irmã mais velha.

A testa larga e cheia de acne ia se estreitando nas maçãs do rosto angulosas até chegar ao queixo pontudo. Ao falar, ela não mostrava os dentes, e as palavras saíam meio confusas, ininteligíveis. Havia nela um quê de derrota, e aquilo me dava mais vontade de fazê-la falar.

— Por que não?

— Nós não vamos.

— Seu pai não te manda ir?

— Não, senhora.

No Alabama, pais que não mandassem os filhos para a escola podiam ter problemas com a lei. Que eu soubesse, a época em que as crianças largavam a escola para trabalhar na lavoura tinha ficado para trás.

Era difícil trabalhar sem uma mesa, mas segui em frente e peguei a primeira agulha. A irmã mais velha levantou a manga, exibindo um bíceps musculoso.

— Você pode sentir uma picadinha – alertei, mas a menina apenas continuou olhando para mim.

A agulha entrou facilmente em seu braço. Erica segurou a irmã mais nova pela cintura depois que elas trocaram de lugar. A pele de India tinha o mesmo tom marrom-escuro, mas seu rosto era mais redondo, suas feições mais suaves. O cabelo estava preso com elástico, as laterais estavam firmemente repuxadas, as bordas eram cobertas por pequenas saliências brancas. Ela nem se mexeu quando enfiei a agulha.

Quando acabamos, elas foram para fora e eu aceitei uma tigela do cozido da avó. Tentei não me concentrar no aspecto desagradável do lugar. O cozido estava bom; não dava para negar.

— Está uma delícia, Sra. Williams.

— Eu mesma cultivo essas cenouras.

Satisfeita depois de me alimentar, a mulher de olhos castanho-claros saiu da casa, me deixando sozinha ali. Senti uma onda de vergonha me invadir, mas não sabia se era delas ou de mim mesma.

As meninas voltaram para dentro enquanto eu abria minha bolsa.

— Vocês precisam de mais alguns desses?

— O que é isso?

— Absorventes higiênicos.

— O que é isso?

— São aquelas coisas que você coloca na calcinha durante seu ciclo. Kotex. A outra enfermeira não trazia isso todo mês?

— Ah, sim. Eu tinha alguns. Mas depois de um tempo pararam de funcionar.

— Como assim pararam de funcionar?

— O sangue passava por eles.

— Mas você os trocava?

Erica não respondeu.

— Erica, você precisa trocar o absorvente depois de algumas horas. Não pode deixar o dia inteiro. Se estiver muito intenso, tem que trocar mais vezes. Entende o que estou dizendo?

— Sim, senhora.

— A outra enfermeira não te falou isso?

Ela não respondeu.

— Não se preocupe – falei. – Fica com esses e eu vou trazer mais, está bem?

— Sim, senhora.

Queria perguntar a ela como é que elas se lavavam, se havia uma mangueira ou algum riacho na propriedade. Mas segurei a língua. Eu ia ter tempo para entender tudo isso. Guardei minhas coisas. Quando estava quase no carro, me virei e vi que Erica tinha vindo atrás de mim.

— Srta. Townsend?

— Pode me chamar de Civil.

— Acho que não tenho absorventes suficientes.

— Não se preocupe. Vou trazer mais na próxima visita.

— Mas é que… a verdade é que… eu sangro o tempo inteiro.

— Como assim o tempo inteiro?

— Assim mesmo. Quase todo dia.

— Você sangra todo dia? Está sangrando agora?

— Sim, senhora.

Não era à toa que tinha aquele cheiro. Eu disse a ela que voltaria em breve com mais materiais para ela e a irmã.

— Minha irmã não sangra ainda.

— Como assim não sangra ainda? Está dizendo que India ainda não começou a ter ciclos?

Ela balançou a cabeça. Antes de entrar em casa, se virou e olhou para mim. Sentei no carro com as mãos agarradas no volante. Estava tremendo tanto que precisava segurá-lo com toda força. Estavam mandando injeções para aquela garotinha que ainda nem sangrava. Pior, eu tinha acabado de enfiar uma agulha nela. Concentrei-me em observar as costas macias das minhas mãos, tentando absorver tudo. Em meio ao odor que as meninas deixaram em meu nariz, eu mal conseguia respirar.

5.

VERÃO
2016

Dirijo este Volvo desde que o comprei, novinho, há quinze anos. Moro a poucos quilômetros de distância do hospital, então ele tem pouco mais de oitenta mil quilômetros rodados. Você sugeriu que eu alugasse um carro com tecnologia de ponta para essa viagem. Eu recusei.

— Espera só chegar naquelas cidadezinhas do interior com pouco sinal de estações de rádio.

— Prefiro o silêncio – respondi.

— Como é que vai carregar o telefone?

— No cinzeiro, como sempre fiz.

— Você trocou o óleo?

— Garota, fica quieta.

O trajeto de Memphis até Montgomery pode ser feito por Olive Branch em mais ou menos cinco horas, mas eu tenho coisas a fazer antes de chegar à minha cidade natal. Negócios para cuidar. Visitas. Eu liguei e mandei mensagem avisando as pessoas. Não gosto de surpresas, nunca gostei. Então tomo cuidado para não surpreender os outros.

Coloco gasolina no carro e limpo as mãos com álcool em gel. Assim que me instalo diante do volante, o telefone toca. É o Dr. James, meu substituto no hospital. Quer fazer uma pergunta sobre um paciente. Com gentileza, eu o informo que preenchi todos os prontuários antes de sair. Até me ofereço para entrar no portal ao chegar no hotel, mas ele se manca.

— Aproveite a viagem – diz. – Onde é que está tirando férias mesmo?

Faço uma pausa.

— Em casa – respondo. – Montgomery.

Ao dizer a palavra, sinto o peso de não ter voltado lá em dez anos. Desde que o papai morreu e a mamãe se mudou para Memphis, não há muita razão para visitas. E chamar isso de férias é exagero. A estrada diante de mim não guarda nenhuma promessa de respiro.

Volto para a estrada e acelero o Volvo um pouco mais. Penso no meu antigo Dodge Colt, presente do meu pai, no quanto eu amava aquele carro e sofri ao vendê-lo. Pensei em comprar um carro para você de presente de formatura, mas acabei desistindo. Tento não exagerar nas compensações por ter adotado você sendo mãe solo. Tão boba. A teimosia de se manter solteira é um fardo, mesmo sabendo que é a decisão certa. Espero ter acertado com essas escolhas modernas. Mamãe costuma dizer: "Você está estragando a garota com sua culpa, Civil." Quando ela diz isso, fico quieta. Há muitas coisas que uma mãe pode dizer para magoar sua cria, mesmo que ela já seja adulta há muito tempo.

Mais três horas até Jackson. E até Alicia. Apesar da nossa comunicação esporádica ao longo dos anos, ela talvez seja a única pessoa capaz de compreender o caminho que escolhi. Quando fica claro que uma mulher de certa idade não se casou nem teve filhos, as pessoas começam a achar que tem algo de errado com ela. Como se não conseguíssemos encontrar o amor ou estivéssemos deixando o tempo do relógio biológico passar de forma trágica. Eu sempre esperava esse tipo de percepção de estranhos. O mito das solteironas é muito poderoso. Mas quando você começou a me questionar, Anne, aquilo me perturbou.

Quero que saiba de uma coisa. É claro que tive oportunidades no amor. Elas não deram certo, mas não vivi uma vida totalmente sem amor. E, sim, eu tomei precauções anticoncepcionais com uma dedicação que era muito mais poderosa do que qualquer instinto maternal. Essas foram as minhas decisões. Não há um direito maior para as mulheres do que ter o poder de escolha, Anne. E eu exerci esse direito muito bem. Com plena consciência.

Estou feliz em encontrar Alicia primeiro. Sua serenidade vai acalmar minha mente. Fico pensando em como estará sua aparência. A culpa é minha por não termos mantido um contato mais próximo. Quando conversávamos, era sempre porque ela me procurava. É verdade que não entrei nas redes sociais, como muita gente da minha geração. Talvez isso tivesse feito diferença. Na última vez em que vi Alicia, eu estava prestes a me formar na faculdade de medicina e tinha ido para casa visitar meus pais. Ela foi até lá me ver, e perguntei se tinha notícias dos Williams. Eles foram a cola entre nós durante anos, eu pedindo notícias para Alicia, e ela me mandando. Quem diria que seria ela a pessoa a manter contato com todas nós? Acho que Alicia sempre foi boa em ser a intermediária. Pretendo agradecê-la. Tenho até esperança de que venha junto comigo. Alicia, a única que sabe realmente o que aconteceu naquela época, talvez possa dar um sentido àquilo tudo.

O carro vai roncando gradualmente, eu ultrapasso um caminhão de carga e fico olhando os números subirem no odômetro. Quanto mais rápido dirijo, mais longos parecem os quilômetros.

6.

MONTGOMERY
1973

— E então ela disse: "Temos que manter nossa própria saúde se quisermos ajudar outras pessoas. Você precisa descansar e comer bem sempre."

Nós duas caímos na gargalhada. Alicia chegou a fazer um barulho engraçado quando riu. Por um momento, achei que ia cuspir o café.

— Garota, a Sra. Seager é tão rígida – disse ela, e então enfiou um pedaço de panqueca na boca. Ela tinha pedido uma porção dupla. – Mas parece ter um bom coração. Atendi minha primeira paciente ontem, e a moça nunca tinha visto um aparelho de medir pressão. Acredita nisso?

Balancei a cabeça e tomei um gole do café.

— Mas me conta, Alicia. Como é que veio parar neste trabalho?

Estávamos sentadas perto da janela no Regent Cafe. O Regent existia na rua Jackson desde que eu me entendia por gente, mas Alicia nunca fora lá. Quando nos sentamos, contei a ela que aquele era o lugar onde King e seus amigos ministros se reuniam para discutir estratégias. Reconheci pelo menos metade das pessoas que estavam lá, a maioria amigos dos meus pais.

Alicia colocou o garfo sobre a mesa.

— Fui criada na igreja.

— Tá bem, mas todo mundo no Alabama foi criado em alguma igreja. O que isso tem a ver com enfermagem?

Eu convidara Alicia para tomar café porque queria conversar com ela sobre as garotas da família Williams, mas, quando nos sentamos de frente uma para a outra, a conversa fluiu para todas as direções. Era tão fácil conversar com ela.

— Não, eu quis dizer *na* igreja. Dentro dela mesmo, passava vários dias da semana lá. A igreja era praticamente minha família. Mas, quando eu tinha dezesseis anos, descobri que minha mãe estava se engraçando com ele.

Abaixei minha xícara de café.

— Com quem?

— Com o pastor.

— Como descobriu?

— Flagrei os dois.

— Garota, não acredito.

Ela sacudiu a cabeça, como se a memória ainda estivesse fresca.

— Eu ameacei contar para o meu pai, mas minha mãe implorou para que eu mantivesse segredo. Disse que meu pai podia matar o cara. E, realmente, só não contei porque acreditei nela. Não queria que meu pai fosse preso. Mas era um segredo horrível.

— Eu imagino.

— Vocês querem mais alguma coisa? – perguntou Irene, a garçonete que nos atendia.

Ela tinha estudado comigo no ensino médio. Naquela época, era impossível andar três passos em Montgomery sem esbarrar em alguém conhecido. Percebi que ela ficou encarando Alicia. A vizinhança era tão pequena, que novos rostos despertavam curiosidade.

— Estamos bem. Obrigada, Irene.

— Eu gostaria de mais calda – disse Alicia, com a boca cheia de panqueca.

Quando Irene saiu, continuamos a conversa.

— Mas e aí, o que aconteceu depois?

— Depois disso, resolvi deixar a igreja e aquela cidade para trás. Vim pra cá recomeçar a vida sozinha porque não aguentava mais guardar esse segredo.

— Alicia, você sabe que esse fardo não é seu.

— Mas acontece que os sermões do velho mentiroso são difíceis de esquecer. Eu quero ajudar as pessoas. Ainda tenho fé, mas agora cabe a mim e às minhas escolhas provar que Deus é real.

Ela ergueu a cabeça. As sobrancelhas de Alicia eram perfeitamente desenhadas e formavam uma meia-lua sobre seus olhos. Ela desviou o olhar e eu examinei seu rosto redondo, uma sombra cobria sua bochecha. Alicia não tinha contado para o pai, e agora carregava a ferida que teria sido dele.

— Então você decidiu virar enfermeira para colocar o mundo de volta no lugar certo – falei. Ela secou uma lágrima na bochecha, e segurei sua mão. – Está tudo bem. Eu entendo. Mas por que a Clínica de Planejamento Familiar de Montgomery?

— Ah, essa é uma pergunta bem mais fácil. – Ela abriu um sorriso largo, e seu rosto ficou mais sereno. – Aceitei esse trabalho porque, pelo menos da última vez que chequei, não tinha ninguém na esquina distribuindo emprego para o primeiro que passasse!

Se Alicia não queria voltar para casa, isso significava que estava aqui por conta própria, fazendo tudo sozinha. As coisas eram diferentes para mim. Se não desse certo, sempre haveria a possibilidade de ir trabalhar para o meu pai, embora ter isso como plano de contingência não fosse exatamente reconfortante para mim. Eu nunca tinha considerado o emprego na clínica do papai uma oportunidade real de trabalho.

Tomei mais um gole do café.

— Alicia, queria pedir sua opinião.

— Diga.

— Fui designada para uma família com duas pacientes. Lembra do arquivo sobre o qual comentei com você? Aquela visita domiciliar? Eu fui lá essa semana, e uma das meninas nem começou a menstruar.

— Como assim?

— Alicia, eu dei injeção na menina e ela nem tem ciclos menstruais ainda.

— E deu a injeção por quê, então?

— Eu só soube depois. É isso que estou tentando te dizer. – Abaixei a voz. – Isso não está no prontuário.

— Tem que contar para a Sra. Seager. Alguma enfermeira fez besteira.

Era como se a enfermeira anterior tivesse simplesmente presumido. Um serviço de saúde malfeito e indesculpável, de alguém que provavelmente não sabia diferenciar uma bunda de um cotovelo.

— A menina só tem onze anos – falei. – Mesmo que a Sra. Seager não saiba do erro, não acha estranho que uma menina de onze anos esteja tomando contraceptivo, pra início de conversa?

— Não sei, Civil. Tem umas jovens que são precoces. Estão começando cada vez mais cedo hoje em dia. Principalmente...

— Principalmente o quê? Garotas pobres?

— Não é isso que estou falando.

— O que está falando, então?

Atrás dela, vi a porta se abrindo. Ty deve ter nos visto pela janela, porque veio diretamente para a nossa mesa.

— E aí, pessoal?

Ele enfiou seu corpo volumoso na cabine, sentando-se ao meu lado.

— O que está fazendo aqui? – perguntei, meu tom de voz acidentalmente ríspido.

— Não vai me apresentar à sua amiga?

— Não, não tinha essa intenção.

— Como vai? Me chamo Ty.

— Alicia.

Pela forma como sorriu, deu para perceber que ela o achou bonitinho. Eu desviei o olhar. Não o via desde que tinha voltado para a cidade, meses antes, e estávamos ali agindo como se nada tivesse acontecido entre nós. Eu conhecia Ty desde o jardim de infância. Os pais dele eram muito amigos dos meus. Quando nos formamos no ensino médio, Ty ficou na cidade e se matriculou na Alabama State, logo ali no fim da rua.

Na faculdade, ele treinava as corridas de fundo, de velocidade e com obstáculos; mesmo assim, quando foi me visitar em Tuskegee, fiquei impressionada com o quanto tinha se desenvolvido. Um garoto no corpo de um homem, pensava eu. Até que ele me beijou e eu entendi que era um homem no corpo de um homem. Uma visita se transformou em três, que se transformaram em mais. Antes que eu percebesse, estávamos namorando sério.

— O que é que vocês fazem nesse trabalho novo? Precisa mesmo de uma clínica pra distribuir camisinha?

Senti meu rosto esquentar. Ele tinha muita coragem para falar daquele jeito. Alicia começou a despejar uma série de estatísticas sobre gravidez na adolescência.

— Sessenta e cinco por cento das mães solo no Alabama são negras. Precisamos diminuir esse número – disse ela. – Para isso, aplicamos uma injeção chamada Depo-Provera. Elas não precisam se preocupar em lembrar de tomar a pílula.

— Olha só... Que coisa.

A palavra *camisinha* saía tão facilmente de sua boca, e ele não se preocupara em usar uma. Mas a verdade é que eu permiti que isso acontecesse. Minha confiança em nossa longa amizade tinha me cegado. Ele não era um estranho qualquer. Era Ty, meu melhor amigo. Meu primeiro namorado. Não passou pela minha cabeça que me deixar levar pelos sentimentos ia mudar a minha vida.

— O que está fazendo aqui? – perguntei.

Ty apontou para o meu prato.

— Vim tomar café da manhã. – Ele pegou um pedaço de linguiça antes que eu pudesse evitar, e começou a falar de boca cheia. – Essas garotas nem deviam estar metidas com rapazes, se querem saber. Já ouviram falar de cinto de castidade?

Alice deu uma gargalhada alta, mas eu nem sequer esbocei um sorriso. No dia em que liguei para Ty e contei sobre a gravidez, ele calmamente se ofereceu para casar comigo; achei que era uma brincadeira. Quando percebi que ele estava falando sério, respondi: "Você está maluco?", e então desliguei o telefone. Dessa vez, eu podia sentir que ele me observava por trás de seu sorriso. Ele levantou a mão, chamou Irene e pediu que trouxesse nossa conta.

— É muito gentil da sua parte pagar o nosso café da manhã – disse Alicia.

— Eu não sou o idiota que ela pensa que sou.

— Cala a boca, Ty – falei, e revirei os olhos.

Alicia olhou para nós dois.

— Ah, já entendi. Vocês gostam um do outro.

Ele balançou a cabeça.

— A Civil precisa melhorar esse comportamento dela.

Depois que ele pagou a conta, fomos para fora. Dois meninos passaram de bicicleta e acenaram para Ty.

— Ei, fiquem longe de confusão, hein – gritou para eles.

Um caminhão passou levantando poeira. Eu espirrei e coloquei o casaco sobre os ombros.

— Saúde. Ei, querem ir lá em casa amanhã à noite? – perguntou Ty, olhando para mim. – Minha mãe vai fazer um jantar e tenho certeza que vai adorar saber mais sobre a clínica.

— Não posso. Tenho compromisso.

— Você não janta lá em casa tem quase um ano, Civil. Está deixando minha mãe magoada.

— Falei que tenho compromisso.

— Quer ir, Alicia?

— Vai – incentivei, antes que ela recusasse. – Precisa conhecer gente na cidade, e a mãe do Ty conhece todo mundo.

— Tudo bem, então. – concordou ela. – Onde você mora?

Enquanto Alicia abria a bolsa e procurava um papel para anotar, eu acenei para eles e atravessei para o outro lado da rua, onde meu carro estava estacionado. Não me virei novamente porque não ia conseguir olhar para ele mais uma vez sem revelar mais informações para Alicia do que já havia revelado.

A Agência de Planejamento de Montgomery ficava entre uma lavanderia e uma loja de rosquinhas, um lugar meio inusitado para uma agência federal, mas era fácil de encontrar. Eu já tinha ido lá antes por causa do processo de inscrição para a vaga na clínica, que era administrada pela agência. Foi onde fiz a entrevista.

As mesas eram organizadas em fileiras. A única pessoa que tinha um escritório fechado era o homem que comandava a agência. Eu me lembrei dele; falava o tempo inteiro dos netos. Apenas três das seis mesas estavam ocupadas. Duas mulheres datilografavam e a terceira estava no telefone. Essa última, com sobrancelhas peludas que se juntavam no meio da testa, colocou o fone sobre o peito. As sobrancelhas lhe conferiam uma expressão decidida e, pelo modo como perguntou se podia me ajudar, eu entendi que tinha interrompido algo importante.

— Oi, hum, sim, senhora, meu nome é Civil Townsend – falei rapidamente. Não tive a oportunidade de perguntar para a Alicia o que ela achava dessa ideia, então decidi colocá-la em ação antes que eu desistisse. – Sou enfermeira na Clínica de Planejamento Familiar. Queria fazer uma consulta sobre moradia popular para uma paciente, ela e a família vivem na estrada Old Selma.

— Eles já têm assistência do governo?

— Sim, senhora – respondi.

Tecnicamente, o serviço da clínica era uma assistência do governo. Se eles recebiam algum outro tipo de ajuda, era um mistério para mim. A família Williams mal tinha um pote onde urinar, como diria meu pai. Se alguém estava apto a receber assistência do governo, eram eles.

— Sente-se, querida.

A mulher colocou o fone de volta na orelha. Eu me sentei em uma das cadeiras de plástico diante da mesa dela e aguardei.

Quando ela terminou a ligação, virou-se para um pequeno armário de arquivo que ficava atrás de sua mesa.

— Essa família tem alguma assistente social designada para eles?

Eu não tinha pensado nisso. Tinha ido até a agência apenas com a ideia de conseguir um apartamento de verdade para eles, mas, se estavam cadastrados para receber assistência do governo, fazia sentido que tivessem uma assistente social.

— Sim, senhora, acredito que tem.

— Bom, a assistente social vai ter que preencher os documentos. Sabe o nome dela?

— Não, senhora.

Ela olhou para o papel em cima da mesa como se sua mente já estivesse em outro lugar.

— Diga para a assistente social vir aqui, assim poderemos começar o processo.

— Se deixar os documentos comigo, posso fazer isso. Acho que vou encontrá-la na semana que vem.

Bom, agora eu estava mentindo descaradamente. Dizer que havia uma assistente social designada tinha sido um bom palpite. Mas encontrar com ela envolvia outro nível de mentira.

— A família tem quantas pessoas, querida?

— Quatro.

— Então você está procurando por uma opção com dois quartos?

— Na verdade, não, preciso de três quartos. A avó mora com eles.

Ela franziu a testa.

— Não temos muitos apartamentos desse tamanho. Eles são muito disputados, e várias famílias são bem mais numerosas do que a sua.

— Sim, senhora, claro.

— Meu bem, nós colocamos famílias de cinco pessoas em apartamentos de dois quartos. É o jeito que damos aqui. Agora haverá mais construções nos próximos anos. Talvez se colocarmos sua família na lista de espera...

— Não – interrompi. O barulho da máquina de escrever nos fundos da sala cessou e eu abaixei o tom de voz. – É que... Sabe o que é... Essas pessoas vivem na completa miséria, Sra... – Eu li a plaquinha em cima da mesa. – Livingston. Moram em um casebre nos fundos de uma fazenda.

Eu me surpreendi com minha própria iniciativa. Estava sendo impositiva igual a Diahann Carroll no episódio de *Julia* em que ela convence o Dr. Chegley a deixar que uma família quite a conta médica do filho trabalhando para ele.

— Eu entendo. Mas temos até famílias em situção de rua, Srta...

— Townsend. – Cruzei as pernas. – Essas pessoas também podem ser consideradas em situação de rua. Aquela casa mal serve de abrigo. Está cheia de buracos. Precisa ver. E a avó... não sei nem como se mantém em pé, com toda a friagem que entra pelas paredes.

Sim, eu podia ter sido atriz; mas era tudo verdade. Tudo menos a parte em que eu ia encontrar a assistente social. A moça se virou para o armário novamente.

— Leve isso, peça para a assistente social preencher e para a família assinar.

Peguei os papéis da mão dela.

— Sim, senhora. Obrigada. Vou fazer isso. Muito obrigada.

Caminhei de volta para o carro segurando os papéis, tomando cuidado para não amassarem. Tinha dado o primeiro passo para ajudar aquela família e me sentia bem. Arranjar um apartamento para eles talvez pudesse consertar o erro de ter aplicado uma injeção anticoncepcional naquela menininha. Era por isso que eu tinha aceitado o trabalho na clínica. Eu queria ser como Alicia: ajudar as pessoas e provar que Deus era real.

7.

Conseguir o nome da assistente social acabou sendo mais difícil do que eu imaginava. Quando olhei o prontuário médico das irmãs Williams, não havia qualquer indicação de que ela existia. A não ser que eu pedisse o nome diretamente à agência, parecia haver apenas uma maneira de descobrir: perguntando à avó, Pat Williams. Se fizesse isso, talvez ela me perguntasse o que eu estava aprontando, e eu não queria comentar sobre o plano até ter certeza de que conseguiria colocá-lo em prática. Precisava dar outro jeito.

Naquela semana, enquanto limpávamos a clínica, perguntei para Val se ela tinha alguma ideia de como encontrar a assistente social. Ela sugeriu que eu tentasse no St. Jude, um hospital que oferecia alguns programas de assistência social em Montgomery.

— Queria te fazer outra pergunta. – Parei de varrer. Estávamos em pé na sala de exames número dois. Val borrifou uma solução de água sanitária sobre a maca e passou um pano sobre o tecido de vinil enquanto eu falava. – Por que acha que a Sra. Seager só contratou enfermeiras negras? Não tem enfermeiras brancas no Alabama?

— Fique quieta, garota. Está dizendo que não quer este trabalho?

Val estudou enfermagem depois que os filhos já tinham crescido e saído de casa. Quando o marido morreu e lhe deixou um montante a ser pago pelo seguro, ela usou o dinheiro para voltar a estudar. Acreditava de fato que o espírito do marido falecido a guiara por esse caminho. Pelo que pude perceber, Val odiava quando alguém criticava alguma coisa. A mulher era mais do que agradecida.

— É só uma pergunta – retruquei.

— Desculpa, Civil. Não quis parecer maldosa. Acho que eles simplesmente consideram que vai ser mais fácil para nós lidar com essas famílias. Mas não é tão fácil assim, né? A paciente que visitei ontem lutou comigo como se fosse um gato selvagem em pleno sofá da sala. A garota não tem nem vinte e dois anos e já está com três filhos.

— Lutou com você? Por quê?

— Não queria tomar a injeção, mas a mãe a obrigou.

Eu a encarei por um momento, depois abri as gavetas para checar se estavam bem organizadas. Do lado esquerdo: seringas, ampolas de vidro, gazes, lenços umedecidos com álcool, luvas de látex. Do lado direito: camisinhas, espéculo, afastador, cureta, revestimentos de plástico para pílulas.

— Minhas duas pacientes domiciliares são tão jovens – falei. – Têm só onze e treze anos. Eu sabia que teria que visitar pessoas que moram no interior, mas vou te contar, eles vivem em condições muito ruins. Ninguém deveria viver daquele jeito.

— É, muitas dessas pessoas moram nos fundos da terra de algum branco. Mas, querida, você já sabia que isso existia, não é?

— Sabia – menti. O papai tinha feito um tremendo desserviço ao me manter protegida em Centennial Hill, me dizendo que não éramos melhores do que os outros da nossa gente, mas, ao mesmo tempo, me mantendo bem longe de todas essas pessoas.

— Ah, então tudo bem. Achei que talvez não soubesse que isso ainda existe por aqui. O cara provavelmente não paga quase nada a eles. Me parece mais exploração disfarçada de arrendamento, se quer saber.

— Não consigo aceitar que vivam daquela maneira. Você precisava sentir o cheiro deles. Era desolador. Preciso tirá-los de lá.

Esperei para ver como ela ia responder.

Não houve reação, pelo menos não visivelmente, mas eu estava certa de que tinha me ouvido. Ela se inclinou para torcer o esfregão.

— Me diga uma coisa. Como é que o cara vai manter o emprego se ele se mudar das terras?

Eu não tinha pensado nas possíveis consequências da minha ideia.

— Ouça, filha – continuou ela –, a melhor coisa a fazer é garantir que as meninas não engravidem. Pense bem em como essas pessoas vivem e tente ajudá-las a não trazer mais um bebê ao mundo nessa situação.

— Acha que não sei disso? Mas com certeza podemos fazer algo mais. Eu não posso ir até lá e simplesmente fingir que não estou vendo o sofrimento deles.

— Civil, as pessoas têm de lidar com o que Deus destinou para elas.

Terminamos de limpar a sala. Éramos as últimas ali, então começamos a desligar as luzes e fechar a clínica. Esperei por Val na porta, com a bolsa já no ombro. Quando ela saiu, me entregou um arquivo.

— Dá uma olhada nesse aqui.

Abri. *Gertie Sims. Idade: quatorze. Bebê de três meses. Pai: desconhecido. Mãe: Daisy Sims, trinta e sete, histerectomia total há onze anos, possível vício em álcool. Irmã: Carolyn Sims, dezessete, três filhos, idades: dezoito meses, três e quatro anos.*

— Estamos fazendo um trabalho importante, está bem? Talvez você não seja capaz de tirar aquele pessoal da casa caindo aos pedaços. Só Deus tem esse poder. Mas você é capaz de garantir que crianças não tenham outras crianças. Entende?

Ela estava certa. Eu estava me concentrando na coisa errada. Tentei imaginar um bebê morando naquele barraco de um cômodo com o restante da família e minha cabeça chegou a doer. Erica não saberia o que fazer com uma criança, e a avó já tinha muito mais afazeres do que podia dar conta. Minha função era aplicar a injeção e nada mais.

Tentei seguir o conselho de Val e esquecer aquela ideia de mudar a família de casa. Desde a minha última visita, eu aprendi que o sangramento frequente era comum em quem estivesse tomando as injeções. Fiquei surpresa por ninguém ter falado sobre isso com Erica. Ou comigo. Um dia, fui até a casa da família Williams sem ter uma consulta marcada. Quando cheguei lá, as meninas estavam brincando na terra do lado de fora.

— Ei, o que estão fazendo?

— Nada – respondeu Erica.

Agachei e mostrei a ela o conteúdo de uma sacola de papel pardo.

— Trouxe mais Kotex. Está usando aqueles outros que eu trouxe antes?

A menina assentiu.

— Sua avó está em casa?

Ela apontou para a casa com um graveto. Pendurei a bolsa no ombro e fui caminhando até a porta. Tentei ser respeitosa e não ficar espiando sem permissão, mas dava para ver o cachorro deitado no chão no meio do cômodo e um homem ao seu lado lhe fazendo carinho. Ele acenou para que eu entrasse. Por um minuto, fiquei sem palavras. Nunca vira um homem com um rosto tão lindo em toda a minha vida. A tela da porta deixava suas feições meio borradas, mas dava para perceber que ele se parecia com a mãe – mesmo tom de pele, mesma estrutura óssea. As sobrancelhas pretas e grossas emolduravam pálpebras pesadas. Um fio de luz incidia apenas o suficiente para revelar o brilho verde de seus olhos.

— Você é de onde? – perguntou ele.

— Sou enfermeira da clínica.

— Uma enfermeira. – Ele continuou acariciando o cachorro.

— Peço desculpas por interromper vocês sem avisar. Vim trazer alguns materiais para as meninas e perguntar se posso levá-las para passear por algumas horas.

Olhei pela janela em busca de algum sinal da Sra. Williams, a avó. Precisava perguntar a ela o nome da assistente social.

Ele se levantou devagar, como se fosse um gesto penoso. Quando caminhou na minha direção, notei que parecia mancar. Dei um passo para trás e esbarrei na porta. Era como um muro atrás de mim.

— Civil Townsend. – Estendi a mão e ele a segurou por um breve segundo.

— Você é nova, né?

— Nova o quê?

— Moça do governo.

Eu não sabia como responder àquilo. Não me via como uma moça do governo, embora a clínica fosse financiada pelo sistema federal. Pensei em todas as pessoas que deviam ter entrado por aquela porta fazendo perguntas sobre hábitos, dietas e doenças da família, todo tipo de informação que valeria como justificativa para que o Estado entrasse na vida deles e prestasse algum tipo de ajuda. Sim, eu entendia por que o homem tinha me chamado de *moça do governo*, mas aquilo me incomodava.

— Você é o Sr. Williams, certo?

Ele riu. Sua voz parecia com a da mãe – grave e rouca. A única coisa que me impedia de ficar olhando para aquele rosto era o fato de que, assim como as meninas, ele cheirava mal. Eu não compreendia. Talvez o fedor da casa fosse tão intenso que corpo nenhum era capaz de se manter limpo.

— Então, posso levar as meninas?

— Vai levar pra tomar injeção?

— Não, senhor. Vou levar para... Bom, a verdade que é eu queria levar as duas para fazer compras.

— Pensei que você havia dito que era enfermeira.

— Eu sou.

— Compras de quê?

— Itens de necessidade básica.

— Não quer sentar primeiro?

A casa não estava mais limpa do que na minha visita anterior. Havia apenas duas cadeiras, e ambas estavam soterradas de coisas. Ele deve ter percebido minha expressão porque se apressou para catar as roupas de uma das cadeiras. Ela rangeu quando me sentei. Senti uma mola cutucar a parte de baixo do meu corpo.

— Sinto muito por esse lugar – disse ele, enquanto vasculhava ao redor em busca de um pote de vidro. Ele o limpou com a camiseta. – O Sr. Adair não é um bom chefe. E minha mãe não dá conta dessa temperatura. – Ele apontou para os tufos de palha enfiados nos buracos da parede. Foi lá fora com o vidro e, quando voltou, o recipiente estava cheio de água. Então havia uma torneira ali perto.

— Obrigada.

Eu não queria beber naquele pote, mas ele estava me observando. Fechei os olhos e tomei um longo gole. Tinha gosto de ferro, mas desceu bem na garganta. Cruzei as pernas na altura do tornozelo, constrangida. Estava de uniforme, mas usava um longo casaco azul por cima. Havia um *T* de *Townsend* bordado no bolso do suéter. Percebi que ele estava olhando.

— Você está trabalhando hoje? – perguntei.

Ele inclinou a cabeça para o lado.

— Não diretamente.

— Como assim?

Ele levantou o pé descalço, subiu a barra da calça e mostrou um caroço na panturrilha.

— Há quanto tempo está assim? – cheguei mais perto e estendi a mão para tocar, mas ele se encolheu.

— Não é nada.

— Já foi ao médico ver isso? – eu já estava pensando no pior, que poderia ser um tumor.

Ele fez uma careta.

— Não precisa médico nenhum. É só uma perna ruim. Respondendo sua pergunta, o Sr. Adair disse que contratou uma empresa pra trabalhar na fazenda, então não tenho trabalho hoje.

— Está dizendo que ele demitiu você?

O rosto dele de repente ficou mais sereno, como se tivesse mudado para uma outra parte de si mesmo.

— Você é uma gata, sabia?

Coloquei o vidro no chão com tanta força que cheguei a derramar um pouco de água.

— Posso levar as meninas ou não?

— Ei, calma aí. Só estou brincando.

Tentei me recuperar.

— Se precisar de outro lugar para ficar, eu tenho uma ideia. Estava pensando que podia ajudar vocês a conseguirem uma moradia popular. Parece que vão precisar se mudar em breve.

— Mulher, de que diabos você tá falando?

— Estou falando de um apartamento novo. Vocês não estão no programa de assistência social? O governo paga.

Ele cruzou uma perna sobre a outra e seu pé esbarrou no meu.

— A gente recebe todo tipo de assistência. Toda semana vem alguém aqui falando de ajudar com isso ou aquilo.

— Então deve funcionar pra vocês.

Abri minha bolsa e vasculhei lá dentro. Ainda estava com os documentos que a Sra. Livingston tinha me dado.

— É só assinar isso aqui. E preciso que me diga o nome da assistente social de vocês, pra fazermos todos os procedimentos corretos.

Ele olhou para os papéis e depois para mim.

— Aquela moça não vem mais aqui. Parece que se assustou ou algo assim.

— Lembra o nome dela? – Enfiei a mão na bolsa, procurando uma caneta. – Só preciso que assine aqui e vou cuidar do resto. Desculpe, mas... tem uma caneta?

— Não, não tem caneta.

Tentei abrir um sorriso.

— Tudo bem, trago mais tarde, quando vier deixar as meninas. Se quiser ficar com os papéis para dar uma olhada até eu voltar, fique à vontade.

Ele não se moveu.

— Sr. Williams? Aqui.

O lábio dele tremeu e, por um segundo, fiquei com a mão pendurada no ar. Queria bater na minha própria cara quando me dei conta. O homem não sabia ler e eu o estava constrangendo.

Não tinha certeza do que fazer em seguida, então peguei o pote de vidro e terminei de beber a água. Minhas mãos tremiam quando guardei os papéis de volta na bolsa.

— Então vou levá-los comigo e você assina numa outra hora.

Ele ficou em silêncio.

— Não sei muito bem quanto vai ter que pagar, mas não deve ser muito. Também vou ver o que fazer para arrumar um emprego pra você. Quanto tempo o Sr. Adair lhe deu?

Embora eu tenha escutado essas palavras saírem da minha boca, não tinha a menor ideia do que eu estava falando. Eu era a enfermeira. Aplicadora de injeções. Não era nenhuma fada-madrinha.

— Obrigado pela visita, Srta. Sybil.

Ele disse "Srta." com um tom de voz agudo, parou, e então falou meu nome de um jeito debochado.

— É *Civil*.

— Sim, senhora.

— Trago as meninas por volta das sete. Tudo bem?

— Pode levar as meninas. Nunca na vida vou negar nada às minhas meninas. Mas pode se mudar sozinha para o seu... apartamento. – Ele disse essas palavras com tanta força que ficou um filete de cuspe pendurado na língua.

Tropecei no degrau quebrado ao sair da casa. *Meu pai me disse para ficar dentro do carro.* Eu devia ter escutado. Toquei a buzina do carro. Chamei as meninas e apliquei as injeções ali mesmo, debaixo do céu azul. E então dei o fora bem rápido.

O camponês idiota não precisava se preocupar, eu não ia fazer mais nada por ele. Bronco idiota com sua água suja e cadeira quebrada. Chamei India e Erica e bati com força a porta do carro quando estávamos todas lá dentro. Abri as janelas para deixar sair o fedor. Eu ia fazer tudo o que pudesse por essas meninas. O pai e a avó que se virassem sozinhos.

8.

Eu fiquei abalada com o pai das meninas, mas tentei não transparecer. Ele só ficou constrangido porque não sabia ler, foi isso. Eu podia lidar com essa situação. Era só explicar os documentos para ele quando o encontrasse de novo. Eu seria paciente do mesmo jeito que meu pai era com o pessoal que não compreendia as terminologias médicas que ele usava. Naquela época, a gente conversava muito sobre esse tipo de coisa na faculdade de enfermagem. As enfermeiras precisavam demonstrar um respeito genuíno pelos pacientes; se não, as pessoas sentiam que estavam sendo tratadas com condescendência e se fechavam. Eu esperava que o Sr. Williams não tivesse se sentido assim comigo, mas fiquei com a sensação de que foi exatamente isso o que aconteceu.

— Onde tá levando a gente, Srta. Civil? – perguntou Erica.

Ela se virou para mim com uma expressão esperançosa. Pelo retrovisor, vi a mesma convicção no rosto de India.

— Vou levar vocês na Kmart pra comprar algumas roupas.

— K o quê?

— Kmart. Nunca ouviu falar? Uma loja nova em Montgomery.

— O que tem de errado com essas roupas? – Erica olhou para baixo, na direção de sua camisa e seu shorts.

— Vocês não precisam de calcinhas novas e outras coisas? – virei no Boulevard East South. – Quando foi a última vez que fizeram compras?

Ela balançou a cabeça muito de leve. Eu tinha feito de novo. Constrangi a mim mesma e, provavelmente, as meninas também. Na casa delas, havia roupas espalhadas por todo canto, mas todas pareciam ser de segunda mão. E não eram boas doações. Eram roupas surradas, desbotadas e comidas pelas traças. E, como eles não lavavam direito, eu sabia que qualquer coisa que eu comprasse ia acabar indo parar no chão junto com todo o resto.

— Vamos na Kmart e depois vou levar vocês para a minha casa. Podem tomar um banho na minha banheira, e vou arrumar o cabelo de vocês. Vão poder comer também. O que acham?

Erica abriu um meio sorriso pela primeira vez desde que eu a conhecera, e deu para ver que um dos seus dentes estava marrom. Logo de cara, eu ia comprar uma escova de dentes para ela e, assim que encontrasse a assistente social, ia descobrir se as meninas algum dia já tinham ido ao dentista. Era questão de tempo até que seus dentes começassem a cair.

Entrei no estacionamento e as meninas desceram do carro. Olhei dentro da bolsa. Tinha colocado algumas notas no bolsinho de dentro naquela manhã, mas não cheguei a contá-las.

— Você é rica, Srta. Civil?

Erica me observava pela janela do carro. India ficou ao lado dela, balançando o pé.

— Não, claro que não. – Fechei a bolsa e saí do carro. – Olha, se eu fosse rica estaria por aí saindo com Billy Dee Williams.

— Quem?

— Não sabe quem é Billy Dee Williams?

Ela balançou a cabeça e entramos no prédio branco. Pensei em ir à Loveman's que ficava no Shopping Normandale, mas a Kmart era uma loja mais nova. Com uma área de quase cem mil metros quadrados, era também a maior loja da cidade. Tudo lá dentro era branco e discreto, e os corredores eram tão amplos que não havia aglomeração. No teto, fileiras e fileiras de luzes fluorescentes de um lado a outro. Móveis, produtos de beleza, eletrônicos, brinquedos, roupas, sapatos, até mesmo uma farmácia. Tudo sob o mesmo teto. Se uma fada com asas aparecesse naquela loja, acho que as meninas nem ficariam surpresas.

— Tudo bem. – Apontei para o cartaz vermelho e branco pendurado no teto que indicava a seção infantil. – Vamos começar com as roupas íntimas. Vocês têm sutiã?

Percebi que nenhuma delas usava, embora Erica claramente já precisasse havia um tempo.

Em vez de vir atrás de mim, Erica foi caminhando para o balcão de comidas. Eu já tinha comido lá uma vez. Cachorro-quente. Nachos com queijo. India andou para o lado contrário, na direção de um carrossel em miniatura. Ela começou a vocalizar algo que ficava entre um grunhido e um choro. Era alto e perturbador. Deu um tapa no lombo do cavalo de metal.

— Você quer andar?

Eu sabia que India escutava, mas não tinha muita certeza do quanto ela compreendia.

— Garota, esse troço é muito pequeno pra você – disse Erica, vindo em nossa direção.

— Sobe – falei para India.

Coloquei uma moeda de vinte e cinco centavos na máquina enquanto a menina levantava a perna para montar no cavalo. As luzes se acenderam e uma musiquinha tilintante começou a sair da caixa de som, como se fosse um caminhão de sorvete. India soltou um ruído de estalo no fundo da garganta tão alto que as pessoas pararam para olhar, perplexas. Alguns passantes desviavam de nós e do cheiro das meninas. Tentei não fazer contato visual com nenhum estranho. Quando o tempo do brinquedo terminou, coloquei outra moeda e fiquei olhando enquanto India jogava a cabeça para trás. Coloquei outra moeda. Depois outra, até não ter mais nenhuma. Quanto mais ela guinchava, mais as pessoas nos encaravam. Fui até o balcão de atendimento e pedi para trocar um dólar em moedas de vinte e cinco centavos. Erica ria do deleite da irmã, e eu torcia para ninguém falar comigo.

— Eeeee! Yee eeeee!!

Depois das compras, eu as levei para a minha casa. Embora não houvesse nada nas normas a esse respeito, eu sabia que ia ser olhada de cara feia se a Sra. Seager descobrisse. Prometi a mim mesma que não ia fazer isso nunca mais. Estacionei o carro da minha mãe atrás do meu Colt e entrei com as meninas em casa pela porta lateral.

À medida que elas caminhavam pela cozinha, olhando para tudo, eu ficava cada vez mais aflita, me dando conta de cada barulhinho mecânico da casa. O chiado da ventilação do ar-condicionado. O zunido da geladeira. Elas não disseram nada, mas vi que absorviam tudo com avidez. A mamãe deixava todas as cortinas abertas. Odiava a escuridão mais do que tudo, então nossa casa de apenas um andar estava sempre inundada de luz natural durante o dia. As meninas olhavam ao redor, as vozes baixas, como se tivessem invadido a casa de um estranho.

— Parece casa de gente branca – opinou Erica quando estávamos no meu quarto. – Você mora aqui com seu marido?

— Eu não tenho marido. Não contei isso pra vocês?

Ela balançou a cabeça. Me dei conta de que não havia compartilhado muita coisa sobre mim, embora soubesse muito sobre a família delas e sua história. Era tudo muito desigual. Oferecer suas informações pessoais era parte do processo de barganha para receber assistência governamental. Conte-nos tudo sobre você e, em troca, vamos te dar uma fatiazinha de torta. Do nosso lado, não te contamos nada, nem mesmo o que vamos fazer com você. De repente, não me senti mais tão mal por tê-las levado para minha casa.

— Moro aqui com os meus pais. Sou filha única. – Peguei um álbum de fotos debaixo da cama. – Sentem aqui e deem uma olhada nas fotos enquanto vou preparar o banho.

Trouxe uma das cadeiras da sala de jantar para que as duas pudessem se sentar diante da escrivaninha. Era a mesma onde eu tinha estudado para minhas provas do ensino médio, e quando as vi sentadas ali, folheando o álbum, alguma coisa irrompeu dentro de mim. Não sei explicar de outro jeito: fui tomada por um sentimento de determinação. Eu ia colocá-las de volta na escola. Ia conseguir o apartamento para elas. Ia fazer tudo que estivesse ao meu alcance para ajudá-las.

Sentei na lateral da banheira. Não havia dúvida de que eu estava passando dos limites. Decidi que não ia contar a ninguém, nem mesmo a Alicia. Não queria perder meu emprego, e a Sra. Seager ia perder a cabeça se descobrisse o que eu estava fazendo. Quando a água estava pronta, busquei toalhas limpas no armário do corredor e pendurei-as atrás da porta. Peguei o xampu e a pomada para cabelos debaixo da pia. Ia ser uma tarefa complicada desembaraçar o cabelo delas. O melhor que eu poderia fazer era tentar penteá-los. Talvez pudesse trançá-los. Podíamos nos sentar na varanda e eu ia trançá-los até escurecer, partindo o cabelo das meninas com um pente fino ou com a ponta do meu dedo mindinho.

— Se quiserem, podem entrar juntas na banheira – falei, enquanto cortava as etiquetas das roupas. – Acho que cabem as duas.

India entrou primeiro. Desde o passeio de carrossel na Kmart ela vinha se aproximando de mim. A certa altura, chegou até a segurar minha mão.

No fim das contas, o cabelo estava muito emaranhado para desembaraçar. Por mais que eu odiasse fazer isso, tive que cortar os nós. Erica convenceu India de que era algo que precisava ser feito, mas a irmã mais nova começou a chorar quando viu seu cabelo caindo no chão do banheiro. No fim das contas, cortei em um formato *black power*. Peguei a mão de India e levei até sua cabeça, para ela sentir a suavidade.

— Não cortei tanto assim – consolei India.

— A vovó vai ficar doida quando ver nosso cabelo – disse Erica.

Fiquei com raiva de mim mesma. Ela estava certa. A avó ia me matar. Cortar o cabelo delas sem pedir permissão tinha sido uma completa idiotice. E nem todo mundo gostava do estilo *black power*. Meu pai certamente era um deles. Minhas mãos tremiam quando guardei a tesoura de volta na gaveta. Tudo que posso dizer é que o cabelo das meninas era coisa séria para mim naquela noite. Questão de vida ou morte. Se eu conseguisse ajeitá-los, conseguiria ajeitar a vida delas como um todo.

No meu quarto, India se sentou no chão diante de mim e eu dividi seu cabelo em partes. Partir o cabelo, uma mecha depois da outra, essa geografia compartilhada do couro cabeludo como um mapa ancestral, era algo que conectava todas nós, garotas negras. Passei a unha sobre a pele do couro cabeludo. O cabelo caía em cachos pequenininhos. Passei os dedos pelas protuberâncias em sua nuca.

— Coça aqui atrás? – perguntei.

Ela fez que sim, e eu pensei no xampu que poderia comprar para tratar aquele fungo.

— O que é isso? – Erica estava sentada na cama e apontava para o chão ao seu lado.

— Discos. Já ouviu algum?

A menina negou com a cabeça. Ela e a irmã eram alienígenas, e eu era sua guia na Terra. Estava aqui para ensiná-las sobre nossa comida, nossa música, nossas estrelas de cinema. Vasculhei os discos e escolhi o novo de Gladys Knight & the Pips. Coloquei para tocar a música "Neither One of Us". A canção mudou o clima do ambiente, e Erica começou a falar comigo sobre sua mãe. Seu discurso era lento, mas havia inteligência naquela menina.

— A gente tinha um rádio. A mamãe gostava de ouvir música nele.

— Você lembra da sua mãe?

— A gente morava numa casa diferente. Uma casa de verdade. Mudou tudo desde que ela morreu. Até meu pai mudou.

Ela disse a palavra *morreu* de um jeito tão direto e sem rodeios. O mundo tinha deixado essas meninas entorpecidas.

— Falando no seu pai, ele parece não gostar muito de mim.

— Por que acha isso?

Erica apoiou o queixo na mão. Estava deitada na minha cama, vestindo suas roupas novas. Uma borboleta amarela abria suas asas nas costas da camisa. Assim que ela a vira na loja, tinha agarrado a blusa como se não estivesse disposta a me deixar dizer não.

— É que ele... Não sei.

— Papai não faz mal nem a uma mosca. Ele só não gosta de gente do governo.

Quando Erica se virou, vi que segurava aquela foto de quando eu era bebê. Deve ter encontrado debaixo da cama. Antes que eu pudesse pegar de volta, ela perguntou:

— É seu bebê?

— Não – respondi, engolindo em seco. – Sou eu.

— Essa é você quando era bebê?

Fiz que sim.

— Era muito bonitinha – disse ela.

India se esticou para olhar.

Eu precisava devolver aquela foto ao escritório do meu pai. Não sabia por que estava apegada a ela.

— Todo mundo diz que sou a cara do meu pai – comentei.

— Falaram que India parece nossa mãe. Eu pareço mais com a vovó. Mas a gente não tem os olhos dela nem do papai. Queria ter. Acho que eu seria bonita com os olhos claros que nem os deles.

— Seus olhos são lindos do jeito que são – falei, com delicadeza.

Erica me encarou.

— Srta. Civil – disse ela –, você vai ficar nesse trabalho ou vai sair?

— Como assim?

Ela não respondeu, e então comecei a falar devagar.

— Não vou a lugar nenhum tão cedo, Erica. E se eu for, com certeza você vai ser a primeira a saber.

A resposta pareceu satisfazê-la. Ela foi até a pilha de discos encostada na parede.

Mais tarde, levei-as até a cozinha, onde fiz arroz e esquentei uma carne assada que tinha sobrado. As meninas se sentaram à mesa e devoraram a comida. Eu queria ter preparado um jantar melhor para elas, mas foi o que deu tempo. Não fiquei de olho no relógio, mas sabia que já estava ficando tarde.

— É melhor eu levar vocês pra casa.

Minha mãe entrou pela porta dos fundos com uma mancha de tinta amarela no rosto.

— Olá – disse ela, e foi caminhando pela cozinha até o corredor como se não tivesse nem percebido a presença de duas meninas sentadas à mesa.

— Essa é sua mãe? – sussurrou Erica, como se tivesse visto um fantasma.

— Em carne e osso – falei, olhando a porta para ver se ela voltaria. Não voltou, então peguei as sacolas com as roupas velhas das meninas. – Vamos, pessoal.

India colocou a louça na pia. Depois veio andando e me cutucou no braço diversas vezes, com força, como se estivesse tentando comunicar algo.

— O que ela está dizendo? – perguntei a Erica.

— Não sei.

— Vamos lá, India. Você pode voltar aqui outro dia, tá bem? – assegurei.

Pelo modo como ela reagiu, percebi que eu estava falando alto demais. Ainda não sabia muito bem como me comunicar com ela. De roupas novas, barriga cheia e cheirando a manteiga de cacau, as meninas entraram no carro da minha mãe.

9.

Eu posso até ter sido uma filhinha de papai, mas não foi por escolha própria. Sempre quis uma mãe que lesse histórias para mim à noite e me desse um beijo de manhã antes da escola. Infelizmente, nunca foi assim com June Townsend. A história oficial é que quando ela ficara grávida de mim, meu pai transformara o galpão que ficava nos fundos em um estúdio de arte, dizendo que os vapores dentro de casa não eram bons para um bebê. Colocara uma lata de lixo de metal no canto para ela jogar os panos sujos de óleo e instalara exaustores para garantir uma ventilação adequada. De um lado do cômodo, uma bancada de madeira se estendia ao longo de toda a parede, terminando numa pia de metal. Meu pai instalara ele mesmo os canos para minha mãe ter uma pia de água corrente.

Conforme fui crescendo, passei a suspeitar que meu pai talvez tivesse construído aquele galpão por um segundo motivo. Eles não nos ensinavam sobre depressão pós-parto na faculdade de enfermagem, mas hoje desconfio que ter tido um bebê tenha contribuído para piorar o estado mental da minha mãe. Desde que eu era criança, ela passava horas pintando, às vezes a ponto de se esquecer de me alimentar. Aprendi bem cedo a pegar o pão e preparar um sanduíche de mortadela.

A mamãe colocava brinquedos no chão para eu brincar enquanto ela trabalhava. Eu tinha minhas próprias tintas para aquarela, embora nunca tenha demonstrado muito interesse nelas. Preferia cortar os ímãs da cortina do chuveiro e pregá-los nas superfícies de metal do estúdio.

Enquanto isso, do outro lado do cômodo, minha mãe se perdia nos próprios pensamentos. Dizer *concentrada* seria um eufemismo. Ela fazia duas ou três coisas ao mesmo tempo. Duas telas em cavaletes. Um quadrado de tecido pendurado numa estante na parede.

Quando cheguei ao ensino médio, já tinha aprendido a construir o chassi e esticar os tecidos, cortando cuidadosamente a madeira com uma serra de esquadria antes de montar a tela. Achei que isso poderia nos aproximar. E, durante um tempo, funcionou. Eu gostava do trabalho, e mamãe até pedia para que eu assinasse o verso dos meus chassis. Mas um dia, já na época da faculdade, fui para casa em um feriado e descobri que ela estava fazendo tudo por conta própria. Depois que a vi cortando a madeira com uma precisão que eu jamais tivera, nunca mais fiz uma montagem.

Para mim, era difícil imaginar minha mãe sem seus pincéis, quadros e as roupas manchadas. Às vezes, o papai ia até lá e a trazia para dentro de casa. Ele literalmente a carregava, e, ao ver a silhueta dos dois pela janela, eu imaginava que ele a estava resgatando. A cabeça encostada no ombro dele, os pés pendurados do outro lado, minha mãe parecia uma boneca de pano em seus braços.

No dia seguinte ao que trouxe as meninas em casa, eu me sentei no galpão e a observei: um pincel em uma das mãos, o batom vermelho, que era sua marca registrada, aplicado meio de qualquer jeito nos lábios. A mamãe tinha o hábito de passar batom assim que escovava os dentes de manhã. Mesmo se tivesse dormido a noite inteira no estúdio sem tomar banho, ela escovava os dentes, jogava água no rosto e religiosamente passava batom. A cor costumava ficar borrada nos cantos da boca e se espalhar pelos dentes quando ela comia. Essa vaidade era seu único capricho de beleza que, de resto, era um tanto desleixada.

Ela limpou um dos polegares com a parte da frente da camisa. Minha mãe sempre pintava vestindo as mesmas roupas básicas: uma camisa manchada e um macacão surrado. Até no inverno ela usava a mesma coisa. O papai não instalara um sistema de aquecimento com medo de que ocorresse um incêndio. Minha mãe dizia gostar do frio, embora tivesse cortado as pontas dos dedos de uma luva velha para usar nas noites mais geladas.

— Você está bem, Civil? – ela não olhou na minha direção.

— Você sabe que comecei no meu novo trabalho?

— Hoje?

— Bom, já tem três semanas.

— Você não me contou.

— Viu as duas meninas que estavam aqui ontem? São minhas pacientes.

Meu pai trouxera costelinhas para comemorarmos meu primeiro dia de trabalho, mas minha mãe era ótima em se desconectar completamente. Eu tinha aprendido isso desde cedo, a distração era um traço de sua excentricidade.

— Você gosta? – ela se afastou do cavalete.

— Está terminado?

Assim que disse essas palavras, percebi o quanto eram descuidadas. A verdade era que eu sempre considerara o trabalho dela indecifrável. Ela usava muito o espaço negativo, mas, quando havia cor, era uma profusão. Muitas vezes eu analisava as telas com atenção, tentando ver o que podiam me ensinar sobre essa mãe que revelava tão pouco.

— Não estou falando da pintura. Gosta do seu trabalho?

— Bom, é sobre isso que eu queria falar com você. Essas meninas que estavam aqui ontem perderam a mãe há alguns anos.

Ela usou a pontinha da unha para raspar a tinta de um ponto específico na parte de baixo da tela, do lado direito.

— Que triste.

Ela disse isso com um tom de voz tão inexpressivo que mais uma vez fiquei na dúvida se estava se referindo às garotas sem mãe ou julgando a pintura diante de si. Segui em frente.

— Também acho. Elas moram em um barraco numa fazenda com o pai e a avó. Estou tentando conseguir que se mudem para um apartamento.

— Hum.

Sacudi uma lata cheia de bloquinhos de madeira para chamar sua atenção. Ela se virou e olhou para mim.

— Quero pedir sua ajuda – falei.

— Com o quê?

— Com isso que estou tentando fazer.

— Esse trabalho é seu sonho, Civil?

Minha mãe já tinha me feito diferentes versões dessa pergunta desde que me entendo por gente. Quando tive dificuldade para escolher entre a Tuskegee, onde meu pai tinha se formado, e a amada Fisk da minha mãe, ela me perguntara: "É seu sonho ir para a Tuskegee, Civil?" Na quarta série, eu ganhei o torneio de soletração da escola, e meu pai insistiu em me inscrever no torneio municipal para testar as leis de segregação da cidade. Quando estávamos saindo da área de inscrição na prefeitura, um garoto branco cuspiu no meu sapato e fingiu que foi sem querer. Na noite anterior ao torneio, vomitei duas vezes. Na manhã seguinte, estava sentada na cozinha, comendo meu cereal, quando a mamãe perguntou: "É seu sonho participar desse torneio de soletração?" Na verdade, até era meu sonho, mas não contei a ela. Disse que não, e ela concordou que eu faltasse.

— Eu realmente amo ser enfermeira – respondi, devagar.

— Isso é bom.

— Minha questão é... como faço pra eles conseguirem esse apartamento? Conhece alguém que possa me ajudar a colocar eles em uma moradia popular?

— Uma das mulheres do Links está no conselho do novo empreendimento em Dixie Court. Quer que eu fale com ela?

— Pode fazer isso?

Eu fui em sua direção para tocá-la. Ela deve ter percebido o movimento porque deu um passo para o lado e pegou um pincel.

— Me lembre amanhã. Ando muito esquecida ultimamente.

— Tudo bem, mamãe, eu lembro.

Fiquei observando-a trabalhar. Queria passar mais alguns momentos com ela. Mesmo distraída, minha mãe tinha presença. Estar ao lado dela era como estar diante do brilho de uma vela.

— Gosto desse amarelo – falei.

Ela olhou para a tela.

— É, ficou bonito, não foi?

10.

No domingo seguinte, eu enfim aceitei o convite de Ty e fui jantar com a família Ralsey. Alicia já tinha ido à casa de Ty duas vezes para os jantares de domingo desde que tinham se conhecido, e, embora eu mesma tenha dado a ideia, não gostei nada daquilo. Com certeza ele não seria tão baixo a ponto de namorar uma das minhas amigas. Mas eu não tinha contado a Alicia sobre minha história com Ty, então não podia culpá-la. Sentada de frente para os dois, fiquei analisando meus sentimentos em silêncio.

Assim como eu e a maioria dos jovens da nossa idade em Montgomery, Ty ainda morava com os pais. O mais comum era frequentarmos alguma faculdade no próprio Alabama, porque era o estado com mais *campi* negros de todo o país. Talladega. Stillman. Selma. Miles. Oakwood. Tuskegee. A lista continuava. Se tivéssemos dado a sorte de morar no *campus*, em geral voltávamos para a casa dos nossos pais depois da formatura e lá ficávamos até arranjar um emprego ou, às vezes, até que nos casássemos. Antes de Ty me pedir em casamento daquele jeito impulsivo, eu não o imaginava tendo uma vida estável e pacata de casado algum dia. Ele me parecia o tipo de homem que ia viver com os pais durante o máximo de tempo possível.

Ty e a família moravam em um bangalô de três quartos abarrotado de plantas em todos os espaços imagináveis. A vegetação transformara o interior da casa num jardim, e o Sr. Ralsey gostava de circular com uma tesoura, podando as folhas mortas. No meio de uma conversa, ele estendia a mão de repente e enfiava o dedo na terra do vaso mais próximo. Mas era a Sra. Ralsey quem tinha aquele hábito insaciável de acumular plantas. Já não havia mais espaço há muito tempo, mas ela continuava chegando em casa aos domingos com mais uma, e saía em busca de uma prateleira, uma mesa ou uma bancada em que pudesse colocá-la. Quando chegava a hora, Ty levava a planta para o jardim dos fundos e conferia se as raízes já estavam grandes demais para o vaso. Ele gostava especialmente de salvar plantas que pareciam estar prestes a morrer. Ty era tão gentil com as plantas quanto as outras pessoas da família.

Eu e Ty éramos filhos únicos e, como nascemos no mesmo ano, acabamos crescendo juntos. Me lembro dele entrando no meu quarto quando tínhamos uns onze anos para me perguntar se eu sabia a diferença entre as monocotiledôneas e as dicotiledôneas. O acusei de estar repetindo palavras de uma enciclopédia só para parecer inteligente, e ele ficou bravo e me chamou de pirralha. Eu pisei no pé dele, que saiu correndo para contar para a mãe.

— Que bom finalmente ver você, Civil. Estava começando a me preocupar que você e Ty tivessem brigado ou algo assim – disse a Sra. Ralsey depois do jantar.

Abri um sorriso nervoso e olhei para Ty, imaginando se ele tinha contado aos pais que chegamos a namorar no ano anterior. Mesmo se não tivesse, era capaz da Sra. Ralsey ter descoberto. A mulher era muito perspicaz. Era a única mulher negra da cidade que tinha fundado o próprio escritório de advocacia. Alguns anos antes, o marido deixara o trabalho para se juntar a ela. A certa altura, antes de eu e Ty nascermos, Montgomery tinha pouquíssimos advogados negros, e o Sr. e a Sra. Ralsey eram dois deles.

O *hobby* de cuidar de plantas e a profissão de advogada não eram as únicas coisas que tornavam a Sra. Ralsey interessante. A mulher também era uma cozinheira de mão-cheia. Completamente diferente da minha mãe; se alguém dissesse que mamãe sabia cozinhar, estaria mentindo.

— Deixa que eu pego a sobremesa. – Levantei da cadeira antes que ela pudesse dizer mais alguma coisa.

Ty foi atrás de mim na cozinha.

Coloquei a pilha de tigelas sobre a bancada enquanto ele pegava o pudim de banana na geladeira. Ty era do tipo que comia torta com colher e pudim com garfo. Tirava o merengue. Catava as nozes da torta de nozes. Ao olhar para ele, de repente desejei não ter aceitado o convite da Sra. Ralsey para jantar. Agarrei a borda da bancada para me reequilibrar, mas até mesmo a maciez das minhas mãos gordinhas me lembrava os dedinhos de um bebê.

Na faculdade de enfermagem, eu encontrei conforto nos livros. Nos primeiros dois anos, não tive nenhum encontro, e ninguém demonstrou interesse em mim. Não sabia muito bem por que ninguém me chamava para sair. Sabia que muitos deles preferiam as mulheres negras de pele clara, e eu era mais escura. Tinha o nariz do meu pai, e de fato era preciso um tempo para se acostumar com ele. Mas havia em mim outros atributos que eram apreciados. Corpulenta e com uma protuberância macia na cintura, eu tinha o rosto atraente – dentes retos, pele lisinha o suficiente para nem precisar de maquiagem –, e pernas longas e bonitas.

Três das minhas amigas mais próximas moravam no mesmo dormitório que eu, mas no terceiro ano de faculdade todas tinham namorados e nenhum tempo para mim. Foi bem nessa época que Ty começou a ir até Tuskegee para visitar seus amigos de fraternidade nos fins de semana. Dancei com ele em uma festa certa noite, e ele me beijou na penumbra. Foi o beijo mais natural que já dei. Embora nossa relação tivesse sido marcada por implicâncias típicas de irmãos, quando enfim viramos a chave para o romance, foi fácil. Talvez fosse por causa do quão bem nos conhecíamos. Ele era parte de mim, sempre fora. Na primavera do meu último ano, eu estava grávida.

— O que acha de Alicia? – falei, de repente.

— Por que está perguntando isso?

— Só curiosidade.

— Entendo por que você gosta dela – disse ele. – Ela tem um bom coração.

— É, ela é legal.

Fui eu quem terminei o relacionamento com Ty, então eu sabia que não devia me importar com o que ele achava de Alicia.

— Civil, a gente precisa conversar.

— Sobre o quê?

Ele recostou na bancada.

— Você sabe sobre o quê.

— E o que há para conversar? – cruzei os braços sobre o peito. Mas ele logo soltou minhas mãos e me puxou para perto. – Você contou pra alguém?

— Você contou? – retrucou ele.

— Não.

— Que bom, porque não tem nada para contar.

— Isso não é verdade, e você sabe.

— Não quero falar sobre isso agora.

Eu me afastei e abri a gaveta. Os talheres fizeram barulho.

— Tudo bem, tudo bem, como quiser. – Ele deu um passo para trás, mas continuou me olhando com a expressão séria. – Você sabe que pode falar comigo sobre outras coisas também.

— É? Tipo o quê?

— Tipo o que Alicia me contou. Sobre como você ficou abalada por dar injeções naquelas crianças.

— Ela te contou isso?

Para alguém que sofria por manter o segredo de sua mãe, Alicia estava me saindo uma boa fofoqueira.

— É, essas drogas que vocês usam, Civil, não são seguras.

— Está falando do Depo-Provera?

— Isso. Não se sabe o suficiente sobre essa droga. Pode estar prejudicando todas as suas pacientes, ainda mais essas meninas.

— O que é que você, de todas as pessoas, sabe sobre anticoncepcionais? Nunca agiu como se soubesse alguma coisa a respeito.

Toda vez que eu olhava para o seu rosto, imaginava se nosso bebê teria se parecido com ele, se teria sido menina ou menino, se Ty teria sido um bom pai.

— Isso não é justo, e você sabe. Além do mais, achei que não quisesse falar sobre isso.

— Não quero.

— Olha, eu descobri que o Depo não foi aprovado pela agência de vigilância sanitária – explicou ele.

— Isso não é verdade – falei, na defensiva.

— É verdade.

— Como você sabe?

— Eu pesquisei e li a respeito.

— Você nunca lê nada.

— Você não sabe o que eu faço. – Ele pegou os garfos da minha mão e colocou sobre a bancada. – Civil, eu não sou mais aquele garotinho que costumava dar nós nos cadarços dos seus sapatos. Eu sou um homem.

— Eu sei disso.

— Então pare de falar comigo desse jeito.

Ty não entendia. Eu queria muito tocá-lo, abraçá-lo, mas não conseguia cruzar essa linha. A ferida ainda estava muito recente.

— Alicia já te contou sobre as taxas de gravidez na adolescência em Montgomery – insisti. – Não podemos dar as costas para esse problema e fingir que não existe.

Balancei a colher e o pudim caiu na tigela como uma nuvem. Dava para saber que o pudim tinha ficado na geladeira desde a noite anterior porque os biscoitos estavam moles.

Ty me entregou uma tigela vazia.

— Pensa bem, Civ. E se essas drogas estiverem fazendo mais mal do que bem?

Eu não podia acreditar que Alicia não tinha me contado sobre essas pesquisas que eles andavam fazendo. Se ela e Ty vinham conversando sobre o Depo não ser seguro, então já haviam se passado semanas sem que ela tocasse no assunto comigo. Tentei esconder minha vergonha por não saber que o remédio não fora aprovado pelo governo. Aquilo era novidade para mim.

— Não tem nada que diga que faz mal. Algumas pacientes da clínica tomam as injeções há anos. Se houvesse efeitos colaterais, já saberíamos.

Me lembrei de quando Erica contou que sangrava todos os dias. Era normal, de acordo com os materiais, que houvesse sangramento irregular. Mas sangrar todos os dias? Era um fluxo intenso? Ela sentia cólicas também? Eu não tinha nem questionado. Como enfermeira, eu devia ter feito mais perguntas a ela.

— Você não conhece os efeitos a longo prazo – sugeriu Ty.

— Não é uma droga tão complicada. Ela só bloqueia a ovulação para que...

— Desde quando você é uma farmacêutica especialista?

— O Depo-Provera não é tão complicado, Ty.

Servi uma quantidade extra de pudim em cada uma das cinco tigelas para não precisar voltar à cozinha logo depois. E então saí pela porta atrás dele.

A fumaça do cigarro do Sr. Ralsey preenchia a sala de jantar, e alguém tinha ligado o rádio. A WRMA tocava música gospel aos domingos, e ouvia-se uma voz bonita cantar "Just Another Day". Eu conhecia muito bem essa música, mas naquele momento mal ouvia as palavras. Estava tentando digerir o que Ty acabara de me contar.

— Sobre o que vocês duas estão cochichando aí? – Ty colocou o pudim sobre a mesa.

— Você – respondeu Alicia, e a Sra. Ralsey deu uma risada.

Eu afundei na cadeira.

A Sra. Ralsey enfiou uma colherada de pudim na boca.

— Civil, o Ty contou pra você que ele foi o orador da turma na formatura da faculdade? – perguntou ela.

— Não, senhora.

— Ao longo do discurso, ele tentou ser respeitoso com o presidente da faculdade, o Dr. Barnes. Mas insistia em chamar o homem de Dr. Bailey. A princípio, a gente não entendeu de quem ele estava falando. Imaginamos que fosse algum professor. Mas aí... – Ela deu uma risada. – Ty chama o homem no palco. Se vira para ele, com a voz bem séria, e diz: "Dr. Bailey, quero lhe entregar esse presente como sinal do apreço por tudo que você fez pela nossa turma este ano", e nessa hora já dava para ouvir o cochicho geral na plateia. Todo mundo estava prestes a cair na gargalhada, mas o Dr. Barnes não pareceu se importar com seu nome ter sido trocado. Pode acreditar, ele foi até o palco e pegou aquela caneta dourada que Ty entregou.

— Huh – deixei escapar.

— Sra. Ralsey, esse pudim de banana está muito bom – elogiou Alicia. – Parece o pudim da minha avó.

— Obrigada, Alicia.

O pudim estava sem graça para o meu gosto. Olhei para Alicia. Eu e ela não tínhamos mais conversado sobre as meninas Williams desde que eu contara a história pela primeira vez na lanchonete, e agora ela andava para cima e para baixo com Ty investigando coisas pelas minhas costas.

— Sra. Ralsey? – Eu me virei para a mãe de Ty. – Você sabe alguma coisa sobre um remédio chamado Depo-Provera?

— Depo o quê, querida?

— Depo-Provera. É um anticoncepcional que damos a algumas pacientes na clínica. Uma injeção que bloqueia a ovulação durante três meses.

— Não, nunca ouvi falar. Por quê?

— Eu estava agora mesmo contando pra Civil que andei lendo sobre isso – interrompeu Ty. – Também conversei com um dos meus antigos professores a respeito. O irmão dele trabalha para o governo federal, em Washington. Ainda estão fazendo testes com essa droga. Não parece seguro, mas elas estão usando na clínica.

— Se não fosse seguro, não estariam dando injeções disso nas pessoas, Ty. – A Sra. Ralsey apoiou os dois cotovelos sobre a mesa.

— A não ser que você seja pobre e preto. Você sabe bem o que fizeram com aqueles caras em Tuskegee.

A expressão no rosto da Sra. Ralsey ficou séria. Todos nós ficamos perplexos com as descobertas sobre os experimentos com homens em Tuskegee. O estudo já existia há quarenta anos e, ainda assim, nenhum de nós sabia de nada até o verão de 1972. Era impensável para nós que tivessem deixado centenas de homens sem tratamento, permitindo que eles morressem mesmo anos depois de já haver penicilina disponível.

— Ty, o que está dizendo? – indagou a Sra. Ralsey.

O Sr. Ralsey apareceu debaixo do arco que separava as salas de estar e de jantar, uma bituca de cigarro pendurada entre os dedos.

— O que é isso?

— Ty está dizendo que o anticoncepcional que estão usando na clínica de planejamento familiar é perigoso – explicou a esposa.

— Os estudos clínicos sugerem que pode causar câncer – acrescentou Ty.

— Em humanos? – perguntou o Sr. Ralsey.

— Ratos. Macacos. Os estudos começaram há cinco anos. E a agência de vigilância sanitária rejeitou a aprovação.

— Bom, não é inédito prescrever drogas que não foram aprovadas em determinados casos. Civil, suas pacientes foram avisadas dos riscos da droga? – a Sra. Ralsey olhou para mim.

— Creio que sim. Quer dizer, eu acho.

— Vocês lhes dão alguma coisa para ler e assinar sobre riscos e efeitos colaterais?

Tentei me lembrar das mulheres que tinham tomado a primeira dose da injeção desde que comecei na clínica. Sim, nós havíamos entregado-lhes documentos para assinar, mas a Sra. Seager nos orientara a resumir o conteúdo: "Só linguagem coloquial. Nada alarmante." As mulheres que eu atendi não tinham efetivamente lido o documento. Elas apenas me ouviam falar, confiando que eu tinha traduzido corretamente aquele bloco de letras nas páginas. Até as mais letradas não liam os formulários antes de assinar.

— Bom, eu andei pensando – disse Alicia, devagar. – Mesmo que a droga cause câncer, isso não supera nossas preocupações atuais. Levaria muito tempo para o câncer aparecer. É uma coisa lá pro futuro. Mas um bebê pode ser gerado a qualquer momento.

Provavelmente foi por isso que Alicia não falou nada comigo. Ela ainda achava que a gravidez era uma questão mais grave e estava convencida de que fazíamos um trabalho importante.

— Alicia, esse argumento não faz sentido. – Ty balançou a cabeça. – Elas não podem ter bebês se estiverem mortas.

O Sr. Ralsey, que até então ouvia tudo em silêncio, resolveu falar.

— Ty está certo. Se é verdade que essas drogas trazem riscos sérios, então, no fim das contas, vocês estão fazendo experimentos nessas mulheres, do mesmo jeito que faziam com aqueles homens em Macon County.

Não apenas mulheres. Meninas. Engoli em seco. Eu vinha tentando esquecer a injeção que apliquei em India Williams, na esperança de que a droga fosse simplesmente passar por seu corpo e sair. Então eu tentara arranjar um apartamento para aquela família, como se isso fosse compensar meu erro. Mas câncer? Ty tinha que estar errado. Talvez a fórmula da medicação já tivesse evoluído para algo melhor desde esse estudo. Estudos clínicos eram feitos em animais, não em seres humanos.

O fato de ser formado em biologia não significava que Ty sabia de tudo. A Sra. Seager tinha anos de experiência. Ela era rígida conosco, as enfermeiras, mas jamais prejudicaria as pacientes de forma deliberada.

Ela estava lá para ajudar, assim como todas nós. Tudo que precisávamos fazer era conversar com ela e esclarecer esse mal-entendido.

— Eu lavo a louça, Sra. Ralsey – anunciei.

Recolhi os pratos já com a mente ocupada, pensando em como eu ia reunir coragem para perguntar a Sra. Seager sobre aquilo.

11.

Ty e Alicia tinham jogado aquela bomba em cima de mim no jantar de domingo e eu não conseguia parar de pensar no assunto. Não podia falar com a Sra. Seager antes de reunir mais informações, e não estava gostando nada daquela história de Alicia e Ty fazerem pesquisas sem mim. Então, na mesma semana, liguei para os dois e os chamei para ir até Tuskegee comigo. No fim de semana seguinte, fomos de carro até lá para encontrar a Srta. Pope, a bibliotecária da universidade. A primeira vez que falei com a Srta. Pope foi quando ela me encurralou na biblioteca e enfiou uma edição de *Black Power*, de Stokely Carmichael, nas minhas mãos. "Me conta quando terminar", dissera ela, como se eu não tivesse escolha. Dias depois, discutimos os argumentos dele tomando umas xícaras de Sanka no escritório dela, e concordamos que Carmichael não dava a devida importância às mulheres em suas análises. Muito embora eu soubesse que ela nunca teria usado este termo, a Srta. Pope foi a primeira intelectual feminista que conheci.

Ela também foi uma das pessoas que me ajudaram quando descobri que eu estava grávida. Quando eu lhe contara que não planejava seguir com a gravidez, ela se sentara comigo em seu escritório e perguntara se eu tinha rezado. Conversáramos por mais de meia hora e, ao ver que eu estava decidida, ela me falou sobre uma mulher da qual tinha ouvido falar, que era conhecida na cidade vizinha por fazer abortos seguros. Ela se oferecera para me levar lá de carro quando eu estivesse pronta. No dia do procedimento, paguei cem dólares para fazê-lo, e a Srta. Pope ficou sentada na sala de estar da mulher com a Bíblia no colo, esperando enquanto eu estava deitada em uma cama no quarto dos fundos. Quando terminou, a Srta. Pope me levou para a casa dela, onde fiquei durante uma semana. Ela guardou meu segredo com a delicadeza de um anjo, jamais me pediu detalhes nem perguntou sobre o pai da criança.

Ty sabia que a Srta. Pope tinha me ajudado, mas prometeu não tocar no assunto com ela. Durante a viagem, ele ficou estranhamente quieto. Entramos no *campus*, o carro serpenteando pela estradinha. À esquerda, aquilo que costumávamos chamar de "o vale" se transformara em um campo verdejante e reluzente de primavera, e eu lembrei a primeira vez que papai me levara lá para fazer uma visita, a onda de sensações que tive diante de toda aquela história, a imponência dos prédios de tijolos, o teto anguloso da capela. Estava na época da monitoria de outono, e eu pude observar aquelas mulheres de saia, com cabelos alisados e presos, cheias de livros debaixo dos braços. Não conseguia tirar os olhos delas.

Ty estacionou diante da biblioteca e nós três entramos pela porta principal. A luz automática acendeu fazendo um *clique* bem alto assim que passamos pelas estantes. A atmosfera da biblioteca de Tuskegee era séria, assim como a Srta. Pope. Ninguém ia lá para ficar de brincadeira com os amigos. Se alguém lhe pedisse ajuda com um texto de última hora, ela ajudava, mas não sem antes dar um sermão sobre como a qualidade do trabalho era prejudicada quando se deixava para fazê-lo na noite anterior à entrega; e, aliás, assim que terminasse o texto, a pessoa era solicitada a arrumar os livros ali naquela pilha. Mas, durante meus anos em Tuskegee, descobri que havia muito mais por trás daquela fachada durona. A Srta. Pope tinha uma vida movimentada – quando não estava trabalhando ou frequentando os grupos de estudos bíblicos, ela viajava pelo país de carro. Nunca tinha se casado; ela e a irmã visitaram trinta e dois dos cinquenta estados, o que não era pouca coisa para duas mulheres pretas viajando sozinhas.

— Quando você me ligou e disse o que estavam buscando, tomei a liberdade de pegar alguns arquivos que talvez achem interessantes. Mas você não me deu muito tempo, ligando assim como se eu não tivesse nada para fazer no fim de semana.

— Obrigada por tirar um tempinho do seu dia pra gente, Srta. Pope – falei. – Trouxemos essa plantinha para a sua mesa.

Tínhamos pegado uma das plantas da casa de Ty para oferecer a ela como um presente de agradecimento. Era uma que a Sra. Ralsey não ia sentir falta – como qualquer boa mãe de planta, ela tinha suas favoritas. Ty a colocou em um vaso de cerâmica com pedras reluzentes incrustadas no barro. O vaso era tão lindo, que eu tive a sensação de que Ty também estava agradecendo por ter nos ajudado no ano anterior.

Ela pegou a planta e apontou para algumas cadeiras que alguém tinha tirado do lugar.

— Rapazinho, coloque essas cadeiras de volta naquela mesa ali. Não sei quem anda trocando minhas cadeiras de lugar.

— Sim, senhora.

Ty a encarou por um momento e depois fez o que lhe foi pedido.

Alicia cobriu a própria boca. Tentei não olhar para ela porque não queria rir também. A Srta. Pope poderia desistir de nos ajudar se achasse que estávamos gozando dela.

O olhar da bibliotecária pairou sobre o vestido de Alicia.

— Você trabalha na mesma clínica que Civil?

— Sim, senhora.

Embora fosse sábado, estávamos com nossos uniformes porque eu sabia que a Srta. Pope ia gostar. Ela sempre ficava orgulhosa ao ver ex-alunos com suas indumentárias profissionais. Certa vez, eu encontrara o primeiro policial negro de Birmingham no escritório da Srta. Pope. Tinha se formado em Tuskegee. Ela estava tão orgulhosa, que quase tropeçou no pé dele. Por mais que a Srta. Pope adorasse o trabalho de ativistas como Jo Ann Robinson e Mary Fair Burks, ela acreditava com igual convicção na ascensão econômica. Não poderíamos empreender nenhuma mudança efetiva se estivéssemos passando fome. Comer primeiro. Protestar depois. Uma vez, um grupo de alunos do qual eu fazia parte teve uma discussão acalorada na biblioteca sobre como poderíamos pôr isso em prática considerando o fato de que eles se recusavam a nos contratar. O protesto tinha que vir antes, argumentávamos. Façam as duas coisas, dissera ela. Sim, a Srta. Pope era uma figura peculiar.

Ela nos levou até uma mesa ampla no meio da sala.

— Sabe, tem gente que acha que as clínicas de planejamento familiar são uma forma de genocídio. Lá em 1967, o Congresso dos Povos Africanos, organizado por Amiri Baraka, aprovou uma proposta anticontrole de natalidade.

— Nunca tinha ouvido falar disso – confessou Alicia.

— Como disse mesmo que é seu nome?

— Alicia, senhora.

— Bom, vocês deviam pesquisar sobre esse assunto. Já ouviram falar da deputada Shirley Chisholm? Ah, vocês não fazem ideia... a candidatura dela à presidência no ano passado foi como música para os meus ouvidos. A mulher é revolucionária. Chisholm disse que os ataques às clínicas de planejamento familiar não eram nada além de retórica masculina. Graças a Deus!

— Srta. Pope, estamos muito agradecidos pelo seu tempo – falei.

— Mesmo? Então da próxima vez tentem ligar com mais do que dois dias de antecedência. Agora vamos ao que interessa. Você disse no telefone que queria saber sobre o Depo-Provera. Estão dando essa injeção na sua clínica?

— Sim, senhora. E acho que não foi aprovada pela agência de vigilância sanitária. Em alguns estudos, a droga provocou câncer de útero nos animais de laboratório.

— Certo, você já tinha dito no telefone. – Ela assentiu. – É comum usarem drogas que não foram aprovadas? Digo, já fizeram isso antes?

— Acontece, mas eu não diria que é comum. Estamos preocupados principalmente porque há menores de idade tomando essas injeções – expliquei.

— Bom, não tenho muitas informações sobre esse tópico. Mas posso dizer uma coisa a vocês: é melhor contarem logo isso pra alguém. E fazer algo a respeito. Pelo que me falaram, tem algo de errado com essa situação.

Ela ajeitou sua peruca na cabeça. Sempre usou o mesmo estilo, cabelo curto e cacheado. A peruca ia escorregando e, quando tocava a parte de cima dos óculos, a Srta. Pope a empurrava para trás como se fosse um boné.

— Podemos vir de novo amanhã. Você teria mais tempo para pesquisar – disse Ty, que estava sentado ao lado de Alicia na mesa.

— Filho, eu não trabalho aos domingos. Já ouviu falar em igreja?

— Sim, senhora. Sinto muito.

— Sangue ruim – disse ela.

— O quê? – perguntei.

— Foi isso que disseram para aqueles homens. Que eles tinham sangue ruim. Largaram os homens para sofrer e morrer.

Ficamos sentados à mesa, esperando enquanto ela ia ao escritório. Quando voltou, estava carregando uma pilha de pastas e livros tão alta, que deixava seu rosto escondido. Ty se levantou e a pegou das mãos dela.

— Não há muito o que eu possa dizer sobre o Depo. Mas separei esse material sobre a história dos experimentos médicos em pessoas negras. E todos os artigos que encontrei sobre o estudo da sífilis feito aqui mesmo, no nosso quintal.

— O Serviço de Saúde Pública, não é? – perguntou Ty.

— Eles faziam parte, sim. Vocês leram as reportagens sobre o assunto? Uma vergonha. Deixaram aqueles homens acreditarem que estavam sendo tratados. Disseram a eles que tinham sangue ruim.

— Foram quantos homens, Srta. Pope? – Alicia abriu um dos livros sobre a mesa.

— Ah, quase uns seiscentos, acho.

— Seiscentos? Meu Deus....

— Infelizmente, Alicia, Deus não pôde fazer nada por aqueles homens. A maioria deles está morta. E nem assim se deram por satisfeitos. Ainda fizeram autópsias nos corpos para estudar a doença um pouco mais.

— Depois de tudo aquilo ainda abriram os corpos? – disse Ty, levantando a voz.

Coloquei a mão sobre o braço dele, que se recostava na cadeira como se o próprio corpo estivesse sendo aberto.

— Como eles conseguiram que os homens participassem desse estudo, pra começo de conversa? – insisti. O ultraje podia ficar para mais tarde.

— Ah, ofereciam refeições grátis, transporte grátis... essas coisas. Veja bem, muitos desses homens nunca tinham nem pisado no *campus* antes. Então chegaram aqui achando que iam receber cuidados médicos de alta qualidade. No começo do estudo, as pessoas ainda usavam remédios caseiros. Óleos pra ferimentos. Folhas de couve para tratar uma dor de cabeça. Vocês, jovens, não sabem o que é isso.

— E como eles encontraram esses homens? Foram para o interior? – perguntei, pensando na minha primeira viagem até a fazenda do Sr. Adair para encontrar a família Williams.

A Srta. Pope olhou fixamente para mim e Alicia.

— Nós os ajudamos.

— Quem ajudou? – questionou Ty imediatamente.

— Já ouviram falar de Eunice Rivers? Formada em Tuskegee. Uma mulher sofisticada e inteligente também. Quando ouvi dizer que ela sabia de tudo, quase caí da cadeira.

— Uma mulher negra? – falei.

A Srta. Pope continuou:

— Provavelmente ela achou que estava fazendo uma coisa boa. Sífilis era uma doença séria; e esses caras brancos chegaram aqui dizendo que queriam encontrar a cura e que Tuskegee podia ter um papel importante nessa busca. Acho que ela acreditou no governo federal.

— Durante quarenta anos, Srta. Pope? – Eu estava incrédula.

As luzes se apagaram e ninguém se mexeu. A lâmpada acima da mesa principal ainda estava acesa, e nós continuamos sentados, observando uns aos outros na penumbra. Ty estava paralisado na cadeira, as mãos espalmadas sobre a mesa. O rosto de Alicia parecia envelhecido.

— Mas depois da guerra já existia penicilina. Por que não começaram a tratá-los a partir daí? – perguntei.

— Leia os papéis. – A Srta. Pope deu uma batidinha com o dedo nas pastas. Ela se inclinou para a frente. – Eles estavam estudando o que acontecia quando a doença não era tratada.

Ficamos todos sentados ali, em silêncio. Não havia nada que pudéssemos dizer. Senti algo insuportável me corroer por dentro, uma fumaça cinzenta em meus olhos.

A Srta. Pope sussurrou:

— Bom, agora vocês sabem o que algumas pessoas brancas pensam sobre os corpos negros. Eles acreditam que somos mais tolerantes à dor do que eles. De acordo com alguns desses documentos que vou mostrar a vocês, alguns deles, inclusive, achavam que a sífilis não podia nos matar. Era tanto um experimento sobre os efeitos da doença quanto uma espécie de jogo de laboratório com corpos negros pensado por algum branco maluco.

Eu não sabia muito bem no que Alicia e Ty estavam pensando, mas eu pensava nas famílias. As viúvas. As crianças. Nós só tínhamos ouvido falar desse experimento no verão passado e, embora fosse tema de muitas mesas de jantar de pessoas negras em Montgomery, a maior parte da minha comunidade não conhecera pessoalmente nenhuma das vítimas. Eu já tinha me formado e saído de Tuskegee quando a história veio à tona, no verão de 1972. Então não tive a chance de assimilar como aquilo impactara a comunidade no nosso pequeno *campus*.

O meu próximo pensamento era inevitável, e eu mal podia suportá-lo: seria possível que o governo federal estivesse fazendo o mesmo com o Depo e as mulheres negras?

— Você trabalhava aqui – falei. – Não quero ser desrespeitosa, Srta. Pope, mas como é que você não sabia?

Ela abriu a primeira pasta da pilha.

— Meu bem, eu vivo me perguntando a mesma coisa. Como é que isso estava acontecendo bem debaixo do meu nariz? Mas, quando descobri sobre o estudo, comecei a reunir tudo que pudesse ser encontrado sobre isso. É melhor vocês começarem com esse aqui. É uma *newsletter* alternativa que circulava em Washington alguns anos atrás. Um estatístico negro chamado Bill Jenkins descobriu a respeito do estudo e tentou botar a boca no mundo. Quer saber por que ninguém deu ouvidos a ele?

— Por quê? – sussurrei.

— Porque ainda que as pessoas comuns não soubessem, os médicos sabiam. De certa forma, o governo fez aquilo em plena luz do dia, à vista de todos. Publicavam artigos em periódicos médicos e tudo. Ou eles não enxergavam o que havia de errado naquilo, ou ninguém se importava com os negros do Alabama.

— Ou eles pensavam que estavam fazendo uma coisa boa – falei.

Alicia coçou os olhos. Ty estava parado, a silhueta tão escura que eu não conseguia distinguir seu rosto.

A Srta. Pope empurrou a pilha de materiais na nossa direção.

— Fiquem o tempo que quiserem. Eu já jantei.

12.

JACKSON
2016

De todas as histórias do movimento que me assombram até hoje, o assassinato de Medgar Evers está no topo da lista. Nunca consegui dirigir por Jackson sem deixar de imaginar seu corpo ensanguentado caído na estrada, a esposa e os filhos encolhidos de medo no chão do banheiro. Lembro-me de vê-lo na televisão e o achar corajoso e carismático. Eu tinha treze anos quando ele morreu e, para mim, foi essa notícia que marcou minha transição para a vida adulta. Quem morava no extremo sul dos Estados Unidos nos anos 1960 nutria quase nenhuma ilusão sobre os perigos do trabalho como ativista. As pessoas entravam de cabeça nisso ou se mantinham longe. Algumas assistiam do banco de reservas, com medo de perder o emprego ou algo pior. Mesmo com tudo o que estava acontecendo no Alabama, o Mississippi tinha suas questões particulares. Nina Simone enchia a boca para dizer isso quando cantava "Mississippi Goddam". No delta do Mississippi, com suas planícies agrícolas, Evers marchara até as portas daquelas cabanas isoladas, espalhadas no meio das fazendas, e registrara eleitores.

Sempre achei que os líderes do movimento precisavam ser meio indomáveis. Como Fred Shuttlesworth: destemido. Eu juro, aquele homem era de outro planeta. Talvez isso a surpreenda, mas eu achei que tínhamos virado uma página nos anos 1970. Eu sabia que o racismo ainda existia, mas tinha esperanças de que o movimento *Black Power* e a educação tivessem sido suficientes para nos apoiar e nos manter seguros. Nós já tínhamos descido até o inferno e voltado, então as coisas tinham que melhorar na nova década.

Ao chegar a Jackson, não estou pensando só em Evers, penso também em Fannie Lou Hamer e seu uso da expressão *Apendicectomia do Mississippi*. Eu nunca tinha escutado esse termo antes, até estar na faculdade de medicina sob a mentoria de uma mulher negra. Assim que ouvi essas palavras, senti uma dor lancinante em meu corpo. Hamer fora esterilizada sem o seu consentimento em 1961, e o procedimento era tão comum, que as mulheres lhe deram um nome. Eu gostaria de ter descoberto esse termo quando tinha a sua idade, Anne. Gostaria de ter aprendido sobre isso nas aulas de enfermagem em Tuskegee. Talvez algumas coisas tivessem sido diferentes.

Estou na estrada desde as seis e meia da manhã e preciso de cafeína, mas estou tão ansiosa para ver Alicia que nem paro para tomar café. Encontro a comunidade dela perto do shopping; à entrada, uma placa de tijolinhos vermelhos com as palavras *Fazenda Riverwood*. Fico imaginando se essa fantasia da fazenda incomoda Alicia, ou se ela nem sequer pensa nisso.

As casas na fazenda Riverwood são construções novas de tijolos. A casa de Alicia é a quarta do lado direito. Há três carros e uma van estacionados na entrada semicircular da garagem. O marido de Alicia tem uma oficina de conserto de latarias. Eles têm três filhos crescidos – todos homens, todos casados e todos com diploma universitário. Dois deles formados na Mississippi State. Um formado na Tougaloo. Seis netos. O marido de Alicia faz parte do conselho da congregação, e ela é missionária. O sonho americano de quem vive no sul do país.

Quando Alicia teve filhos e decidiu deixar a carreira de enfermagem, não fiquei surpresa. Muitas mulheres negras no sul tinham o sonho de se tornar donas de casa naquela época. A gente as chamava de acomodadas. Alicia sempre fora tradicional, e tinha o sonho de construir a própria família. A minha criação foi diferente. Mamãe nunca trabalhou, então já cresci sabendo que queria ter uma carreira.

Toco a campainha, mas Alicia abre tão rápido que devia estar olhando pela janela. Sou pontual, talvez até alguns minutinhos adiantada. A primeira coisa que percebo é que suas sobrancelhas ainda são desenhadas a lápis – escuras e perfeitas. Antes mesmo de conseguir dar uma boa olhada nela, sou envolvida por seu vestido florido vermelho e pelo cheiro cítrico de seu perfume.

— Meu Deus, é você mesmo – diz ela, ofegante. – Mulher, você perdeu muito peso. Parece uma pena.

O abraço é apertado e eu me deixo relaxar, meio despreparada para todo aquele acolhimento. Ela me puxa pela mão até uma sala grande com teto abobadado. Os móveis são todos florais. As cortinas também. Sobre a lareira cheia de flores artificiais há uma televisão de tela plana. Um poodle branco e pequeno me olha do sofá.

— Essa é a Coco. Ela tem dezessete anos, então já não se levanta muito, nem vai mais até a porta.

— Não sabia que você tinha um cachorro – digo, porque é a única coisa que me ocorre.

Começo a contar sobre meu cachorro resgatado, mas acho que pode soar muito forçado, então volto a ficar quieta. Nos sentamos no sofá uma ao lado da outra e, da minha posição, consigo ver a cozinha. As bancadas estão lotadas de coisas. Volto a atenção para Alicia. Ela observava o meu olhar para sua casa.

— Também fico imaginando como deve ser a sua casa – diz ela.

— Um bangalô de três quartos no centro de Memphis. Tem uma varanda agradável. Um jardim nos fundos. É tudo o que preciso para Anne, mamãe e eu.

— Como está sua mãe?

— Está bem. Depois que o papai morreu, eu a trouxe para Memphis, para morar comigo. Ela e a tia Ros podem se ver mais agora.

— Minha mãe não mora muito longe daqui com aquele velho safado.

Pelas poucas conversas que tivemos ao longo desses anos, sei que a mãe de Alicia finalmente se divorciou do pai e se casou com o pastor, depois de manter um caso com ele por vinte anos.

— Ainda não perdoou eles? – perguntei.

Alicia aperta os lábios.

— Eu perdoo, mas não esqueço. Meu pai é muito mais generoso do que eu. Ele se casou com uma professora aposentada. Foram morar na Flórida.

— Que bom pra ele.

— Como está Anne?

— Acabou de se formar em antropologia. Garota, sabe como são os jovens hoje em dia. Se formam nas coisas só por diversão.

Ela dá uma risada genuína.

— Eu disse para os meus meninos que não me importava o que escolhessem estudar, desde que voltassem pra casa para trabalhar com o pai.

— E eles estão bem? – digo, embora estivesse pensando em como achei essa atitude dela terrível. Me faz lembrar a minha própria indecisão em relação à área médica, que muito se devia à pressão do meu pai. Tento me concentrar. É sempre muito fácil julgar Alicia.

— Estão bem. Meu filho deve chegar logo, logo. Está trazendo um peixe frito do restaurante em que a mulher dele é gerente. Imaginei que você estaria com fome depois da viagem. Já comeu?

— Não, mas peixe frito no café da manhã, Alicia?

— Qual é o problema? Peixe frito com mingau no café da manhã é uma ótima maneira de começar o dia.

— Mulher.

— Oh-oh. Lá vamos nós. Posso ter um minuto da atenção de todos, por favor? A Dra. Townsend está no recinto.

Nós rimos, quebrando o gelo. O filho de Alicia traz a comida, mas não entra, e fico feliz por estarmos sozinhas. Começo a arrumar a mesa para o café da manhã.

— Garota, que peixe gostoso – digo, quando já estamos sentadas à mesa. E está bom mesmo.

— Eu te falei.

Quando terminamos de comer, Alicia recosta na cadeira e limpa a boca com o guardanapo. O queixo fica borrado de batom. Eu não uso mais maquiagem, então não preciso me preocupar com isso. A única coisa com a qual sou exigente hoje em dia é a minha dieta.

— Ouvi dizer que India saiu do hospital e foi pra casa ontem – diz ela, mudando de assunto abruptamente.

— Qual é o diagnóstico?

— Câncer.

— Câncer – repito devagar. – Está muito ruim?

— Não sei. Ela está fazendo tratamento.

Tento reprimir a culpa. Deixei muitos anos se passarem.

— Civil, eu estava querendo te perguntar... Acha que o câncer tem alguma coisa a ver com as injeções de Depo que India tomou? – diz ela em voz baixa, como se fosse um segredo.

Balanço a cabeça.

— É improvável com apenas duas injeções. Pelo menos eu acho.

Alicia se levanta e começa a colocar a louça na pia. Eu abro a máquina de lavar louça e ela liga a água. Ela enxágua e eu coloco na máquina. Depois que terminamos, ela prepara um café. Sentamos no sofá da sala com nossas xícaras grandes. Na dela está escrito *I Am Black History*. A minha não tem nada.

— Por que você sumiu, Civil?

— Fui para a faculdade de medicina.

Sei que pareço estar na defensiva; é o instinto.

— Não tem telefone em Meharry?

— Nem vem, Alicia. Você sabe o nível de comprometimento.

— Você fez exatamente o que disse que nunca faria.

Do que ela está falando? Manter minha sanidade? Tentar não estragar as coisas mais do que já tinha estragado?

— Você alguma vez entrou em contato com aquele pai delas, o dos olhos verdes? Sei que tinha uma queda por ele – insiste ela.

É claro que nunca entrei em contato com Mace. Ela sabe muito bem disso. Só quer me torturar um pouquinho, e eu mereço. Não posso explicar a ela por que tive que me afastar de Montgomery. Não sei como dizer isso sem parecer egoísta. Tenho vergonha de ter deixado nossa amizade para trás, mas também sei que, se eu precisasse fazer tudo de novo, tomaria a mesma decisão.

— Sinto muito por não ter sido melhor, Alicia.

Ela faz um gesto com a mão.

— Pode me poupar da turnê de desculpas. – Ela se inclina para a frente. – Espera aí, é disso que se trata essa viagem? Uma turnê de pedidos de desculpas?

— Não, claro que não.

— Querida, se você estiver fazendo essa viagem para conseguir algum tipo de desfecho, não é pedindo desculpas pra todo mundo que vai conseguir.

— Não sei o que você quer dizer com isso.

— Sabe, sim. Quais são suas questões, Civil? De que respostas você precisa?

— Está parecendo minha tia Ros.

Ela não responde, o rosto sereno e firme. De repente, tenho noção de que esta é a Alicia mais velha. O poder entre nós não é mais o mesmo de antes. Eu subestimei o peso de quarenta anos.

— Tenho inveja de você. Dessa casa. Da vida que construiu. Acho que passei toda a minha carreira tentando corrigir aquele erro.

— Por que isso é responsabilidade sua, Civil?

— Você sabe por quê.

— Você já tem quase setenta anos. Não precisa ficar carregando essa bagagem.

— Então você chama o que aconteceu com aquelas meninas de "bagagem"?

— Todo mundo aprendeu a viver com o que aconteceu. Por que você não?

— Só não consigo.

— Por que não?

— Porque eu sigo me perguntando: será que fiz o suficiente? Nós fizemos o suficiente? *Nós estávamos certas?*

Alicia cruza os braços e recosta no sofá.

— Você é uma médica, Civil Townsend. E, pelo que li na internet, uma das boas. Então sabe melhor do que ninguém pra onde esse tipo de pergunta vai te levar.

— Você não respondeu à minha pergunta.

Ela apenas olha para mim. Quero pedi-la para vir comigo, porque mais ninguém além dela entende. Mas não digo nada.

13.
Montgomery
1973

Depois que descobri um pouco mais sobre o que acontecera em Tuskegee e terminei de ler os materiais da Srta. Pope, fiquei ainda mais preocupada de que estivesse navegando pelas mesmas águas perigosas que Eunice Rivers percorrera. Precisava de algumas garantias de que aquela situação era diferente. A Sra. Seager sabia dos perigos da droga? E havia outras pacientes menores de idade tomando? Ela estava documentando a experiência das pacientes que tomavam Depo? O único lugar onde eu sabia que poderia encontrar respostas diretas era nas fichas das pacientes. Tentei me oferecer para fechar a clínica na segunda, mas a Sra. Seager já tinha designado outras duas enfermeiras para a tarefa. Eu ia ter que bisbilhotar durante o horário de funcionamento.

A Sra. Seager guardava as fichas das pacientes num armário em seu escritório. A enfermeira-recepcionista, que em geral era a Lori, ficava incumbida de ir lá pegar a ficha correta quando uma paciente regular chegava. Ela era a única com acesso permitido. Vasculhar o escritório da Sra. Seager em sua ausência não era nada menos do que uma missão suicida, mas não dava para evitar.

Eu já sabia de algumas coisas. Por exemplo, nem todas as nossas pacientes recebiam injeções de Depo-Provera. Algumas delas tomavam anticoncepcionais por via oral, e iam lá buscar a cartela todo mês. Nós prescrevíamos remédios para doenças sexualmente transmissíveis, questões do trato urinário e infecções fúngicas. Também fazíamos exames de colo de útero. Primeiro eu ia ter que encontrar as fichas das pacientes que estavam tomando Depo-Provera. Isso já ia ser difícil. O segundo desafio era encontrar as anotações da Sra. Seager. Com certeza a mulher tinha algum tipo de diário ou caderno no qual escrevia seus pensamentos de modo geral. Meu pai tinha um diário médico, então presumi que ela teria um também.

Antes de trabalhar na clínica, a Sra. Seager fora chefe do departamento de arquivos médicos no Hospital Profissional; e uma vez se gabara para nós durante o treinamento dizendo que nunca perdera um arquivo em mais de vinte anos. Eu nunca tinha olhado seu armário antes, e imaginei que provavelmente estaria trancado. Ela de fato era o tipo de pessoa que trancava o armário. Não errei a esse respeito, mas não imaginava encontrar a chave tão facilmente – debaixo do sino de porcelana que ficava em sua mesa.

Dava para ouvi-la falando na sala ao lado. Estava tentando convencer uma mulher com seis filhos a fazer uma ligadura de trompas. A Sra. Seager vinha atendendo essa paciente havia meses, e uma das enfermeiras, Fiona, tinha comentado justo naquela manhã que em todas as visitas da mulher, nossa supervisora passava pelo menos meia hora descrevendo os benefícios da ligadura para ela. Lori achava a situação muito triste; certa vez essa paciente chegou na clínica com todos os seis filhos, e eles pareciam famintos. Lori deu-lhes seu almoço para que dividissem. Mas é claro que não foi suficiente.

Eu conseguia ouvir cada palavra da Sra. Seager através das paredes finas.

Se fizer essa cirurgia, não vai mais precisar se preocupar em tomar contraceptivos. Poderá passar mais tempo com os filhos que já tem.

Eu entendo, mas Deus me prometeu um marido. E se eu quiser ter um bebê com meu marido?

Mas você já tem seis filhos. Isso não é suficiente pra qualquer marido?

Da última vez que olhei, não havia nenhuma paciente aguardando do lado de fora. Das enfermeiras, apenas Lori continuava lá. Tinha acabado de vê-la na sala de descanso esquentando água na chaleira. Ela ainda demoraria mais uns minutinhos, pelo menos.

A chave virou bem fácil. Enfiei o dedo entre duas pastas, peguei uma e marquei a outra para saber onde colocá-la de volta. *Mary. Treze anos. Injeções de Depo-Provera aplicadas em cinco de janeiro de 1972, seis de abril de 1972. Patsy. Dezesseis anos. Depo-Provera. DIU. Yolanda. Quatorze anos. Epilética. Depo.* Folheei mais alguns arquivos em busca de assinaturas de responsáveis ou formulários de consentimento. Pelos endereços, a maioria das pacientes morava ali mesmo, na vizinhança. Algumas moravam mais para o interior, talvez não tão longe da família Williams, ou em Clayton Alley.

Na parte de baixo das fichas, havia anotações das enfermeiras, conforme éramos instruídas a fazer: *paciente se queixa de sangramento excessivo; paciente apresenta amenorreia; paciente se queixa de dores de cabeça; paciente relata cólicas abdominais; paciente apresenta corrimento vaginal; paciente tolera bem a medicação, sem efeitos colaterais.*

Uma das enfermeiras – era sempre o mesmo garrancho enorme – pontuava suas anotações com exclamações: *paciente atrasada para tomar a injeção! Paciente não compreende o motivo de tomar a injeção! Paciente com inchaço na área da agulha!* Ela não tinha rubricado as fichas. Parte da nossa tarefa era colocar nossas iniciais e a data nas anotações.

Como é que eu vou trabalhar? Quem vai ficar com meus filhos? Minha mãe não pode.

Isso não é desculpa, disse a Sra. Seager.

Algumas das anotações não eram tão claras: *confusa mas confortável, biotipo robusto com sinais de fadiga, pouco entendimento, candidata ruim para anticoncepcionais orais, inadequada.*

Inadequada? Nossas pacientes, de modo geral, eram jovens, pobres, sem acesso à educação. Mas isso só ressaltava a importância do nosso trabalho. Elas precisavam de nós.

Depois do procedimento, vai poder tomar comprimidos que vão ajudar com a dor. Por favor. Você só precisa assinar esse formulário para eu poder começar o processo.

Minha mão pairava sobre a gaveta. O que ela queria dizer com "inadequada"?

É pra sempre? Assim, se eu fizer isso, depois posso mudar?

Pode, sim. É só fazer um procedimento de reversão. É fácil. Só assine aqui.

Eu não estava encontrando nenhuma evidência de uma conspiração governamental, pelo menos não nos arquivos. Talvez a Sra. Seager estivesse apenas fazendo seu trabalho. Além disso, o Depo-Provera estava sendo aplicado no país inteiro, não apenas aqui. Não era a mesma coisa daquilo que acontecera em Tuskegee.

Calma. Não chore. Você tomou a decisão certa.

Coloquei o arquivo de volta no lugar e fechei a gaveta. Ela rangeu quando virei a chave.

Assine aqui. Aham. Eu mesma virei buscar você para levá-la ao hospital. Não se preocupe.

De repente, ouvi a porta da sala de exames se abrir.

Eu não ia conseguir sair a tempo. *Pense rápido, Civil.* Eu podia sentar na cadeira e fingir que estava esperando por ela. Coloquei a chave de volta no lugar onde a encontrei, depois abri uma fresta da porta e dei uma olhada lá fora. Ela segurava a maçaneta da sala de exames, de costas para mim. Saí do escritório. Mais dois passos para a esquerda e seria como se eu estivesse caminhando pelo corredor. Ela se virou e olhou para mim, os olhos desconfiados por um breve momento.

— Civil, preciso que leve esta amostra para o laboratório, já que pelo visto você não tem mais nada para fazer. Pode fazer isso pra mim, por favor?

— Sim, senhora.

Eu torci para que os arquivos nos quais mexi não tivessem ficado para fora. Fiz tudo tão depressa que não lembrava se os tinha colocado perfeitamente no lugar.

Eu me virei em direção a ela.

— Sra. Seager?

— Sim?

— Eu... Uma das minhas pacientes, uma das meninas que visitei em casa... Quero tirar uma dúvida com você sobre ela.

— Sim?

Falei tudo bem rápido, antes que perdesse a coragem.

— Ela só tem onze anos, Sra. Seager. E eu descobri que ela nem teve a primeira menstruação ainda. Só soube disso depois de dar a injeção. Certamente, a enfermeira anterior cometeu algum erro. Não vi nenhuma anotação no arquivo.

A Sra. Seager não disse nada, então esperei. Quando me dei conta de que não tinha feito nenhuma pergunta a ela, continuei:

— Eu deixei a ficha dela marcada. Não vou mais aplicar injeções nela.

— Fique de olho na menina, Civil. Não a deixe sair dos eixos. Ela vai começar a menstruar logo, e você precisa estar lá para protegê-la.

— Sim, senhora – respondi com a voz esganiçada.

Ela chegou mais perto e falou baixinho, como se estivesse preocupada que sua paciente ouvisse:

— Civil, compreenda que precisamos nos unir no trabalho para ajudar essas pessoas. Estamos trabalhando pelo bem comum. Elas precisam de nós. Somos como... a mão de Deus. – Ela inspirou profundamente, depois soltou o ar pelo nariz.

— Sim, senhora.

Assim que entrei no meu carro, respirei bem fundo. A Sra. Seager presumira que India e Erica eram sexualmente ativas, ou seriam em breve. Será que eu tinha presumido também? Percebi que sim. Comecei a chorar, mas logo enxuguei as lágrimas. Eu não tinha tempo para lágrimas. Precisava agir rápido se quisesse entender o que estava acontecendo.

Ty havia me dado um pedaço de papel. Tirei-o da bolsa e o desdobrei. Macacos rhesus. Beagles. Espécies diferentes, sim, mas o câncer uterino aparecera nos dois. Li aquelas palavras mais uma vez. Eu já tinha lido repetidamente na noite anterior. Farmacêutica Upjohn. Dr. Harold Upjohn. A droga começara a ser vendida nos Estados Unidos nos anos 1960, para prevenir abortos espontâneos. E para endometriose, uma doença pélvica muito dolorosa. Upjohn era o médico-chefe nessa empresa farmacêutica. Os macacos e cães eram espécies diferentes, ele argumentara, então isso não significava que a mesma coisa aconteceria a humanos.

Mas eles não tinham como saber com certeza. A Sra. Seager talvez nem estivesse envolvida nisso. Era completamente possível que o governo federal estivesse usando nossas pacientes como cobaias num experimento clínico, o mesmo que fizeram com aqueles homens em Tuskegee. No caso de as drogas serem perigosas, poderia levar anos até descobrirmos se causam câncer. E, quando esse dia chegasse, seria tarde demais para relacionar a doença com o Depo. Elas já estariam mais velhas, talvez até mortas. Será que podíamos confiar no governo? Caramba, eu trabalhava para o governo. Quem eu estava enganando? Queria conversar com o papai, mas temia que ele me dissesse para pedir demissão da clínica antes que eu conseguisse investigar um pouco mais. Eu poderia conversar com Alicia. Nós tínhamos ouvido as mesmas coisas. Eu precisava saber se estávamos injetando veneno em nossas pacientes.

A pobreza era o que motivava muitos dos crimes que aconteciam na cidade. Desespero. Racismo. Falta de oportunidade. Não estávamos apenas ajudando essas famílias. Estávamos fazendo trabalho comunitário. Era melhor intervir antes que as coisas ficassem piores. Ao distribuir anticoncepcional para as pacientes, evitávamos que elas fizessem mais escolhas terríveis. A Sra. Seager tinha razão em estar preocupada.

Pensei em India e Erica, em seus cabelos recém-lavados, suas roupas novas. Pensei no quanto elas gostaram de ouvir meus discos e em como tinham ficado maravilhadas com a agulha no vinil e o som que ela fazia ao girar sobre os sulcos.

14.

Eu estava ouvindo "Behave Yourself", de Booker T. and the M.G.'s, quando mamãe entrou no quarto. Ainda faltavam seis semanas para a próxima injeção de Erica, mas a cada dia que uma mulher em qualquer lugar tomava aquele remédio, eu sentia dor no coração. Não sabia o que fazer.

Mamãe balançou a cabeça e me lembrei de como ela costumava dançar. Não do jeito melancólico, com movimentos pequenos, que ela fazia agora, mas sacudindo os braços e requebrando o quadril. Quando eu era mais nova, ela dançava o tempo inteiro. Eu me lembro de acordar no meio da noite e ouvir seus pés se movendo no chão da sala enquanto papai batucava no braço da poltrona e assobiava.

Percebi que havia um pedaço de papel na mão dela. Estava dobrado em três partes, como se tivesse sido tirado de dentro de um envelope.

— Alguns anos trás, eu e seu pai fomos assistir Booker T. and the M.G.'s no Coliseum, em Memphis. Ficamos na casa da sua tia Ros, mas ninguém dormiu. Fizemos festa a noite inteira. O baterista se chamava Al Jackson Jr. Ele saiu com a gente naquela noite, depois do show. Ros conhecia todos eles.

— Meu Deus, mãe. Você nunca me contou isso. Onde eu estava?

— Você tinha viajado de férias com o pessoal da escola bíblica.

— Então vocês ficaram fazendo festa enquanto eu garantia meu lugar no céu – falei, rindo.

Eu queria que meus pais voltassem a dançar, fumar baseado, xingar e se comportar como jovens. Eles já tinham alcançado aquele tipo de sucesso que permite viver sem preocupações. Queria que aproveitassem isso.

Mamãe olhou para trás de mim, para a pintura na parede, um esboço verde monocromático de uma mulher caminhando para dentro do fogo. Era uma das poucas obras de arte figurativa que eu me lembrava de ela ter pintado. Aquela tela sempre me atraiu e, quando a encontrei no fundo do armário do depósito, mamãe me deixou ficar com ela sem se importar muito. Agora mamãe a olhava como se a estivesse reexaminando, a boca pequena franzida, a expressão concentrada. Eu a encarei, admirada. Sempre considerei que minha mãe tinha aquele tipo de beleza tão etérea, que não era passada para os filhos. Seu rosto era esculpido, a pele esticada sobre os ossos afiados. Ela era magra, meio fantasmagórica.

— O que é esse papel?

— Hum? Ah, quase esqueci. É pra você.

Levei um susto ao me dar conta do que podia ser. Dei uma lida nas palavras: *Recebemos sua inscrição para um apartamento subsidiado de três quartos em Dixie Court. Aprovação pendente.*

Me estendi para abraçá-la. Ela deu um passo para trás tão rapidamente que quase perdi o equilíbrio.

— Mas então o que isso significa? – falei.

— Eu vi aquelas meninas quando vieram aqui. Uma tristeza em seus rostos. Elas perderam a mãe, não é?

Ela mal tinha demonstrado perceber a presença delas, e eu não estava mesmo esperando que fosse dar continuidade ao assunto. Nunca ficava muito claro o quanto mamãe absorvia das conversas. As meninas estavam tão lindas naquele dia, mas imagino que ainda parecessem dignas de pena para quem não vira o estado delas antes do banho e das roupas novas. Eu tinha cortado o cabelo delas do melhor jeito que consegui, mas Erica ainda tinha o rosto cheio de acne e India ainda estava com os lábios rachados e descascando.

— Como conseguiu isso? Não tem nem um mês.

— Essa carta significa apenas que eles foram colocados na lista de prioridades. Ainda precisam da aprovação. Eu te falei que minha amiga Delia é do conselho. Ela só agilizou o processo de inscrição.

— Então não preciso entrar em contato com uma assistente social?

Ela negou com a cabeça.

— Ah, mamãe, que ótimo! Tenho que ir lá contar pra eles.

Tirei minha calça de moletom e vesti uma saia. A menos amassada que consegui encontrar no meio do *closet* lotado de roupas. Era sábado, e eu nunca tinha visitado a família Williams no fim de semana. Precisava parecer respeitável, mas também casual o suficiente para resistir à lama daquela colina.

— Eles têm móveis, pratos, essas coisas?

— Eles têm o quê?

— Coisas para mobiliar o apartamento caso sejam contemplados. Não imagino que tenham alguma coisa boa naquele barraco – disse ela.

Me abaixei para procurar meus mocassins no chão do *closet*.

— Pega isso aqui.

— O que é isso? – perguntei, me levantando.

— Vai lá no brechó de caridade e vê o que eles têm de bom. Não compra nada que seja tão ruim quanto o que a família já tem agora. Procura coisas que combinem entre si o máximo possível. Se achar um sofá, sente-se para testá-lo antes de comprar.

Ela abriu uma das mãos e lá estava um punhado de notas dobradas.

— Não precisa fazer isso, mamãe. Tenho um emprego.

— Eu sei que tem.

— E não pretendo comprar coisas pras meninas. O pai delas. Ele...

Ela colocou o dinheiro na bolsa que estava pendurada na cadeira da minha escrivaninha.

— Eu entendo. Elas têm um pai. Só dê um jeito de fazer isso sem que ele se sinta humilhado.

— Obrigada, mãe. – Enfiei a camisa para dentro da saia.

Ela passou a mão no cabelo e fez uma careta, como se sentisse uma dor inalcançável em algum ponto do corpo.

— Peça pra Ty e os amigos dele carregarem os móveis do brechó.

E com isso ela foi embora. Eu hesitei por um momento, depois abaixei para calçar o sapato. Ty. Sempre Ty. Meus pais achavam que ele era intocável. Se eu contasse a eles sobre o nosso envolvimento, é provável que me culpassem pelo término. Dobrei a carta. Precisava finalizar essa documentação. Se houvesse a possibilidade daquela família não precisar dormir nem mais uma noite naquele barraco horrível, eles deveriam agarrá-la. Dormir no chão de um apartamento novo era melhor do que naquele projeto mal-ajambrado de casa.

Mamãe demonstrava seu amor de maneiras engraçadas, e conseguir aquele apartamento era exatamente o tipo de gesto que me lembrava disso.

15.

Quando contei a Mace Williams sobre a carta, ele não ficou muito impressionado.

— Vamos lá pegar a ficha de inscrição para o apartamento – falei. – É melhor não perder o lugar na fila.

— Mulher, eu tenho que trabalhar hoje.

— Não me parece que você está trabalhando muito.

— Tenho que ficar porque o homem pode aparecer aqui me procurando. Não posso sair por aí com uma doida.

— Não sou doida.

— Mas parece.

— Mace, vá com ela – disse a Sra. Williams de sua cadeira, do outro lado do cômodo. Ela cerzia um buraco no joelho de uma das calças do filho. Pelo modo como tentava enfiar a linha na agulha, era nítido que precisava de óculos. – Essa menina tá gastando tempo pra vir aqui tomar conta de você e das suas crianças. O mínimo que pode fazer é ir lá ver o que ela tá dizendo. Eu falo com o Sr. Adair se ele passar aqui.

— Mãe, a gente não tem dinheiro pra apartamento nenhum. Como é que vou trabalhar pro Sr. Adair se estiver morando lá nesse tal de Dixie Court?

— O Sr. Adair já falou que não tem mais trabalho pra você aqui. A gente vai ter que sair da casa desse homem cedo ou tarde, você sabe disso – disse ela, encarando-o.

— Como eu disse, o apartamento é de graça – falei. – Pelo menos até você começar a trabalhar. Eles vão te colocar em contato com uma agência de empregos.

— Já falei muito com essa gente dos empregos. Nunca tem nada pra mim.

Eu achava que ele não tinha tentado tanto assim, mas não falei nada. Talvez estivesse muito preso à vida na fazenda.

— Bom, olha só, se você quiser ficar aqui se afundando de pena de si mesmo, tudo bem – falei, irritada. – Mas as meninas e a avó delas têm o direito de sair daqui e morar em um apartamento bom, com ou sem você.

Era óbvio que era insuportável viver com uma família inteira compartilhando um único cômodo – para se vestir, comer, dormir. Qual era o problema desse homem?

A Sra. Williams deu uma risada e esticou o braço com a agulha. De alguma forma, ela tinha conseguido colocar a linha.

— Shhh – pediu ele, e então foi jogar um graveto na fogueira que já se apagava.

Estava frio dentro da casa, talvez mais frio ainda do lado de fora. Era abril, mas o clima ainda não tinha esquentado, e estávamos lidando com os ventos fortes da primavera. Um cachorro deitado sobre uma pilha de roupas levantou a cabeça e começou a latir ao ouvir o som da porta que batia com o vento.

— Chispa! – gritou Mace para o cachorro, que se levantou devagar, esticou as pernas e saiu da casa.

O homem revirou as roupas e pegou uma camisa. Ele a cheirou, tirou a touca da cabeça e abriu a porta dos fundos. Antes que ela se fechasse por completo, eu vi quando ele começou a tirar a camisa por cima da cabeça lá fora. Tentei não olhar. De relance, vi um pedaço de seu pescoço, e, assim como seu rosto, tinha a pele bronzeada pelo sol.

— Vou esperar no carro – avisei para a mãe dele.

Queria saber se India e Erica tinham mantido seus cabelos e roupas asseados nas últimas semanas, desde que eu as vira, mas elas não estavam por ali. Na verdade, não havia muitos lugares aos quais poderiam ter ido. Os vizinhos mais próximos moravam a alguns quilômetros de distância. Manobrei o carro de modo que, assim que Mace entrasse, estaríamos prontos para seguir caminho. Nesse meio-tempo, prometi a mim mesma que não ia permitir que ele me deixasse nervosa. Ele saiu usando uma camisa azul limpa o suficiente, e segurava uma escova de cabelo ao entrar no carro. Pelo menos não parecia que tinha acabado de sair de um celeiro. Ao passarmos pela casa do Sr. Adair, Mace cumprimentou um homem branco que estava sentado no capô de uma caminhonete com um aceno de dois dedos. O homem nos encarou, mas não retribuiu o cumprimento.

— É ele?

— O próprio.

— Ele trata você e sua família bem?

Mace não respondeu. Ficou apenas olhando pela janela. Com isso, entendi que ele não queria conversar, então fiquei quieta. Não precisávamos ser amigos. O cara me achava inconveniente, mas eu não ligava, porque não estava fazendo aquilo por ele. Era pelas meninas. Segurei o volante com uma das mãos e, com a outra, a carta que continha o endereço: Dixie Court, 3.501. O horário de funcionamento do escritório de imóveis era de das às seis no sábado, então tínhamos bastante tempo. Fui descendo com o carro pela estrada. A interferência no rádio parou e a voz de Carla Thomas começou a soar nas caixas de som.

— Ei – disse ele.

— O que foi?

— Já viu que a gasolina tá baixa?

Olhei para o painel. Estava mais do que baixa, já tinha praticamente acabado. Eu nem tinha pensado em colocar gasolina no carro, estava muito acostumada a ter meu pai resolvendo isso. Um posto de combustível apareceu logo à frente. Desacelerei o carro, um homem de macacão azul sentado em uma cadeira ficou olhando para nós.

— Eu encho pra você – ofereceu Mace.

Peguei dinheiro na minha bolsa. Mace pagou o homem, depois voltou e girou a alavanca da bomba de gasolina.

Fiquei observando ele pelo retrovisor. Seus olhos permaneceram fixos nos numerozinhos que iam passando. Pensei em sua falecida esposa, se haviam se apaixonado um pelo outro na adolescência.

— Você já saiu do Alabama? – perguntou Mace depois que já tínhamos retornado à estrada.

— Claro.

— Tipo onde? – insistiu ele, em um tom de quem pareceu achar que eu estava mentindo.

— Bom, eu…

Comecei a contar a ele o que normalmente dizia às pessoas quando me perguntavam das minhas viagens: que meu pai me levara a Nova Orleans no meu aniversário de dezesseis anos. Que minha tia Ros morava em Memphis e às vezes íamos visitá-la no Natal. Que eu fora de carro com papai até Nashville para uma conferência e que já visitara a Fisk, a *alma mater* da mamãe. Mas assim que as palavras começaram a sair da minha boca, eu parei. Talvez tenha sido por causa da expressão em seu rosto. Meio desconfiada.

— Já fui a Memphis – falei. – Minha tia mora lá.

— E como é Memphis? – perguntou ele, como se estivesse falando de um país muito distante.

— A cidade fica às margens de um rio, igual Montgomery. Só que o Mississippi é bem mais largo do que o rio Alabama.

— Um dia quero levar minhas meninas até o oceano. Elas precisam ver.

— Isso é fácil. Você dirige?

A maioria dos homens no Alabama aprendia a dirigir ainda bem jovens, fosse numa caminhonete ou num trator. O que eu estava perguntando mesmo era se ele tinha um carro. Eu sabia que não era muito comum uma família ter três carros, como a minha, mas não tinha muita certeza se um homem na posição dele teria um.

— Claro que dirijo. Mas minha caminhonete tá parada. Tem um amigo ajeitando pra mim.

— Ah – falei, decidida a voltar ao tópico viagens. – Você nasceu aqui mesmo?

Ele fez que sim.

— Não muito longe da fazenda do Adair. O fato é que meu pai trabalhou na fazenda de um homem chamado Philips durante anos. Depois que ele morreu, eu e minha mãe não podíamos ficar naquela casa sem fazer tudo o que papai fazia, e eu era muito novo pra dar conta de tudo. Assim que tive idade suficiente, arranjei trabalho em outra fazenda. Conheci minha esposa e vivemos bem por um tempo. A gente pagava aluguel em uma casa. Mas parece que depois que ela morreu tudo começou a dar errado. As plantações morreram. As galinhas morreram. Tudo ficou uma merda.

A morte da esposa dele cobria aquela família como se fosse um véu; dava para perceber pelo jeito como todos falavam sobre ela. Tentei mudar de assunto de novo.

— Ouvi falar que a fábrica de picles na estrada Whitfield está contratando.

— Já tentei um emprego lá uma vez. Não quiseram me contratar.

— Tem que continuar tentando.

— Quantos empregos você já teve?

Bom, esse é o primeiro, eu quis responder, mas qual era a importância disso? Não entendia aquele pessimismo carrancudo dele. O homem agia como se o mundo inteiro estivesse ativamente trabalhando contra ele. Era difícil dizer onde acabavam os problemas do sistema e começavam os daquele homem.

— Olha, acho que estamos chegando. Veja aquela placa – anunciei.

Havia um *outdoor* de propaganda de Dixie Court. Na placa, estava a foto de uma mulher negra com duas crianças diante de uma casa de tijolos de um andar. Nada de pai na foto. Saí da via expressa e virei à esquerda. Algumas das casas ainda estavam em construção, mas não havia nenhum operário à vista. A rua fazia uma curva em U, eu fui seguindo até ver a placa do escritório de aluguel. Estacionei e saímos do carro. Mace olhou ao redor, a expressão cética.

Havia um bilhete escrito à mão pendurado na porta do escritório: *Volto já.*

— Você disse que isso é de graça?

— É, até você conseguir um emprego. Quando estiver empregado, tem que pagar aluguel. Mas não é muito.

— Espero que não tenha dado esperança pra minha mãe à toa.

— Posso ajudar? – perguntou uma mulher branca que estava na calçada. Ela usava um vestido amarelo com cinto que tinha um ar primaveril, embora estivesse frio ali fora. Qualquer pessoa usando um vestido tão reluzente só podia estar fazendo algo de bom para o mundo, concluí.

— Sim, senhora. – Estendi a carta. – Estou aqui pra solicitar um apartamento para a família Williams.

— Você é a assistente social? – perguntou ela, pegando o papel das minhas mãos. Fiquei impressionada por ela não ter considerado a possibilidade de que eu e Mace fôssemos casados.

— Bom, não exatamente. – Eu hesitei. – Sou a enfermeira, e as filhas dele são minhas pacientes.

A mulher assentiu e sorriu.

— Ah, entendi. Espero que tenham te avisado que não temos apartamentos térreos disponíveis no momento.

— Perdão?

— Sua paciente está em cadeira de rodas, querida?

— Cadeira de rodas? – interrompeu Mace.

Balancei a cabeça.

— Não, senhora. Não vamos precisar de apartamento térreo. Não sou esse tipo de enfermeira. Mas precisamos do apartamento de três quartos mencionado na carta. A não ser que você tenha um de quatro.

— Não temos apartamentos de quatro quartos, querida. Vou pegar a chave lá dentro e já mostro pra vocês.

— Obrigada.

Enquanto esperávamos, Mace chegou mais perto e perguntou:

— O que diz a carta?

— Que o governo vai ajudar vocês caso não consigam pagar o aluguel. Não se preocupe.

— É fácil pra você dizer. Aquele barraco na fazenda pode não parecer muito pra você, mas é um teto.

— Sr. Williams, posso chamar você de Mace?

— Posso chamar você de Sybil?

— Não é Sybil. É...

— Vamos só andar uns minutinhos naquela direção – disse a moça do aluguel de repente, enquanto trancava a porta do escritório. Ela andava à nossa frente, o vestido de primavera reluzindo sob a luz do sol. – Meu nome é Sra. Lacey. O que precisarem, é só me chamar. Meu marido protestou ao lado do Dr. King em 1966. Apanhou feio em uma noite. Mas aquilo não o intimidou. Nem a mim. Aqueles ministros negros nos incentivaram a fazer algo melhor das nossas vidas. Por isso trabalho aqui agora.

Muitos dos brancos que protestaram tinham vindo de fora da cidade, mas havia alguns locais. Obviamente ela era um deles. Seguimos ela até um prédio de dois andares com tijolos cinzentos na frente. No segundo andar, ela abriu a porta do apartamento. A sala tinha cheiro de tinta fresca. Ainda não tinham terminado de fazer a instalação elétrica, então havia fios pendurados no teto. O piso de vinil era tão novo, que dava para sentir o cheiro da cola. As janelas ainda tinham os adesivos do fornecedor. As tomadas ainda estavam sem espelho.

— Não sei quando vocês pretendiam se mudar, mas, como podem ver, ainda há algumas coisas a serem feitas.

Mace se separou de nós e foi explorar o apartamento, andando de um jeito ágil, como eu nunca o tinha visto fazer. Dei uma espiada na cozinha. Era estreita. Utensílios amarelos e o mesmo piso de linóleo. Uma janela da cozinha dava para o jardim. Imaginei cortinas amarelas, mais ou menos da mesma cor do vestido da Sra. Lacey.

— As contas estão incluídas no aluguel? – perguntei.

— Sim, sim, tudo incluído, menos telefone. Se quiserem um telefone, precisam pagar por conta própria.

Eu sorri. Seria legal se tivessem um telefone para eu poder ligar e saber notícias das meninas.

Mace apareceu no batente da porta.

— O que temos que fazer? – perguntou ele.

Pelo som ansioso de sua respiração, notei que já estava se apegando ao lugar.

— Precisa preencher a solicitação. Eu a trouxe comigo – disse a mulher.

Mace pegou o papel da mão dela, foi até a última página e rabiscou um X enorme na parte de baixo. Quando entregou de volta, ela assentiu meio constrangida.

— Pode deixar que devolvo depois pra você, Sra. Lacey – falei, pegando o papel da mão dela.

Quando já estávamos do lado de fora, ela se virou para Mace:

— Se der tudo certo com os documentos, pode vir aqui pegar as chaves. Estou no escritório todos os dias. É só chamar se precisar de mim, está bem?

Ela abriu um sorriso acolhedor, se virou e foi caminhando na direção do escritório.

Mace segurou minha mão. O toque me surpreendeu.

— Ei, Srta. Sybil. Acha que consegue me levar lá no pessoal dos empregos segunda?

Eu tinha que trabalhar na segunda, mas me peguei concordando.

— Claro que posso. Mas meu nome é Civil. Com *v*.

Ele apenas sorriu.

16.

A mudança demorou duas semanas. Ty recrutou dois de seus companheiros de fraternidade para ajudarem ele e Mace a buscar as coisas no brechó de caridade. Eu e Alicia nos intitulamos decoradoras, analisando cobertores e lençóis como se estivéssemos fazendo compras para gente rica. Até vasculhei o barraco da fazenda, tentando ver se algo ali podia ser salvo. A Sra. Williams parecia ansiosa para deixar a maioria das coisas velhas para trás. "Deixa isso aí", dizia ela com frequência. O único objeto ao qual ela parecia especialmente apegada era sua cadeira de balanço. Quando terminamos, o barraco ainda tinha coisa suficiente para a próxima família que fosse ocupá-lo. Embora o Sr. Adair tivesse demitido Mace, tínhamos quase certeza de que em algum momento o homem ia entregar aquele lugar para outra família viver à própria sorte. Era assim que as coisas funcionavam no Alabama.

Fizemos todo o possível para enfeitar o apartamento em Dixie Court. Alicia cobriu as gavetas da cozinha com papel adesivo, cortando as sobras cuidadosamente com uma faca. Mace fez a instalação elétrica e pendurou luminárias redondas. Eu encontrei um lustre para a sala de jantar que estava apenas com um dos cristais faltando. Um sofá de tecido liso com estrutura de madeira entalhada. Uma mesinha de centro de vidro. Minha mãe pintou rosas vermelhas em duas mesinhas de cabeceira brancas. Encontramos colchões de boa qualidade e estrados para as camas. Não havia dinheiro para cabeceiras, mas consegui encontrar um gaveteiro de madeira em bom estado. Eles não precisariam mais espalhar as roupas pelo chão. No quarto das meninas, duas camas de solteiro. Uma cômoda para compartilhar. Um tapete verde meio desbotado, mas limpo. Cortinas brancas translúcidas com estampa de borboletas. Depois de morar por tanto tempo naquele casebre, queria que a família pudesse receber convidados.

Alicia e eu não conseguimos achar um jogo completo de louças no brechó de caridade, então minha mãe doou um que quase nunca usávamos. Ela cobriu cada prato com jornal para que nada quebrasse no transporte. Quando a Sra. Williams desembrulhou os pratos, deu para ver pela expressão em seu rosto que não queria usá-los.

— São para comer neles, Sra. Williams – falei.

— Mace é tão desastrado. Vai acabar derrubando e quebrando.

— Os tapetes vão ajudar a evitar isso.

A ideia de ela não usar os pratos me incomodava. Queria que aproveitasse todos os momentos dessa nova vida. A Sra. Williams desempacotou a louça com cuidado e guardou em uma prateleira alta da cozinha, usando uma cadeira como escada. Depois que colocamos uma toalha de vinil sobre a velha mesa de jantar, Alicia a convenceu a arrumar os pratos nela, como se fossem receber convidados. A Sra. Williams não resistiu. Adorou aquela ideia. Pegou os pratos de volta e arrumou quatro lugares na mesa. Colocamos um vaso com rosas de plástico bem no meio.

— Civil, precisa de mais alguma coisa?

Um dos amigos de fraternidade de Ty era gordinho, com cara de criança, mas tinha uma força sobrenatural quando se tratava de carregar móveis. O nome dele era Vince e estava todo vestido de branco. Doido. Milagrosamente, a não ser pelas manchas de suor, ele ficou limpo.

Vince recostou na parede.

— Como é que foi estudar lá na Tuskegee? Ouvi dizer que os professores são rígidos – disse ele.

— Foi legal.

— Ei, deixa a mulher do Ty em paz e vem ajudar a gente – chamou o outro amigo de fraternidade ao passar pela sala.

— Pra começar, eu não sou mulher do Ty – falei, quando todos nos reunimos na sala de estar.

Mace observava do batente da porta. Tentei ler os pensamentos dele. Alicia se jogou na cadeira de balanço da Sra. Williams. Cochichei para que ela saísse da cadeira da mulher e ela mudou para o sofá.

— Obrigada a todos pela ajuda – concluí.

Dei cinco dólares para Ty e para cada um dos amigos. Cortesia de June Townsend.

— Sra. Williams, avise se precisar da gente de novo – ofereceu Ty.

— Vou avisar, filho. Vocês têm que voltar pra experimentar meu bolo de refrigerante.

Ela embrulhou sanduíches de queijo num papel e entregou um para cada.

Os três murmuraram um "Sim, senhora" e foram saindo. Ty se virou e olhou para mim.

— Garota, estou morta. – Alicia se levantou. – Vou com eles. Nos falamos depois?

Dei um abraço nela, que saiu e fechou a porta.

— Tô meio cansada também – disse a Sra. Williams. – Vou deitar um pouco. Precisa de alguma coisa, Civil?

— Não, senhora.

Mace estava de pé no batente da porta que levava ao corredor. Abriu espaço para a mãe passar. O sol tinha começado a sumir, fazendo a sombra dele mudar de lugar na parede.

— Então Ty é seu homem?

— Não – respondi, irritada, enquanto ajeitava as almofadas no sofá.

O canto entre o sofá e a cadeira estava vazio. Imaginei uma TV, mas aquilo estava muito fora do meu orçamento. Tentei deixar de lado aquela ideia. Eu não tinha a menor condição de comprar uma televisão para aquela família – e, mesmo que eu tivesse, não tinha nada que fazer isso. Móveis do brechó de caridade eram uma coisa. Uma TV já passava dos limites.

— Como foi a primeira semana no trabalho novo? – perguntei.

Ele se sentou no sofá e deu um tapinha no assento ao lado dele, mas não me mexi.

— Não é muito difícil, se é isso que quer saber. Melhor que trabalhar na fazenda. O picles não fede tanto quanto eu imaginava. Ah, esqueci de te contar que fui lá no St. Jude. Eles disseram que aquele caroço na minha perna não era nada. Enfiaram uma agulha e o caroço sumiu.

— Eles drenaram? Parece nojento.

Ele riu.

— Está conseguindo ir para o trabalho de ônibus?

— Eu saio bem cedo, mas não dá nenhum problema se o ônibus não atrasar. Minha caminhonete deve voltar a funcionar semana que vem. Finalmente vou poder pagar o cara.

— Que bom, Mace. Estou feliz por você.

Ele realmente era um colírio para os olhos. Tinha se arrumado todo para o novo trabalho e ficara bem bonito.

— Bom, está na hora de buscar as meninas – falei. – Posso ir pegá-las e trazê-las de volta à noite.

India e Erica ainda não tinham visto o apartamento. Mace queria que fosse surpresa.

— Vou com você.

— Não precisa. Estou...

— São minhas filhas.

Quando estávamos no carro, ele inclinou o assento todo para trás e fechou os olhos.

— De que adianta ir comigo se vai dormir o caminho inteiro?

— Ainda posso fazer companhia mesmo dormindo – disse ele, sem abrir os olhos.

— Normalmente, quando as pessoas fazem companhia para o motorista, elas conversam.

Ele se apoiou nos cotovelos.

— Tudo bem, Srta. Civil. Sobre o que quer conversar?

— O que acha que as meninas vão dizer quando virem o apartamento?

— Bom, minha mãe ainda não parou de agradecer a Deus desde que viu o lugar. Eu falo: "Mãe, o que quer comer no jantar?", e ela responde: "Meu espírito já está muito bem alimentado."

— Bom, ela tem motivo pra isso. Que bom que minha mãe conseguiu avançar vocês na lista de espera.

Ele falou as palavras seguintes em um tom de voz tão baixo que eu mal consegui escutá-las sob o ronco do motor.

— Sabe, a gente tinha uma vida antes de você. Eu agradeço tudo que fez, mas não vem achando que você é o Messias. Vocês do governo acham que a gente devia beijar seus pés.

— Por que você sempre faz isso?

— Faço o quê?

— Estraga um bom momento.

Um caminhão passou roncando e, qualquer que tenha sido a resposta dele, ela se perdeu. E tudo bem, porque eu não estava a fim de lidar com as variações de humor de Mace. O homem estava sempre na defensiva. Tudo que eu dizia era errado, todo elogio era distorcido.

Conforme o barulho na rua foi diminuindo, Mace voltou a falar.

— Você não sabe como é difícil aceitar ajuda pras minhas filhas – disse ele. – Eu sou o pai. Eu que devia ser o provedor da vida delas. Antes da mãe das meninas morrer, eu prometi isso a ela.

A voz dele falhou. O sol começou a se pôr no céu e a luz no carro diminuiu, mas ainda dava para vê-lo nitidamente. Ele olhava para o teto. Era difícil imaginar como devia ser para Mace. Eu só estava tentando fazer o melhor que podia por eles. Mas lembrei do que mamãe me disse sobre não deixá-lo se sentir humilhado.

Quando chegamos à casa, as meninas estavam sentadas na varanda.

— Papai! – gritou Erica. – Apaguei o fogo, mas ainda está quentinho.

— Tá bem.

Mace entrou em casa e perguntou se havia mais alguma coisa que as meninas queriam levar com elas.

India pegou uma boneca no chão. Era uma boneca branca com o rosto sujo e o cabelo cheio de nós. Ela a segurou contra o peito e encostou o rosto nela.

— É sua? – perguntei, com delicadeza.

India tinha onze anos e era grande para a idade. Aquele apego à boneca me surpreendeu.

— Sim, é dela – respondeu Erica pela irmã.

— Bom, acho que vai ficar bonita no seu quarto. Pode colocá-la em cima da cama. – Me virei para Mace, que estava saindo da casa. – E os cachorros?

— Não são nossos – respondeu ele.

— Odeio esses cachorros – sussurrou Erica, enquanto caminhávamos até o carro.

— Por quê?

Ela levantou o rosto e apontou para baixo do queixo. Sob a luz fraca, consegui enxergar uma velha cicatriz.

Quando India viu que não íamos levar os cachorros, saiu do carro e foi até um deles. Ela o abraçou e enfiou o rosto em seu pescoço. O cachorro lambeu sua bochecha.

— Vamos lá – disse Mace.

Quando India voltou para o carro, vi que seus olhos estavam vermelhos. Ela ficou olhando para o vira-lata enquanto descíamos a colina. Quando chegamos a Dixie Court, a rua estava escura porque não havia postes de luz. Bati a porta do carro e o barulho ecoou na rua. Lá longe, um cachorrinho latiu em resposta. India virou a cabeça na direção daquele som.

— Vamos, vamos. – Mace subiu as escadas correndo. Todo aquele papo dizendo para eu não agir como Jesus, e lá estava ele, comportando-se como se tivesse feito tudo sozinho.

Parei. Estava na hora de ir para casa. Queria ficar, mas a acusação de Mace latejava nos meus ouvidos, então não subi as escadas atrás deles. Mace deve ter percebido, porque logo desceu de volta.

— Ei, moça. É melhor você vir aqui me ajudar com essas meninas. Elas podem começar a chorar ou algo assim. Que é que vou fazer se isso acontecer?

Eu me virei e respondi por cima do ombro.

— Seja o pai delas, como você disse. Fala pras meninas que vejo elas na próxima consulta.

Foi tudo o que consegui dizer. Dentro do carro, fiquei sentada por um momento olhando a janela do apartamento, na esperança de conseguir vê-las através das cortinas. Queria ver seus primeiros sorrisos, saber se tinham gostado do que fizemos com o lugar. Foi doloroso recusar o convite.

Acabei não conseguindo enxergar nada, e me dei conta de que estava no meio da escuridão. Uma brisa soprava pela janela aberta do carro e o latido do cachorro continuava ecoando sem parar.

17.

Antes que eu me desse conta, tinha chegado o dia de buscar as meninas para tomar a próxima injeção de Depo. Dessa vez, eu tinha que levá-las para a clínica para fazer exames ginecológicos. Mas a minha cabeça estava a ponto de explodir: eu não podia aplicar aquela injeção em nenhuma das duas de novo. Alicia me convencera de que era impossível transferir todas as pacientes para a pílula. Era uma questão de fornecimento. A Sra. Seager controlava o inventário.

A família Williams tinha se mudado havia um mês, e eu não os via desde aquela noite em que deixei as meninas e Mace no novo apartamento. Por ali, havia evidências de famílias recém-chegadas em todos os cantos. Uma bola de basquete vazia na grama. Uma pista de amarelinha desbotada na calçada. As ceroulas brancas de um homem penduradas no varal entre dois prédios. À medida que subia as escadas para o apartamento, percebi que alguém tinha varrido a entrada desde a última vez em que eu estivera ali. Antes mesmo de eu bater, India abriu a porta e me deu um abraço na altura da minha cintura.

— Oi, garota. – Dei um beijo no topo da cabeça dela e entrei.

Erica veio pelo corredor carregando uma bolsa de couro envernizado, a alça presa com um alfinete. A sala de estar já dava sinais de que tinha gente morando ali. Alguém colocara uma manta laranja dobrada sobre o encosto do sofá. Havia um pequeno maço de mosquitinho branco dentro de um copo sobre a mesinha pintada ao lado do sofá.

— Vem ver nosso quarto – disse Erica.

Aposto que ninguém tinha dito a elas que eu ajudara a decorar. Era egoísta da minha parte, mas eu queria o crédito. Talvez Mace estivesse certo sobre mim, afinal. India segurava minha mão. Quando eu estive lá, havia apenas as camas e uma cômoda. Agora havia um pôster de Diana Ross na parede. A cantora estava enrolada em um casaco de pele preto e estampava um sorriso enorme no rosto.

— Olha isso – disse Erica, esticando os lençóis sobre a cama.

— O que foi?

— Estou fazendo a cama. – Ela parecia tão satisfeita consigo.

— Está muito bonita.

Em cima da cômoda, elas tinham colocado uma escova e um pote de pomada de cabelo Royal Crown. A única coisa que achei que ainda precisavam era de um abajur. A luz do quarto era fraca, e eu mal conseguia me ver no espelho da cômoda.

— Você ficou com a cama perto da janela, então? – perguntei a Erica.

— É. India não gosta do som dos carros e das pessoas falando. A gente nunca ouviu tantos barulhos à noite antes.

O quarto delas era virado para a rua. Dava para ver o escritório do aluguel a alguns metros dali.

— E adivinha?

Virei para as meninas de novo.

— O quê?

— India começou a sangrar.

Erica olhou para a irmã, o rosto cheio de orgulho.

— O quê? Quando?

Eu mal conseguia pensar. Isso fazia o anticoncepcional mudar de figura. Não se tratava mais de um remédio inapropriado sendo administrado em uma menor de idade pré-púbere. Ele agora a protegia de algo real. E disso eu entendia muito bem. Olhei para India. Com certeza ela ainda não tinha interesse em garotos. Pelo menos eu nunca vira nenhum sinal de qualquer tipo de interesse.

Antes que Erica respondesse, a Sra. Williams entrou no quarto secando as mãos em um pano pendurado em sua cintura.

— Como está, Srta. Civil?

— Bem, e você? – desviei o olhar das meninas.

— Não posso reclamar.

— Aqui. – Entreguei um pacote de papel pardo para a Sra. Williams.

— O que é isso?

— Um presente da minha mãe.

Ela pegou uma Bíblia com capa de couro branco de dentro da sacola.

— Ah, olha só pra isso – admirou ela.

— Ela disse que é para a sua sala de estar. E bem aqui – apontei para as letras douradas impressas na capa. – Está escrito "Família Williams".

A avó ficou com os olhos marejados. India puxou o livro para tentar ver. Eu ia ter que trazer mais absorventes. Ia ter que ensinar a ela como usá-los.

— Minha mãe tinha uma Bíblia como essa. Lembro de algumas passagens que ela lia. Consigo recitar pra você como se eu mesma estivesse lendo. – Ela falou isso sem aquela atitude defensiva que o filho sempre tinha. A mãe da Sra. Williams era letrada, e isso era motivo de orgulho.

— Minha mãe sempre disse que, se você deixar a Bíblia aberta em algum canto, a casa ficará abençoada – falei.

— Amém. – Ela colocou o livro debaixo do braço. – Toda vez que entrar por essa porta, saiba que estamos fazendo de tudo pra honrar esse presente que você e Deus nos deram.

— Não foi nada, de verdade. – Olhei para o relógio. – Estão prontas, meninas?

Elas amarraram os sapatos e saíram comigo do apartamento. Ao chegarmos ao saguão, segurei com força no corrimão da escada. Essa notícia de que India havia começado a menstruar não poderia ter vindo em um momento pior. Se a Sra. Seager já estava na dúvida antes, agora seria impossível contestar sua decisão de continuar aplicando a medicação, caso ela descobrisse.

Depois que fiquei sabendo dos potenciais perigos do medicamento, eu já tinha aplicado mais duas injeções de Depo em mulheres, duas mães desesperadas por um anticoncepcional confiável. Não consegui convencê-las a mudar para a pílula. Minha cabeça doía diante do que eu estava incumbida de fazer às meninas.

— Quero te perguntar uma coisa, Erica, e estou perguntando como sua enfermeira. – Estacionei o carro perto da clínica e me virei para ela. – Algum garoto já tocou em você?

— Como assim? – questionou ela, mas pela expressão em seu rosto dava para ver que ela sabia exatamente do que eu estava falando. Eu devia ter perguntado sobre isso antes.

— Você... se envolve com garotos?

Ela balançou a cabeça rapidamente.

Queria me certificar de que ela tinha entendido.

— O que estou falando é: já fez alguma coisa com algum menino que talvez... possa gerar um bebê?

Ela balançou a cabeça de novo.

— Você sabe como os bebês são feitos? – insisti.

Erica parou por um momento e disse, devagar:

— Sei.

— Certo, e você já fez algo desse tipo?

Ela balançou a cabeça.

Eu não sabia muito bem o que pensar. Ainda não entendera por que as meninas tinham sido incluídas no tratamento com Depo, para começo de conversa.

— Já beijou um menino?

— Srta. Civil, você tá estranha.

— Só responde à pergunta!

— Srta. Civil, você já viu algum garoto lá na fazenda, sem ser aqueles menininhos brancos que jogavam pedra na gente o tempo todo?

— Você não ficava na fazenda o tempo todo. Com certeza encontrava outras crianças da sua idade. Você costumava ir pra escola.

Ela me olhou como se eu fosse louca, burra ou as duas coisas.

— Desculpa, querida. Vamos entrar – falei, por fim.

Dentro da clínica, todas as salas de exame estavam ocupadas, então pedi para elas se sentarem e aguardarem. Quando uma das salas vagou, as chamei de volta. As duas irmãs foram ao banheiro juntas para fazer xixi no copinho. Quando voltaram, as orientei a tirarem as roupas e vestirem os aventais. Enquanto elas se trocavam, eu fui até o corredor e arrumei tudo em duas bandejas. Numa delas estavam todos os itens que eu ia precisar para o exame. Espéculo. Espátula. Escova cervical. A segunda bandeja era para medicação. Álcool. Algodão. Agulhas. Remédios. Curativos.

No dia do meu aborto, a mulher disse para eu tirar a roupa da cintura para baixo, e eu me lembro de pensar que não ia nem tirar a camisa no dia mais significativo da minha vida. Eu nunca tinha feito um exame vaginal antes de ficar grávida. Meu pai achava que era desnecessário, e sexo não era um assunto sobre o qual eu conversava com a mamãe.

Entrei na sala de exame e, com cuidado, coloquei as bandejas sobre a bancada. As meninas subiram na balança, uma de cada vez, e anotei os números. India deitou na maca. Coloquei a braçadeira do aparelho de pressão arterial nela. Erica ficou animada com aquilo e seus olhos se arregalaram ao ver a braçadeira inflar no braço da irmã.

Uma batida na porta. A Sra. Seager abriu.

— Faça as testagens para infecções e doenças sexualmente transmissíveis nelas – disse, como se as meninas não estivessem ali, sentadas na frente dela.

Segurei o prontuário na altura do rosto para escondê-lo.

— Sim, senhora.

Depois que a Sra. Seager fechou a porta, eu peguei o apoio para os pés. Erica subiu na maca e se recostou. Levantou os joelhos. Eu podia ouvir minha própria respiração entrando e saindo do nariz. Tentei engolir a saliva. Minha garganta não se abria e achei que eu fosse me engasgar.

Não recebi nenhum remédio para dor naquele dia e nunca nem vi qual foi o instrumento que a mulher usou. Em meio aos meus gritos, só me lembro de ouvir a Srta. Pope chamando o meu nome com uma voz angustiada. Depois que o procedimento acabou, me senti grata por tê-la ali comigo, mas também arrependida de não ter pedido a Ty para me acompanhar. Isso era parte do motivo pelo qual ele não compreendia. Ele não estivera lá. O momento em que me levantei daquela maca improvisada foi o mesmo em que me afastei dele e de nosso relacionamento. Simplesmente não podíamos ficar juntos depois daquilo.

— Srta. Civil?

— Senta. Senta. – Coloquei os apoios de pé de volta embaixo da maca. Não conseguia olhar nos olhos de Erica. – Afaste a manga da sua blusa.

Umedeci um pouco de algodão com álcool e passei no ombro dela.

— Sabem por que começaram a dar essas injeções em vocês? – perguntei.

Peguei a ampola e enfiei a agulha lá dentro. Abri a seringa e fiz a aspiração do medicamento.

— Uma moça foi lá em casa um dia e disse pro papai que ia levar a gente na clínica e garantir que a gente não tivesse bebês. Acho que ele quase morreu de susto. Ele sempre diz que não sabe o que fazer com meninas sem uma mãe.

Apertei a seringa e tirei um pouco de ar da agulha.

— E alguém alguma vez perguntou se vocês já tinham se envolvido com garotos?

— Não, senhora.

— A avó de vocês nunca perguntou nada sobre isso?

— A vovó, ela... meio que desistiu depois que nossa mãe morreu. Tem dias que ela nem sai da cama.

Erica fechou os olhos, apertando-os. Segurei a seringa bem perto do ombro dela. Quando as meninas começaram a vir à clínica, Erica tinha doze anos e India tinha dez. E ninguém nem se deu ao trabalho de perguntar se ao menos já estavam menstruando. Eu acreditava que as duas eram virgens. Mas aqui estava eu, injetando nelas algo potencialmente venenoso só para o caso de talvez, quem sabe, uma delas iniciar a vida sexual.

Ou sofrer um estupro. Aí estava. A palavra impensável. Minha mão começou a tremer.

— Algum homem adulto... alguma vez... já tocou ou mexeu com você ou sua irmã?

— Você tá me assustando, Srta. Civil.

— India não fala – sussurrei. – Como é que vamos ter certeza de que ninguém nunca mexeu com ela?

Eu ainda estava segurando a agulha bem perto do braço de Erica. Ela balançou a cabeça e começou a chorar.

— Porque eu sei, Srta. Civil. Eu nunca ia deixar isso acontecer.

A menina acreditava mesmo que poderia proteger a irmã mais nova. Acreditava que sabia de tudo. Mas nenhum de nós sabia. Nem mesmo eu. Sem a habilidade de verbalizar, India estava basicamente indefesa. E Erica era apenas uma criança. Ty estava certo. Eu não tinha feito perguntas suficientes.

— Merda! – chiei.

Joguei a agulha na bandeja e tirei a luva. Dava para ouvir a Sra. Seager falando na sala ao lado, mas aos meus ouvidos a conversa soava como *blá-blá-blá*.

India arregalou os olhos. Em geral, quando a irmã mais nova olhava para mim, era com a mais pura adoração. Ela confiava em mim completamente, e muitas vezes eu me pegava reprimindo um sentimento maternal, que em nada se parecia com o que eu imaginara para a minha vida. Eu nunca fui como as meninas que sonhavam em ter filhos. Não desejava me casar nem almejava um marido. Eu queria uma carreira, uma missão que não fosse a maternidade e a vida de esposa. As escolhas pareciam muito óbvias para mim naquela época.

Joguei o conteúdo da seringa na pia, depois enchi uma segunda dose da medicação e joguei na pia também.

— Srta. Civil?

— Não podem contar a ninguém que não dei essa injeção a vocês hoje, ouviram? – falei com pressa, me odiando por ter duvidado da inocência e honestidade delas, mas também sabendo que a decisão que eu tinha acabado de tomar era potencialmente desastrosa para todas nós.

Erica assentiu.

Aquele dia foi o começo de tudo para mim. Eu sabia que o próximo passo seria convencer o restante das enfermeiras a parar de administrar aquela droga em qualquer pessoa. Não apenas menores de idade. Era uma tarefa impossível, mas necessária.

Peguei minha prancheta e, com uma letra muito elegante, preenchi o prontuário com uma série de mentiras.

18.

— Não podemos mais – disse eu a Alicia numa tarde, uma semana depois da visita das meninas à clínica. Estávamos na sala de descanso e já era fim de expediente. Eu a abordei bem do lado do bule de café.

— Não podemos o quê?

— Aplicar essas injeções. Suspendi por completo o anticoncepcional das irmãs Williams.

Alicia ficou parada. Por um momento eu não sabia o que ela ia dizer. E então fui surpreendida:

— Eu concordo. Não estou dando as injeções também.

— Não está?

— Olha, eu coloquei duas das minhas pacientes na pílula. Simplesmente mudei no prontuário. Falei que elas quiseram mudar.

— Boa ideia.

— Mas não vai funcionar, você sabe. A Sra. Seager é quem encomenda todos os medicamentos. Além do mais, pode até ser que as mulheres adultas se lembrem de tomar a pílula, mas não tenho certeza quanto às mais jovens.

— Alicia, mas aí é que está. As minhas pacientes nem têm vida sexual ativa.

— Ainda.

— Você tá parecendo essa gente branca.

— Isso não é justo, e você sabe.

— Tem razão. Desculpa. Tem falado com o Ty?

— Sim, falo com ele o tempo inteiro.

— Parece que falam mais entre vocês do que comigo. – Limpei as manchas de café na bancada.

— Ty me disse que encontrou com seu pai e contou a ele sobre os estudos com o Depo.

— Fiquei sabendo. Esse garoto está tentando criar um motim – falei.

— A mãe dele ficou de dar uma olhada nisso também, mas ainda não deu notícias. Acho que ela conhece umas pessoas em Washington.

Val entrou na sala carregando um balde com produtos de limpeza.

— O que vocês duas estão fazendo aqui? – perguntou.

— Estou tentando convencer a Civil a me emprestar a touca extra que ela tem na bolsa até eu conseguir uma nova. Perdi a minha.

Eu nem tinha reparado que ela estava sem touca.

— Estou surpresa que a Sra. Seager não tenha dito nada. – Val pegou um pano no balde e limpou a mesa.

Ela estava cada vez mais se transformando em uma espécie de mãe das enfermeiras mais jovens, mantendo todo mundo na linha. Acho que Val era a preferida da Sra. Seager, porque ela fazia um pouco do trabalho de gerenciamento, livrando nossa supervisora desse peso.

— Estou tentando evitá-la pra ela não perceber – disse Alicia.

A Sra. Seager surgiu no batente da porta.

— Perceber o quê? Que esqueceu sua touca? Se esquecer de novo, vai levar uma advertência. Está claro?

— Sim, Sra. Seager.

Quando ela saiu, Val apontou para mim.

— A culpa é sua. Se tivesse emprestado a touca na hora que Alicia pediu, ela estaria usando nesse momento.

— Você está se metendo muito na conversa dos outros hoje – retruquei.

— É, já ouviu dizer que a conversa é só entre A e B? – disse Alicia, de repente.

— *Cê* não vem entrar na conversa – completei, e começamos a rir.

Ficamos quietas quando Val nos apontou um pano.

— Vocês acham que sabem de tudo, mas não sabem de nada. Agora peguem lá a vassoura e venham ajudar com esse chão.

Lori entrou com as vassouras nesse momento. Entregou uma para mim e outra para Alicia. Nos dividimos entre as salas e começamos a limpar.

Depois da visita que as meninas fizeram à clínica, peguei dois pacotes de pílulas anticoncepcionais do armário de materiais na intenção de ensiná-las a engolir. Estava com medo de me meter em confusão caso a Sra. Seager descobrisse que eu não tinha aplicado as injeções, mas também me apavorava a possibilidade de elas engravidarem. As duas ainda não tinham vida sexual, mas podiam ter. Vou confessar uma coisa: eu ainda acreditava na missão da clínica. As mulheres precisavam ter acesso a anticoncepcionais confiáveis e informações sobre sua saúde reprodutiva. E eu não apoiava que menores de idade ficassem grávidas em nenhuma circunstância. Eu era sem dúvida o tipo de representante que a Sra. Seager buscara para a clínica, e tinha um dever a cumprir. Eu era como uma verdadeira integrante do Décimo Talentoso de W. E. B. Du Bois e, ao mesmo tempo, uma discípula de Booker T. Washington. Subir os degraus e alcançar a prosperidade. Mas também fazer de tudo para trazer nosso povo junto.

Primeira tarefa: Tirá-las daquele barraco e colocá-las em uma casa de verdade. Segunda tarefa: Colocá-las na escola. Erica tinha treze anos e não frequentava a escola havia mais de três anos, mas eu tinha conseguido inscrevê-la no curso de verão. Ela não era a primeira criança do interior com atraso escolar. Eu vinha tentando não julgar Mace nesse aspecto. Depois que a mãe das meninas morrera, Mace tinha deixado a educação delas completamente de lado. Era uma absoluta irresponsabilidade, e eu queria dizer isso a ele, mas segurei a língua.

Terceira tarefa: Garantir que elas não engravidassem. A avó e o pai tinham dado permissão para elas tomarem anticoncepcional, e era minha obrigação cumprir as expectativas, não era? Ainda assim, fiquei com os comprimidos na bolsa, nunca entreguei a elas. Por algum motivo, eu simplesmente não conseguia.

Foi mais difícil encontrar uma escola para India. Na semana seguinte à consulta na clínica, peguei os documentos necessários para que ela fizesse testes. Eu não compreendia muito bem quais eram as habilidades da menina porque ela não falava. A mulher na escola tinha me perguntado se ela era *ensinável* e eu disse que achava que sim. Entrei em contato com um médico apto a realizar o teste que a escola pedia; ele falou que o preço era quarenta e cinco dólares. Disse a ele que cobrar aquela quantia toda de pessoas pobres era uma atitude horrível, e ele teve a audácia de responder: "Não estou cobrando deles, estou cobrando de você." Velho babaca.

Liguei para Ty e perguntei se ele podia ir comigo ao consultório do médico. Queria conversar mais com ele sobre essa questão do Depo. Quando ele entrou no carro, vi que estava de terno. Fiquei satisfeita por ele ter se arrumado. A forma como os homens negros se vestiam sempre importava para os brancos.

— Olha só pra você – falei.

— Minha roupa de igreja – respondeu ele.

Quando fomos buscar India, ela olhou desconfiada para Ty enquanto se acomodava no banco de trás.

— Lembra do Ty, que ajudou a fazer a mudança de vocês? Eu conheço ele desde que tinha a sua idade. Ele vai acompanhar a gente hoje.

De vez em quando ela fazia um gesto com a cabeça, como se estivesse concordando, mas não era muito consistente. Eu acreditava de verdade que India tinha capacidade para aprender, mas eu também não era nenhuma especialista. A higiene da menina tinha melhorado muito desde a mudança para o apartamento, mas ela ainda precisava usar desodorante. Havia um cheiro de cebola emanando dela constantemente.

— Ouvi dizer que você e Alicia andam conversando bastante – falei.

— É, a gente tem se encontrado.

— Encontrado, é? Era eu quem tinha terminado tudo com Ty, então não sei por que estava sentindo um pouco de ciúmes.

— Garota, você é doida.

Do banco de trás, ouvi India fazendo um barulho. Pelo retrovisor, vi que ela estava apontando para fora da janela. Um enxame de abelhas vinha voando do lado de fora do carro.

— Sim, meu bem, estou vendo. Estou vendo. São abelhas. – Fiz um barulho de zunido. India tentou imitar o som. Sim, sem dúvida ela podia ser ensinada.

Subimos em silêncio no elevador até o consultório do médico. India brincou de apertar os botões do elevador e, como ela escolheu apenas os números acima do terceiro andar, eu a deixei. As portas se abriram e ela hesitou, como se pudessem se fechar em cima dela caso tentasse sair. Segurei-a pela mão.

— Você vai ficar bem.

O consultório era no fim do corredor. Não havia placa na porta, mas o número era o mesmo que eu tinha anotado no pedaço de papel que guardara dentro da bolsa. Quando entramos, fiquei surpresa com quão pequeno era o lugar. Uma sala com uma janela de vidro virada para a sala de espera. Não havia recepcionista, então toquei uma campainha que ficava sobre a mesa.

Alguns minutos se passaram.

— Será que estamos no lugar certo? – perguntou Ty.

A porta se abriu e um homem grisalho colocou a cabeça para fora. Ele nem abriu a porta por completo.

— Sim?

— Temos uma consulta com o Dr. Merle. Sou enfermeira e trouxe India Williams para fazer um teste de admissão...

— Estão atrasados.

— Bom, senhor, chegamos na hora quando entramos aqui e tocamos a...

— Leve ela para a sala de testes.

— Eu vou poder ficar com ela lá dentro? – perguntei.

— Claro que não. Trouxe o pagamento? São quarenta e cinco dólares.

Eu não estava gostando do modo como ele falava comigo e estava prestes a dizer alguma coisa, mas Ty pegou a carteira.

— Aqui está, senhor.

O médico abriu mais a porta para pegar o dinheiro. Depois se virou para India e falou com a voz mais suave:

— Olá, mocinha. Qual é o seu nome?

India ficou só olhando para ele. Eu precisava dar os créditos à menina. Ela ficava completamente quieta na presença de estranhos. Aquilo passava a mensagem necessária para que mantivessem certa distância.

— Ela não fala, senhor. Eu lhe disse isso quando conversamos ao telefone.

Ele me deu uma bronca:

— Eu me lembro. Me deixe fazer meu trabalho, senhora.

Levei India para a sala e coloquei-a sentada à mesa.

— Eu vou estar logo ali, do outro lado do vidro, enquanto você faz o teste. Vai ser rápido, está bem?

Ela tocou meu cabelo, e eu segurei sua mão.

— É só um teste pra você poder entrar na escola. Você vai ficar bem – falei, repetindo as mesmas palavras que tinha usado no elevador. Eu me dei conta de que deveria ter trazido Erica junto. Ela poderia ajudar a decifrar algumas respostas de India para o médico. Ele entrou na sala carregando uma caixa com brinquedos de plástico e folhas de papel. Falava com India de maneira doce, e ela reagiu imediatamente, fazendo contato visual e pegando o primeiro brinquedo que ele ofereceu. Fiquei com a impressão de que era um homem que se conectava melhor com crianças do que com adultos. Mas isso não era desculpa. Ainda precisava aprender boas maneiras.

Na sala de espera, Ty se sentou e começou a folhear a revista *Outdoor Life*.

— Não fique aí parada olhando pela janela. Deixe eles trabalharem – disse Ty, sem levantar os olhos.

Eu me sentei ao lado dele e fiquei observando-o por um momento.

— Você virou o Sr. Cheio da Grana nos últimos tempos. Não me falou que ia pagar.

— Como você não me deixou pagar por aquela sua consulta em Opelika, imaginei mesmo que estava achando que eu era um duro ou algo assim.

— Ty, isso não é justo – falei baixinho.

Ele virou a página da revista e ela rasgou. Toquei o braço dele. Eu tinha subestimado essa mágoa entre nós. Ty pode não ter estado fisicamente comigo no consultório aquele dia, mas seu coração estivera mesmo ao meu lado.

— Obrigada pela ajuda, Ty. Estou falando de verdade. Mas ainda não sei por que está fazendo tudo isso. Espero que não seja pra me impressionar.

— Que nada, mulher. Nem se eu tentasse conseguiria te conquistar de volta. Conseguiria?

Mudei de assunto.

— Alicia te contou que paramos de aplicar as injeções de Depo nas nossas pacientes?

Ele respirou fundo, alto, como se estivesse resignado com a minha teimosia.

— Minha mãe ainda está tentando descobrir mais informações. Ela entrou em contato com uns amigos dela de Washington.

— Eu dei injeções em duas pacientes desde que você me contou sobre os estudos pela primeira vez. O que há de errado comigo? – enxuguei os olhos.

— Vem cá. – Ele me puxou para mais perto e encostei a bochecha em seu peito. – Não se culpe, Civil. Você só estava tentando fazer seu trabalho.

— Já não sei mais qual é meu trabalho.

— Talvez nós estejamos errados. Talvez seja exagero, e os estudos não se apliquem a humanos mesmo.

— Sem essa, Ty. Você estudou biologia. Sabe que precisamos levar esses estudos com animais a sério até que sejam feitos mais testes clínicos. E estamos falando de meninas negras aqui. As regras são diferentes pra gente. – Eu me ajeitei de volta na cadeira e olhei para India pela janela. O médico segurava cartazes de papelão, mas não consegui ver as imagens. India apenas o encarava, sem qualquer emoção.

Ty segurou minha mão.

— Eu sei. Vamos descobrir mais informações em breve, está bem? Prometo.

— Espero que sim. Me avisa assim que sua mãe tiver notícias?

— Prometo, Civil. Você vai ser a primeira a saber.

19.

Birmingham

2016

Ele está mais grisalho nas extremidades do cabelo, e há um brilho prateado emoldurando suas bochechas. O queixo está mais suave, as costeletas mais curtas. Há rugas em sua testa, mas as bochechas ainda são lisinhas. Logo antes dessa viagem, eu encontrei uma foto dele na internet, mas é diferente vê-lo pessoalmente. Me sinto desnorteada. Quando nos abraçamos, ele me dá um tapinha nas costas. Um abraço de amigos. Eu o puxo para mais perto e ele não resiste. É meio ousado da minha parte, mas faço o que me parece certo naquele momento.

O escritório é bem tradicional – uma mesa de madeira escura, estantes de livros e uma mesa redonda de reunião no canto, cheia de papéis. Há um fícus no canto e uma samambaia na extremidade da mesa. No topo das estantes, fileiras de rododendros. O cheiro é meio terroso.

— Tyrell Ralsey. Presidente de uma faculdade. Quem imaginaria?

— Engraçado você dizer isso. Nunca tive problema em imaginar você como cirurgiã.

— Desculpe, eu não quis...

— Não fiquei ofendido. – Em vez de ir para o lado oposto da mesa, ele se senta na cadeira ao meu lado.

O escritório fica bem acima do principal centro estudantil. É tudo muito diferente da minha época de faculdade. No centro, lá embaixo, há restaurantes de *fast-food* e uma cafeteria. O semestre já terminou, então não se vê aquele habitual mar de alunos. Essa pequena faculdade batista de Birmingham passou a ser mista no começo dos anos 1970, e agora o corpo estudantil é quase setenta por cento formado por mulheres. Li tudo a respeito *online*. Queria que os estudantes estivessem aqui para termos alguma distração, assim Ty não ficaria tão absolutamente concentrado em mim.

A assistente dele traz duas xícaras de café. Estou usando uma túnica por cima da calça jeans numa tentativa de parecer casual, como se eu não precisasse me esforçar. Agora temo que tenha deixado meu corpo com uma aparência disforme. Pelo menos meu cabelo está bonito. Eu o trancei ontem à noite, e agora ele cai em ondas suaves sobre meus ombros. Ty está com uma calça social e uma camisa com o colarinho aberto. Os pelos grisalhos do peito despontam por cima dos botões. Ele cruza as pernas na minha direção. Coloco minha xícara sobre a mesa e pego uma foto emoldurada.

— Que lindos os seus filhos. Qual a idade deles?

— Ty Jr. tem trinta anos. Dwanna está com trinta e seis.

— O que eles fazem?

Minha mãe já tinha me contado tudo sobre os filhos dele. Ela ainda conversa por telefone com a Sra. Ralsey, mas eu quero ouvir a história nas palavras de Ty. Estar naquele escritório, olhar para os filhos dele – o rapaz que é a cara de seu homônimo, e a moça que me lembra a mãe de Ty – traz tudo à tona. Coloco a foto de volta sobre a mesa antes que ele perceba minhas mãos trêmulas.

— Ty é fisioterapeuta. Ele estudou na Morehouse e se casou com uma professora de educação especial que se formou na Spelman. Dwanna é advogada. Alabama State. Casou com outro advogado. Tenho netas gêmeas que se parecem muito com a minha mãe.

— Ah, que bacana, Ty.

— Quando chegar a Montgomery, vá visitar meus pais. Eles vão gostar de te ver.

— Eles ainda têm todas aquelas plantas?

— Pode apostar.

Às vezes eu penso no que aquelas plantas significavam para a família Ralsey – toda aquela vitalidade que inspirava ainda mais vida. A conexão entre todas as coisas vivas em meio a um país segregado. Para os Ralsey, todos nós somos criações de Deus: humanidade, plantas, animais. Eles cuidavam daquelas plantas da mesma maneira que cuidavam de seus clientes. Eu também tentava tratar meus pacientes com gentileza. Éramos assim na vizinhança de Centennial Hill.

Dou uma olhada ao redor em busca de fotos da ex-esposa. Tento não ser muito óbvia, mas Ty me conhece desde a época em que eu não sabia esconder nada. Mesmo assim, fico surpresa que ele ainda consiga desvendar meus pensamentos.

— Meu filho disse que deixar as fotos da mãe dele aqui não estava sendo muito bom pra minha vida amorosa.

— Eu não sei o que dizer.

Vida amorosa? Fico imaginando se ele está saindo com alguém.

— Tenho certeza de que você conhece um monte de gente divorciada. O que costuma dizer?

— Há quanto tempo se separaram?

— Dez anos. Ela se casou de novo e mora com o marido, não muito longe de mim. Frequentamos a mesma igreja. – Ele dá uma risadinha.

— Hum – digo. – Birmingham é tão pequena assim?

— Não, mas ela ainda é parte da família. Até celebramos o Natal juntos às vezes, todos nós.

Isso é a cara dele, penso. Se o Ty se dá tão bem com a ex, então provavelmente ainda é o mesmo homem que conheci. Eu me lembro de confundir sua afabilidade com inépcia.

— Mas chega de falar de mim. – Ele pega na minha mão. – É muito bom ver você, Civil. Nem acreditei quando recebi seu e-mail. Minha mãe me contou tudo sobre você e sua filha, Anne.

— Ela acabou de se formar na faculdade. Está tentando descobrir o que fazer daqui pra frente.

— E você?

— Não tenho muito mais para contar.

— Salvando vidas na mesa de cirurgia. Publicando em todos os periódicos médicos. Tenho certeza de que fez mais coisas do que se tornar mãe.

Solto a mão dele.

— Desculpa. Falei algo de errado? – pergunta Ty.

— Está tudo bem. – Eu olho para baixo.

— O que eu quis dizer é que com certeza você tem mais histórias pra contar. Mas não compartilho mais histórias porque isso não seria sincero. Não estou aqui para colocar o papo em dia depois de quarenta anos longe. Na verdade, nem sei muito bem por que estou aqui, só sei que não é para ficar de conversa fiada. Talvez Alicia estivesse certa. Talvez seja uma grande turnê de pedidos de desculpas.

Ele aos poucos me traz de volta para a conversa, indagando sobre o meu trabalho. Pergunta sobre Memphis e quer saber como minha mãe ficou depois da morte do papai.

— Você não foi ao enterro – digo.

— Não consegui. Eu e minha mulher estávamos tendo problemas naquela época. Foi um momento difícil.

— Procurei por você lá. Seus pais foram.

Então ele acaba dizendo:

— Civil, eu estaria mentindo se dissesse que passei os últimos quarenta anos pensando em você. Eu realmente amei minha esposa. Fui honesto na tentativa de construir uma família. Por uma série de motivos, não deu certo. Mas tenho que confessar que ver você aqui hoje me traz muitas lembranças.

Não acreditei em quão rapidamente aquela conversa tinha mudado de foco. Estamos no escritório dele, caramba. Está tudo iluminado. Não tem música romântica nem vinho para diminuir as inibições e soltar a língua. Ele segura minha mão de novo e o toque causa um arrepio em todo o meu braço. Estou saudável. A não ser pela pressão um pouquinho alta, não tenho muitos problemas com doenças e dores, graças ao bom Deus. Mas há muito tempo aceitei que minha vida é voltada para as coisas da mente. Meu corpo e suas necessidades são secundários. É muito fácil se esquecer da própria carne quando se está tão concentrada no corpo das outras pessoas.

— Quando você foi embora, fiquei esperando que ligasse em algum momento – continuou ele. – Achei que ia voltar para casa, que íamos nos esbarrar e enfim conversar. Mas você nunca vinha nos feriados. Perguntei ao seu pai. Ele e sua mãe iam de carro até Nashville quando queriam te ver. E quando você vinha pra casa, eu só ficava sabendo depois que já tinha partido.

— Do jeito que está falando parece até que eu estava no programa de proteção a testemunhas, Ty. Não era tão sério assim.

— O que não era sério? Nós?

— Eu só... Eu... não consegui.

Parte de mim quer soltar a mão dele de novo, mas não solto. Ele segura meus dedos com firmeza, e sei que não vou conseguir evitar essa conversa.

— Você em algum momento pensou em mim? – perguntou ele, em voz baixa.

— Sim.

— Então por que não ligou?

— Já se passaram décadas, Ty. Está me interrogando como se tivesse sido ontem. Por que me perguntar tudo isso agora? Ao dizer essas palavras, eu admito em silêncio para mim mesma que é impossível curar as feridas a essa altura da nossa vida.

— O passado não funciona assim. Ele simplesmente não desaparece. Não dá pra fingir que certas coisas não aconteceram.

— Acha que não sei disso?

Ele me olha nos olhos.

— Você contou pra alguém, Civil?

— Contei o quê?

— Você sabe, mulher. Não pensa no nosso bebê às vezes?

Como é que eu poderia esquecer o dia em que subi na cama daquela mulher e fui machucada com todos aqueles equipamentos? A memória ainda me assombrava de vez em quando.

— Você era tão fechada a respeito desse assunto, Civil. Fiquei preocupado quando soube que nunca se casou.

Eu me pergunto quantas mulheres têm a oportunidade de fechar um ciclo desse jeito, conversar com o pai de uma gravidez indesejada quarenta anos depois.

— Não, nunca contei a ninguém. Você contou? – sussurro.

Ele assente.

— Claro. Contei para a minha mulher.

— Esse assunto era só entre nós, Ty.

— Sim, era. Mas também não era um segredo para ser guardado pela vida inteira. Civil, como é que nunca contou pra ninguém?

Dou de ombros, mas as lágrimas caem assim mesmo. No escritório de Ty, sob as luzes fluorescentes, eu começo a chorar copiosamente e me sinto como uma de suas alunas. Ele coloca um lenço na minha mão.

— Civil. Civil.

Pego o lenço e tento secar o rosto, meio sem jeito. Nenhum de nós tenta se aproximar do outro, e fico agradecida por ter aquele espaço. Eu me permito ficar sentada ali com o meu arrependimento. Tanto arrependimento. Tanto.

20.

MONTGOMERY

1973

Na manhã do acontecido, eu recebi uma carta do médico dizendo que India estava apta a ser admitida na escola. Erica já tinha começado o curso de verão e, apesar de ser mais velha que os colegas de classe, ela estava adorando. Eu tinha ido para casa almoçar depois de atender uma das minhas pacientes, Frida, uma mulher que não tinha filhos e nos procurou porque queria continuar assim. Deixei com ela pílulas suficientes para três meses e uma caixa de camisinhas.

— Por que está tão feliz? – perguntou minha mãe.

Era um daqueles raros dias em que ela não estava pintando. As roupas bem-arrumadas indicavam que estava prestes a sair.

— India foi aprovada na escola. Vou lá contar a novidade pra ela quando sair do trabalho mais tarde. Quer vir comigo? Pode ver o apartamento deles e todas as coisas que seu dinheiro comprou.

Ela amarrou um pequeno lenço no pescoço e depois o tirou, como se tivesse mudado de ideia. Montgomery tinha um clima agradável em junho, mas ainda estava quente.

— E a outra irmã?

— Ela está fazendo o curso de verão. Pensei em dar umas aulas particulares para ela.

— Aulas particulares?

— É, por que não? Posso fazer isso nos fins de semana, quando não estiver trabalhando.

— Meu bem, só espero que saiba que, não importa o quanto você faça, não tem como salvar essa família do que Deus destinou pra eles.

Era a mesma coisa que Val dissera. Mas as duas estavam erradas. Algumas coisas não podem ser mudadas, mas essa situação era diferente.

— Não fala isso, mamãe. Eles estão muito mais felizes nesse novo apartamento. E é tudo por sua causa. – Eu dei um beijo em sua bochecha e a abracei de lado. – Quer ir lá ver o apartamento comigo?

— Nossa, minha filha, não. Esse pessoal já tem muita gente entrando e saindo da casa deles. Eles não são uma atração de circo.

Eu assenti. Ela tinha razão, e fiquei com vergonha de ter sugerido. Na verdade, eu só queria passar mais tempo com ela.

— Vou precisar do meu carro hoje. Você precisa usar seu próprio carro de vez em quando. Vou almoçar com a Louise, e ela vai reclamar até amanhã se eu for buscá-la com um carro vermelho chamativo como o seu.

— Manda um beijo pra ela. – Entreguei as chaves do carro.

Ela saiu, deixando a porta telada se fechar atrás de si, e eu tirei os pratos da mesa. O tique-taque do relógio em cima da pia da cozinha era bem alto. Dixie Court ficava no caminho oposto ao da clínica, mas eu ainda tinha um tempinho. Considerei passar no apartamento da família Williams e contar a novidade para India antes de voltar ao trabalho. Ia ser difícil segurar essa notícia comigo a tarde inteira. Tínhamos nos esforçado tanto, e eu sabia que a menina provavelmente passava o dia inteiro entediada em casa com a avó agora que Erica estava na escola. Acabei decidindo que era melhor ir para o trabalho, mas pensei nelas o dia todo, ficava olhando para o relógio ansiosa para que desse cinco horas e eu pudesse ir até Dixie Court.

Nunca vou esquecer; era uma belíssima tarde de junho. Ensolarada, o céu completamente limpo. No carro, eu cantarolava "You Are the Sunshine of My Life". As janelas estavam abertas e eu batucava com as mãos no ritmo da música. Tudo parecia estar dando certo, o que não acontecia havia semanas. Eu estava com o folheto para que India pudesse ver as fotos. Não quis mostrar até ter certeza de que ela tinha sido aprovada. Era um lugar bonito, com um jardim ao ar livre. A Igreja St. Jude sempre acolheu as pessoas negras; tinham inclusive construído um hospital que foi o primeiro na região a ter atendimento integrado. Mas naquele momento eu estava mais agradecida pela escola, que cultivava o aprendizado no coração e na mente de crianças como India. Mal podia esperar para levá-la numa visita e ver tudo com meus próprios olhos.

Ao subir os degraus até o apartamento, com o folheto em mãos, olhei para o relógio: cinco e quarenta e sete da tarde. Tinha conseguido finalizar a limpeza da clínica e dirigir até ali em tempo recorde. Estava ofegante e zonza de felicidade com a notícia. Vi que uma das minhas meias tinha deslizado até o tornozelo. Bati à porta e então me abaixei para ajeitar.

— Srta. Civil, o que está fazendo aqui?

A Sra. Williams abriu a porta usando os novos óculos que eu tinha comprado para ela. O apartamento tinha um cheiro salgado, como se houvesse um toucinho no forno. A sensação era de que, toda vez que eu fazia uma visita, a mulher estava cozinhando, especialmente agora que tinha acabado de conseguir os cupons de alimentação do governo. Passava um ônibus nesse mesmo quarteirão que a levava diretamente ao mercado.

— Só passei para contar que India foi aprovada na escola. Ah, os óculos novos ficaram ótimos em você. Está enxergando melhor com eles? – Tentei espiar o restante da casa por trás dela.

— Os óculos são bons. Mas não era pra você estar com as meninas? Elas saíram de manhã cedo.

— As meninas? Saíram pra onde?

— Filha, a enfermeira veio e levou as duas pro hospital. Pensei que você tava junto.

— Hospital? Pra quê? Elas estão doentes?

— Não, foram tomar a injeção.

— Injeção? – Meus joelhos começaram a tremer. – Então elas foram pra clínica?

— Não, disseram que elas iam pro hospital.

— Hospital para tomar injeção?

— Foi o que falaram. Pelo menos acho que foi o que a mulher disse. Não tenho certeza.

— Que mulher?

— A moça branca. Sei que ela falou Hospital Profissional.

— Moça branca? Hospital Profissional?

— É, a moça branca com cabelo grande ruivo. Acho que já conheci ela antes, mas não lembro bem.

Esfreguei os olhos. A Sra. Seager tinha ido até o apartamento. E levado as meninas para o Profissional. Era o hospital de brancos. Não fazia sentido.

A Sra. Williams abriu passagem e eu entrei no apartamento. Fechei a porta, mas fiquei segurando a maçaneta. Passei a mão pelo pescoço até a ponta da orelha.

— Sra. Williams – falei, devagar –, a senhora assinou alguma coisa?

— Aham, com certeza. Dei uma boa rabiscada nos papéis que ela trouxe.

Abri a porta e desci correndo as escadas, tentando chegar ao meu carro o mais rápido possível. Não havia nenhum documento assinado no arquivo delas para as injeções de Depo, então era possível que a Sra. Seager tivesse apenas lhe dado alguma coisa para assinar a respeito disso. Era possível. Era possível.

Agarrei o volante com tanta força, que senti câimbra nos dedos. Quando cheguei ao Profissional, entrei às pressas pela porta principal; meu uniforme de enfermeira dava o ar de autoridade necessário para que ninguém me olhasse de cara feia. Parei na recepção.

— Estou procurando por India e Erica Williams. Elas foram trazidas há pouco tempo pela Sra. Linda Seager, da...

— Você trabalha aqui?

Balancei a cabeça.

— Não, senhora. Eu trabalho na Clínica de Planejamento Familiar de Montgomery.

— Assina aqui. – Ela apontou para um fichário grosso em cima da mesa.

Escrevi meu nome enquanto ela vasculhava um caderno grande.

— Aqui está. Elas estão na ala pós-cirúrgica, no quarto andar. O número do quarto é…

O elevador chegou e eu passei correndo pela pessoa que aguardava ali. Quando cheguei ao quarto andar, percebi que não tinha esperado para ouvir o número do quarto e agora estava arrependida. O andar estava silencioso, mas pensei ter ouvido o som abafado de um gemido. Me virei para o corredor leste. Parecia com os sons indistintos que India fazia. Na última porta havia um prontuário enfiado no plástico e vi o nome *Williams*. Peguei e fui lendo rápido, folheando as páginas.

Deus do céu. Abri a porta.

As duas irmãs estavam deitadas em camas de frente uma para a outra. India curvada em posição fetal, a cabeça entre os joelhos; Erica, com a mão estendida na direção da irmã. Quando entrei, Erica se virou para mim com uma expressão de pânico no rosto.

— Srta. Civil! – Ela estendeu os braços.

— Erica. – Fui até ela e fiz carinho em seus cabelos. Sua testa estava fria e molhada.

— Srta. Civil. Ai, tá doendo muito.

— O que disse? – levantei as cobertas. Havia curativos cheios de sangue em volta do abdome.

— Fizeram alguma coisa com a gente, Srta. Civil. Achei que a gente ia tomar a injeção. Mas fizeram alguma coisa com a gente. Falaram que não podemos mais ter bebê.

Senti um calor crescer atrás dos meus olhos, e o cômodo inteiro desapareceu. Abracei Erica; o som de India gemendo atrás de mim, um som denso e gutural. O quarto tinha cheiro de sangue, urina e desinfetante.

Erica começou a chorar.

— Eu tava fazendo tudo que você mandou.

— Shhh, shhh – fiz carinho na testa dela. – Não precisa falar nada, meu bem. Não fale nada.

Eu me virei e tentei cuidar de India. Ela agarrava as pernas com força, os olhos fechados e bem apertados.

— Vamos, querida. Solte um pouquinho – pedi.

Bom, agora vocês sabem o que algumas pessoas brancas pensam sobre os corpos negros. Eles acreditam que somos mais tolerantes à dor do que eles... Alguns deles, inclusive, achavam que a sífilis não podia nos matar. Peguei o fio na lateral da cama e apertei a campainha uma, duas, três vezes. Alguns minutos depois, uma enfermeira enfiou a cabeça para dentro do quarto.

— Essas pacientes receberam algum remédio pra dor? – perguntei.

Ela olhou para a minha touca que, embora não fosse tão diferente da dela, estava caindo da minha cabeça. Minhas meias tinham baixado até o tornozelo.

— Desculpe, você trabalha aqui?

— Chama a porcaria do médico! – gritei, e ela saiu correndo pela porta.

India soltou as pernas e seu corpo ficou mole, os gritos se transformando em pequenos soluços. Eu não precisava olhar debaixo do curativo. Sabia que haveria uma incisão em seu abdome, próximo ao umbigo. Tinha aprendido sobre laparoscopia na faculdade de enfermagem.

Um médico entrou. Tinha o cabelo grisalho e uma barba bem aparada. Olhou para mim com a mesma expressão da enfermeira, e então perguntou:

— Você trabalha nesse andar?

— Trabalho na Clínica de Planejamento Familiar de Montgomery e essas meninas são minhas pacientes. O que você fez?

— Essas meninas estavam agendadas para fazer uma ligadura de trompas hoje de manhã. A supervisora, Linda Seager, as trouxe pessoalmente.

Talvez devesse conferir seus próprios prontuários para saber o que está acontecendo com suas pacientes.

— Uma ligadura de trompas?

— A cirurgia correu bem. Vão poder ir para casa em dois dias.

— Uma ligadura de trompas?

— Você disse que trabalha na Clínica de Planejamento Familiar de Montgomery?

A expressão dele era de preocupação, como se começasse a desconfiar que eu estava mentindo.

— Ela só tem onze anos de idade, maldição!

Agora era eu quem estava chorando, e havia uma comoção no corredor. Coloquei o rosto de India em meu peito, como se para protegê-la do médico.

— Elas precisam de remédio pra dor – falei.

— Dê a elas um...

— Eu vou dar um jeito de ligar para o pai de vocês e contar o que aconteceu, tá bem? E vou consertar tudo isso, entenderam? Eu vou consertar tudo.

Saí do quarto aos tropeços. Lá embaixo, no *hall* de entrada, havia um telefone público, que usei para ligar para o trabalho de Mace. Disse ao supervisor dele que era uma emergência e pedi que o liberassem para falar ao telefone, mesmo assim demorou bastante. Quando ele enfim atendeu, contei o que tinha acontecido e ele ficou um bom tempo calado antes de perguntar:

— O que foi que você disse?

E então a ligação caiu, provavelmente porque meu tempo acabou. Procurei na bolsa, mas não tinha mais moedas.

Quando entrei no carro, não sabia aonde estava indo nem o que ia fazer em seguida. Eu podia ouvir um chiado no meu peito, como um papel crepitando. Virei à esquerda para sair do estacionamento e pisei no acelerador. Nunca cheguei a ver o outro carro, embora depois tenham me dito que havia um. Mas, ao passar pelo cruzamento, tudo o que me lembro é do impacto, do movimento do carro rodopiando e do meu corpo sendo jogado de um lado para o outro, leve como uma boneca de pano.

PARTE II

21.

Quando digo que o que aconteceu àquelas meninas foi a maior mágoa da minha vida, é a mais pura verdade. Para entender essa declaração, você precisa compreender de onde eu vim. Durante minha infância, o papai tinha um bom trabalho, que nos permitia pagar por algumas coisas. Tínhamos casa própria, tirávamos férias. Eu fazia o cabelo em um salão de verdade, e não na cozinha de alguém. Nossa pequena família conseguiu ter uma vida digna mesmo em tempos indignos. Papai lustrava os sapatos todo dia. Mamãe usava brincos. Essas pequenas coisas podem parecer simples para você, mas, meu bem, vai por mim. Era isso que nos segurava em meio à tempestade.

Para sobreviver às humilhações de uma vida sob as leis Jim Crow, apoiávamos uns aos outros com risadas, comida, música. E, nesse sentido, nos braços acolhedores da comunidade, Centennial Hill nos fortaleceu, e eu fui protegida do que havia de pior. Aquele era um lugar onde o pessoal só chorava na igreja e largava seus fardos no altar.

Me parecia inconcebível que algo desse tipo pudesse acontecer com alguém próximo a mim. Apesar de tudo o que eu sabia sobre a crueldade do ser humano – as surras, os assassinatos, os desaparecimentos –, de alguma forma ainda subestimei as pessoas, e as meninas pagaram o preço pela minha ingenuidade. Não foi à toa que meu carro bateu. Foi uma lição das leis da física. Tudo na vida tem consequência.

— Você está bem?

Uma senhora me ajudou a sentar no meio-fio. Meus joelhos doíam como se tivessem sido despelados. O carro ainda estava no meio da rua, o banco do carona completamente amassado. Toquei minha testa.

— Estou sangrando?

— Olha, o vidro te arranhou um pouco, mas você me parece bem. Não acho que precise de uma ambulância.

Eu me segurei nela. Embora usasse uma saia branca, a mulher não parecia preocupada que eu pudesse sujá-la. Minhas mãos estavam esfoladas, em carne viva.

— O que aconteceu? – perguntei.

— Não sei. Quando cheguei aqui, encontrei você nessa calçada. Não vi o outro carro. Mas tenho certeza de que vão encontrar.

— Tenho que ir. Preciso ir a um lugar.

Comecei a me levantar, mas ela me empurrou para baixo de novo.

— Em que hospital você trabalha? Pra quem posso ligar?

— Hospital? – a frente do meu uniforme estava marrom, com uma mancha meio esquisita. Devo ter vomitado em mim mesma. – Pode ligar para o meu pai?

— Qual é o telefone do seu pai, querida?

Eu falei e ela repetiu os números devagar.

— Tudo bem. Volto já. Fique sentada aqui e não se mexa.

Os minutos se arrastaram. Sacudi minha cabeça para tentar clarear as ideias, funguei, passei as costas da minha mão no rosto e percebi que meu nariz sangrava. Limpei a mão na lateral do vestido.

A mulher voltou junto com um homem careca cuja testa brilhava no sol. Ele se agachou e inclinou minha cabeça com cuidado.

— Seu nariz está sangrando. – Ele apoiou um lenço no meu rosto.

— Liguei para o seu pai – disse a mulher. – E liguei para a polícia também. Este bom senhor me deixou usar o telefone da casa dele.

Eles ficaram cuidando de mim, embora eu tivesse tentado resistir. Precisava ligar para Mace. Ou eu já tinha ligado? Levei a mão à testa.

Minha cabeça começava a doer. O homem se ofereceu para puxar o carro até o acostamento e eu deixei. Alguns minutos depois, ele voltou com minha bolsa e minhas chaves. Não sei bem quanto tempo se passou até eu ouvir a voz do papai.

— Eu sou médico – explicou ele, antes de ir até mim. – Está sentindo dor em algum lugar, meu bem?

Balancei a cabeça quando ele insistia em me levar para o hospital. A mulher disse que esperaria a polícia para relatar o que aconteceu.

— Onde está me levando? – perguntei ao papai quando entramos no carro dele.

— Para o St. Jude.

A Sra. Seager tinha levado as meninas para o Profissional. No St. Jude talvez as tivessem tratado melhor. Talvez as freiras tivessem impedido o procedimento. "É só uma criança", poderiam ter argumentado. Nós éramos oito. Oito enfermeiras, e não tínhamos impedido aquilo. Um barulho agudo em meu ouvido. O som de India guinchando ao andar no cavalinho de metal da Kmart. Uma agulha arranhando um disco. Meu coração batia acelerado.

Papai me levou diretamente a um médico que ele conhecia no segundo andar. Mamãe já estava lá preenchendo um formulário, ainda com o vestido de sair que usava mais cedo. Ela tocou minha bochecha com seus dedos frios e magros. Eu me sentei numa maca de metal e uma enfermeira colocou uma luz nos meus olhos. Disse para eu me deitar enquanto pressionava minhas costelas. Meu pai sentou no banquinho do médico. Eu precisava contar a ele sobre as meninas. Precisava que ele fosse lá no Profissional para vê-las. Eu tinha parado de dar as injeções nelas. A Sra. Williams tinha assinado o documento. Esses pensamentos povoavam minha cabeça. Eu movia os lábios, mas não saía nada.

Tentei me recompor. Minha voz estava rouca, mas enfim a encontrei.

— Estou bem, pai. Eu preciso...

— Às vezes pode haver algum sangramento interno sem que você saiba. É melhor examinar.

Meu pai sempre foi a pessoa mais calma quando o assunto era lidar com acidentes. Quando eu era pequena, ele limpava meus ferimentos com antisséptico e fazia curativos. Quedas de bicicleta. Arranhões no parquinho. Uma vez o filho do vizinho deu um tiro de chumbinho e acertou a têmpora de Ty, e meu pai muito calmamente esterilizou sua pinça para tirar o projétil lá de dentro. Depois disse ao pai do garoto que devia levá-lo para treinar atirando em latas antes que alguém se machucasse de verdade.

Mas, no dia daquele acidente de carro, havia nos olhos do papai um pânico que eu nunca vira antes. O amigo médico dele entrou na sala e me fez um monte de perguntas. Era difícil ser a paciente quando se estava tão acostumada a ser a pessoa conduzindo o exame, mas eu colaborei porque queria que aquela expressão no rosto do meu pai desaparecesse. Meu corpo doía. Pedi Tylenol ao médico, mas ele me obrigou a sentar numa poltrona e descansar primeiro. Fechei os olhos e, quando abri de novo, mamãe estava ali de pé.

— Encontraram o motorista – disse ela. – Ele deu depoimento na delegacia. O policial acabou de ligar para o seu pai. Pelo visto, o homem admitiu que avançou o sinal vermelho.

Então não era minha culpa. Pelo menos isso não era eu quem tinha causado. Será que Mace já estava com a caminhonete? Ele conseguiria ir até o hospital? Eu precisava voltar para ver as meninas.

— Que bom que você estava no seu carro e não no meu – disse a mamãe, em uma tentativa meio desanimada de fazer piada com a situação.

Não olhei para ela e pendurei as pernas na lateral da cama.

— O médico já me liberou?

— Não pode sair ainda.

— Preciso ir.

— Eu levo você para casa.

— Não posso ir pra casa.

Ela me ajudou a levantar. E então me encheu de perguntas.

— Por que não pode ir pra casa? Você estava correndo? Não viu o outro carro? Onde estava indo, Civil?

— Cadê minha bolsa?

— Não precisa de bolsa porque vai para casa comigo.

A carta estava na minha bolsa. Nem tive a chance de mostrar para India que ela fora admitida em uma escola onde finalmente receberia a atenção que merecia.

Encontramos Alicia e Ty na sala de espera. Parei na mesa da enfermeira para assinar alguns papéis antes de ir lá para fora com os três. O sol já se pusera e estava escuro. Mamãe segurou meu braço com força, como se não estivesse disposta a me soltar até receber uma explicação. Eu queria me desvencilhar, mas não sentia aquela força da minha mãe havia tanto tempo que, por outro lado, quis me agarrar a isso. O mundo tinha mesmo virado de cabeça para baixo.

— Preciso que Alicia e Ty me levem para o Hospital Profissional.

— Hospital Profissional? Por quê? Foi atendida pelos melhores médicos aqui…

— As meninas estão lá. Elas…

Aquilo me atingiu na boca do estômago de novo. Não conseguia falar. Aqui estava eu, com sorte por estar viva, enquanto aquelas meninas estavam deitadas numa cama de hospital com suas chances de maternidade destruídas. O barulho dos gemidos de India soou em meus ouvidos e fechei os olhos.

— Eles fizeram uma ligadura de trompas nas meninas – falei, enfim.

— Quem fez isso? Ouvi as chaves da minha mãe balançando.

— A Sra. Seager ligou as trompas delas? – a voz de Alicia era tão alta que ela parecia estar gritando.

Ty parecia estar no limite de conter sua raiva. Tinha a mesma expressão daquele dia em que a Srta. Pope nos contou sobre os homens com sífilis que não receberam tratamento em Tuskegee.

— Ela pode fazer isso? – perguntou mamãe, incrédula.

— A clínica está fazendo isso com as pacientes. É... autorizado – sussurrei. O Tylenol não era forte o suficiente. – Pode, por favor, me levar lá no Profissional? – pedi, em voz baixa. – E, Ty, pode ir lá com Alicia buscar a Sra. Williams pra levá-la ao hospital? Por favor?

— Elas são só crianças.

— Eu sei, mãe.

Ela colocou uma das mãos em meu ombro e disse:

— Que Jesus tenha misericórdia.

Eu quis dizer a ela que era tarde demais para isso.

Mamãe ficou esperando no *hall*, no primeiro andar. Ela não queria ser mais uma espectadora e transformar a família Williams em uma atração de circo, mas queria estar lá para me apoiar quando eu descesse. As portas do elevador se abriram e eu saí, os sapatos rangendo enquanto eu andava. Alicia tinha trazido uma muda de roupas para mim. Vestíamos basicamente o mesmo tamanho, mas os sapatos eram pequenos demais. Então eu ainda estava com meu tênis de enfermeira manchado, um lembrete sangrento de como tinha sido o meu dia e de que eu precisava de um banho.

Quando vi Mace de pé diante da janela no fim do corredor, minha primeira impressão foi de que ele parecia fraco, como se fosse desmoronar ao dar um passo para trás. Quando cheguei mais perto, não consegui abrir a boca para dizer nada.

— Você é a maldita enfermeira delas.

Ele não levantou a voz, mas as palavras foram como um rugido dentro dos meus ouvidos.

— Fui ao seu apartamento hoje à tarde para contar a India que ela tinha sido aceita na escola. Sua mãe me disse que elas tinham sido levadas para o hospital. Vim pra cá. Mas cheguei tarde demais. Já tinham feito a cirurgia. Consegui que dessem analgésico para elas. Depois sofri um acidente de carro. E voltei direito pra cá. – Minhas palavras saíam numa torrente, se embaralhando.

— Eles podem mudar de volta?

— Não entendi o que quis dizer.

— Claro que entendeu, caramba. Podem desfazer? Minhas meninas podem voltar a ser como eram?

— Não, não, acho que não. Acho que... O prontuário dizia que as trompas foram cauterizadas. Isso significa que foram queimadas. Não... Sinto muito, Mace. É permanente.

— Por que deixou essa gente fazer isso com minhas meninas, Civil? Por quê?

A boca de Mace permaneceu ligeiramente aberta.

— Eu não sabia. Juro por Deus, Mace. A única coisa que fiz foi parar de dar as injeções, e então ela...

— Espera, como é que é? Elas não tomavam mais as injeções? Achei que era pra isso que tinham saído hoje de manhã. Pra tomar as injeções.

— Você estava lá de manhã?

— Onde achou que eu estava?

— Você assinou os documentos?

Peguei o prontuário de dentro da pasta. Os documentos de autorização estavam ali na prancheta. Havia a assinatura dele e a da avó. E a assinatura de uma testemunha: Valeria Brinson. Val.

— Me desculpa, Mace.

Ele virou de costas para mim.

— Vou ficar aqui com elas esta noite. Vou ficar com elas até poderem voltar pra casa. E quando forem pra casa, eu vou ajudar. Vou ajudar a ficarem bem – falei.

— Mas aí é que está, não é? Elas nunca mais vão ficar bem, não é?

Ele encostou a testa na janela. Ter dado as costas foi o que mais machucou. Suas costas preenchiam a camisa como se fossem uma parede.

Mace não olhava para mim, então entrei no quarto das meninas. As duas dormiam. Olhei para o documento na prancheta que estava em minha mão. Pelo menos tinham recebido os analgésicos e podiam descansar. Abri uma gaveta do armário e peguei camisolas limpas. Quando as meninas acordassem, eu daria banho nelas. O quarto tinha um cheiro azedo e eu sabia que elas não tinham sido lavadas com cuidado. Eu ia dar banho e vesti-las com camisolas limpas. Então ia dar comida para elas, nem que fosse na boca. Na época do meu aborto, a Srta. Pope fez isso por mim, e eu faria o mesmo por elas. Sentei na poltrona e fechei os olhos. Meu ombro esquerdo estava sensível e, quando toquei a testa, senti um inconfundível galo começando a se formar.

Talvez tenha sido melhor assim. India tinha problemas de fala. Teria sido difícil para ela cuidar de um bebê. A família era pobre, tinha poucas perspectivas. Trazer um bebê ao mundo naquele contexto teria sido uma tragédia. Assim que esses pensamentos se formaram na minha mente, eu me odiei. Me odiei naquela época e ainda me odeio hoje. Só de lembrar daquele dia, meu rosto fica vermelho de vergonha. Nós achávamos que estávamos fazendo algo útil para a sociedade, mas a famosa boa ação tinha nos levado até ali. Diretamente para o meio de um pesadelo.

22.

A sala principal do escritório do Sr. e da Sra. Ralsey era revestida com painéis de madeira e tinha duas escrivaninhas, uma área de espera com um sofá de couro escuro e uma poltrona e, ao longo da parede, uma fileira de armários verdes de arquivo. No teto havia vasos de clorofitos pendurados em ganchos. Entrava luz natural por uma janela enorme.

No escritório privado da Sra. Ralsey, dois cactos emolduravam os cantos de sua mesa. Um fícus de um metro e oitenta de altura quase bloqueava a janela. A Sra. Ralsey estava sentada à mesa e fazia anotações – muitas anotações –, mas eu não conseguia distinguir o que ela estava escrevendo. O marido aguardava ao lado dela, os braços cruzados sobre o peito. Meu pai recusara o assento que eles tinham oferecido. Ficou de pé, encostado na parede ao lado de Alicia. Ty estava bem ao meu lado, a cadeira tão próxima à minha que eu conseguia ouvir sua respiração.

— A Sra. Seager sabia que você tinha mudado as meninas da injeção para a pílula?

— Não sei. Não tenho certeza.

— E depois que você trocou, as meninas reclamaram da pílula? Estavam tomando normalmente?

— Na verdade... eu nunca dei a pílula a elas. Por que precisariam tomar?

— Mas escreveu no prontuário que elas estavam tomando?

— Sim, senhora.

— Contou à família Williams sobre essa decisão?

— Não, senhora. Agora sei que devia ter contado.

A Sra. Ralsey anotou mais alguma coisa no bloquinho, depois parou, deixando a caneta pendurada entre os dedos.

— Você acha que a Sra. Seager lia o prontuário delas regularmente?

— Sim, senhora – interrompeu Alicia. – Todos os prontuários ficam na sala dela.

— Voltamos já – disse a Sra. Ralsey.

Ela e o marido passaram por nós e saíram da sala.

Não fazia sentido. Será que a Sra. Seager as tinha submetido ao processo porque não achava que a pílula era eficaz o suficiente para evitar uma gravidez? Será que ela sabia que as meninas não estavam nem tomando a pílula? Eu ainda estava meio confusa por causa do acidente, então tive um pouco de dificuldade de raciocinar.

— O que acha, Dr. Townsend? – Ty virou para trás.

Meu pai balançou a cabeça. Esteve esse tempo todo só ouvindo, em silêncio. Assim como Ty, eu estava curiosa para saber a opinião dele. Sentia tudo dentro do meu corpo latejar, como se alguém tivesse enfiado um gancho de pescaria na minha barriga. Vi a pontinha da carta de admissão da St. Jude escapulindo da minha bolsa.

— Eu acho que talvez essas meninas consigam entrar com uma ação judicial se Donna conseguir confirmar que a avó e o pai não entenderam o que estavam assinando. Mas vai ser difícil – declarou ele.

Quando voltaram, a Sra. Ralsey se sentou à mesa enquanto o marido ficou em pé na lateral. Eu sempre os admirei, mas vê-los assim, trabalhando juntos, foi realmente incrível. Os dois haviam nascido e crescido em Montgomery, tinham frequentado a mesma escola segregada no ensino médio, em uma época em que muitos adolescentes ali nem tinham a chance de chegar a essa etapa dos estudos. Nossa comunidade de profissionais negros de Montgomery era pequena, mas muito poderosa.

— Civil e Alicia, por favor não comentem sobre isso com ninguém, nem mesmo com as outras enfermeiras da clínica. Vamos começar com os procedimentos necessários para levar o caso ao tribunal. Se falarem alguma coisa, podem prejudicar o processo.

— Eu posso visitar as meninas? – perguntei.

— Claro que pode – interrompeu meu pai. – Precisa garantir que elas não tenham nenhuma infecção no pós-operatório. Deve ficar de olho nas incisões. E eu estarei aqui se precisar de alguma coisa. Qualquer coisa.

A Sra. Ralsey completou:

— Sim, siga fazendo seu trabalho como se nada tivesse acontecido. Não sabemos quanto tempo o processo vai levar, então tente não pensar muito nisso.

— Tentar não pensar nisso? Como é que posso continuar trabalhando para aquela mulher?

— Apenas cuide das meninas e de suas outras pacientes da melhor maneira possível. Elas precisam de você.

— Sim, senhora – concordou Alicia.

A Sra. Ralsey veio até mim e colocou a mão em meu ombro.

— Civil, você sempre foi como uma filha pra mim. Eu prometo que vamos fazer todo o possível. Se Deus quiser, vamos resolver isso.

— Vou ficar mais um pouco aqui. Alicia, pode levar Civil para casa? – pediu meu pai.

— Não preciso de escolta, papai.

— Claro, Dr. Townsend – respondeu Alicia.

Quando saímos do prédio, perguntei se Alicia podia me levar até Dixie Court.

— Seu pai me pediu para te levar pra casa.

— Sabe que posso arranjar outra carona, não é?

Quando chegamos ao carro, Alicia entrou primeiro e, então, se inclinou para abrir a porta do carona. Ela ligou o motor e ficamos ali sentadas por um momento enquanto o carro esquentava.

— Vai trabalhar amanhã? – perguntou ela.

— De jeito nenhum. E não acredito que você vai voltar lá – falei. – Não vou conseguir mais olhar para a cara daquela mulher.

— Amanhã é dia de pagamento, Civil. Preciso pagar o aluguel. – Ela cruzou os braços sobre o peito.

— Então vai continuar aplicando aquela droga nas pessoas pra ganhar o dinheiro do aluguel?

— Ei, para de agir assim. – Ela se virou para mim. – Estou tentando fazer a coisa certa, igual a você.

— Então não volta lá, Alicia. Por favor.

— Sinto muito, Civil, mas eu não consigo atender às suas expectativas exorbitantes. Você já parou para pensar na pressão imensa que coloca sobre si mesma? Nada do que aconteceu foi culpa sua.

— Vai me levar ao condomínio ou não?

Quando Alicia me deixou lá, o sol já tinha se posto no horizonte, e a lâmpada na entrada do apartamento da família Williams não estava funcionando. Embora alguns dos imóveis ainda estivessem em construção, mais famílias se mudavam para lá a cada semana. Um grupo de crianças brincava de pique-pega em volta de um gatinho branco que dormia sobre a grama. Dois homens sentados num banco ouviam o rádio que tocava dentro de um carro estacionado. A vida em Dixie Court não tinha parado só porque as meninas foram violentadas. Fiquei imaginando o quão rapidamente as notícias deviam circular naqueles prédios e pensei, com um verdadeiro aperto no coração, como as pessoas conseguiam lidar com más notícias o tempo inteiro.

Bati à porta. Eu não tinha visto nenhum deles desde o dia em que descobri sobre a cirurgia e sabia que era presunçoso da minha parte chegar assim, sem avisar. Alguém gritou: "Entra!", mas, quando entrei, a sala estava vazia. Fui direto para o quarto das meninas. Deitada na cama, Erica descascava uma laranja, as cascas espalhadas sobre um guardanapo.

— Como está se sentindo?

Ela assentiu com a cabeça e eu torci para que isso significasse "bem".

— Precisam de alguma coisa? – insisti.

Erica entregou metade da laranja para a irmã. India estava sentada na outra cama, alguns travesseiros apoiando suas costas. As duas estavam de pijama.

— Tinha sorvete no hospital – disse Erica, sem nem olhar para mim.

Eu não sabia o que dizer. Não sabia se aquele era um pedido de verdade por sorvete ou apenas uma frase para se livrar de mim. Não estava com meu carro, mas havia um mercadinho ali perto aonde eu poderia ir a pé.

Quando voltei na sala, encontrei a Sra. Williams sentada em sua cadeira com uma agulha de crochê na mão.

— Vocês têm sorvete? – perguntei.

— Sabe, estou impressionada de ainda lembrar como se faz isso. Não pego numa agulha dessas há anos.

— Bela cor. – Apontei para a bola de linha rosa que se desenrolava ao lado do pé dela.

— Estavam distribuindo lá no centro de idosos. Eu peguei a linha, fiz uma volta e, quando me dei conta, já tava fazendo um quadradinho. Mamãe me ensinou. Ela se chamava Ella Mae. Fazia aqueles cobertores enormes que a gente costumava estender no pé da cama antigamente. Eram a coisa mais linda do mundo e, quando a gente dormia debaixo deles, dava pra sentir o cheiro do óleo de hortelã que ela passava nas mãos. Minha mãe tinha talento com a agulha. Podia costurar qualquer coisa que quisesse. Mas o que ela gostava mesmo era de sentir a linha passando entre os dedos. Ela nunca disse isso, mas dava pra perceber. Conseguia fazer aquilo de olhos fechados.

As veias das mãos dela se mexiam à medida que passava a agulha por cima e por baixo da linha. Fui para a lateral do sofá para ver melhor.

— Desde que me lembro, as mulheres da minha família conseguiram construir a melhor vida que puderam. Aposto que na primeira vez que você foi nos ver lá, na casa do Adair, achou que eu era uma mulher desagradável.

— Não, nunca achei isso.

— Você achou alguma coisa. Eu vi no seu rosto. Olhava pra casa como se não prestasse nem pra uma toupeira morar. E sabe do que mais? Você tinha razão. Nunca morou numa casa de um cômodo, com o chão sujo, cachorros nojentos e um homem branco que saía entrando com aquelas botas imundas sem nem bater. Aquela casa nunca foi minha. Foi só uma estação em que paramos no meio do caminho pra um outro lugar. Só que o trem nunca veio, e aí a gente ficou lá na plataforma esperando por quase três anos.

Ela enrolou a linha solta no dedo indicador antes de continuar.

— Você não tá interessada na tagarelice de uma velha como eu. Acho que só queria dizer que, quando você conseguiu esse apartamento pra nossa família, eu senti um tipo de esperança, algo que eu não sentia havia muito tempo. Me casei com Ernest T. Williams quando eu tinha dezoito anos. Meu marido me prometeu uma vida melhor. Todo mês ele trazia dinheiro pra casa e colocava na minha mão. Ele dizia: "Pra você nunca duvidar do que eu faço na rua. Você é a única mulher que abraça esse pescoço." E aí ele morreu e me deixou. Do nada, teve a audácia de morrer. Assim como a mulher do Mace morreu e deixou ele. Na segunda vez que a morte bateu na minha porta, ela quase me destruiu. Eu pedi a Deus para que a fizesse me buscar logo.

Ela parou para esfregar o nariz com um lenço, depois pegou a agulha de volta.

— Então, você vem e arranja esse apartamento, e na primeira noite que dormi naquela cama, no quarto dos fundos, sonhei que meu Ernest ainda estava vivo. A gente morava todo mundo aqui: eu, ele, Mace e as meninas. Aí vinha alguém e levava tudo embora. Pessoas sem rosto. Como fantasmas, mas sem ser fantasmas. Quando eu tentava impedir, eles gritavam coisas pra gente. Palavras feias. Acordei assustada. Desde aquela noite, todo dia eu espero alguém vir bater na porta.

— Ninguém vai vir tirar nada de vocês, Sra. Williams.

— Não, é aí que você se engana. Eles sempre podem tirar. Não é seu, Srta. Civil. Nada disso aqui. – Ela rodopiou a mão no ar e deixou cair a linha. – Não sabe disso? Ninguém nunca te ensinou o que eles podem tirar de você? Eles podem simplesmente tirar, tirar e tirar.

O cômodo escureceu, como se alguém tivesse desligado um abajur. Ficou tão silencioso que dava para ouvir o vento soprando. Eu me lembrei vagamente do sorvete que as meninas tinham pedido. Me lembrei de outras coisas que eu poderia comprar, que poderia dar de presente. Um rádio. Roupas. Sapatos. Uma torradeira para a cozinha.

A Sra. Williams falou as palavras seguintes em um sussurro.

— Sei que teve uma impressão ruim de mim por eu morar naquele barraco, e minha impressão sobre você também não foi muito boa, pra dizer a verdade.

— E agora?

Por favor, eu queria dizer. *Por favor, me perdoe*. Eu não tinha me dado conta de que precisava do perdão dela, mas meu coração ansiava por aquilo.

— Agora eu sei que o mundo é exatamente como eu pensei que era – disse ela, e baixou os olhos.

23.

Nós íamos à igreja o tempo inteiro quando eu era criança, mas, na época em que eu estava no ensino médio, perdemos o costume e acabamos ficando apenas naquele circuito Páscoa–Natal–Ano Novo. Na faculdade, aprendi palavras que nunca tinha compreendido muito bem antes. Agnóstico. Ateu. Nossa família não era nada disso. Éramos apenas cristãos que não iam à igreja regularmente, embora eu nunca tenha sido o tipo de cristã que rezava para que Deus intercedesse em benefício dos meus próprios desejos. Eu era mais adepta das orações de gratidão. *Obrigada por essa comida. Obrigada pela minha família. Obrigada por ter um teto sobre minha cabeça.*

Quando fiz o aborto, pedi algo a Deus – pedi de verdade, pela primeira vez na vida. Pedi perdão. E embora eu tenha feito tudo que estivesse ao meu alcance para tirar da minha cabeça aquele dia doloroso em que me deitei em uma maca improvisada na casa de uma estranha, eu não conseguia esquecer. Não é que eu tivesse me arrependido. Nunca duvidei de que aquela tinha sido a decisão certa para mim. Era mais porque a vida toda eu tinha sido ensinada que aquilo era pecado. E era difícil se desvencilhar desse tipo de crença.

A decisão judicial tomada no caso "Roe *vs.* Wade" foi proferida em uma segunda-feira de janeiro de 1973, e eu lembro que os jornais daquela tarde venderam como água. Eu observara meu pai sentado em sua poltrona, lendo em silêncio e balançando a cabeça, e depois deixando o jornal sobre a mesinha. Nunca falamos sobre o assunto, mas com certeza ele sabia que havia casas no interior aonde as mulheres iam para fazer o procedimento, mesmo antes de se tornar lei. Eu tinha ido numa em Opelika, onde a Srta. Pope acreditava que eu receberia um tratamento seguro. E ainda assim tinha sido arriscado. Com certeza o papai entendia que as mulheres precisavam de um lugar confiável. Algumas mulheres viajavam até Nova York para se submeter ao procedimento, mas essa distância era muito longa para a maioria de nós. Pode ter certeza, a lei foi um divisor de águas.

Minha convicção de que todas as mulheres, sobretudo as mulheres pobres, precisavam ter acesso a atendimento médico profissional não significava que não havia ambivalência. Nos dias seguintes ao procedimento, fiquei revezando entre sentir culpa e raiva. Culpa por não ter me precavido melhor. Raiva de ter sido obrigada a me deitar naquele colchão coberto por um plástico na casa de uma estranha. Eu levei meses para equilibrar minhas emoções. Depois da cirurgia que fizeram nas meninas, passei pela mesma montanha-russa emocional. Foi por isso que, quando mamãe me convidou para ir à igreja com ela numa manhã de domingo de julho, eu aceitei. Tinha algumas pendências mal resolvidas com aquele local de adoração.

Quando entramos no santuário, minha mãe se comportou como se nunca tivesse faltado a um culto – foi direto para seu lugar de sempre no corredor lateral, na fileira atrás dos missionários. O pastor pediu à congregação para abaixar a cabeça. Ele era jovem, tinha vindo de Chicago. Depois que o Dr. King mudou o curso da história de Montgomery, as igrejas negras ficaram de olho para tentar encontrar um novo King. Esse rapaz que presidia a igreja que minha família frequentava estava em seu terceiro ano e eu só tinha o assistido pregar uma vez. Me impressionou que ele pareceu ainda estar aprendendo a se situar em Montgomery. Como muitos dos recém-chegados, o pastor ficou maravilhado com a nossa história, mas, mesmo sabendo de tudo pelo que nossa comunidade passou, ele ainda parecia subestimar a força de vontade dessa congregação. As igrejas negras de Montgomery eram mais do que prédios, mais do que locais de adoração. Elas captavam o ativismo coletivo, organizavam nossas frustrações. Todo aquele senso de propósito, aquela seriedade, às vezes cansavam demais a mamãe. Foi por isso que acabamos parando de frequentar.

O pastor terminou a oração com um floreio e minha mãe se inclinou para sussurrar:

— Há quanto tempo ele está aqui mesmo?

— Acho que três anos.

— Dou mais dois.

Ela estava sentada com as mãos dobradas sobre o colo, um lenço bordado de renda na mão. Na igreja, minha mãe encontrava calma e estabilidade. Assim como suas atividades artísticas, a igreja era o que mantinha seus pés no chão.

A esposa do pastor se sentou na outra ponta da fileira, com duas crianças inquietas, uma de cada lado. Minha mãe acenou com a cabeça para ela, que retribuiu o gesto. Uma das frequentadoras mais antigas da igreja, Sra. Cooper, foi até o púlpito próximo ao piano para dar alguns avisos.

— Vejo que June Townsend e sua filha estão aqui hoje. É muito bom ver vocês. Podem todos se levantar, por favor?

A Sra. Cooper já era velha quando nos conhecemos. Sempre se sentava na fileira das mães, usava uma touca branca e se sacudia quando sentia a energia. Uma vez, quando eu e Ty éramos crianças, demos uma risada quando ela saudou os *fornandos* da universidade. Ela parou no meio da frase e olhou direto para a gente, lá em cima do balcão. A expressão em seu rosto continha uma promessa de castigo, mesmo que ela fosse tão parente nossa quanto Adão e Eva. Mas uma expressão daquela era sempre suficiente para aquietar crianças inquietas.

Eu me perguntei se Ty andava indo à igreja e se estava tendo dificuldade para lidar com aqueles últimos acontecimentos tanto quanto eu. Dentro da igreja, em meio à congregação, eu tive a sensação de que essa dificuldade era de todos nós. Eu conseguiria seguir em frente se me mantivesse naquele lugar, acolhida pelo amor das velhas mães da igreja, como a Sra. Cooper.

Sentada ali com a minha mãe, eu podia esquecer que as meninas estavam em casa com a avó, se recuperando de uma cirurgia que nunca devia ter acontecido. Eu podia ouvir a música, cantarolar os hinos, encontrar conforto na ideia de que Deus sabia o tamanho do fardo que cada um podia aguentar. Naquele primeiro domingo em que eu e mamãe voltamos a frequentar a igreja, fui tomada por um momento de paz. E queria que aquela sensação durasse para sempre.

O Sr. e a Sra. Ralsey insistiram para que eu voltasse ao trabalho. Alicia e eu fomos orientadas a manter uma pretensa normalidade até a ação judicial se tornar pública. Todas as enfermeiras sabiam que as meninas tinham sido esterilizadas, mas não sabiam sobre o processo iminente. Algumas semanas antes, conversamos em privado com algumas delas sobre nossas suspeitas a respeito da droga, e tínhamos esperança de que estivessem tomando as decisões certas por conta própria. Eu tinha medo de que nossas ações pudessem resultar em mais esterilizações, mas também sabia que era um risco que precisávamos correr. Alicia e eu tentávamos ficar de olho nas fichas antes de voltarem para dentro do armário. Os pais de Ty tinham pedido discrição, então entendíamos o risco da situação. Mas também sabíamos que era questão de tempo até a Sra. Seager resolver esterilizar mais alguém. Quando ela me chamou em seu escritório naquela sexta-feira, eu me preparei para o pior. Estávamos total e completamente ferradas.

Ela recostou na cadeira.

— Agora que já está aqui há alguns meses, ainda acha que esse trabalho é pra você?

Eu sabia muito bem como queria responder àquela pergunta. Queria gritar com ela e dizer que o que tinha feito com aquelas meninas foi desumano, e responder que não, de jeito nenhum aquele era um trabalho para mim. Por mim, eu nem teria voltado. Só estava ali porque o Sr. e a Sra. Ralsey tinham pedido. Eles acreditavam que eu e Alicia poderíamos intervir se víssemos algo suspeito.

Em vez de gritar com ela, eu respirei fundo e reuni todas as minhas forças.

— Sra. Seager, eu me formei como uma das melhores da minha turma em Tuskegee. Fui exemplar em todas as provas, fui presidente da associação estudantil de enfermagem. Passei semanas me preparando para a entrevista na sua clínica. Por que está me perguntando isso?

— Civil.

— Eu fui criada pra ser humilde, então nunca vai me ouvir dizer isso na presença das outras mulheres que trabalham nesta clínica, mas estou convicta de que sou uma das melhores enfermeiras da equipe.

— Sua postura é péssima.

— Minhas pacientes parecem gostar de mim. Isso não é o mais importante?

— Eu sou sua supervisora, então a resposta para essa pergunta é não. – Ela fez um barulho no fundo da garganta.

— As mulheres que vêm a essa clínica precisam dos nossos serviços e merecem nosso respeito. É isso que dispenso a elas, porque está no juramento que eu fiz.

Lembrarei que não estou tratando uma tabela de evolução de febre ou um crescimento cancerígeno, mas sim um ser humano doente, cuja doença pode afetar sua família e sua estabilidade econômica. As palavras rodopiaram na minha cabeça.

Ela tamborilou os dedos sobre a mesa. Esperei o próximo golpe.

— A essa altura você já sabe que as meninas da família Williams foram esterilizadas cirurgicamente.

— Sei – afirmei, tentando manter minha voz calma e serena.

— Os guardiões legais autorizaram.

— Aquelas meninas nunca engravidaram. Não estão nem fazendo sexo ainda.

— Como você sabe?

— Eu perguntei. Você alguma vez perguntou a elas?

— Tem garotos naquele condomínio onde elas moram agora. Você é a única culpada, já que resolveu levar as duas para o outro lado da cidade.

Pisquei os olhos rapidamente. De algum modo, ela descobrira que eu estava envolvida na mudança para Dixie Court.

— Ah, Civil, você acha que eu não vejo as coisas acontecendo bem debaixo do meu nariz?

Fiquei em silêncio, chocada. Será que ela também sabia que algumas de nós tinham parado de aplicar as injeções? Ela ia me dar uma advertência formal?

— Eu consegui a mudança porque eles estavam morando numa pocilga.

— Quando estavam na fazenda, pelo menos elas tinham que se deslocar pra arranjar algum garoto. Agora estão rodeadas deles, graças a você. Acha que aquela menina retardada ia conseguir cuidar de um bebê? Além do mais, e o pai delas?

Balancei a cabeça tentando aplacar a raiva.

— Ela não é retardada. E o que tem o pai delas?

Ela apertou os olhos.

— Conheço aquele tipo.

Quando me dei conta do que ela estava sugerindo, perdi as estribeiras.

— Você esterilizou duas meninas inocentes!

— Eles autorizaram! – Ela bateu com a palma da mão na mesa.

Olhei ao redor, para o escritório e suas estantes vazias. Era impossível não comparar com a confusão do consultório do meu pai, as prateleiras lotadas de periódicos médicos, coletâneas de poesia, cadernos. No escritório da Sra. Seager não havia nem um livro à vista. Só bugigangas e quinquilharias, e um conjunto de bonecas de porcelana – o tipo de coisa que as pessoas colecionam por *hobby*. Meu pai uma vez disse que prateleiras assim eram como um piano servindo apenas de suporte para porta-retratos.

— Não posso dizer que estou surpresa com sua insubordinação. Eu sempre esperei isso.

— Senhora?

Eu não queria chamá-la de *senhora*. Não queria chamá-la de nada. A Sra. Ralsey pediu para mantermos as aparências. E eu tinha sido muito bem-criada, então a palavra saiu automaticamente da minha boca. Mas duvido que alguma vez alguém já tenha dito um "senhora" mais hostil que esse.

Ela apoiou os cotovelos na mesa.

— Se quer continuar empregada nessa clínica, é melhor entrar na linha. Porque embora você se ache muito inteligente, eu tenho dois currículos fresquinhos aguardando aqui na gaveta, e são tão bons quanto o seu.

Ela presumiu que eu queria tanto esse trabalho a ponto de aceitar as merdas dela. Só tinha me chamado ali para analisar minha reação à esterilização das meninas e checar se eu causaria mais problemas. Ela esperava que eu fosse me submeter, como muitas pessoas negras no Alabama faziam ao ser confrontadas por autoridades brancas. Também me ocorreu que ela devia saber mais do que estava deixando transparecer.

— Você já sabia que aquelas irmãs não estavam tomando nenhum anticoncepcional, não é? – falei em voz baixa conforme ia me dando conta da situação. – Foi por isso que as levou para a cirurgia. Mas como é que você soube?

Ela cruzou os braços e recostou na cadeira.

— Essa é a minha clínica, Civil Townsend. Minha.

O lábio inferior dela tremeu. Ela então virou a cadeira de frente para a janela. Se não havia nenhum currículo na gaveta naquele momento, eu sabia que haveria em breve.

24.

A secretária me conduziu até uma pequena sala de reuniões onde encontrei a Sra. Ralsey esperando ao lado de um jovem branco de cabelo castanho e cacheado. Ele tinha tirado o paletó, suas axilas suavam. Imaginei que era um detetive de polícia. Ou um administrador hospitalar. Não sabia por que a Sra. Ralsey tinha me chamado no escritório. Ela só tinha dito que queria me apresentar a alguém.

— Por favor, Civil, sente-se – disse ela.

Eu me sentei na cadeira diante dos dois.

— Civil, este é Lou Feldman. Ele é quem vai tomar a frente agora.

Olhei para ela, depois para ele.

— Frente de quê?

Ela pigarreou.

— Eu fui chamada para trabalhar no caso Tuskegee. Um grupo de advogados se reuniu para entrar com uma ação em nome das famílias daqueles homens. São centenas de vítimas. O experimento começou lá em 1932 e eles vão precisar de toda a ajuda...

— Eu li sobre o experimento, Sra. Ralsey. Conheço os detalhes.

— Então você entende que eles vão precisar de um time grande de advogados.

— O que estou entendendo, na verdade, é que a vida de uma garotinha negra no Alabama não vale tanto quanto a de homens.

— Civil.

— Não quis ser grosseira, Sra. Ralsey.

— Os dois casos são importantes. Lou é advogado de direitos humanos. É a pessoa certa para assumir esse caso.

— E ele é... ele é...

— Eu sou branco – disse ele. – E não sou o que você esperava. Sei disso. Mas peço que me dê uma chance.

O advogado continuou se mexendo na cadeira, como se estivesse desconfortável nas próprias roupas. Os cachos castanhos meio desgrenhados caíam sobre o rosto e ele os empurrava de volta. Quando passava a mão no cabelo, dava para ver que as unhas eram curtinhas, roídas até o sabugo. Os olhos apertados me encaravam pela lente dos óculos; ele me observava enquanto eu o observava. Eu não sabia onde a Sra. Ralsey tinha encontrado aquele pirralho pretensioso, mas devia ser só mais um oportunista.

— Quantos anos você tem? – perguntei.

— Vinte e oito.

Era só poucos anos mais velho do que eu.

— Já atuou em algum caso num tribunal antes?

— Claro. – Ele ajeitou os óculos sobre o nariz.

— E ganhou?

— Civil. Aquele era o segundo aviso da Sra. Ralsey, mas eu não liguei.

— Vou ser honesto: nunca estive à frente de um caso antes, mas já trabalhei com advogados muito bons. Estou pronto.

— Essas meninas são crianças. Nunca ganharam nada na vida. Nem um bolo numa rifa da igreja. Está entendendo o que estou falando?

— Eu não o recomendaria se não achasse que ele pode dar conta – disse a Sra. Ralsey. – Lou foi muito bem recomendado por pessoas que eu conheço e confio.

Eu sabia o que ela estava querendo dizer. Ela já o tinha investigado e ele se provara um aliado real, não um lobo em pele de cordeiro. O recado foi em alto e bom som. Mas, ainda assim, eu não estava convencida. Ele não podia tomar a frente. Era um caso importante demais.

Enquanto isso, Lou Feldman não tinha tirado os olhos de mim.

— Os nomes delas são India e Erica Williams. Erica é a mais velha. Tem treze anos. Está inscrita no curso de verão da Escola de Ensino Fundamental George Washington Carver. Seu sorvete favorito é de chocolate. India acabou de ser admitida na escola St. Jude. Adora cachorros. E bonecas. Ela é especialmente apegada a uma boneca que tem cabelo de linha de costura. India não fala, mas o médico que a examinou acredita que ela é promissora. Ela adora a irmã mais velha, e as duas são inseparáveis.

— Então você entrevistou algumas pessoas.

— O nome da mãe delas era Constance Williams. Ela morreu de câncer de mama há alguns anos. O pai é Mace Williams. Trabalhava na fazenda de Frank Adair até pouco tempo. Agora trabalha na fábrica de picles Whitfield. O supervisor disse que ele nunca se atrasa e é um bom funcionário.

Levantei o polegar num joinha para ele.

— Só porque ele tirou dez, vai trazê-lo para o caso?

— A avó delas é a Sra. Patricia Williams. Adora cozinhar e começou a montar um jardim com outras avós que moram em Dixie Court – continuou ele.

— Um jardim?

— Entre os prédios oito e nove. Ela fala muito bem de você, aliás.

Aquelas eram as minhas pessoas. Eu devia saber que a Sra. Williams tinha começado a plantar um jardim. Eu devia saber o que o dono da fábrica de picles achava de Mace. Era exatamente como minha mãe dissera: estranhos entrando e saindo como se a família fosse uma atração de circo.

— Está colocando ele no caso porque acha que vai ser melhor se tiverem um advogado branco – falei, de repente.

— Chega, Civil Townsend. Você está passando dos limites e não vou tolerar. Sei que seus pais te deram uma educação melhor do que essa.

Lou aproximou sua cadeira da minha.

— Você tem razão. Eu sou jovem. Sou inexperiente. Sou branco. Praticamente, acabei de sair da faculdade de direito. Não consegui achar o par da minha meia azul hoje de manhã, então estou usando uma azul e uma marrom. Minha esposa me chama de filhinho da mamãe, e ela provavelmente está certa. Mas tem uma coisa que posso te dizer: estou pronto para este caso exatamente porque *sou* um filhinho da mamãe. Meus pais saíram da Europa e vieram para este país temendo pelas próprias vidas. E desde que eu nasci, bem aqui em Montgomery, eles me criaram para lutar pelo que é certo. Está no meu sangue, Civil. E eu vou até o inferno atrás de quem fez isso para que a justiça seja feita por essas meninas.

— Ainda não entendo por que você se importa. Por que esse caso?

— Acho que não posso dar uma resposta que vá te satisfazer. Sei que você ama essa família. Dá pra ver no seu rosto. Tudo o que posso prometer é que vou dar o melhor de mim.

Havia uma camada de suor sobre o lábio superior dele. A sala estava quente. Estávamos todos sentados muito próximos, em uma sala pequena, e eu precisava de ar.

— Aquelas pessoas não estão em busca de um Jesus branco.

— Acredite, eu não tenho a intenção de ser um.

Fiz uma pausa.

— Vai incluir o Sr. e a Sra. Ralsey no caso?

— Minha ideia é atualizá-los a respeito de cada passo, se eles quiserem. Valorizo muito a opinião deles. E valorizo a sua também, senão nem estaria sentado aqui agora.

A Sra. Ralsey juntou alguns papéis.

— Tenho outra reunião agora. Civil, quer ir lá em casa no domingo? Podemos conversar mais sobre isso no jantar, se quiser.

— Não preciso conversar mais – falei, ainda irritada, mas desesperada para acreditar em Lou Feldman. Ele tinha o futuro daquelas meninas nas mãos.

Lou anotou dois números em um pedaço de papel.

— Esses são os telefones do meu escritório e da minha casa. Pode ligar a qualquer hora do dia e da noite.

Peguei o papel e saímos da sala.

— Minha esposa quer conhecer você algum dia. Ela é advogada em Selma. Disse que ficou muito orgulhosa do que você fez.

Balancei a cabeça. Orgulhosa? Quem era essa mulher doida com quem ele era casado?

— Sr. Feldman, apenas ganhe o caso. É só isso que eu quero.

— Pode me chamar de Lou.

Deus do céu. Ele não tinha nem saído das fraldas ainda e seria a pessoa a levar o caso das meninas ao tribunal. O juiz ia dispensar o caso antes mesmo de Lou encontrar a outra meia. Eu tinha certeza.

Eu não falava com Mace desde aquele dia no hospital e, sinceramente, estava com medo. Não queria conversar com ele no apartamento, onde a Sra. Williams poderia ouvir, então fui até a fábrica e esperei o horário da saída dele. Quando ele me viu sentada no carro, veio andando até a janela.

— O que tá fazendo aqui? Tudo bem com as meninas?

— Tudo bem. Só vim aqui conversar com você.

— Não precisa. – Ele começou a se afastar.

— Mace. – Saí do carro e fui atrás dele. – Você sabe que eu teria impedido se soubesse. Sabe disso, não é?

Alguns dos outros homens caminhavam na direção do ponto do ônibus e pararam de falar, como se quisessem escutar a conversa. Mace olhou para eles, desconfortável. Ele me segurou pelo cotovelo e virou na direção oposta.

— Vem aqui.

Fomos andando por um caminho de terra que dava nos trilhos do trem. Não conhecia muito bem aquela área, mas sabia que se continuássemos andando íamos chegar ao rio. Havia um monte de lixo sobre a grama: latas, garrafas, uma calça rasgada. Alguém deixara um balde. Mace o pegou e foi carregando. Quando chegamos aos trilhos, ele colocou o balde de cabeça para baixo no chão e fez um gesto.

— Senta – falou.

Sentei. Eu estava de shorts e camiseta. Tinha trocado o uniforme depois do trabalho. Não era como ele normalmente me via vestida, e me senti um pouco exposta. Mas ele nem olhava para mim. Pegou uma pedra e ficou rolando entre os dedos. Nessa área do entroncamento ferroviário, os trilhos se dividiam em linhas diferentes. Em uma delas, seis vagões abandonados estavam enferrujando perto de um restaurantezinho que não parecia funcionar havia anos. Nada se movia, mas eu sabia que aquela linha estava ativa. Estávamos perto o suficiente para sentir o vento caso um trem passasse por ali. Mas, por enquanto, estava tudo em silêncio.

— Mace, fala comigo. Está me enlouquecendo isso de você não falar comigo.

— Você não entende nada. É só uma garotinha.

As palavras dele doeram. Parecia exatamente o que eu tinha dito a Lou.

— Me diga como eu posso consertar isso.

— Consertar?

— Estamos preparando uma ação judicial pra tentar impedir que isso aconteça de novo. Arranjaram um advogado branco jovem.

— É, ouvi dizer que ele andou fazendo perguntas.

— Vamos processar a clínica.

Eu não tinha falado sobre nada disso com Mace e queria saber o que ele achava. Ele tinha trabalhado o dia inteiro arrastando picles pelo chão, como ele dizia. Eu não sabia exatamente o que isso significava. Nunca tinha entrado em nenhum tipo de fábrica. Mas o fedor azedo do vinagre emanava de suas roupas.

— Quer perder seu emprego? – perguntou ele.

— Aquela clínica tem que ser fechada. – Eu me levantei, e o balde tombou para o lado. – Não fiz nada além de amar suas meninas desde o dia em que as conheci.

Ele balançou a cabeça.

— Você é uma garotinha rica que acha que pode chegar aqui e brincar com a vida das pessoas.

— Quem foi que morreu e elegeu você o novo Deus e juiz?

— Eles tiraram a chance das minhas meninas se transformarem em mulheres!

— Ter filhos não é o que te transforma em mulher.

— Você acha que sabe, mas não sabe de nada.

A voz dele estava áspera, tensa, e dava para ver seus olhos ficando vermelhos.

Eu não sabia o que fazer. Fiquei ali parada, os braços pendendo na lateral do corpo. Ele passou a borda da camisa no rosto.

— Mace.

Eu me aproximei, e ele me puxou para mais perto.

— Você me lembra ela. Era bem assim que nem você. Teimosa feito uma mula.

Comecei a balançar a cabeça, mas ele fez um gesto para eu me calar.

— Você é boa com as meninas. E com a minha mãe. Ela também era. Minha mãe foi quem mais sofreu com a morte dela. Mas, quando você aparece, é como se minha mãe enxergasse a vida de novo.

A respiração dele soprava quente sobre o meu rosto.

— Sua mãe me odeia agora.

— Eu te odiei também. Quando entrei naquele quarto e vi minhas duas bebês chorando de um jeito que elas não choraram nem quando a mãe morreu, eu achei que ia matar alguém. E você ia ser a primeira. Mas quando te vi, eu percebi. Você estava tão destruída por dentro quanto eu.

O sol brilhava sobre nós e comecei a suar. Estávamos muito próximos. Ele apoiou um dos pés sobre o trilho e eu me apoiei em sua coxa.

A distância, dava para ouvir o assobio bem fraco do trem. Eu queria me afastar. Ele envolveu minha cintura com o braço, e algo dentro de mim derreteu. Por um momento, pensei que ele ia me beijar e fechei os olhos. Aquele calor entre nós ia deixar tudo melhor. Se ele fosse só um pouco carinhoso comigo, depois de tudo o que tinha acontecido, nós dois íamos sobreviver àquilo.

De repente, ele me soltou e deu um passo para trás. Pegou um punhado de pedras e jogou num vagão do trem. Elas fizeram barulho ao se chocar com o metal.

— Vamos – disse ele, e começou a caminhar de volta.

Fiquei olhando para o balde derrubado. Uma fileira de formigas subia pela lateral.

25.

Na manhã em que o jornal publicou a notícia sobre a ação judicial de Lou, encontrei minha mãe deitada no chão do estúdio. Ela fazia isso às vezes, quando trabalhava até tarde, mas, com seu recente desejo de voltar a frequentar a igreja, fiquei preocupada de que houvesse alguma coisa errada. Ela tinha improvisado um pano amarfanhado como travesseiro, mas ainda estava de sapato.

— Mãe?

Ela levantou a cabeça. Seu cabelo, outrora escuro, agora era fino e prateado. Eu a ajudei a se sentar e ela recostou no sofá.

Nas fotos, a mamãe é uma graça, a mulher mais linda que eu já vi. Suas feições sempre parecem captar a luz perfeitamente, e, quando você vê uma foto dela, não consegue parar de olhar. Em todas, ela sempre aparenta ter sido pega desprevenida. É sempre a mesma expressão: sobrancelha levantada, um olhar casual na direção de algo que está fora do quadro. Ela nunca relaxa para a fotografia, nunca tenta olhar para a pessoa do outro lado da lente. Eu diria que minha mãe é reservada em fotos, como se levantasse um escudo no momento em que a câmera é apontada para ela.

Eu pensava o mesmo a respeito de suas pinturas. Elas exerciam atração justamente por conta de seu caráter um tanto fora do comum. A arte da mamãe costumava passar por fases – em alguns anos, tudo era muito vivo e brilhante, em outros, as cores eram mais pálidas e suaves. Ela usava pincéis de oito centímetros de largura para criar faixas de cores no meio da tela. As pessoas quase nunca se sentiam indiferentes às suas obras. Mesmo as menores telas chamavam atenção.

Meu pai dizia que a mamãe só não ficara famosa nos anos 1960 porque foi uma época em que os artistas negros reivindicaram as artes plásticas como forma de protesto. Como é que alguém enxergaria sinais de protesto numa tela cheia de pinceladas coloridas? Muita gente não entendia a liberdade que havia nisso, dizia ele.

Ela expôs algumas vezes no Museu de Belas Artes de Montgomery. O diretor do museu a convidara numa tentativa de fazer um aceno à população negra de Montgomery, um esforço bem fraco, para dizer a verdade, já que os patrocinadores brancos do museu nunca foram visitar as exposições dela. Mas os amigos da mamãe iam. Chegavam aos montes, vestindo roupas chamativas que consideravam ser apropriadas para um evento de arte e levando bolos para a recepção. Poucos deles chegaram a efetivamente comprar alguma obra ao longo dos anos, mas sempre enchiam a sala de amor e apoio. Minha mãe doou muito mais obras do que vendeu. Havia até uma pendurada no prédio da prefeitura, embora nós suspeitássemos que a maioria das pessoas brancas não tivesse nem ideia de que fora pintada por uma das moradoras negras da cidade. Quando a exposição acabava, eu e meu pai embalávamos as pinturas com cuidado e as colocávamos na caçamba da caminhonete de alguém para levar para casa.

— Ros, o que está fazendo aqui? – Minha mãe levantou a cabeça.

— Sou eu, mãe. Civil.

Ela me confundiu com sua irmã, Rosalind, que morava em Memphis. Tia Ros era psicóloga e sempre reclamava que mamãe desperdiçava seu talento ficando em Montgomery. Ela achava que a irmã tinha que morar em Nova York e nunca compreendeu por que ela não fora atrás de suas paixões. "Se não vai pintar, então pelo menos arruma um emprego", dizia a tia Ros. Meu pai apoiava a arte da mamãe, mas considerava aquilo um *hobby*. Gostava de ter uma esposa artista. Aquilo elevava a família a um nível de sofisticação que nenhum diploma de medicina era capaz de oferecer.

— Mãe, você está bem?

Nós nunca falamos com todas as letras. Não a incentivamos a ir conversar com alguém. Acho que era porque havia um estigma naquela admissão, então nós simplesmente a ajudávamos a passar por aquilo. Sem dúvida, poderíamos dar conta, nós mesmos, de ajudá-la. Acredito que o papai tenha construído aquele estúdio como um antídoto. Ele comprava as tintas, organizava as exposições e cozinhava para a família nos dias em que ela não conseguia sair da cama. E parecia funcionar. Na maior parte do tempo.

Ela piscou os olhos rapidamente.

— Eu acabei de te chamar de Ros, não foi?

— Foi.

— Desculpa, meu bem. Acho que eu estava sonhando.

— Estava sonhando com o quê?

— Não lembro.

— Deixa eu te ajudar a lavar os pincéis – sugeri.

Eu a conduzi até a mesa de trabalho. Juntas, colocamos o solvente nos panos e passamos nas cerdas, removendo a tinta com cuidado. Fiquei de olho nela, assim como fiz durante a maior parte da minha vida. A tarefa, minha e do meu pai, era evitar que ela mergulhasse fundo demais naquilo. E nós sabíamos a resposta: pintura. O remédio dela.

— Que dia é hoje?

— Segunda-feira – respondi.

— Não, quis dizer do mês.

— Seis de agosto.

— Bom dia.

Não tinha ouvido papai abrir a porta. Minha mãe colocou dois pincéis dentro de um copo ao lado da pia.

— Tem café fresco na cozinha – disse ele.

O canto fraco de um galo ressoou de um jardim ali perto. Eu conhecia aquele galo. Estava sempre atrasado. O sol já tinha nascido.

— A mamãe estava dormindo no chão, pai. Por que não veio buscá-la ontem à noite?

— Eu gosto de dormir aqui – afirmou ela.

— No que está trabalhando? – ele caminhou até uma das telas.

— Uma série.

— Não sabia disso, mãe. Quantos já fez até agora? – dei uma espiada na pintura que estava encostada na parede, coberta por um pano.

— Só um. Ainda tenho um longo caminho pela frente.

Dentro de casa, meu pai pediu que nos sentássemos à mesa da cozinha. Fiquei olhando para suas mãos, suaves e elegantes, enquanto ele levantava o bule para servir o café. Poderiam ser as mãos de um cirurgião. Quando eu era criança, ele fora aquele tipo raro de pai que gostava de pentear o cabelo da filha; ele dividia minhas mechas com cuidado, usando o cabo do pente, e passava creme no meu couro cabeludo com a medida exata de força. Uma vez eu disse para minha professora que meu pai fazia meu cabelo todos os dias, e ela sussurrou para mim: "O diabo é que adora mentiras." Ele jogou creme nas xícaras até o café ficar bege. Duas colheres cheias de açúcar em cada uma. Desde que minha mãe me deixara tomar café pela primeira vez, aos quinze anos, eu gostava do meu exatamente igual ao dela: doce e com leite.

— Viu o jornal? – meu pai tocou o periódico que estava em cima da bancada.

— Não – respondi. – Mas sei que vão entrar com a ação hoje.

— Estou vendo que não está vestida para ir trabalhar.

— Não consigo.

Minha mãe colocou a mão por cima da minha.

— Tudo bem, querida. E as meninas? Acha que Erica vai ficar sabendo de alguma coisa? Talvez não. As turmas do curso de verão costumam ser pequenas. Talvez ela não sinta tanto o impacto.

— Eu vou buscar as meninas hoje. Vou levá-las para fora da cidade.

— Para onde vocês vão?

— Vou levar a família inteira para Rockford, perto de Talladega. Eles têm uns primos lá que não veem há muito tempo.

— Quem vai dirigir? Precisa ter cuidado, Civil. – Meu pai cruzou os braços.

— Meu carro já está bom. Vai ficar tudo bem, papai.

— O que aconteceu com a caminhonete do Sr. Williams? Você não disse que ele tinha uma?

— Pai, para com isso.

— Ele tem duas meninas para criar, uma mãe para cuidar e não consegue nem consertar uma caminhonete?

— Pai.

A caminhonete já estava consertada, mas eu não disse isso. Não cabíamos todos lá dentro, mas eu também não disse isso.

Ele tomou um gole de café e olhou para mim.

— Vejo vocês à noite.

Dei um beijo na bochecha da mamãe. Sua pele era macia e tinha um cheiro fraco de terebentina.

As fileiras de carvalho se abriam, revelando os pedaços de terra. Passamos de carro por algumas cidadezinhas – Wetumpka, Titus e até um lugarzinho que se chamava Equality. Dirigi numa velocidade moderada. Os rostos das meninas se iluminaram quando pegamos a estrada. Eu tinha esquecido que, em essência, eles eram moradores do interior. No apartamento em Dixie Court ou usando o uniforme da Whitfield, Mace encolhia. Mas ali sua cabeça estava erguida, e o tom avermelhado de sua pele reluzia. Pelo retrovisor, vi que a Sra. Williams finalmente tinha largado a bolsa.

— Estão vendo aquilo ali? – disse Mace, apontando. – É um resedá. Ah, é a árvore mais linda que vocês vão ver na vida. Meu pai adorava resedás. E estão vendo aquelas amoreiras? A gente comia as amoras do pé quando eu era criança.

A estrada fez uma curva e eu saí da via principal. Quando chegamos a uma bifurcação, Mace fez um sinal para que eu virasse à esquerda. De repente, ele parecia saber exatamente aonde estava indo. Quando falei isso, ele respondeu:

— Mulher, eu conheço essa parte do Alabama tanto quanto o cabelo na minha própria cabeça.

— Então essas terras estão desaparecendo também? – brinquei.

Não havia nenhum sinal de calvície, mas ele tocou a cabeça, como se eu tivesse percebido alguma coisa.

— Deixa de brincadeira, garota.

— Mace, acha que a gente trouxe comida suficiente? Nellie é tão boazinha, que é capaz de preparar um banquete. Não quero parecer uma pedinte.

— Mãe, você trouxe bolo de fruta, couve e macarrão. É um jantar inteiro – disse ele.

— Está indo muito vento em você, Sra. Williams? – falei, aumentando o tom de voz para ela me ouvir.

— Não, Civil, tudo bem por mim. Está muito quente pra deixar as janelas fechadas.

Uma caminhonete na nossa frente ia muito devagar, mas eu fiquei com medo de ultrapassá-la. Meu pai estava certo em ter se preocupado. O acidente de carro tinha me transformado em uma motorista nervosa. Diminuí a velocidade e aumentei o volume do rádio. A voz de Aretha Franklin reverberava nas caixas de som, e Erica começou a cantar junto. A menina era desafinada, mas sabia a letra todinha.

— É aqui! – gritou Mace.

Eu freei na hora, mas quase perdemos a saída. O caminho que tomamos a seguir era estreito e sem pavimento, com espaço para apenas um carro por vez. Mas a estrada era bem cuidada, e alguém havia tapado os buracos com pedras, então meu carro passou por ali sem problemas. Ela terminava em um terreno com três casas, dispostas aleatoriamente uma diante da outra.

— Ali está Nellie! – gritou a Sra. Williams. – Nellie!

Saímos todos do carro. Fiquei um pouco atrás enquanto a família se abraçava. Nellie era uma mulher alta e magra, com o rosto estreito. Quando abriu a boca, um ponto dourado reluziu sob o sol de meio-dia. Atrás dela, um homem aguardava que terminassem os cumprimentos. Ele deu um passo à frente, deu um tapinha nas costas de Mace e estendeu o rosto para receber um beijo na bochecha da Sra. Williams.

Eles me apresentaram. Estendi a mão, mas Nellie me puxou para um abraço.

— Aqui não tem essa bobagem de aperto de mão. Vem cá e me deixa te apertar.

O abraço da mulher foi forte, mas rápido. Me deixou querendo mais. Eu não me lembrava da última vez que minha mãe tinha me abraçado. Nem meu pai. Não éramos uma família que costumava abraçar.

— Venham, vamos entrar. Espero que estejam com fome. Não sabia se tinham tomado café, então coloquei uns biscoitos e geleia na mesa.

— Ela mesma que faz a geleia – contou o marido. – Dá vontade de lamber o pote.

Fomos andando atrás dela para dentro da casa. As ripas de madeira do chão rangiam a cada passo. Olhei ao redor. A Sra. Nellie gostava de renda. Cortinas de renda. Uma longa mesa de jantar coberta com uma toalha de vinil marrom e uma passadeira de renda no meio. Uma toalhinha de renda sobre o aparador. A casa era acolhedora, como se houvesse amor espalhado pelos cômodos. Tinha cheiro de pão recém-assado e, pelas janelas, a ventilação era cruzada. A voz imponente de Nellie ressoava pela casa toda.

— Tem três camas lá em cima, e arrumei o sofá dos fundos. Talvez a Srta. Civil possa ficar lá. Fica bom à noite. Agora vocês vão lá se refrescar e depois desçam pra comer uns biscoitos. Tem mais saindo do forno em um minutinho. Mace, senta ali perto do Leotis. Seu primo Ricky vem com a família dele mais tarde. Suas primas Patsy e Doe... Ah, você nem vai reconhecer elas. Estão tão altas, que acho que precisam jogar basquete. Erica e India, vocês parecem bem e saudáveis, então podem comer bastante. Fiz dois tipos diferentes de geleia, de qual vocês gostam? Leotis, vai lá fora, no carro, pegar a comida que Pat trouxe pra gente colocar na geladeira. Ah, estou tão feliz que estão aqui.

Levei India e Erica para se lavarem no banheiro. O andar de cima estava tão arrumadinho quanto o de baixo. Dei uma espiada nos quartos pelas frestas das portas. A princípio, parecia que não havia mais gente morando com Nellie e Leotis. Uma casa tão grande só para os dois. Eu não tinha ideia que as meninas tinham primos nessas condições. Se Nellie soubesse onde eles estavam morando antes, será que já não os teria convidado para vir aqui? Fiquei imaginando se eram primos de primeiro ou segundo grau. A Sra. Williams só tinha dito que era a casa de uma prima.

No banheiro, as meninas lavaram as mãos na pia. Mostrei a elas como segurar a água nas mãos para jogar no rosto. Erica fez uma vez e secou as mãos numa toalha rosa. India fez uma, duas vezes, repetidamente, e ficou rindo para o próprio reflexo no espelho. Dei um passo para trás, queria evitar ser carinhosa demais com elas.

— Já tinham vindo aqui antes?

— Lembro de vir quando a mamãe era viva. India não deve lembrar.

— Ela é prima da sua mãe?

— Sim. Temos um monte de primos na família da minha mãe.

— Ah, entendi.

Na sala de jantar, Mace já tinha começado a passar manteiga e geleia em seus biscoitos. Ao seu lado, Leotis bebia um copo de limonada com gelo.

As meninas se ajeitaram em seus lugares e eu trouxe o prato de biscoitos para perto de nós. Quando mordi o primeiro, ele se desfez e derreteu na minha boca. Parei por um momento, depois bebi um gole da limonada.

Quando a Sra. Nellie entrou na sala de jantar trazendo mais manteiga, não pude evitar o elogio:

— Sra. Nellie, esses biscoitos são de outro mundo.

— Obrigada, Civil. Coma o quanto quiser. Tem mais esfriando lá na panela. E beba mais limonada. Essa não é industrializada. É feita com o limão mesmo.

As meninas cutucavam uma à outra e riam. Eu não as via se comportando assim desde antes da cirurgia.

Todos se sentaram à mesa e eu peguei outro biscoito enquanto Nellie falava, falava e falava. O som da voz dela acalmava, como uma brisa suave, e ninguém a interrompia. Comi até ficar de estômago cheio. Então, tirei os sapatos debaixo da mesa.

— Que bom que você trouxe verduras, Pat, porque não tive tempo – disse Nellie. – E estou torcendo para a torta durar até depois do jantar, porque os primos da família Jones… eles adoram enfiar o garfo na sobremesa antes do jantar.

26.

Havia muito tempo que eu não confraternizava com uma família como aquela. Quando eu tinha treze anos, todos os meus avós já tinham morrido. Meu pai era filho único, e minha mãe só tinha uma irmã, que não tinha filhos. Eu não tinha dezenas de primos, como muitos dos moradores do Alabama, então estar naquela casa preencheu a minha alma. Nós comemos, descansamos, conversamos, e depois comemos de novo. Provavelmente ficamos horas sentados naquela mesa. Eles eram tagarelas, e isso aliviava a tensão. Eu só ouvia e assentia.

Depois do jantar, ficamos sentados à mesa bebendo café. Entre nós, estava o Ricky, um mecânico de Lowndesboro, e sua esposa, Dina, uma mulher bem mais jovem. Eles tinham três meninos, todos com menos de oito anos, que corriam pela casa um atrás do outro com suas arminhas de brinquedo. Dina ficava de olho nos meninos, e a cada vez que eles gritavam, ela gritava de volta: "Parem já com essa correria!" Ricky apenas sorria e palitava os dentes. Durante o jantar, o filho mais novo se sentou no colo do pai e eles comeram juntos, no mesmo prato.

— A primeira mulher dele morreu. Eles nunca conseguiram ter filhos – sussurrou a Sra. Williams enquanto tirávamos a mesa e levávamos os pratos para a cozinha. – Ele ama esses meninos mais do que tudo.

E havia Patsy e Doe, que, como Nellie tinha dito, eram bem altas. Elas eram irmãs e já tinham tomado conta de India e Erica quando elas eram menores. As duas eram lindíssimas, nível capa de revista, com penteados *black power* idênticos e brincos de argola. Patsy ficou ao lado de India durante o jantar, o tempo todo lhe oferecendo mais comida e enchendo o copo de limonada. Percebi que Doe encarava Erica, como se pensasse o que seria da vida da menina agora, como se tentasse definir se a esterilidade era algo que podia ser visto a olho nu.

Embora não tenhamos falado sobre isso durante o jantar, eu tinha certeza de que todo mundo já estava sabendo sobre a cirurgia. Quando Nellie me apresentou, eles me observaram por alguns segundos a mais do que o normal. A certa altura, chegou um atrasado – Tim, cunhado de Mace. Foi ele quem abriu a porteira enquanto tomávamos café.

— Viram o noticiário hoje?

Nos fundos da casa, as vozes agudas das crianças abafavam o volume da TV. Apenas os adultos continuavam sentados à mesa. Eu recostei na cadeira, olhando fixamente para a luminária empoeirada acima de mim.

— Em qual canal? – perguntou Nellie. – Não temos todos aqui.

— Todos eles – respondeu Tim.

Mace levou um dos dedos à sua têmpora. Eu tomei mais um gole de café, e o movimento atraiu a atenção de Tim. Ele ficou me olhando enquanto pegava um recorte de jornal no bolso de trás, desdobrava o papel e o colocava em cima da mesa. Limpei umas migalhas onde antes estava meu prato e dei uma espiada na manchete.

Clínica de Planejamento Familiar de Montgomery é acionada judicialmente na Corte Federal. Todo mundo olhou para aquele recorte. Ninguém precisava ler para saber do que se tratava. Havia uma foto das meninas que alguém tinha tirado do lado de fora do prédio onde moravam.

— Vocês vão conseguir algum dinheiro? – perguntou Tim.

— Vamos conseguir justiça para as minhas netas. É só o que queremos. O homem disse…

— Justiça? – revidou Tim, levantando a voz. – Minha irmã tá se revirando no túmulo e você fala em justiça? Justiça seria isso nunca ter acontecido.

— Não fale da minha mulher – disse Mace.

— Ela era minha irmã antes de ser sua mulher. E o que você fez, hein? Estragou a única coisa que ela amava mais do que a si mesma.

— E onde é que você estava? – interrompeu a Sra. Williams. – Onde estava quando a gente vivia naquele chiqueiro na fazenda do Adair, com chuva entrando pelo teto? Você quis saber das suas sobrinhas alguma vez?

Nellie se levantou.

— Não vamos falar sobre isso, pessoal. Estragar um ótimo jantar. Vou pegar o resto da torta.

Eu queria ler a matéria para ver se mencionava a Sra. Seager. Também queria saber qual era a alegação que Lou estava usando. Eu tinha trazido a família Williams para fora da cidade, mas toda aquela confusão do diabo viera junto.

Já havia se passado dois meses desde a cirurgia e era difícil saber o quanto a notícia tinha se espalhado para além de Montgomery. Agora que havia uma ação judicial, ia virar assunto nos porões de igreja e fofoca nos salões de beleza. A clínica não era muito conhecida, mas ia ficar.

"Para de brincadeira!", ouvi Erica gritar. Eu queria ver o que as crianças estavam fazendo. Torci para que os meninos não estivessem aterrorizando India, mas também sabia que Erica defenderia a irmã.

— O que tem a dizer, Mace? Hein? Como é que isso aconteceu, cara?

Tim não estava tentando causar discórdia. Ele estava magoado de verdade. Todo mundo naquela mesa só podia estar magoado. De repente me ocorreu que eu não devia estar ali. Aquilo era um momento particular da família, mas eu não conseguia imaginar um jeito de me levantar da mesa e ir embora.

A voz de Mace soava tensa e aguda.

— Não sei. Não sei explicar. Essa gente branca vai lá em casa quase todo dia. Fazem perguntas, me dão uns papéis que não entendo. A gente não tava passando fome, mas aquela assistência ajudava, cara. Eu trabalho que nem uma mula, mas nunca é suficiente. O Sr. Adair só me dava o suficiente pra sobreviver.

— É assim que eles fazem – disse Patsy. – Eu estava recebendo os cupons de mercado e eles só faltavam me perguntar a cor da minha calcinha em troca desses vales.

— Meus filhos ganham almoço grátis. E eles colocam todas as crianças que ganham pra sentar juntas em um canto da sala, como se fossem uns rejeitados. Não tá certo – disse Dina.

— Nem sei há quanto tempo não vou no médico. Ficam xeretando e fazendo um monte de perguntas. Eles não se importam nem um pouco comigo. – Nellie enfiou a faca na torta.

— Tentaram tirar essa casa da gente. Vieram dizendo que tinha alguma coisa errada com a escritura. Peguei minha espingarda e não voltaram mais – complementou o marido.

Tirar, tirar, tirar.

Senti meus dedos coçarem, eu não confiava em mim o suficiente para abrir a boca. Vai saber o que poderia sair. As crianças deviam ter se aquietado em alguma brincadeira, porque já não se escutava mais vozes nem reclamações.

— Mas soube que arranjou um trabalho novo na fábrica de picles – disse Tim.

— É, essa aqui me ajudou com isso. – Mace gesticulou a cabeça na minha direção, sem olhar para mim. – Também colocou Erica de volta na escola. Finalmente a gente começava a ver uma luz no fim do túnel, e aí acontece isso. O que eu fiz, Deus?

— Não mete Deus no meio disso – disse a Sra. Williams. – Não tem nada a ver com Ele.

— Com certeza não tem. – Nellie empurrou o prato de torta para o centro da mesa. – Esses brancos oferecem assistência e depois agem como se fossem nossos donos.

Todo mundo ficou em silêncio de novo.

— Posso ver? – falei, em voz baixa.

Tim me entregou o jornal e comecei a ler. Lou Feldman tinha conseguido. Não apenas o processo citava a Sra. Seager e a clínica, mas também o médico que fizera a cirurgia. A matéria resumia os detalhes da declaração de Feldman: como as meninas tinham sido levadas de casa, como o pai e a avó não estavam aptos a compreender o que estavam autorizando por causa do analfabetismo.

A matéria me citava como a enfermeira delas. "Deus do céu", falei em voz baixa. As pessoas podiam achar que eu tinha alguma coisa a ver com aquilo, que eu tinha sido a testemunha em vez de Val.

— Então, vai ter algum dinheiro ou não? – perguntou Tim mais uma vez.

Ele olhava diretamente para mim. Assim como todos os outros.

— Não sei – respondi, com a voz trêmula. – Acho que nesse momento estão tentando garantir que esse tipo de coisa não aconteça de novo.

— E de que serve isso agora que já aconteceu com as minhas sobrinhas? Alguém tem que pagar!

— Tim, chega. – Leotis, o marido de Nellie, era a única pessoa da família que não falava desenfreadamente. Quando abria a boca, o efeito era imediato; o cômodo ficava quieto. – Essa ação judicial não tem nada a ver com a gente. É só mais um monte de branco se intrometendo de novo.

Balancei a cabeça, mas todos me ignoraram.

— O que a gente tem que fazer – continuou Leotis – é se unir como família. Essas meninas já passaram por muita coisa. Pat, manda elas pra cá sempre que precisar. Somos só eu e Nellie agora. Tudo que temos é essa casa e nossa aposentadoria. Deus sabe que estamos muito velhos pra criá-las. Mas podemos dar comida. E podemos dar amor. Devíamos ter feito isso há muito tempo, quando Constance morreu. Mas estamos aqui agora.

— Leotis, não se culpe. Nenhum de nós imaginava que isso ia acontecer – confortou a esposa.

— Fui eu quem assinou os documentos – disse a Sra. Williams.

— Eu também assinei, mãe.

— Eu sou a enfermeira – falei, baixinho.

— Talvez... talvez... – começou a dizer Doe.

— Talvez a gente tenha que esperar e ver o que vai acontecer – completou Patsy.

Pensei em Lou, em seu rosto jovem e no entusiasmo inocente. Ele não tinha como compreender que carregava em suas mãos as esperanças não apenas dessa família, mas de todo o nosso povo. Eu esperava de verdade que ele não fosse mais um branco intrometido, como definira a família. Se ele não ganhasse o caso, então eu teria os feito passar por tudo aquilo à toa. E, mesmo se ganhasse, talvez não significasse nada. Podia não render nenhum dinheiro. Era possível que nada mudasse para a família.

Pegamos a estrada bem cedinho na manhã seguinte porque Mace precisava trabalhar. As meninas e a avó dormiam no banco de trás, as cabeças apoiadas nos ombros umas das outras. Mace olhava para fora pela janela. Eu não sabia o que dizer, então fiquei calada. Ele ficou em silêncio por tanto tempo, que achei que tinha dormido. Me concentrei em dirigir. Quando ele falou, o som suave de sua voz me deu um susto.

— Talvez se minhas meninas soubessem ler direito, podiam se sair melhor do que eu.

Eu nunca o ouvira falar da educação delas antes. Sempre parti do princípio que ele achava a escola um desperdício de energia, algo pouco útil para a população pobre do Alabama.

— Não é sua culpa, Mace. Está fazendo tudo o que pode pela sua família.

— É mesmo? – ele virou a cabeça para mim, mas mantive os olhos na estrada. Não conseguia olhar para ele.

— É.

— Bom, às vezes tudo o que você pode não é suficiente, não é? – ele fez uma pausa e nós nos olhamos ao mesmo tempo. Os faróis de um caminhão que passava iluminaram o rosto dele. – Não é, Srta. Civil?

27.

Nosso compromisso estava marcado para as oito da manhã, mas India já estava pronta bem antes da hora. Depois de passar dois meses em casa, ela estava ansiosa para sair. Eu também estava animada para levá-la para conhecer a nova escola. Quando chegamos, a freira nos encontrou no saguão e se apresentou como irmã LaTarsha. Eu não estava acreditando nos meus olhos. A irmã era mesmo uma *irmã*. O cabelo estava escondido sob o hábito, mas as roupas eram normais: uma calça jeans com elástico na cintura e uma camisa rosa simples, a pele coberta por uma camada de suor.

— Não precisa ficar tão feliz em me ver, Srta. Townsend.

— Desculpa. Eu achei que...

— Você não é a primeira. Freiras negras existem. Vamos lá. Vou mostrar o lugar para vocês.

A escola ficava no porão do hospital St. Jude. Quatro salas de aula, além dos escritórios dos funcionários. Não havia quadra, mas tinha um pátio ao ar livre. Ela explicou que também não havia cantina. As crianças comiam na própria sala de aula.

— São cinquenta e cinco alunos aqui, com diferentes necessidades – nos explicou a irmã LaTarsha quando entramos em uma das salas de aula.

Os alunos ainda não tinham chegado. Percebi que não havia carteiras individuais, apenas mesas grandes. Um tapete redondo com a imagem de um arco-íris. Uma parede com prateleiras baixas, cheias de cestas de brinquedo. Uma área de leitura com livros de papelão.

— Não separamos os alunos da mesma maneira que uma escola tradicional faz. Nós os separamos de acordo com uma série de fatores: temperamento, habilidades, metas de desenvolvimento. Nosso objetivo é ensiná-los o suficiente para serem adultos funcionais.

— O que isso significa exatamente?

— Bom, significa coisas diferentes dependendo da criança. Algumas precisam de ajuda com habilidades motoras. Outras, de terapia da fala. Às vezes são coisas bem simples também, como aprender a compartilhar um brinquedo, escovar os dentes ou segurar um garfo.

— Você falou que eles têm necessidades diferentes?

— Alguns dos nossos alunos têm alguma deficiência física severa, além de questões cognitivas. Uma das nossas tarefas é entender exatamente em que área podemos ajudá-los. A maioria das escolas dispensa esses alunos assim que os vê. Outras só os mantêm sentados lá, sem ensinar nada. Até mesmo alguns adolescentes vêm pra cá com pouquíssimas habilidades desenvolvidas. Mas você ficaria surpresa, Srta. Townsend. Muitos dos nossos alunos já se revelaram ser mais inteligentes do que outras crianças sem qualquer questão.

— É mesmo impressionante.

Eu já estava gostando dela. Parecia mais velha do que eu, mas mais jovem do que a minha mãe. Tinha o rosto sereno e sorria com os olhos.

A irmã LaTarsha se virou para India e começou a falar com a voz suave:

— Estamos animados de ter você aqui, India. – Ela apontou para as cadeiras ao redor de uma das mesas. – Por favor, sente aqui.

Ela pegou um brinquedo de madeira. Tinha três peças redondas com cores diferentes. Pediu que India colocasse as peças nos buracos correspondentes a cada cor. India colocou as peças nos buracos, mas as cores estavam todas erradas. A irmã LaTarsha a elogiou por ter inserido as peças sem nenhuma dificuldade. India bateu palmas. Depois, a irmã LaTarsha explicou que cada peça tinha que combinar com o espaço no painel. Ela montou o quebra-cabeça para India, colocando a peça vermelha no espaço vermelho, a azul no azul e a amarela no amarelo. India prestou bastante atenção. Na segunda vez, ainda confundiu as peças.

— Vamos tentar de novo – disse a irmã.

Elas devem ter feito o exercício umas seis ou sete vezes. Até que enfim India conseguiu.

— Excelente, India! – elogiei, sem conseguir me conter.

A irmã LaTarsha guardou o quebra-cabeça. Pegou India pela mão e a levou até uma área onde havia blocos grandes de espuma espalhados pelo chão. A irmã os empilhou.

— Viu só? Pode construir o que quiser com esses cubos.

India equilibrou os blocos o mais alto que conseguiu e depois os derrubou. Ela os enfileirou e tentou andar sobre eles, mas perdeu o equilíbrio. Eu me dei conta de que ela nunca pudera brincar com brinquedos como aqueles.

— Você é tão paciente – falei, quando a irmã LaTarsha voltou e se sentou na minha frente.

— Ela quer agradar você.

— Eu? Como sabe?

— Faço isso há quatorze anos. Vejo como ela olha pra você. Espero ganhar a confiança dela como você fez.

Tentei reprimir minhas emoções e desviei o olhar. As meninas tinham confiado em mim, e aquilo me assombrava.

— Quanto tempo os alunos ficam nessa escola?

— Por que pergunta? Está achando que essa é uma solução temporária para India?

— Não, pelo contrário. Quero que ela tenha estabilidade na vida.

Eu tinha lido que a instituição recebia recursos de várias fontes. Tinha medo de que esses benfeitores controlassem a escola. E se lessem sobre o caso e soubessem que India estava envolvida? As pessoas às vezes eram estranhas a respeito de suas boas ações e das condições que estabeleciam para fazê-las. Não conseguia nem conceber a ideia de ver India se decepcionar de novo.

— Na verdade, depende muito da criança. – Ela abriu a ficha de India. – Estou vendo aqui que o resultado do teste dela foi muito bom.

— Às vezes, eu digo algumas coisas e ela entende completamente. Tenho certeza disso.

Queria saber qual era a opinião da irmã LaTarsha sobre India. Eu estava pronta para derrubar quem fosse, do mesmo jeito que India estava fazendo com os blocos.

Ela fechou a pasta e a colocou ao seu lado.

— Uma questão que já tivemos com alunos no passado é a evasão. Se ela não vier regularmente, pode perder a vaga na escola. Sei que você não é a guardiã legal dela, então a família terá que vir aqui pessoalmente para assinar os documentos.

Ela não mencionou nada sobre o escândalo, mas todo mundo na cidade já tinha ouvido falar do que acontecera. Pelo menos eu achava que sim. Eu não sabia muito sobre as freiras de St. Jude para entender se elas tinham interesse no noticiário.

— Elas só têm o pai e a avó. E nenhum dos dois foi alfabetizado. Então, se não se importar, eu quero estar aqui para ler e explicar os documentos a eles.

India ia ter que pegar o ônibus sozinha às vezes. Aquilo me preocupava um pouco.

A irmã LaTarsha olhou bem nos meus olhos.

— Essa escola está aqui há vinte e seis anos, Srta. Townsend. Eu trabalho aqui há quatorze. Nós já vimos de tudo. Quero que saiba disso.

Tentei relaxar. Eu sentia um aperto no peito. Novas preocupações surgiam. Como India ia se sair na presença de outras crianças? Ela não ia para a escola havia anos. A única amiguinha que realmente tinha era a irmã.

— Ela vai ficar bem, Srta. Townsend.

Ela era tão gentil. Eu queria falar honestamente com ela a respeito de tudo. Mas não sabia por onde começar. Minha experiência com católicos se limitava a este hospital, então nem sabia se estava me referindo a ela do jeito certo.

— Me diga. Como está indo o caso? – perguntou ela, com delicadeza.

Então ela sabia. Ainda assim, era uma pergunta difícil de responder.

— Pra ser honesta, eu não entendo muito bem todas as tecnicalidades da coisa. Só sei que o advogado, Lou Feldman, está bastante comprometido. Isso eu posso dizer.

— Muita gente na cidade está revoltada com isso – disse ela.

— Revoltada com a ação judicial ou com a cirurgia?

— Boa pergunta.

— Muita gente queria que isso tudo desaparecesse, eu acho.

— Civil, posso te dar um conselho?

— Claro.

— Tenha cuidado.

— Cuidado?

— Às vezes o amor pode te matar tanto quanto o ódio. Quando amamos demais, podemos acabar nos perdendo no sofrimento dos outros. E quando odiamos demais, você sabe o que acontece. Cuide de você. Não pode ajudar os outros se estiver exaurida e destruída. Eu preciso lembrar a mim mesma disso o tempo inteiro.

— Nunca achei que uma freira me diria que é possível amar demais.

— Só o amor de Jesus é infinito, Srta. Townsend.

De repente, ela pareceu mais velha do que na hora em que entrei na escola. India soltou um gritinho de triunfo. Nós nos viramos. Ela tinha construído uma pirâmide, que se equilibrou por alguns segundos e depois tombou.

O escritório de Lou ficava em cima de um restaurante, e o cheiro de gordura chegava até lá, deixando o ar mais pesado. A lixeira transbordava com embalagens de comida. Tenho quase certeza de que aquele restaurante era o que o impedia de morrer de fome. O escritório tinha apenas um cômodo, com a área de recepção separada por uma tela. Atrás dela, duas mesas lotadas de papéis. Eu me sentei na cadeira diante dele.

— Ela me demitiu.

— Quem?

— A Sra. Seager. E nem teve a coragem de fazer isso pessoalmente. Mandou uma carta para a minha casa na segunda-feira.

— Sinto muito, Civil. Acho que era inevitável.

— Tem alguém ajudando você nesse caso?

— Claro. Tenho dezenas de advogados trabalhando para mim.

— Tem mesmo?

Ele soltou um grunhido e percebi que aquilo era sua risada. Estava brincando comigo. Observei enquanto ele folheava uma pilha de papéis.

— O que está procurando? – perguntei.

— Umas anotações que fiz.

— Posso ajudar? Não tenho mais emprego mesmo.

Ele olhou para cima.

— Sinto muito que tenha sido demitida, Civil. A gente devia ter se preparado para isso.

— Não é culpa sua. Vai me contratar?

— Agradeço a oferta, mas você é enfermeira, Civil. Devia se inscrever para vagas em hospitais.

— Eu ajudava meu pai a organizar o consultório dele quando estava no ensino médio. Sou boa com arquivos.

— Quer ser minha assistente jurídica agora?

O *tec-tec-tec* da máquina de escrever começou a soar. A secretária dele digitava rápido. A regularidade das teclas batendo só era interrompida pelo som da bobina voltando. Eu nunca tinha aprendido a digitar.

— Aqui está.

Ele pegou um pedaço de papel amarelo no meio da pilha e, por um momento, pareceu esquecer que eu estava ali. Baixou as sobrancelhas e escreveu alguma coisa. Depois de um tempo, olhou para mim de novo. Eu estava com vergonha por ainda estar sentada ali, mas não conseguia sair. Ainda não.

— Quer ler a petição? Aqui. Leia. – Ele me entregou um punhado de folhas grampeadas.

A declaração descrevia como a Sra. Seager e outra enfermeira foram até a casa das meninas depois de decidir que elas eram candidatas à esterilização. Mace assinara com um X o documento de autorização. Assim como a Sra. Williams. Val assinara como testemunha. Passou pela minha cabeça que eu devia perguntar a Alicia se ela sabia da traição de Val. Já fazia alguns dias que eu não via Alicia. Ela não tinha passado a mão no telefone para me ligar desde que eu fora demitida. Nem uma palavra. Nem um "oi, como você está?". Nem nada. A Sra. Seager tinha descoberto de alguma maneira que eu tinha levado a família para morar em Dixie Court e parado de dar o anticoncepcional para as meninas. Só pode ter sido Alicia quem contou a ela.

Val tinha participado também. Eu sabia que a mãe de Mace só tinha confiado na Sra. Seager porque Val também estava lá. A Sra. Seager foi ardilosa ao levar uma das enfermeiras, sabendo que um rosto negro ia ajudar a completar a missão. A enfermeira usava o mesmo uniforme que eu.

— O que acha?

— Dói ler isso.

Ele acendeu um cigarro.

— Desculpe, Civil. Eu não queria...

— Lou, você nunca me disse de verdade: por que está fazendo isso, por que pegou esse caso?

— Nem todas as pessoas brancas em Montgomery odeiam os negros, Civil.

— Eu nunca disse isso.

— Eu sei que sempre houve muita tensão nessa cidade. Nesse estado, na verdade.

— Tensão – repeti.

— Como você chamaria?

Parei um pouco. E então contei uma história para ele. Perguntei se ele se lembrava de como Montgomery era em 1963. Eu tinha treze anos, falei. Foi o ano em que George Wallace foi eleito governador e declarou a segregação que definiria o Sul para sempre. O ano em que usaram mangueiras para molhar estudantes num parque em Birmingham. O ano em que milhares de pessoas marcharam em Washington para lutar por seus direitos civis. O ano em que o presidente Kennedy prometeu sancionar uma lei de direitos civis, mas depois foi morto a tiros na frente da esposa. Mas também foi o ano em que bateram na porta da nossa casa. Com força. O tipo de batida que fez meu pai acordar a família inteira. Três amigos dele entraram na nossa sala carregando uma mulher branca e a colocaram no sofá. Ela estava sangrando, o rosto inchado. Os homens discutiram, em pânico. "Quem é essa? Está querendo que nos matem? Vão colocar a culpa na gente. Tudo bem, eu vou examinar, mas ela não pode ficar aqui." E então papai pegou sua maleta médica, costurou a cabeça da mulher, colocou gelo em seu rosto, aplicou pomada no olho. Parecia que um dos braços estava quebrado, mas ia ser preciso ir até o hospital e fazer um raio X, explicou ele aos homens. Tinha feito tudo o que podia.

Lou me encarava com muita atenção. Uma coisa era certa: ele era um bom ouvinte. Não era à toa que já tinha conseguido levantar todas aquelas informações que me dera no dia em que o conhecera.

— Eles tinham encontrado aquela mulher na calçada, provavelmente tinha sido espancada pelo marido ou namorado. E tentaram ajudar, mesmo sabendo que estavam colocando a própria vida em risco. Não é que eu pense que você nos odeia. É que o risco que você está correndo é real. Tem consequências, Lou. Montgomery já melhorou muito, mas as relações raciais nessa cidade não são um mar de rosas.

A cadeira dele era de vinil preto com braços de metal prateado, aquele tipo de cadeira que girava e tinha rodinhas. Do jeito que ele recostou, achei que ela ia virar e tombá-lo no chão.

— Você não está nem sendo pago – acrescentei.

— Agora você está parecendo a minha mãe falando.

— Lou, até onde está disposto a levar isso? Digo, e se começar a cair tudo em cima de você? Vai ficar do lado dessas meninas?

Ele se sentou, ajeitando a postura.

— Se está se perguntando se pode confiar em mim, eu te garanto que pode, Civil.

Apertei os olhos na direção dele. Esse homem branco ainda acreditava na bondade do mundo. Eu era mais nova do que ele, mas tinha perdido a fé no dia em que entrara naquele quarto de hospital e encontrara aquelas duas meninas chorando como bebês. Eu queria acreditar novamente. Talvez esse otimismo fosse algo poderoso de se ter do nosso lado – alguém doido o suficiente para continuar no ringue mesmo quando estava prestes a ter a cabeça esmagada.

28.

Montgomery
2016

Eu sei o que você está pensando. Essa é mais uma história de um branco salvador. A pessoa branca cai do céu, salva todos os pretos e, assim, se redime. Nós somos o meio pelo qual eles salvam as próprias almas, enquanto nós não conseguimos salvá-las. Eu cresci lendo *O sol é para todos*. Conheço a história. E não julgo o seu ceticismo. Neste momento, estou apenas tentando te contar a verdade. Se essa história resvalar em algo familiar demais, eu peço desculpas.

O que posso dizer a você é o seguinte: nós estamos no centro do nosso próprio destino. Sempre estivemos. É verdade, houve momentos em que este país tentou nos destruir. Mas não fomos capachos. Não, senhora. Lutamos e usamos todos os nossos recursos. Lou Feldman era um recurso. E eu acabei me afeiçoando demais a ele. Mas essa história foi e sempre será sobre as irmãs. Estou conversando com você agora por causa delas. E a ideia de que Lou, ou eu, ou qualquer um de nós possa ter encontrado redenção em meio ao que aconteceu ignora todas as contradições, as bagagens com as quais entramos e aquelas que saímos carregando dessa história.

Quando chego a Montgomery, já é tarde e estou morta de cansaço. Só tenho energia para fazer o *check-in* no hotel. Nunca me hospedei num hotel em Montgomery. Quando a mulher me pergunta se o motivo da minha viagem é trabalho ou lazer, eu respondo "nenhum dos dois" e deixo por isso mesmo.

No dia seguinte, ligo para o escritório dele e me passam para a esposa. Ela pergunta como estou e me dá o número de celular dele. Mando mensagem e ele responde dizendo que sai do tribunal ao meio-dia. Combinamos de nos encontrar na saída sul do fórum. Sei que muitos anos se passaram, mas, ao vê-lo, fico surpresa que esteja tão diferente. Na verdade, acho que nem o reconheceria se esbarrasse com ele na rua. Todas aquelas feições joviais de garoto que me fizeram desconfiar dele na época já não existem mais. Assim como o cabelo. O que sobrou está penteado sobre a testa. É a primeira piada que ele faz.

— Eu sei, eu sei. Eu tinha muito mais cabelo da última vez que me viu.

Dou uma risada.

— Como você está, Lou?

— Estou bem. Vamos lá. Tem um restaurantezinho vegetariano aqui perto.

— Vegetariano?

Ele dá um tapinha na barriga.

— Minha mulher está tentando me manter vivo por mais alguns anos. Mas lá tem a melhor batata rosti da cidade.

Quando nos sentamos um de frente para o outro numa mesa perto da janela, Lou examina o cardápio como se nunca tivesse estado ali antes. Mas sei que ele é cliente assíduo porque a garçonete logo aparece com uma xícara de café, um cubo de açúcar e um pacotinho de creme, e Lou pergunta como vai o marido dela pelo nome. Seus óculos são daquele tipo sem aro, bem diferentes da armação preta grossa que ele costumava usar. Os óculos estão apoiados no nariz, e dá para ver nitidamente as rugas em seu rosto. Depois que fazemos o pedido, ele entrelaça as mãos e apoia o queixo sobre elas. Começa a falar sobre seus casos e vejo que continua empolgado como sempre fora. Ele conta que agora tem uma equipe de advogados trabalhando para si, mas que ainda ama a adrenalina do tribunal. Recentemente, atuou em um julgamento para livrar um homem da pena de morte e venceu.

Pergunto sobre a família dele. Os dois filhos se tornaram advogados, embora ele diga, aos risos, que entraram nessa só pelo dinheiro. Um deles atua como consultor interno em uma empresa de tecnologia no Vale do Silício, e o outro trabalha com direito tributário em Montgomery. Ele pergunta sobre minha carreira como médica e eu conto a ele como tem sido a vida atuando como ginecologista e obstetra, e sobre a pesquisa na qual venho trabalhando para reduzir as altas taxas de mortalidade materna entre mulheres negras.

Ele assente.

— Mas neste momento está de volta a Montgomery. Você disse no telefone que está indo visitar India.

— Isso – confirmo. – Ela está doente. Você teve alguma notícia?

— Há décadas não tenho nenhuma notícia daquela família. Acho que só andei muito ocupado.

— Eu também.

Ambos assentimos, dois profissionais que sempre podem usar o trabalho como desculpa.

— Fico sabendo da família pela Alicia. Ela se mantém informada – conto.

— Alicia?

— Era uma enfermeira com quem eu trabalhei. – Fico surpresa por ele não se lembrar dela. Mas, pensando bem, já se passaram mais de quarenta anos. – Ela me disse que India está com câncer.

— Ah, não. Que péssima notícia.

— Você se lembra deles, Lou? Da família Williams?

— Claro que sim, Civil. Lembro do senador Kennedy e de sua gentileza com eles. Lembro do pão de milho que a avó fazia. Lembro do pai. A mágoa nos olhos daquele homem ainda me assombra.

Ouvi-lo dizer isso me pega de surpresa, e o rosto de Mace se materializa na minha mente.

— E as irmãs? O que se lembra sobre elas?

— Pra dizer a verdade, me arrependo de não ter conhecido melhor as meninas. Eu tentava manter uma distância respeitosa porque eram apenas crianças. Ficava preocupado com isso. Acho que acabei deixando essa parte pra você.

— Eu entendo.

— Eu me lembro de você – sussurra ele. – Sua determinação. Sua tenacidade. Você era dura de encarar, mesmo naquela época.

— Então você achava que eu era durona, é? Eu achava que você era doido.

Ele dá uma risada.

— Naquela época, eu achava que justiça era um direito moral.

— E hoje?

— Ainda acredito em certo e errado, senão não estaria mais advogando depois de todos esses anos. Mas é que agora eu sei que a justiça é tão complicada quanto tudo na vida.

Seu olhar se tornou distante. Dá para perceber que as memórias dele daquela época são diferentes das minhas.

— Escuta, Civil. Eu atuei em muitos casos ao longo desses anos. Mas nunca me esqueci daquele. Nunca. Entende? O que fizemos naquela época foi importante. Pode não ter saído exatamente do jeito que imaginávamos, mas fizemos algo importante. Entende?

Sinto meus olhos arderem. A superfície da mesa está cheia de arranhões. Vejo a garçonete se aproximando com nossa comida, mas quero que esse momento dure um pouquinho mais, antes de voltarmos aos nossos corpos e à ação mundana de comer. Lou e eu não somos tão diferentes. Eu fiz algumas cirurgias importantes, salvei algumas vidas que pensava já estarem perdidas. Ele também teve seus altos e baixos. Mas não consegui salvar aquelas meninas, e foi essa a marca indelével que ficou. Quem me dera ter apenas alguns *flashes* de memórias, como ele. Mas eu me lembro de tudo. De cada detalhezinho.

29.

Montgomery

1973

Ty, Alicia e eu estávamos sentados no gabinete com todas as luzes acesas. Tínhamos comprado comida no Church's Chicken, e a sala inteira cheirava a molho. Eu sabia que meus pais não iam gostar de estarmos comendo ali, mas eu queria usar o toca-fitas do papai. Eu nunca me cansava de ouvir Otis Redding.

— Minha mãe disse que Lou está tentando descobrir quantas outras vítimas existem – disse Ty, limpando as mãos com um guardanapo.

— Outras pacientes da clínica se pronunciaram? – perguntou Alicia.

— Ainda não – falei. – Na verdade, estava pensando que as enfermeiras podiam ajudar.

— Ajudar? Tipo falar sobre isso com nossas pacientes? Não é contra as regras?

— Segundo as regras, a Sra. Seager tinha o direito de esterilizar aquelas meninas.

— Você não trabalha mais lá, Civil. E eu não quero perder meu emprego. Não posso simplesmente voltar a morar com a minha mãe.

— Por falar no seu emprego, eu estava querendo te perguntar uma coisa. Como é que a Sra. Seager descobriu que eu tinha arranjado o apartamento pra eles? E que eu não estava mais dando anticoncepcionais pras meninas? Foi você que contou, não foi?

Alicia apenas me encarou.

— Eu sabia! – Joguei a caixa da comida em cima da mesa. – É tudo culpa sua!

Alicia fez uma expressão de pânico. Ty foi até o som, baixou o volume, e depois se virou para nós duas.

— Civil, isso não é justo. Não é culpa de ninguém – disse ele.

— Por que contou pra ela, Alicia?

— Ela perguntou – confessou com a voz fraca. – E eu não consegui mentir. A Sra. Seager já tinha descoberto sobre a mudança pra Dixie Court porque a agência enviara um aviso com o novo endereço. Ela começou a me fazer um monte de perguntas e eu não sabia o que dizer. Eu juro, nunca imaginei que a Sra. Seager faria o que fez.

— Por que não me falou? Não tive nenhuma notícia sua desde que fui demitida. – Entreguei um lenço para ela, tentando eu mesma não chorar. Era uma situação horrível para todos nós, e eu sabia disso.

— Me desculpa, Civil. Eu devia ter te contado, mas não sabia como.

Ty se sentou ao meu lado no sofá e envolveu meus ombros com um dos braços.

— O que passou, passou, gente. Agora precisamos decidir o que fazer em seguida.

— Ela ainda tem autoridade legal para fazer isso com as pacientes – falei. – Talvez ela não esteja mais fazendo isso com menores de idade, mas e se estiver agindo assim com as meninas de vinte e poucos anos? Mandando elas assinarem documentos que não entendem? Eu já escutei ela pressionando uma mulher para fazer a ligadura.

Comecei a recolher as caixas e o lixo. Tinha perdido o apetite.

— Ela não vai fazer isso agora. Não com a ação judicial correndo – opinou Alicia.

— Alicia, você sabe quem estava com a Sra. Seager naquele dia, não é? – perguntei, depois de jogar tudo na lixeira. – Era Val quem estava lá. Já falou alguma coisa com ela agora que o processo é público? Como é que ainda consegue trabalhar com ela?

— Já te falei, eu preciso do emprego.

— Vocês têm que parar com isso – disse Ty. – Quantas enfermeiras estão lá, afinal?

— Oito. Bom, sete, agora que Civil saiu.

— Civil tem razão, Alicia. As enfermeiras podem ajudar.

— Ajudar como?

— Pensa só, Alicia – disse eu. – Se você fosse uma das nossas pacientes e tivesse feito uma ligadura, provavelmente não voltaria mais na clínica, a não ser que tenha pegado uma IST ou qualquer outra infecção. Com certeza tem outras mulheres no Alabama que foram esterilizadas contra a própria vontade.

— Ou que talvez não compreenderam que o procedimento seria permanente – disse Alicia, num sussurro.

— Algumas dessas mulheres não conseguem ler os documentos, e tem as que assinam sem ler nada mesmo. O sistema é todo construído com base na confiança.

— Como é que encontramos essas mulheres? – perguntou Alicia.

— As enfermeiras podem nos ajudar a entrar em contato com pacientes em todo o estado.

— É um tiro no escuro, Civil. Não vai funcionar.

O telefone tocou. O relógio que ficava acima da mesa fez um tique-taque bem alto. Provavelmente era meu pai ligando para dizer que estava a caminho de casa.

— Volto já – murmurei, e corri para atender o telefone, que ficava no corredor. – Alô?

— Civil, aqui é Lou Feldman.

Ele nunca tinha ligado para a minha casa. Minha mente já começou a imaginar o pior cenário possível. Eu me sentei no banquinho que ficava debaixo do telefone.

— Parece que o senador Ted Kennedy ficou sabendo sobre o nosso caso.

— Senador Ted Kennedy? Também conhecido como irmão de John F. Kennedy?

— Ele mesmo. Ele criou um subcomitê para investigar a supervisão federal de crimes relacionados à saúde. Alguns meses atrás, entrevistaram um sobrevivente do experimento da sífilis. Agora querem fazer perguntas à família Williams.

— Está brincando comigo.

— Não estou.

— Fazer perguntas? Tipo um depoimento?

— Ele quer que contem a história deles para o comitê.

— Para o comitê? Como funciona isso? Eles vêm pro Alabama?

Ele deu aquela risada gutural estranha de novo.

— Não, nós vamos para Washington. Isso é grande, é importante. O caso vai ganhar cobertura nacional de imprensa.

— Achei que a gente já estava tendo cobertura nacional de imprensa. Além disso, está fora de questão. India já começou na escola nova. Acabei de conhecer a professora dela. Você sabia que existem freiras negras…

— Civil, nossa única opção é ir. O caso precisa dessa repercussão.

— E as meninas? – eu tentava absorver tudo que Lou estava dizendo. As meninas tinham acabado de se acostumar à nova vida. A última coisa de que precisavam era um circo de mídia.

— Eu imaginei que você poderia ajudar com elas. Vamos todos nós.

— *Nós?*

— Sim. Civil, não podemos fazer isso sem você.

As meninas iam precisar de mim. Se elas fossem, eu iria também.

— E como vamos até lá?

— Vamos andando. Não é tão longe.

— Não é engraçado, Lou. Mace pode perder o emprego se faltar muitos dias.

— Sinto muito; você tem razão. Não quis parecer insensível. Vamos de avião. O governo vai pagar a viagem. Posso ligar para a Whitfield e conseguir uns dias de folga para o Mace.

— Vai colocá-los em um avião? – pensei na conversa que tivera com Mace no carro, naquela primeira vez, quando ele me perguntara para onde eu tinha viajado. – Já contou isso pra eles?

— Não. Você foi a primeira pessoa para quem liguei.

— Quando vamos?

— O voo é na segunda-feira.

— Segunda-feira agora? – passei o dedo pelo calendário que ficava pendurado na parede bem ao lado do telefone. Era dali a quatro dias. Murmurei uma despedida e coloquei o telefone de volta no gancho.

— O senador Kennedy quer que vocês voem para Washington? – disse Ty. Ele estava em pé na entrada do corredor. – Vocês vão pra Washington?

Eles iam viajar para Washington para que políticos chiques os vissem e fizessem um circo em cima dos interioranos do Alabama. Minha mãe estava certa desde o início. Eu assenti, inundada pelas emoções.

No dia anterior à viagem, fui até o apartamento da família Williams para levar a mala que minha mãe tinha emprestado e ajudá-los a arrumá-la. No banheiro, prendi o cabelo das meninas em três ou quatro rabos-de-cavalo fofos com elásticos de plástico e torci para que os penteados durassem. A Sra. Williams reagira com uma calma surpreendente depois que eu cortara o cabelo delas daquela primeira vez. Dissera que ela mesma teria feito se tivesse umas tesouras afiadas. Desde então, dava para ver que ela estava cuidando do cabelo das meninas, porque começava a crescer.

Terminei com elas e abri a mala. Era azul com uma fivela dourada. As meninas e a Sra. Williams iam compartilhá-la. Enquanto eu dobrava os vestidos delas, Erica falava sobre suas novas amigas. Ela era a menina mais alta da turma porque era dois anos mais velha, mas ainda assim tinha conseguido fazer amizades.

— Do que você mais gosta na escola? – perguntei.

— A oração da manhã.

— Ah, é?

— Sim. Srta. Civil, todo dia de manhã eu rezo pra Deus me dar um bebê um dia. Você sabe que ele pode, Srta. Civil. Ele é capaz de tudo.

Não respondi. Se as orações a estavam confortando, eu não ia mexer com isso. Minhas mãos tremeram na hora de fechar a mala.

— Deixa eu ajudar – disse a Sra. Williams.

Ela entrou no quarto e tomou a frente. Fiquei pensando se ouvira o que Erica tinha acabado de dizer.

India estava sentada na cama e nos observava. Estava na escola havia uma semana. Percebi que, quando eu falava, ela ficava olhando para os meus lábios. Na sexta-feira, quando fui buscá-la, a irmã LaTarsha tinha me explicado que era inteiramente possível que India compreendesse mais do que transparecia e, no entanto, fosse mesmo muito tímida, o que as pessoas confundiam com incompreensão às vezes, dada sua pouca habilidade verbal.

— Estão muito lindas de vestido – elogiou a avó.

— Lá neva, Srta. Civil?

— Acho que sim. Mas não nessa época do ano.

— E lá vende biscoito Funyuns?

— Podemos levar daqui por via das dúvidas.

— Estou com medo de entrar no avião. E se ele cair do céu?

— Não vai cair.

— Como você sabe?

— Aviões foram feitos para voar. É isso que eles fazem.

— Qualquer coisa pode cair do céu, Srta. Civil.

A Sra. Williams pegou a mala e a colocou perto da porta.

— Amanhã de manhã, antes de sair, vocês coloquem a escova de dente aí dentro. – Ela se virou para mim. – Que horas o Sr. Feldman pega a gente?

— Ele disse que por volta de oito horas.

— Ok, dá tempo de tomar um bom café da manhã.

— Tem alguma coisa pra proteger o cabelo delas quando forem tomar banho hoje à noite? – perguntei.

— Sim, vou enrolar com a touca. Não se preocupe. Vamos estar prontas para conhecer o Sr. Kennedy. Com certeza. Ah, menina, será que ele conheceu o Dr. King? Preciso contar a ele daquela vez que vi o homem cara a cara.

Fui até India e lhe dei um beijo na testa. Sua pele estava seca e fria. A janela do quarto estava aberta e a brisa sacudia a cortina. Em menos de vinte e quatro horas íamos embarcar em um avião. Erica olhou para seu reflexo no espelho da cômoda. A família estava animada para a viagem, e eu só rezava para que fosse uma boa experiência para eles.

30.

No caminho para encontrar o senador, fui andando entre a assessora e as meninas. Ao longo de todo o percurso, fiquei preocupada que chegássemos todos ensopados de suor. A umidade do ar parecia ainda mais pesada do que no Alabama e logo começávamos a grudar debaixo das roupas. Eu nunca tinha visto uma cidade como Washington. As ruas eram bem largas, com faixas brancas recém-pintadas, mas o trânsito vinha de todas as direções e eu fiquei me perguntando como é que os carros não batiam uns nos outros no meio daqueles cruzamentos. Homens de terno passaram correndo por nós. Um grupo de crianças brancas de uniforme se reuniu na calçada. Um policial apitou e o trânsito foi parando para o grupo passar. Uma mulher correu atrás de um ônibus que já ia descendo a ladeira, até que ele parou e fez um chiado ao abrir as portas. Segurei com força as mãos de Erica e India quando entramos no prédio do Senado.

A assessora não calava a boca. Apontava para os nomes dos senadores nas portas. Howard Baker. Barry Goldwater. Strom Thurmond. Adlai Stevenson III. Quando passamos pela porta de John Sparkman, senador pelo Alabama, ela me perguntou se eu queria tirar uma foto. Muita gente gostava de tirar foto ao lado da plaquinha com o nome de seu senador, explicou ela. Meus olhos se arregalaram, surpresos. Será que ela não fazia mesmo a menor ideia? Havia anos que a população negra do Alabama compreendera as limitações de depositar suas esperanças em políticos. Sparkman estava no Senado desde antes de eu nascer, e não fora surpresa para os alabamienses negros quando ele se juntou ao grupo que queria barrar a Lei dos Direitos Civis de 1964. Por mais que tivéssemos lutado por nosso direito de voto bem ali, no Alabama, a força bruta da exclusão política prevalecera. Eu me contive e não perguntei sobre o escritório de Shirley Chisholm, embora soubesse que a Srta. Pope ia querer que eu fosse ousada a esse ponto.

— Não, obrigada – falei, sem muitas palavras, tentando não soar grosseira. Benza-o, Deus, por tanta ignorância.

Os saltos do sapato da assessora faziam um estalido no piso de madeira do corredor amplo. A Sra. Williams caminhava bem atrás de mim, e Mace vinha depois de todos nós com seu passo lento e suave. Ele tinha perdido a confiança para estar naquele tipo de ambiente, mas continuava tendo suas suspeitas. Eu tinha medo de que as pessoas confundissem sua lentidão silenciosa com hostilidade. Durante toda a manhã, tentei manter certa distância dele, mas não havia como negar que eu me sentia atraída por aquele homem. Fiquei me perguntando se ele me observava.

Saímos do elevador no terceiro andar. O escritório do senador era uma suíte, com uma área de recepção em que havia uma lareira e um sofá azul. O cômodo era comprido, com uma janela quadrada grande em um dos lados. Andei até a janela da área de recepção, que dava para a rua. Havia duas portas abertas revelando pequenos escritórios e, do outro lado, uma porta fechada que dava no escritório particular do senador.

— O Sr. Feldman já entrou – disse a mulher sentada à mesa. – Estão esperando vocês.

Ela deu uma batidinha na porta, depois entramos. O senador e Lou se levantaram. O senador era mais baixo do que eu tinha imaginado. Sua testa era grande, o rosto, largo, e havia uma mecha de cabelo cacheado caindo por cima da sobrancelha.

— Senador, deixe-me apresentar a todos. Esta é Civil Townsend, enfermeira das meninas. Ela é a mulher corajosa que me trouxe o caso, como eu vinha lhe contando – disse Lou.

Fiquei vermelha de vergonha. Não estava esperando levar nenhum crédito por nada. Não estava esperando nem ser apresentada ao senador. Eu era só uma acompanhante das meninas ali.

— Esta é a Sra. Patricia Williams, a avó. Ela vem ajudando a criar as meninas desde que a mãe delas faleceu. E este é o Sr. Mace Williams, o pai.

O senador estendeu a mão e, quando Mace não reagiu dando um passo à frente para apertá-la na mesma hora, o senador saiu de trás da mesa e veio até nós.

— Sr. Williams, bem-vindo a Washington. Estou muito feliz que puderam vir. Sra. Williams, é um prazer conhecê-la.

— O prazer é todo meu, senador – respondeu ela, a voz um pouco alta demais. – Não é todo dia que a gente conhece um Kennedy.

O senador abriu um sorriso tímido e todos nós demos uma risadinha.

— Sr. Williams, agradeço muito que tenham vindo até aqui. Imagino o quanto deve estar sendo difícil para você e sua família, e quero que saiba que eu não teria pedido para virem aqui se não achasse que poderia resultar em algo bom. Quero que as pessoas ouçam a história do que você e sua família têm passado. Você tem o poder de fazer a diferença para o futuro do país, e quero que saiba que estou do seu lado.

— Obrigado, senhor. Quer dizer, Vossa Excelência.

O senador deu uma risada, aquela que vem do fundo do estômago.

— Pode me chamar de Ted.

— E, senador, aqui estão duas mocinhas muito especiais – continuou Lou. – India e Erica Williams.

— India e Erica, é um prazer ter vocês duas aqui hoje.

Erica estendeu a mão meio mole para o senador. India agarrou na minha blusa, o punho cerrado segurando um pedaço do tecido. Erica estava tão perto de mim, que eu conseguia sentir o calor que emanava de seu corpo. Ela ainda suava depois da caminhada sob o sol.

— Por favor, sentem-se todos. India e Erica, podem se sentar aqui. – Ele ofereceu a elas os assentos mais próximos de sua mesa.

O senador conversou em voz baixa com Erica por um tempinho, perguntou a ela sobre a escola e em que série estava. Quando mais ele conversava, mais ela se soltava. India segurava sua boneca com cabelo de linha, e eu vi o senador olhar para a boneca mais de uma vez. Lou claramente tinha informado ao senador que India era não verbal, porque ele não perguntou nada a ela diretamente. Ele conversou com as duas, mas direcionou as perguntas para Erica.

Uma moça trouxe uma pequena bandeja com copos e uma jarra de chá gelado.

— Nós bebemos chá aqui também.

O chá foi um gesto bacana, mas não tinha gosto de nada, apesar dos copos bonitos e das rodelas de limão. Bebemos uns golinhos, educadamente, enquanto ele contava como seriam os procedimentos do dia seguinte. Enquanto ele falava, dei uma olhada no escritório. Havia uma lareira e uma maquete de um veleiro sobre a cornija. Duas pessoas estavam de pé em um canto, fazendo anotações. O escritório estava meio quente, com tanta gente ali dentro.

— Me conte, Sr. Williams. – Ele se virou para Mace e entrelaçou as mãos. – O que foi que a enfermeira disse a você na manhã em que foi à sua casa?

— Ela falou pra eu e minha mãe assinarmos uns papéis. Perguntamos o que era e ela só respondeu... governo federal.

— Ela só disse isso?

— Disse que ia levar as meninas na clínica para tomar mais injeções.

Eu quis interromper e dizer ao senador que a família não contestava os funcionários do governo. Eles dependiam demais de nós. Faziam o que era solicitado, ou então não receberiam os benefícios no fim do mês. Eles deixaram as meninas irem com a Sra. Seager porque ela mandara. Assinaram os papéis porque ela mandara. Ele provavelmente não compreendia isso. Parecia um cara bom, mas era, sem dúvida, parte daquele sistema.

— E então o que aconteceu?

— Eu perguntei a ela onde estava a Srta. Civil.

Eu me mexi na cadeira. Estava com dificuldade de manter a boca fechada, mas tentei lembrar a mim mesma que o senador não havia requisitado uma entrevista comigo.

— O que ela disse?

— Ela disse: "A Srta. Civil não está trabalhando hoje." – Mace imitou a voz da Sra. Seager.

O senador se voltou para as meninas.

— Vocês sabem o que aconteceu com vocês? – perguntou ele e, antes que eu pudesse interromper, Erica respondeu.

— Fizeram cirurgia em mim. Doeu muito mesmo.

— Sim, eu soube que estavam sentindo muita dor quando a Srta. Townsend chegou ao quarto de vocês.

Olhando para o rosto inteligente do senador, eu entendi o carisma de um bom político, a capacidade de responder com empatia.

— Você sabe que tipo de cirurgia foi?

— Eu e minha irmã não podemos ter bebês.

— E como se sente com isso?

— Eu quero bebês. Minha amiga Dinesha teve um bebê. Eu quero um igual ao dela. Eu rezo todo dia pra Deus mudar o que aconteceu comigo e com a minha irmã.

Ela tinha me contado sobre essa nova amiga Dinesha, mas eu não fazia ideia de que a menina já era mãe. Coloquei o copo sobre a mesa. Não havia porta-copos e fiquei com medo de deixar uma mancha na mesa de madeira. Descruzei as pernas, depois cruzei de novo. Havia um rasgo na minha meia-calça.

— Sr. senador – começou Mace –, desde que minha mulher morreu eu tento cuidar dessas meninas. Faço o melhor que posso.

Dava para ver na expressão de Mace que ele estava com vergonha do que as meninas relatavam. Ele tinha assinado aqueles papéis e nunca ia se perdoar por isso.

India pegou um pequeno veleiro na mesa diante dela.

— India – sussurrei.

— Tudo bem – disse o senador. – Ela pode ficar com esse. Se gostar dele, é seu.

India fez um barulhinho e enfiou o barco sob os dedos.

— Sr. Williams, está pronto para testemunhar sob juramento amanhã?

— Sob o quê?

— Com a mão sobre a Bíblia.

— Sim, senhor.

— E você, Sra. Williams?

— Foi por isso que entrei naquele pássaro de metal e vim até aqui, não é?

O senador explicou como ia ser a audiência e quantas pessoas haveria na sala.

— Enfermeira Townsend, você fez um trabalho excelente com essas meninas – acrescentou ele, projetando mais a voz. – Vou tentar fazer a coisa certa por elas amanhã.

— Obrigada, senador. Sei que vai.

Eu falei porque acreditava mesmo. Havia uma sinceridade nele. Examinei as fotos na parede ao sairmos da sala, tentando encontrar John F. Kennedy. Parei diante de uma carta escrita à mão emoldurada. Não tive tempo de ler, mas vi que era assinada por *Jack*, numa letra bem rebuscada.

— O irmão dele era o presidente – contei para as meninas, enquanto caminhávamos pelo corredor.

— Não é mais?

— Não, ele foi assassinado.

— Por quem? – perguntando Erica, sussurrando.

— Uma pessoa doida.

Erica pareceu abalada, e imediatamente me arrependi de ter contado.

Quando chegamos ao hotel, as meninas assistiram à televisão deitadas na cama do meu quarto, os olhos fixos na tela. Sentei ao lado delas e pensei em deixá-las ali até a hora do jantar. Queria dar à Sra. Williams um tempinho sozinha para curtir a viagem.

India apontou para a televisão e riu. Elas se sentaram bem juntinhas, os braços se tocando. *Pelo menos elas têm uma à outra*, pensei. *Graças a Deus por isso.*

31.

Ele tinha nos avisado que haveria muita imprensa, mas os fotógrafos vieram para cima de nós quando chegamos ao Capitólio e, por mais que Lou tentasse, era difícil contê-los. O senador tinha enviado mais dois assessores, mas os homens não pareciam capazes de proteger nem um abajur. Mace foi mais eficiente abrindo caminho em meio à multidão com a mão levantada diante das meninas. Eu coloquei o braço ao redor de India, protegendo-a. Erica manteve o rosto impassível mesmo quando os *flashes* estouraram nos olhos dela, mas começou a chorar assim que entramos no prédio. A Sra. Williams puxou a neta para perto.

— Vem cá, meu amor.

Os assessores nos conduziram por uma rotunda com um teto altíssimo. Mal vimos aonde estávamos indo porque todo mundo ficou distraído olhando para cima. Mas enfim chegamos a uma sala que parecia um anfiteatro. Havia painéis nas paredes e o teto era emoldurado por sancas antigas. Havia muita gente branca naquela sala. Era uma sensação estranha sermos os únicos de pele escura em um lugar. Em uma mesa comprida, acomodaram a Sra. Williams e Mace em dois lugares ao lado de Lou. Eu e as meninas fomos colocadas juntas, seis fileiras atrás deles. Nos fundos da sala, muitas luzes emanavam de tripés. Todo mundo falava ao mesmo tempo. Homens engravatados circulavam por ali, entrando e saindo da sala. Eu não sabia dizer quem era senador e quem não era. Enfim, o senador Kennedy nos viu. Ele acenou com a cabeça para as meninas e então pediu silêncio.

— A audiência de hoje é referente às esterilizações que vêm ocorrendo em clínicas federais por todo o país. É uma questão importante porque algumas dessas cirurgias estão sendo feitas em crianças menores de idade, e este subcomitê pretende investigar a fundo os processos e procedimentos nos quais essas cirurgias estão acontecendo.

Ele começou saudando oficiais do governo da Secretaria de Saúde, Educação e Bem-Estar que estavam sentados em lugares distintos numa segunda mesa comprida. Depois, o secretário. O secretário assistente. E assim por diante. Por fim, chegou a vez de Lou.

— Agora vamos ouvir o Sr. Lou Feldman, advogado que representa a família de India e Erica Williams, em Montgomery, no Alabama. O depoimento dele a este subcomitê vai ajudar a esclarecer o tipo de coisa que vem acontecendo nas comunidades locais no que diz respeito às nossas clínicas federais. Sr. Feldman?

Lou se debruçou sobre o microfone e ele fez um chiado.

— Meu nome é...

Ali, em silêncio, desejei que os Williams não estivessem pensando o mesmo que eu: Lou parecia apavorado.

— Meu nome é Louis Feldman. Sou advogado da Feldman Advocacia, em Montgomery, no Alabama. Estou aqui hoje com o Sr. Mace Williams e a Sra. Patricia Williams. Eu represento India e Erica Williams. No dia...

— Desculpe interromper – disse o senador. – Pode nos dizer as idades das crianças?

— As crianças têm onze e treze anos, senador.

— Obrigado. Pode continuar.

— No dia dezesseis de julho de 1973, duas enfermeiras da Clínica de Planejamento Familiar de Montgomery foram até a casa de India e Erica Williams. As enfermeiras informaram à Sra. Patricia Williams, avó e guardiã legal das meninas, e ao Sr. Mace Williams, o pai delas, que as duas seriam levadas para tomar uma injeção. Os guardiões legais foram impelidos a acreditar que as crianças iam tomar injeções de Depo-

-Provera, a mesma que já vinham recebendo havia meses. A Sra. Williams e seu filho, Sr. Williams, não sabem ler nem escrever. Os dois assinaram um documento e só depois ficaram sabendo que se tratava de uma autorização para a cirurgia de ligadura de trompas. As enfermeiras levaram as meninas para o hospital, onde elas foram esterilizadas cirurgicamente. As crianças foram mandadas de volta para casa dois dias depois.

— Quando foi que a família descobriu que India e Erica tinham sido esterilizadas? – perguntou o senador.

— Naquela mesma tarde, outra enfermeira da clínica, Civil Townsend, foi fazer uma visita às meninas em casa e ficou sabendo que elas tinham sido levadas para o hospital. Quando chegou ao hospital, ela foi informada que a cirurgia tinha sido realizada de manhã.

Fez-se um silêncio na sala enquanto o senador e seus colegas faziam anotações. Eu não conseguia ver o rosto de Lou, mas fiquei observando seu perfil atentamente de onde estava sentada.

— Sr. Feldman, os agentes da clínica disseram por que autorizaram a intervenção cirúrgica para essas meninas?

— A diretora da clínica deu uma declaração alegando que as meninas eram sexualmente ativas e que, portanto, a cirurgia fora feita para evitar uma gravidez. Elas não estavam mais tomando o Depo-Provera por causa de dúvidas que haviam sido levantadas a respeito da segurança do medicamento, e a diretora julgou que a única maneira de evitar uma gravidez era a esterilização.

Lou estava defendendo minhas decisões, embora não tenha mencionado que eu não fora autorizada a suspender as injeções. Mas a Sra. Seager sabia por que eu tinha interrompido o uso do medicamento. Ainda assim, ela optou por seguir em frente com a esterilização.

— Sr. Feldman, por que acredita que o sistema falhou com essas meninas?

— Senador, permita-me fornecer um pouco de contexto sobre o sistema no qual a família Williams vive. A família recebe cento e quarenta e sete dólares por mês do Departamento de Pensões e Seguridade Social do Alabama, além de cupons de alimentação. Para obter essa ajuda, eles recebem toda semana a visita de um agente do governo. Estão cercados pelo Estado por meio da assistência social, da qual eles dependem para sobreviver. Então, é compreensível que sejam facilmente coagidos a fazer o que é recomendado a eles. É uma forma de coerção bastante sofisticada, e talvez até não intencional, mas não deixa de ser coerção.

A voz de Lou ganhou volume. Ele pegou o embalo e de repente não parecia mais tão jovem.

— Será que essa instituição médica teria permitido que uma mãe ou um pai, fosse branco ou negro, de classe média assinasse tão facilmente um documento que tiraria a chance de procriar de sua filha? Será que um pai de classe média, sem esse tipo de dependência dos programas de assistência social, sequer consideraria esterilizar cirurgicamente suas filhas? Acredito que este comitê há de convir que as filhas de famílias de classe média não teriam sido esterilizadas. Apenas as pacientes de clínicas gratuitas são alvos legítimos desse tipo de método contraceptivo permanente.

Eu não ousei me mexer. Até o senador Kennedy não parecia piscar. Todos na sala estavam imóveis, em silêncio.

— A esterilização não é só mais um método anticoncepcional, sobretudo quando se fala de crianças. Não é a mesma coisa que tomar uma pílula. É algo que tira em definitivo a capacidade de conceber. Sinceramente, é uma mutilação. E isso, senador, me assusta.

O senador Kennedy respirou fundo. Deu para ouvir pelo microfone. Os cabelos de Lou estavam grudados na nuca, onde ele suava. Alguém tossiu e o barulho ecoou.

— Sr. Feldman, qual é sua proposta?

— Minha proposta é que sejam estabelecidas diretrizes muito estritas para esterilização, e que elas sejam distribuídas para todas as agências, hospitais e indivíduos que de alguma forma participem de programas de esterilização federais ou custeados pelo governo. Tenho razões para acreditar que o que aconteceu com as meninas Williams não é incomum e que, já há algum tempo, os projetos de planejamento familiar custeados pelo governo têm aprovado esterilizações para menores de idade de famílias pobres, principalmente famílias negras.

Os cochichos se espalharam pela sala. O senador Kennedy bateu com seu malhete.

— Sr. Feldman – disse o senador, com calma. – Essa é uma acusação muito séria. Pode nos dizer em que se baseia sua declaração?

Queria que tivéssemos tido tempo de ir atrás de outras mulheres antes dessa audiência. Eu tinha certeza de que Lou não obtivera a quantidade de testemunhos necessária para se justificar naquele momento. Mas ele respondeu ao senador com matemática.

— Quinhentas instituições de planejamento familiar participavam deste programa em 1971, há apenas dois anos. Eu li documentos internos que indicam que oitenta por cento dessas unidades pretendiam realizar cirurgias de esterilização. Senador, esse número é muito alto. Também tenho um relatório de um homem encarregado das operações da Secretaria de Oportunidades Econômicas. Ele estima que há de quarenta a sessenta instituições fazendo esterilizações por todo o país. E eu acredito que esse número seja ainda maior.

— E seu argumento é que atualmente não há diretrizes estabelecidas para essas esterilizações?

— Não há diretrizes estabelecidas pela Secretaria de Oportunidades Econômicas e, pelo visto, nem pela Secretaria de Saúde, Educação e Bem-Estar. A Clínica de Planejamento Familiar de Montgomery recebe uma determinada quantidade de dinheiro todo ano para realizar as esterilizações, mas, até onde eu sei, não há nenhum procedimento formal para guiar os médicos e funcionários das instituições em relação a como devem ser decididas e conduzidas essas cirurgias. Senador, eu imploro ao senhor e aos membros desse comitê que direcionem sua atenção a este tópico.

— Obrigado, Sr. Feldman.

Lou tinha acertado bem no meio dos olhos deles. Eu conseguia vê-lo de lado, mas ainda assim não consegui distinguir a expressão em seu rosto.

— Seja bem-vindo ao comitê, Sr. Williams. Tivemos uma visita agradável ontem, no meu escritório, com sua mãe e suas filhas.

— Sim, senhor. – Mace puxou o colarinho da camisa.

— Quero dizer a você o quanto valorizo o fato de estar aqui nesta manhã.

O senador estava jogando seu charme novamente, e Mace pareceu relaxar.

— Eu também valorizo, senhor.

— Como sabe, Sr. Williams, estamos tentando pensar em leis para que o tipo de coisa que aconteceu com suas filhas não aconteça com outras crianças. Foi por isso que pedimos para virem nos ajudar, e queremos agradecer muito por estarem aqui hoje. Sabemos que não é fácil compartilhar o tipo de preocupação e tristeza que você deve estar sentindo, mas eu gostaria de pedir que nos contasse o que aconteceu com suas filhas, nas suas palavras.

Mace ficou olhando para o microfone.

— Pode levar o tempo que for preciso, Sr. Williams – incentivou o senador.

— Bom, veja bem – começou Mace. – Eu estava indo para o trabalho de manhã. Trabalho na fábrica de picles Whitfield. – Ele pigarreou. – E aí chegou a enfermeira da clínica. Duas enfermeiras. Elas disseram que tinham que levar as meninas. E nenhuma das duas era a nossa, a Srta. Civil. Civil Townsend, ela é a enfermeira regular das meninas. Perguntei onde ela estava e disseram que não estava trabalhando naquele dia. Então eu disse que, sendo assim, tudo bem. Elas falaram: "Só precisava assinar esse documento aqui e já vamos embora."

— Para onde achou que elas estavam levando suas filhas?

— Pra tomar a injeção, senhor. Foi o que ela disse, e eu acreditei.

— Injeções anticoncepcionais?

— Isso, senhor.

— Então você assinou o papel?

— Coloquei minha marca, sim, senhor.

— E depois o que aconteceu?

Mace se mexeu na cadeira e passou a mão na cabeça.

— De tarde recebi uma ligação no trabalho dizendo que elas tinham feito uma operação. A Srta. Civil, enfermeira delas, me ligou pra contar. E aquela notícia me invadiu inteiro.

— Desculpe, mas pode falar no microfone, Sr. Williams?

— Falei que a notícia me invadiu inteiro. Como se fosse uma praga.

— Está dizendo que ficou chateado, Sr. Williams?

— Depois da cirurgia, elas disseram... "Papai, nunca vamos poder ter bebês?". E corta meu coração ter que responder isso. Elas são só crianças. Elas nem conhecem nenhum garoto. Não tá certo.

Uma lâmpada estourou. Vi que Erica observava o pai com atenção. India brincava com o barquinho em suas mãos, virando-o para cima e para baixo, e examinando cada detalhe. Queria que elas não estivessem ali. Devia ter ficado com elas no hotel assistindo à televisão, mas, talvez, ter alguma lembrança daquele dia poderia ajudá-las de alguma forma. Alguém tinha se preocupado com o que houve com duas menininhas negras do Alabama. Alguém importante.

Mace se virou para olhar para o resto da sala atrás dele. Levantei a mão, mas ele não me viu. O lugar estava lotado de gente.

— Então você ficou chateado?

— Sim, senhor – disse Mace, de cabeça baixa, olhando para a fileira de senadores. – Vocês não ficariam?

O senador Kennedy sabiamente se virou para a mãe de Mace.

— Sra. Williams, você poderia nos contar o que aconteceu em suas palavras? Fale bem no microfone para podermos ouvi-la.

A Sra. Williams contou uma história parecida sobre aquela manhã e disse que as enfermeiras chegaram ao apartamento dizendo que precisavam levar as meninas imediatamente.

— Elas disseram que iam aplicar injeções nas meninas?

— Sim, senhor, creio que sim. Disseram que elas iam tomar injeção.

— E quando falou com suas netas depois da cirurgia, o que elas disseram?

— Elas disseram: "Vovó, fizeram cirurgia em mim. Falaram que não posso mais ter bebês." Sr. senador, muita gente bate à minha porta todo dia. Governo isso e governo aquilo. Eu não dou conta às vezes. Mas essa foi a primeira vez que me senti traída.

— Você teria autorizado se soubesse o que ia acontecer?

— Não, não teria autorizado fazer nada disso. Não nas minhas netinhas. Elas mesmas são bebês ainda.

— Perdoe-me, Sra. Williams, se minha pergunta parece boba. Só quero que tudo fique registrado. Você iria novamente a essa clínica?

A Sra. Williams encostou bem a boca no microfone.

— Senhor, eu não mandaria nem uma barata naquela clínica de novo.

As pessoas riram, mas logo se aquietaram, como se não tivessem certeza se deveriam rir num momento tão sério.

— Obrigado, Sra. Williams. Sr. Williams. Como mencionei antes, o propósito deste comitê é garantir que isso nunca mais aconteça. Vocês têm duas meninas lindas em casa. São uma família adorável. Devemos a vocês toda a nossa gratidão por virem aqui lá do Alabama para compartilhar sua história pessoal hoje. Algum de vocês quer dizer mais alguma coisa? Sra. Williams? Sr. Williams?

Mace balançou a cabeça.

— Não, senhor.

— Obrigado. Obrigado mais uma vez – disse o senador, e então se virou para cochichar algo com alguém.

32.

Voltamos para Montgomery animados, mas alguns dias depois o telejornal da noite noticiou que Lou Feldman tinha retirado a ação contra a Clínica de Planejamento Familiar de Montgomery.

— Que história é essa? – minha mãe entrou na sala secando as mãos com uma toalha.

— Não sei.

Liguei para o escritório de Lou do corredor. O telefone chamou, chamou e ninguém atendeu.

— Mãe, volto já! – gritei para ela ao sair de casa.

Quando cheguei ao escritório de Lou, logo vi que ele estava lá, porque as luzes do segundo andar estavam acesas. Um cozinheiro do restaurante fumava um cigarro do lado de fora.

Quando Lou abriu a porta, deu para notar que não tinha dormido. As roupas estavam amarrotadas, o rosto com a barba por fazer.

— Você não atendeu o telefone – falei, ao entrar.

Ele se sentou em uma cadeira e passou os dedos pelo cabelo escuro.

— Muito trabalho a fazer.

— Que trabalho? Acabei de ver no jornal que você retirou a ação.

Eu estava muito nervosa para sentar, então agarrei o encosto da cadeira na minha frente.

— Não retiramos a ação, não exatamente.

— Como assim "não exatamente"?

— Civil, essa história é muito maior do que a clínica de Montgomery.

— Claro que é. É o governo federal que financia.

Lou se ajeitou na cadeira. Não tínhamos conversado desde que voltáramos de Washington. Fiquei com medo do que ele estava prestes a dizer e pensei se tínhamos cometido um erro ao ir lá.

— Um médico da Califórnia me ligou dizendo que milhares de mulheres hispânicas estão sendo esterilizadas lá sem saber. Há casos na Carolina do Norte em que as mulheres vão fazer uma cesariana e o médico retira o útero. Há até ocorrências de médicos dizendo para essas mulheres que, se elas não autorizarem, eles não assinam os documentos liberando a assistência médica do Estado. Tem um médico que faz o procedimento sempre que chega uma paciente dando à luz ao terceiro filho. Sem nem sequer pedir o consentimento.

— Está acontecendo no país inteiro, então?

— Com mulheres mexicanas pobres. Mulheres negras. Um médico na Geórgia falou para uma mulher em trabalho de parto que ele não ia prestar atendimento se ela não assinasse o documento!

Cocei a cabeça. Aquilo era inconcebível. Depois que descobri sobre o experimento em Tuskegee, eu sabia que as pessoas eram capazes de todo tipo de crueldade. Mas aquilo ali era um atestado de que havia gente má em todos os lugares. Coloquei a mão no peito.

— Senta – disse ele, e então desabei na cadeira.

— Eles estão tentando matar a gente, Lou?

— Bom, não exatamente.

— É que nem o Holocausto, aquilo que fizeram com as pessoas na Europa, não é? Aquilo de que seus pais fugiram.

— Não exatamente. Mas é bem ruim.

Aquelas palavras pairaram ali, entre nós, por alguns segundos. Eu tinha aprendido sobre o Holocausto em Tuskegee. Eu me lembro de ficar incrédula com o fato de que não tinham nos ensinado sobre aquilo no ensino médio. Como é que podiam deixar uma coisa dessas de fora? Quando chegamos a esse tópico na aula de história mundial na faculdade, lembro de ir me sentar na biblioteca e ficar olhando para o nada. O horror daqueles acontecimentos era avassalador. Eu não sabia que pessoas brancas tinham passado por algo tão trágico, e me lembro de caminhar pela rua aos fins de semana imaginando, a cada rosto branco que eu via, se aquela pessoa passando por mim era judia, descendente de alguém que sobrevivera, ou uma sobrevivente.

— Olha, ainda estamos colocando os nomes de Erica e India no processo. Mas dessa vez vamos atrás do peixe grande: o governo federal. A Secretaria de Saúde, Educação e Bem-Estar. A Secretaria de Oportunidades Econômicas. Vamos levar esse caso até o topo. Quando tudo isso terminar, podemos abrir outro processo e pedir os danos morais para as meninas. Mas primeiro temos que fazer o governo parar com isso.

— Você vai processar o governo federal? Lou, você tem vinte e oito anos. E se tiver gente do gabinete presidencial envolvida?

— É a única maneira de impedir tudo isso, Civil. Temos que ir atrás da agência que supervisiona as instituições.

Havia dois homens sentados dentro de um carro, diante do escritório de Lou, quando entrei um pouco antes. Já passava das nove da noite. Eu reconheci o veículo; eram os mesmos dois homens que tinham entrevistado quase todos os moradores de Dixie Court. Naquela altura eu já estava pensando que talvez não fossem jornalistas, e sim agentes do governo. Fiquei com medo de que a agência pudesse inventar algum motivo falso para despejar a família Williams.

— E a Sra. Seager? E as minhas meninas…

Jovens já tinham sido mortos antes. Aquelas quatro meninas na igreja em Birmingham. Estudantes que estavam cadastrando as pessoas para votar. O caso das meninas tinha potencial para trazer à tona o que havia de pior.

— Se eu conseguir a medida cautelar que estou pedindo, mulheres e meninas no país inteiro vão sentir o impacto. Meninas como India e Erica. As pobres. Inocentes. Exploradas. Vamos protegê-las. Isso acabou sendo maior do que a gente esperava.

Então eu ia ter que me comunicar com a família Williams, eu ia ajudá-los a entender o que Lou estava querendo com aquilo. Ele tinha razão – esse caso era grande. Mas ia acontecer à custa das minhas meninas. À custa de Mace e de sua mãe. E eu não sabia quanto mais eles estavam dispostos a sacrificar em nome do bem comum. Mace não estava preocupado com as mulheres da Carolina do Norte e da Califórnia. Só estava tentando não perder o emprego na fábrica para que sua família tivesse o que comer sem depender do governo federal. O homem nunca nem tinha votado.

Lou pegou um lápis. Eu sabia que esse era o sinal para eu ir embora, mas ainda não estava pronta.

— O que posso fazer?

— Neste momento, só se concentre em manter as meninas longe dos repórteres.

Ele parecia irritado, e aquilo acabou me irritando. Caminhei até a porta. Ele tinha tomado aquela decisão sem mim, e isso me fez sentir desamparada. Mas quem era eu para falar? Não tinha nem emprego mais.

— Aliás, ouvi dizer que a Sra. Seager pediu demissão. Ou foi demitida. Não tenho certeza.

— Está de brincadeira – falei, chocada.

— Tem muita gente nessa comunidade que precisa daqueles serviços. Sua paixão e comprometimento fariam um bem enorme a essas pessoas. E tenho certeza de que voltar ao trabalho faria um bem enorme a você. Volte para a clínica, Civil.

— Não vou voltar nunca. Odeio aquilo lá.

Mace não fora o único enganado pela Sra. Seager. Eu acreditei naquela mulher, na missão da clínica. Eu a ouvira pressionar mulheres para fazer a ligadura e não intervim, acreditando que aquela era a coisa certa a se fazer. Bebês que nasciam em famílias pobres não tinham as mesmas chances que os bebês de famílias com mais dinheiro. Era nisso que eu acreditava. Quanta hipocrisia da minha parte. Eu tinha todos os recursos do mundo e, ainda assim, interrompi minha gravidez. Enquanto isso, achava que sabia o que era melhor para outras mulheres.

Lou começou a escrever freneticamente, como se estivesse tentando registrar um pensamento antes que ele escapasse. Quando saí pela porta, ele não deu nem tchau, e eu também não.

Do lado de fora, a noite estava quente e clara. Dava para ver as silhuetas dos dois homens sentados dentro do sedan do outro lado da rua. Eu não queria ir para casa. Não queria ir até Dixie Court. Pensei em entrar no restaurante, arranjar um lugar no balcão e pedir qualquer tipo de fritura. Do outro lado da rua, observei uma luz acender em um escritório e depois apagar. A cidade se recolhia para a noite. Por mais relutante que eu estivesse, provavelmente estava na hora de fazer o mesmo.

Na semana seguinte, Ty me chamou para jantar. Cheguei antes dele e fiquei agradecida por minha amiga Irene estar trabalhando, porque eu não queria falar com ninguém que não conhecesse. Ela me conduziu até a minha mesa favorita, nos fundos, e trouxe uma Coca-Cola. O sininho na porta fez barulho. Ty veio direto na minha direção, com uma bolsa pendurada no ombro.

— E aí? Como foi em Washington?

— Uma loucura. Os Williams eram tipo celebridades. Não tinha ideia de que tanta gente estava sabendo quem são eles. E Lou mandou muito bem. Deixou a sala inteira hipnotizada. Mas agora ele diz que vai processar o governo federal.

— Isso significa que a clínica vai se safar?

Dei de ombros.

— A clínica não é mais a ré da ação. Os réus agora são os mandachuvas da Secretaria de Saúde, Educação e Bem-Estar, e o diretor da Secretaria de Oportunidades Econômicas, e por aí vai. Lou diz que há mulheres por todo o país sendo esterilizadas.

Ty abriu a bolsa e tirou um punhado de jornais dobrados.

— A Srta. Pope ligou para a bibliotecária da Biblioteca Estadual do Alabama e guardou esses pra gente. Todos saíram ontem. Falei que ia devolver depois de te mostrar.

Ele espalhou os jornais sobre a mesa e eu fui lendo as manchetes.

— *The New York Times. Chicago Tribune. The Washington Post. Chicago Defender.* Até a revista *Time* publicou matéria. Todo mundo está falando das irmãs Williams.

Havia fotos das meninas entrando no prédio do Capitólio. Uma foto de Dixie Court. A clínica, na rodovia Jefferson Davis. Havia até uma foto delas em pé, ao meu lado, na frente do hotel. Meu rosto estava borrado, mas dava para ver as duas com nitidez.

— Elas são o rosto de um escândalo nacional agora? – disse ele.

— Pois é. O caso está pegando fogo.

— Ouvi falar que a Sra. Seager pediu demissão.

— Lou me contou isso. Como soube?

— Alicia.

— Nenhuma surpresa. Continua com aquela boca grande dela.

— Ela só está tentando fazer a coisa certa, Civil. Igual a você. Ei, você e eu ainda precisamos conversar. Você continua evitando falar sobre o bebê, e eu preciso conversar com alguém sobre isso.

— Bebê?

— Era um bebê, Civil. Nosso bebê.

— Não use essa palavra – falei, baixando o tom de voz. – Eu mal estava grávida.

— Não existe isso de "mal estava grávida".

— O que tem para conversar, Ty? Nós cometemos um erro. Evitamos o desastre. Acabou.

— Você chama nosso bebê de desastre?

— Sim, continuar grávida teria sido um desastre.

Ele segurou minha mão.

— E nós dois? Isso teria sido um desastre também?

— Você está sendo ridículo.

Tentei puxar minha mão de volta, mas ele a segurava firme. Eu sentia muito por Ty, mas não queria falar sobre o assunto. Ainda estava muito machucada para articular meus sentimentos até para mim mesma, que dirá para ele.

33.

Em uma cidade dividida entre negros e brancos, a família Singh se mudou para uma casa que ficava no lado habitado pelos negros. A única filha se casou com um soldado negro do exército. Eu estava no ensino médio quando a família comprou o Regent Café, que se tornou um dos primeiros restaurantes verdadeiramente integrados da cidade, um lugar onde os negros se sentiam seguros sentados numa cabine ao lado dos brancos. Mas também íamos pela comida. Era como se fosse a sua própria família cozinhando lá nos fundos. O Sr. Singh entendia a comida sulista. Havia trabalhado na cozinha sob a administração dos donos anteriores e acabou os superando com suas habilidades. O envolvimento da família com os direitos civis se resumia a servir boa comida para qualquer um que entrasse ali.

O homem costumava ficar na cozinha. A Sra. Singh andava para lá e para cá, mas preferia o escritório, onde cuidava das finanças. Uma professora aposentada branca era a responsável por cuidar do salão e chamava todo mundo de "benzinho". Às vezes, quase na hora de fechar, a Sra. Singh saía lá de dentro e vinha para o salão com seu sári, havia sempre uma longa trança caindo solitária pelas suas costas. Ela enchia nossas xícaras de café, perguntava como ia nossa mãe ou como estavam as coisas no novo trabalho. A filha agora morava fora da cidade, e a Sra. Singh era famosa por reclamar que ia ficar muito velha para curtir os netos se eles não viessem logo.

Alguns dias antes, Ty tinha perguntado se podia ir até a cozinha dar uma palavra com o Sr. Singh, mas foi a esposa quem veio do escritório para conversar com o filho de Jim Ralsey. Os Singh conheciam a família Ralsey havia anos. Foram o Sr. e a Sra. Ralsey que os ajudaram a contratar o seguro para seu negócio. Depois da conversa, Ty contou que a Sra. Singh havia liberado o encontro no restaurante depois do horário, desde que as cortinas ficassem fechadas.

Naquela noite de quarta-feira, todas as enfermeiras da clínica apareceram; de alguma forma, Alicia as convencera. Eu não sabia muito bem se ela tinha feito aquilo por culpa ou lealdade, mas fiquei grata pela ajuda. Juntamos as mesas e organizamos as cadeiras. Como prova da minha solidariedade, pedi à traidora safada da Val para se sentar ao meu lado, na cabeceira da mesa. Eu ainda estava irritada, mas sabia que não ia conseguir nada se ela não embarcasse na ideia.

— Obrigada por virem. Sei que todas têm jantar para fazer e crianças para colocar na cama.

A porta da cozinha se abriu e o Sr. Singh apareceu. Por um momento ficou lá em pé, parado, como se não tivesse ideia de quem eram essas pessoas e o que estavam fazendo ali. Três linhas marcavam o meio de sua testa com certa determinação. Ele enfim anunciou:

— Fiz um chá. Tyrell, pode me ajudar a trazer?

— Sim, senhor.

Depois que eles saíram, respirei fundo e comecei a falar com as mulheres.

— Como vocês sabem, existe um processo judicial correndo no tribunal federal do Alabama contra o governo americano. O advogado, Lou Feldman, entrou com uma ação coletiva em nome de todas as mulheres que foram alvo de esterilizações coercivas por clínicas subsidiadas pelo governo federal.

Parei de falar por um momento e as examinei. Fiona, Lori, Margaret. Tinham acabado de sair da faculdade de enfermagem, assim como eu. Em seus rostos, uma mistura de medo e nervosismo. Fiona não parava de olhar para as persianas de vinil fechadas. Lori não sabia dirigir, então nunca fazia visitas domiciliares. Ficava na clínica o dia inteiro e sua prioridade era atender as pacientes que chegavam sem ter horário marcado. Ela tinha um queixo duplo e piscava muito os olhos. Margaret mascava chiclete o tempo inteiro – um hábito que a Sra. Seager odiava – e já tinha levado duas advertências por causa disso. Ela mascava com vontade naquele momento, estourando o chiclete atrás dos dentes.

E então havia Liz e Gina. Eram mais novas do que Val, mas mais velhas que o resto de nós. Eram as que estavam havia mais tempo na clínica. Embora tenha sido Val a acompanhar a Sra. Seager no dia em que as meninas Williams foram esterilizadas, eu tinha certeza de que Liz e Gina sabiam de tudo. Era impossível que estivessem trabalhando para a Sra. Seager havia tanto tempo sem participar de uma boa cota de cirurgias.

Ty voltou e colocou sobre a mesa uma bandeja com xícaras enfiadas uma dentro da outra. O cheiro de canela emanava do bule de porcelana. Alicia foi distribuindo as xícaras. O clima era de tensão ao redor da mesa enquanto esperávamos Ty servir o chá.

Continuei.

— Sei que a Sra. Seager não está mais na clínica. Já contrataram alguém para substituí-la?

— Por que a gente devia te contar? Você foi demitida – disse Gina. – Eu só estou aqui porque Alicia pediu.

— Contrataram, sim – respondeu Liz. – Uma mulher negra. Começou esta semana.

— Qual o nome dela? – perguntei.

Ninguém disse nada. Elas não confiavam em mim. Aos olhos delas, eu era a traidora.

— O nome dela é Sra. Parr – disse Liz. – Por que está perguntando? Não vamos colocar ela no meio disso, não é? Ela não teve nada a ver com a história.

Balancei a cabeça.

— Quero começar dizendo que não vou pedir que façam nada que vá arriscar seus empregos.

— Arriscar nossos empregos? – interrompeu Val. – Achei que estávamos aqui pra falar sobre como podemos ajudar as meninas. Como podemos consertar isso.

— Estamos – afirmei. – Se ajudarmos com o processo de Lou, vamos conseguir ajudar as meninas.

— Processo? Não somos advogadas.

— Achei que só queria que a gente mandasse umas roupas pras meninas, essas coisas.

— Por que estamos aqui?

— Está vendo, esse é o seu problema. Você não cuida da própria vida.

— Falei pra vocês que a gente não devia ter vindo.

— Meninas, meninas – chamei, espalmando as mãos na minha frente. – Só me escutem.

Val afastou a xícara de chá.

— Olha aqui, Civil. Eu me sinto péssima pelo que aconteceu com aquelas garotas. Se eu pudesse voltar no tempo, teria mandado a Sra. Seager ir se ferrar. Elas eram muito novas. Eu sei disso, e foi por isso que concordei com esse encontro. Não tem um dia que eu não reze a Deus para Ele me perdoar pelo que fiz. Não sei o que eu estava pensando.

Ela começou a chorar. Aquelas lágrimas me surpreenderam. Ela não parecia ser do tipo que chorava.

Alicia chegou a cadeira para mais perto de Val e a abraçou. Outra pessoa começou a fungar. Todas nós compartilhávamos aquele fardo. Todas tínhamos nos submetido à autoridade da clínica. Todas tínhamos obedecido a ordens.

— Eu fui com ela uma vez – disse Liz. – Uma menina de dezesseis anos com quatro filhos. Achei que estávamos fazendo a coisa certa.

— Eu estive em cinco cirurgias – contou Gina.

Cinco? Eu precisava interromper essa torrente de confissões antes que todo mundo desmoronasse ali. Antes que eu desmoronasse.

— Lou está construindo um argumento alegando coerção. Explicando como essas mulheres não conseguem tomar uma decisão informada quando o governo basicamente toma conta de toda a sua vida. Nós também fomos coagidas. Por uma figura de autoridade que tinha o respaldo do governo americano. Mas agora precisamos nos perdoar e fazer alguma coisa a respeito.

— Você não foi – disse Margaret, estourando o chiclete e bebendo chá ao mesmo tempo. – Você tentou ajudar aquela família, Civil. Ouvi dizer que até conseguiu um apartamento pra eles.

— Não, Margaret. Eu também sou parte do problema. Eu entrei na vida deles e tomei decisões que não deviam ser minhas. Claro, eu tinha boas intenções, mas a Sra. Seager também. Todas nós tínhamos.

Eu não tinha refletido muito bem sobre essa parte. As palavras simplesmente saíram da minha boca.

— Aquela mulher é cruel – disse Gina.

— Com certeza.

— Ei. – Eu esbarrei sem querer na mesa, e as xícaras tilintaram. O barulho chamou a atenção delas. – Querem ajudar a consertar as coisas? Me ajudem a ajudar Lou.

A expressão no rosto de Val voltou a ficar séria. Ela tinha se recomposto.

— O que podemos fazer? – perguntou ela.

— Vamos entregar a ele provas de que foram feitas esterilizações em menores de idade no Alabama. Há outras clínicas subsidiadas pelo governo por todo o estado.

— Por todo o estado? – sussurrou Lori. – Como é que vamos descobrir o que está acontecendo no resto do estado?

— Tenho três filhos e um marido com dois empregos. Minha mãe teve que vir ficar com meus filhos só pra eu conseguir estar aqui hoje – disse Liz.

— Você sabe que não sei dirigir – acrescentou Lori.

Fiz um sinal para elas se calarem.

— Nós somos oito. Temos telefones e sabemos escrever bem. Temos amigos e família por todo o estado, de Huntsville a Mobile. Liguem para seus primos, tias, tios. Se conhecerem pessoas brancas que sabem que vão ouvir, entrem em contato com elas e peçam ajuda. Perguntem por aí. Envolvam a igreja. O caso está no noticiário nacional e todo mundo sabe que vocês trabalham na clínica onde tudo aconteceu. Não precisam se esconder.

— Mas por que aquele advogado branco não pode fazer tudo isso? Por que a gente? – indagou Gina.

— Ele está trabalhando nisso também. E, sim, podíamos deixar tudo nas mãos dele. Mas vocês não querem uma chance de se redimir? Não querem participar e ajudar a colocar as coisas no lugar?

Eu esperava que elas não me perguntassem se Lou sabia desse plano, porque ele não sabia. Esperei que todo mundo bebesse um gole do chá, já frio. Minha mão tremia ao levantar a xícara. Ty não dissera uma única palavra. Antes do encontro, tínhamos combinado que eu conduziria a conversa.

Alicia fez as perguntas para mim, mas olhou para Val enquanto falava:

— Como fazemos, Civil? Por onde começamos?

Ty me entregou uma pasta com arquivos. Distribuí os papéis xerocados para elas.

— Fiz uma lista de lugares em todo o estado que recebem dinheiro do governo e têm autorização para realizar cirurgias de esterilização. Também listei os possíveis hospitais em que essas esterilizações estão sendo feitas. Tem telefones, endereços, até os nomes dos diretores.

— Onde foi que conseguiu tudo isso? – perguntou Val, passando o dedo pela lista no papel.

— A lista telefônica. Na biblioteca.

— Quando fizermos a ligação, o que devemos falar? – perguntou Val.

Ela dissera aquilo. Eu ouvi, alto e bom som. *Quando fizermos a ligação.*

— Fale a verdade. Diga quem você é. Seu nome. Fale sobre o seu vínculo com a clínica. Diga que está tentando reunir informações, e aí deixe por isso mesmo. A chave aqui é encontrarmos aliados, outros profissionais de saúde que tenham ouvido falar do caso e queiram ajudar.

Liz pediu uma caneta e Ty colocou diversas Bic azuis sobre a mesa.

— Tenho um ex-namorado que trabalha no departamento de registros médicos no Regional Med, em Anniston – disse ela, pegando uma caneta. – Ele me traiu, então acho que está me devendo uma. Podem riscar esse da lista.

— Meu antigo chefe é médico no principal hospital de Birmingham. Ele coordena um dos departamentos lá. Vai nos ajudar com certeza.

— Meu primo é zelador do Providence, em Mobile. Ele gosta de conversar e conhece todo mundo. Podem deixar esse comigo.

Elas foram rapidamente enumerando suas conexões.

— Lembrem-se – falei. – Não façam nada ilegal nem imoral. Somos enfermeiras, não somos mentirosas. Não precisamos de nomes, só de um número de casos que seja verificável.

Pensei no meu pai, na vez que ele conversou comigo sobre alguns dos fardos de ser um médico de família; sobre como guardar os segredos dos pacientes, os diagnósticos que escondiam de seus entes queridos: câncer, pressão alta, diabetes. Um médico de família de comunidades como a nossa sempre sabia de muita coisa.

— Civil – chamou Val.

— Hum?

— Eu gostaria de fazer uma oração, se não se importar.

— Tudo bem.

Quando embarcamos nessa jornada, tive muito respeito por Val. Ao longo do caminho, esse respeito foi diminuindo. Mas quando todas demos as mãos e fechamos os olhos naquele momento, fiquei comovida com o poder da oração e com a convicção daquela mulher mais velha. Se alguém tivesse espiado por entre as persianas naquela noite, teria visto oito enfermeiras desoladas unindo-se em uma luta que consideravam justa.

34.

O julgamento não tinha nem começado, mas a imprensa já chegava aos borbotões. Como papai bem observou, não havia tantos jornalistas em Montgomery desde a manifestação em Selma, oito anos antes. Duas vans tinham acampado na rua que passava por Dixie Court. Era bom que a família Williams não tivesse telefone, porque o pessoal dos jornais parecia ter conseguido o telefone de todo mundo. Meu pai deixava o nosso fora do gancho durante a noite, depois que chegava em casa. Dizia a todo mundo que, se precisasse falar com ele, ligasse para Glenda. Numa noite, eu estava saindo do salão de beleza e o *flash* de uma câmera estourou na minha cara de repente.

Na igreja, o pastor deu um sermão sobre "problemas desnecessários". Pode ter sido a minha imaginação, mas eu podia jurar que ele passou o tempo inteiro olhando para mim. Ele falou sobre deixar que Deus assumisse as nossas batalhas, sobre esperar pelo Senhor. Depois do culto, um dos membros da igreja perguntou a mamãe se eu ganharia algum dinheiro com o caso. Antes que ela pudesse responder, uma mulher vestida de vermelho dos pés à cabeça passou por ali e disse:

— Aquele advogado branco provavelmente vai levar todo o dinheiro.

Aquele diálogo incomodou minha mãe, e no caminho para casa ela me perguntou se aquilo era verdade.

— Lou está tentando mudar a lei, mãe. Depois, as meninas podem processar pelos danos que sofreram.

— Qual é a motivação dele? – ela tirou uma das luvas de renda branca.

— Acho que está fazendo por convicção.

— Bom, suponho que isso não seja impossível mesmo – disse ela, com a voz serena.

— Me surpreende que esteja acreditando nessas fofocas, mamãe.

— Só estou perguntando. Não precisa ficar tão na defensiva. Aliás, você precisa começar a procurar outro emprego. Ou ir trabalhar no consultório do seu pai.

— Estou procurando emprego, mãe.

— Se inscreveu para alguma coisa?

— Bom, ainda não. Não posso simplesmente entrar em qualquer lugar e preencher uma ficha de inscrição.

— Por que não?

— Porque meu nome está em todos os jornais. Além disso, as vagas para enfermeiras não são divulgadas nos jornais.

— Na verdade, são sim. Se não conseguir nada lá no St. Jude, pode ver se as escolas estão contratando. Talvez você possa ser enfermeira escolar, já que de repente parece tão interessada em crianças.

— O que está querendo dizer?

Ela não respondeu e eu não insisti. Acho que eu podia de fato me inscrever para trabalhar em um hospital. No momento em que vi aquelas meninas deitadas na cama sem analgésicos, fiquei pensando se haveria lugar para mim em um hospital, oferecendo aos pacientes aquele cuidado extra que os médicos nem se davam o trabalho de ter.

Mamãe estacionou na garagem de casa.

— Parece que tinha alguém seguindo a gente.

O homem estacionou o Ford azul debaixo da sombra de uma árvore e então desligou o caro. Só consegui ver um chapéu.

— É muita ousadia. Em pleno domingo – falei.

— Você está bem? – perguntou ela, quando entramos em casa.

— Vou trocar de roupa. E vou sair para encontrar com Ty. Não se esqueça de trancar tudo quando for para o galpão.

Ty tinha me pedido para encontrá-lo na frente do escritório de Lou naquela tarde. Ele queria estar junto quando eu contasse ao advogado como as enfermeiras estavam planejando ajudar. Fiquei de olho no retrovisor durante todo o caminho. Papai tinha me ensinado a dirigir devagar, para que a polícia nunca tivesse motivo para me importunar. Quando cheguei ao escritório de Lou, eu estava com os nervos à flor da pele.

— O que houve com você? Está tudo bem?

Ty estava parado ao lado do carro de seu pai. Estávamos no fim de agosto e a umidade era sufocante. Ele usava uma camisa social aberta no pescoço, e o sol refletia em seus óculos escuros. Tentei não me lembrar do calor que sentia quando ele me abraçava, do cheiro dele. Agradeci que estivesse de óculos escuros. Assim também não precisava olhar nos olhos dele.

— Um cara seguiu minha mãe e eu quando saímos da igreja hoje de manhã.

Ele me segurou pelo braço.

— Vamos lá.

Subimos as escadas até o escritório. A porta estava aberta. Havia um copo de *milk-shake* na beira da mesa de Lou.

— Alguém seguiu a Civil da igreja até em casa hoje. Ela está meio assustada.

Lou arrumou as cadeiras.

— Você está bem?

Eu assenti.

— São jornalistas, certo? – perguntei.

— O que mais seriam? Eu dei algumas entrevistas ontem. Eles vão escrever as matérias de qualquer forma, então imaginei que fosse melhor contar o nosso lado também. Mas, Civil, não precisa falar com eles. E você sempre pode andar até o carro, e dizer a eles que não vai dar nenhuma declaração e que estão perdendo tempo.

Fiz que sim com um gesto. Lou não entendeu que meu medo era justamente que eles não fossem jornalistas.

— Então, como vai o caso?

— Imagino que já tenham ouvido falar do juiz Frank Johnson.

Todos nós conhecíamos o juiz Frank Johnson. Ele era o chefe do tribunal federal no distrito do Alabama, o juiz que tinha decretado o fim do boicote aos ônibus de Montgomery. Ele também era o juiz que tinha decidido a favor do nosso direito de voto depois da manifestação em Selma. Ele já era uma lenda viva no Alabama.

— Ele vai ser o juiz do caso? – perguntei.

— Infelizmente, não. – Lou soltou um suspiro. – É outro. Juiz Eric Blount.

— Não conheço ele.

— É, bom, ele não é nada como Frank Johnson. Vamos ter uma batalha árdua pela frente. No ano passado, Blount estabeleceu uma regra que barrava jurados negros de integrarem a junta em um caso que ele estava presidindo.

— Sob que argumento?

— Bom, como você sabe, os membros do júri costumam passar muito tempo juntos no decorrer de um julgamento. O argumento do juiz Blount era que, como os jurados brancos não estavam acostumados a fazer refeições com negros, eles ficariam desconfortáveis quando tivessem que almoçar juntos para discutir o caso.

— Então ele é um reacionário – afirmou Ty.

— É um segregacionista, para dizer o mínimo – acrescentei.

— Estamos sendo generosos.

— Digamos apenas que não é o juiz mais amigável para termos neste caso – disse Lou.

— Nem vem com essa, Lou. Vamos falar logo com todas as letras: ele vai decidir contra as meninas – lamentei.

— Não podemos afirmar isso. Além do mais, talvez não tenhamos escolha, Civil. Eu não tenho fundamentos para contestar.

— Que tal contestar dizendo que ele é um racista?

Andei até a janela e encostei a testa no vidro. Não vi o sedan azul. Um casal usando roupas de domingo caminhava por ali. O homem parou para secar a testa com um lenço e olhou para mim pela janela. Aquele casal podia muito bem estar espionando o escritório de Lou, monitorando suas atividades. Talvez não estivessem indo à igreja. Agora que o caso era federal e Lou estava processando o governo, era possível que tivéssemos atraído a atenção do FBI.

Ty insistiu para que Lou continuasse.

— Mas então por que você falou de Johnson?

— Wyatt *vs.* Alderholt.

— Qual é esse?

— Foi um caso decidido pelo juiz Johnson no ano passado, o veredicto invalidou uma antiga lei eugenista dos anos 1930.

Eugenista? Por que eu não pensei naquela palavra antes? Tinha aprendido a respeito uma vez na aula de ética.

— Eugenista – repetiu Ty. – Tipo seleção de genes.

— Em 1919, trinta e três estados estabeleceram um estatuto de esterilizações – continuou Lou. – Mas no Alabama os legisladores nunca embarcaram na ideia. Aqui não fomos tão longe quanto foram alguns outros estados.

— Por quê? – perguntou Ty.

Lou deu de ombros.

— Não sei. Eu pensaria duas vezes antes de dizer que foi por razões morais, mas pode ter sido. Os eugenistas nunca tiveram apoio suficiente por aqui para emplacar alguma lei dessas.

— Então a ideia era... nos impedir de ter filhos porque éramos inferiores? – falei, num sussurro.

— Bom, as ideias normalmente tinham como alvo algumas populações específicas, entre elas os negros, sim. Mas também os pobres, deficientes, loucos.

— Então foi por isso que a Sra. Seager foi atrás de India.

Eu já tinha chorado o que havia para chorar, mas aquela nova compreensão do que tinham feito servira para abrir novamente minha ferida. Por que eu não tinha pensado nisso antes? A Sra. Seager provavelmente colocava as meninas em três daquelas categorias absurdas: pobres, negras e mentalmente inadequadas. Será que eu tinha feito o mesmo? Inicialmente, eu também as julgara inadequadas para serem mães. Porque eram pobres e negras. Porque eram muito novas. Porque eram analfabetas. A vergonha fazia minha cabeça girar.

— Os pobres brancos também eram alvo? – perguntou Ty.

Lou assentiu.

— Em 1927, a Suprema Corte dos Estados Unidos decidiu que a esterilização compulsória de pessoas consideradas inadequadas era constitucional. Pessoas internadas em manicômios por todo o país foram esterilizadas.

— Eu nunca soube disso – falou Ty.

— Nem eu, antes de começar a pesquisar.

— Então o que exatamente o juiz Johnson decidiu? – indagou Ty.

— Ele rejeitou o estatuto do caso Wyatt *vs.* Alderholt. No Alabama, os deputados aprovaram uma lei que determinava a esterilização de todas as pessoas que estivessem num manicômio.

Lou reorganizou uma pilha de papéis. Parecia que, assim como nós, ele ainda estava ordenando tudo dentro de sua cabeça, tentando encaixar as peças.

— Lou, escuta – sussurrei. – Nós temos que te ajudar.

— Não precisa. Uma firma de advocacia local concordou em me ceder alguns funcionários.

— Podia ter pedido para a minha mãe – disse Ty.

— Sua mãe tem me ajudado. É pra ela que ligo quando empaco em alguma coisa, e ela me ajuda a decidir o que fazer em seguida. Isso não vai mudar.

— Todo mundo continua achando que você está ficando rico com esse caso – falei. – Ah, se eles soubessem.

Ty e Lou deram uma risada, mas eu não estava nesse clima.

— Eu sei digitar – menti.

— Tenho certeza que sabe.

— Deixe a gente ajudar.

— Civil.

Eu precisava ter um papel em acabar com aquilo tudo. Precisava fazer parte e ajudar a consertar o problema.

— E as meninas Williams vão ganhar alguma coisa na ação de danos morais? Todo mundo me pergunta isso – disse Ty.

— Primeiro temos que ganhar esse processo. É isso que vai conceder a elas direito de defesa e justiça. Também vai gerar uma boa atenção. Quando isso acabar, aí poderemos focar na compensação. Sim, eu espero que essas meninas nunca mais precisem se preocupar com dinheiro na vida.

Lou era talentoso e maduro, então por isso às vezes era tão fácil esquecer que, de certa forma, ele era tão ingênuo quanto o resto de nós.

35.

Alguém tinha finalmente providenciado a instalação de equipamentos no parquinho de Dixie Court. Mace e eu estávamos sentados na beira do gira-gira. Quem o instalara tinha esquecido de lubrificar a engrenagem do meio, então ele rangia ao girar. Mace firmou bem os pés no chão. De vez em quando, ele movia o brinquedo para a frente e para trás com os dedos, e ouvia-se um barulho bem de leve. Ficamos sentados ali, olhando o sol desaparecer no horizonte.

— O que eu tenho que falar pra esse pessoal de jornal? Quase sempre eu nem entendo o que estão falando.

— Diga "bom dia" e continue andando – sugeri. – E aí é só falar "sem comentários".

— Sem comentários? O que significa isso?

— Significa que não tem nada a dizer a eles.

Ele respirou fundo e devagar. Embora tivessem instalado os equipamentos novos, a única lâmpada do parquinho não funcionava, então normalmente as crianças iam embora quando começava a anoitecer. Estávamos sozinhos, iluminados apenas pelas luzes das janelas dos apartamentos, embora o rosto de Mace estivesse completamente escondido na sombra.

— Alguma vez já desejou que nunca tivéssemos entrado com o processo? – perguntei a ele.

— Como assim?

— Você não escolheria que eu tivesse deixado isso pra lá e não tivesse causado toda essa confusão, se pudesse?

Eu tinha vindo visitar as meninas, mas elas estavam jantando, e Mace me pediu para sair e dar uma volta com ele. Chegamos só até o gira-gira. Não tínhamos conversado muito desde que voltamos de Washington, e eu não tivera a chance de perguntar o que ele tinha achado de falar diante do Congresso.

— A única coisa que eu escolheria era que nunca tivessem mutilado minhas meninas. Pergunto a Deus o tempo todo por que isso aconteceu. O que eu fiz errado. Talvez eu devesse ter arranjado uma nova esposa. Talvez, se elas tivessem uma mãe, isso não aconteceria.

Estremeci quando ele disse aquilo. Eu teria tentado ser uma mãe para elas. Tinha tentado fazer o que a esposa dele faria.

— Desculpa – disse ele.

— Por que está se desculpando?

— Porque isso magoou você, não foi?

Ele colocou a mão na minha nuca. Tentei relaxar sob seu toque, mas não consegui. Ele estava pensando em Constance, não em mim. Havia luto naquele toque, e eu conseguia percebê-lo.

— Você tentou, Civil. Eu sei que tentou...

Tirei gentilmente a mão dele do meu pescoço.

— Vocês não vão ganhar nenhum dinheiro com essa ação. Vão passar por tudo isso e não vão levar um centavo. Pelo menos não agora.

— As meninas vão ter que contar a história delas para o juiz?

— Não. Lou tem uma declaração juramentada delas. É tudo que ele precisa.

— Bom, é só com elas que me preocupo. Só quero que possam ir pra escola e serem crianças normais.

Eu assenti.

— Vi a foto da sua mulher uma vez. No seu quarto. Sei que eu não devia ter entrado lá.

Eu estava saindo do quarto das meninas nesse dia e notei que a porta do quarto de Mace tinha ficado aberta. Me surpreendia que a Sra. Williams estivesse mantendo o apartamento tão arrumado, principalmente dada a desordem que era aquele barraco na fazenda. Por outro lado, o quarto de Mace era a prova de que parte daquela bagunça era culpa dele. Coisas espalhadas por todo lado. Roupas. Uma pilha de sapatos. Cueca suja no canto. Eu chutei uma meia enrolada ao entrar. Ele só tinha uma cama e uma escrivaninha. Sem cômoda. Sem espelho. Mesmo no apartamento, ele ainda era um homem de hábitos simples quanto à própria aparência. Amarrar um durag na cabeça à noite. Banho rápido de manhã. Fazer a barba. Escovar os dentes.

Eu comecei a arrumar tudo, fiz a cama e catei alguns itens espalhados, até que percebi uma coisa em cima da escrivaninha. Uma pequena foto numa moldura prateada. A moldura estava descascando e dava para ver o preto por baixo da tinta prateada. Peguei. Só podia ser Constance, a mãe das meninas. Nunca a tinha visto. Covinhas. Um rosto largo com os olhos delimitados por órbitas escuras. Um rosto gentil, do tipo que minha mãe teria chamado de rústico, mas eu diria facilmente que era lindo. Dava para entender por que a família estava um caco quando os encontrei. A mulher parecia praticamente um anjo.

Ele deu um chute e o brinquedo girou, fazendo barulho.

— Desculpa. É só porque eu queria dizer... ela era linda.

— Você não tinha o direito.

— Já pedi desculpas.

— Não pode simplesmente sair entrando e passando por cima de tudo assim na vida de uma pessoa. Não pode fazer isso. – Ele colocou o pé no chão de novo, fazendo o brinquedo parar.

— Quer que eu vá embora?

— Eu quero que você fique.

Ele tocou meu cabelo de novo. Eu já tinha suado e desmanchado qualquer que fosse o penteado daquele dia, mas o homem me fez sentir como se eu estivesse linda e com uma maquiagem intacta. Seu rosto estava cheio de... admiração.

— Vejo você olhando pras minhas meninas, e sei que luta como se fosse uma onça quando alguém mexe com elas. Você é boa com a minha mãe. E ela mudou desde que você apareceu. Arruma a casa. Até passa as roupas dela. A gente nunca nem teve ferro naquela fazenda!

Ficamos em silêncio. Ele começou a assobiar em meio aos dentes.

— Que melodia é essa?

— Dizem que meu pai cantava enquanto trabalhava – respondeu ele. – Dizem que os pássaros paravam pra ouvir.

— Você se lembra dele?

— Na verdade, não.

— Mas ouviu essa melodia em algum lugar.

— Com certeza.

— Não se lembra de nada sobre ele?

Ele colocou um dedo sobre os lábios.

— Shh. Lá vem você passando por cima de tudo de novo. Para de fazer tantas perguntas. Eu não sou um caso que precisa resolver.

— É assim que acha que vejo você?

— Eu não sei como você me vê. Mulher, você me bagunça todo por dentro.

Eu me levantei.

— Preciso ir embora.

Daquele seu jeito despreocupado, Mace recostou, apoiando-se nos cotovelos. Era demais para mim até mesmo olhar para ele. A camisa estava aberta na altura do pescoço e eu não conseguia desviar meus olhos de sua clavícula.

— Você reprime um monte de coisa aí, não é? – disse ele, em um tom tão suave que quase não o ouvi.

Não olhei para trás ao atravessar o parquinho. Fiquei agradecida que a luz não estivesse funcionando, porque sabia que ele me observava.

Alicia ligou e deixou uma mensagem urgente com Glenda porque nosso telefone estava fora do gancho. Eu tinha combinado de encontrar as enfermeiras de manhã bem cedo na sexta-feira, antes do início do expediente na clínica. Quando cheguei, elas estavam reunidas na varanda. Estacionei meu carro e, ao caminhar na direção delas, pude ouvir os murmúrios. Parei no meio do caminho.

— Por favor, não me digam que é mais uma notícia ruim – falei.

Alicia se virou para mim. As outras também olharam para mim e dava para sentir que havia alguma coisa errada. Algumas estavam de uniforme, outras não. Gina e Lori se sentaram nos degraus da varanda. As outras ficaram em pé.

— Venha até aqui, Civil – disse Val.

Meus pés estavam pesados como tijolos. Eu não ia aguentar ouvir que outra criança tinha sido esterilizada. Tinha certeza de que a Sra. Parr não teria autorizado isso. A Sra. Seager não estava mais lá. As coisas teoricamente estavam melhores.

Alicia estendeu a mão. Eu respirei fundo e me aproximei da varanda. Alicia olhou para as outras antes de começar a falar.

— Civil, as enfermeiras descobriram algumas coisas desde a última vez que conversamos.

— Tudo bem. Isso foi rápido – falei, pois haviam se passado apenas duas semanas. Eu me apoiei no corrimão para me manter firme. – Então, o que foi? Algo que Lou possa usar?

— Civil. – A voz de Val era um sussurro. – Civil.

— O que foi?

— Foram onze.

— Onze o quê?

— Onze meninas esterilizadas nos últimos três anos.

— Como assim? Onze meninas esterilizadas? No Alabama?

— Não. – Alicia levantou a voz. – Onze só nesta clínica!

Algumas mulheres começaram a chorar. Ouvi uma delas soluçando, com dificuldade para respirar, mas não sabia qual.

— O que está dizendo? Por que não me contaram isso antes?

— Sinto muito. Eu só estava no dia das meninas Williams. Eu juro perante Deus – disse Val.

— Eu nunca estive presente numa coisa dessas – afirmou outra.

— Esse número não pode estar certo. – Senti as lágrimas arderem em meus olhos.

— Eu estava lá. – Gina deu um passo à frente. – Eu estava lá em duas delas.

— Ah, meu Deus. – Eu mal conseguia ficar em pé.

Alicia veio em minha direção.

— Venha aqui, sente – disse ela, e eu me joguei sobre os degraus.

Eu ouvia os soluços das enfermeiras e tentava bloquear o som nos meus ouvidos. Precisava ficar forte. Não podia desmoronar diante daquela notícia.

— Isso é mais uma prova de que precisamos reunir informações. Se isso aconteceu só na nossa pequena clínica, imaginem no resto do estado? Há meninas sendo esterilizadas em outros lugares do Alabama? Se sim, quantas? Onde exatamente está acontecendo? Quem está autorizando tudo isso?

Alicia puxou minha cabeça para seu peito e eu cedi, mas continuei falando.

— Estão me ouvindo? Temos um trabalho a fazer. Não temos tempo para ficar chorando. Precisamos salvá-las. Precisamos salvar todas elas.

36.
Montgomery
2016

No fim do nosso almoço, Lou me conta que alguns anos atrás viu no *Montgomery Advertiser* o obituário de Linda Seager. Ele não se lembra do ano. Paro na biblioteca pública e encontro facilmente o nome dela ao buscar os arquivos digitais.

A Sra. Linda Seager, de 85 anos, morreu em paz em sua casa, cercada pela família. Deixa quatro filhas, dois genros, onze netos e quatro bisnetos.

Cercada pela família. Eu me pergunto se suas filhas e netos sabem de alguma coisa sobre seu passado, se sabem qual foi o papel dela no escândalo Williams. Faço mais uma busca *online* e encontro as filhas. Uma trabalha como fisioterapeuta na Universidade do Alabama, em Tuscaloosa. A outra mora na cidade. É enfermeira. Eugenia Wooten. Quando volto para o carro, ligo para o hospital e eles me transferem para o setor das enfermeiras no andar da oncologia. "Sinto muito, a Sra. Wooten está no almoço." Desligo e fico sentada ali por alguns minutos, trêmula. Sei que o hospital fica a poucos minutos de carro da livraria, mas não ligo a ignição. Tento pensar no que vou dizer a ela. Não estava em meus planos visitar a Sra. Seager nem nenhum de seus parentes. Mas quando Lou tocou no assunto, eu soube que tinha que ver um deles.

Quando chego ao hospital ainda não sei o que pretendo dizer. Um velho ressentimento toma conta de mim, e percebo que ainda estou indignada com a ideia de que aquela mulher se livrou de tudo depois que Lou retirou a ação contra a clínica. Sim, ela perdeu o emprego, mas tenho certeza de que arranjou outro. Eu a imagino voltando para casa todos os dias, preparando o jantar para a família, assistindo à televisão e colocando bobes no cabelo antes de dormir.

Eugenia Wooten está atrás do balcão quando me aproximo. Eu a identifico imediatamente, antes mesmo de ler o nome no crachá. Ela é igualzinha à mãe, o mesmo cabelo ruivo luminoso. Mas seu rosto é mais suave, mais redondo. A mulher abre um sorriso radiante para mim.

— Posso ajudar?

Coloco as mãos sobre o balcão. Não tem mais ninguém no setor com ela. O hospital tem o mesmo cheiro de todos os outros – ligeiramente amargo, um odor antisséptico. Já estive diversas vezes em diferentes versões do andar da oncologia. É diferente dos outros andares: tons de vozes mais baixos, familiares mais tensos. O trabalho é lúgubre, e o ambiente reflete isso. O comportamento da Sra. Wooten destoa de toda aquela seriedade. Fico desconcertada diante dela. Ela não é o que eu esperava.

— Meu nome é Civil Townsend.

— Tem algum ente querido neste andar, Sra. Townsend?

Ela olha para mim com curiosidade. Eu reúno toda a minha coragem, impulsionada pelo ambiente familiar do hospital.

— Eu trabalhei na Clínica de Planejamento Familiar de Montgomery – digo. – Em 1973. Com a sua mãe. Eu era a enfermeira das irmãs Williams.

A expressão em seu rosto muda completamente. O sorriso desaparece, e isso já é uma resposta à minha primeira pergunta. Ela sabe de tudo. Suas mãos se movem devagar até a boca, e vejo que suas unhas não estão pintadas. São curtinhas e limpas, do jeito que a mãe dela exigia de nós. Primeiro ela aperta tanto os olhos que as pálpebras se enrugam, e então os abre e começa a sair devagar de trás do balcão, abrindo a pequena porta.

Olho para ela e cruzo os braços sobre o peito. Ela chega mais perto e coloca a mão sobre meu antebraço.

— Eu saio às sete. Estou no turno de doze horas hoje. Pode me encontrar depois do trabalho? Quero muito conversar com você.

Eu relaxo e solto os braços.

— É o seu horário de ir para casa. Não quero...

— Quis encontrar você tantas vezes ao longo desses anos, Sra. Townsend. Por favor. Pode me encontrar na cantina lá embaixo?

— Tudo bem – respondo. – Por volta das sete?

— Isso, perfeito. Vejo você lá.

Nós nos olhamos com certa desconfiança, mas, por ora, estou aliviada.

Quando ela chega à cantina, já tinha bebido três xícaras de café fraco. Peguei uma mesa ao lado da janela, perto o suficiente da entrada para que ela me veja. Do lado de fora, há um jardim com dois bancos de pedra e cinzeiros espalhados. A cantina é muito quente e tem um cheiro doce, como de *ketchup*. O jantar está sendo servido, mas não estou com fome, e não conseguiria comer mesmo se estivesse.

Eugenia Wooten entra carregando uma bolsa grande no ombro. Tirou o uniforme e trocou-o por uma roupa casual – calças jeans e uma camisa cinza básica de gola redonda. Quando me vê, ela abre outro enorme sorriso. Senta e se desculpa por ter demorado mais do que imaginava. Aceito as desculpas e a examino. Suas sobrancelhas são naturais e um tanto rebeldes. Há marcas de óculos dos dois lados do nariz. Os ombros são cobertos de sardas suaves.

— Você ainda mora em Montgomery? – pergunta ela, enquanto pendura a bolsa na cadeira.

— Não mais. Já faz alguns anos que moro em Memphis.

Ela assente.

— Ainda é enfermeira?

— Médica.

— Ah, é? De que especialidade?

— Sou obstetra e ginecologista.

— Faz sentido.

— Sério? Por quê?

Eugenia faz uma pausa e eu me arrependo de ter usado um tom confrontador. Tento mudar levemente de assunto.

— Está com fome?

— Estou muito nervosa pra comer – confessa ela.

— Eu também.

Não tenho nada para fazer com as mãos. Minha xícara de café está vazia. Eu pego e bebo um gole de nada.

— Como estão? A família Williams. Eles estão bem?

Não sei como responder a essa pergunta. Parece tão complicada pelo modo como ela a formulou. Pode ser que esteja indagando se estão vivos ou mortos. Ou ela pode estar perguntando se superaram o trauma. De qualquer forma, parece uma pergunta muito carregada.

— India está com câncer. Ela mora em Rockford. Estou a caminho de lá.

— Ah, Deus. – Ela pisca os olhos rapidamente. – Sabe, minha mãe nunca quis tocar nesse assunto. Eu sabia, é claro. Assim como minhas irmãs. Mas nunca contamos aos nossos filhos. Até que uma das netas da minha irmã descobriu a história na internet. A menina tinha treze anos e ficou irada conosco por nunca termos contado sobre aquilo. Ela e aquele narizinho enxerido dela. – Eugenia sacode a cabeça, como se dissesse *essas crianças*.

Treze. A mesma idade de Erica quando teve suas trompas ligadas.

— E aí vocês contaram para todos os filhos?

— Não. Digo, não para todos. Dra. Townsend, foi tudo tão horrível.

— Sim, foi mesmo.

— Afinal, minha mãe estava tentando fazer a coisa certa, não é? Foi nisso que eu sempre quis acreditar. É por isso que sempre quis entrar em contato com você. Queria perguntar. Você conseguiu perdoá-la?

— Perdoar quem? A sua mãe?

— Sim.

— N-não – respondo, gaguejando. – Pra dizer a verdade, não.

— Minha mãe não era membro da KKK nem nada assim. Não era confederada nem escravista. Era só uma enfermeira tentando fazer a coisa certa numa época difícil. Quer dizer, foi no ano do caso Roe *vs.* Wade, pelo amor de Deus.

— Foi.

— Ela não era um monstro, não é? Ela era gentil com as pessoas negras? Quer dizer, ela trabalhava na clínica, afinal de contas.

— Trabalhava.

— Ela não era racista, não é? Por favor, me diga, Dra. Townsend, o que achava dela? Minha mãe era uma racista?

Os olhos da mulher estão desesperados, suplicantes.

Seguro a xícara de café entre os dedos. A mulher parece gentil e quero dar a ela o alívio que tanto deseja. Carreguei esse fardo por tanto tempo, que entendo sua angústia. Estamos unidas por essa tragédia. Por mais que eu tenha carregado essa culpa enorme ao longo dos anos, eu sei, com o discernimento de uma mulher da minha idade, que minha dor não se compara com a que Linda Seager infligiu à própria família.

37.

MONTGOMERY
1973

India e Erica caminharam timidamente na direção da água.

— Venham. Não vou deixar vocês caírem.

A areia branca grudava nos meus pés e uma concha espetou meu dedão. Eu pensava na nossa última ida à praia, quando vi mamãe rindo e rindo sem parar. Essa praia sempre significara algo para a minha família e era onde normalmente minha mãe mais se iluminava. Assim que Mace disse que queria levar as meninas para ver o oceano, eu soube exatamente aonde levá-las.

Mace ainda estava de sapato e meia. Eu não havia convidado ele, mas, quando cheguei para buscar as meninas, o homem veio atrás de nós com uma vara de pescar na mão. No fundo eu devia suspeitar que ele ia querer ir junto, porque pensei o dobro de tempo na hora de escolher uma das três roupas de banho que tinha no armário. Todas me deixavam envergonhada, e no caminho até a casa deles fiquei pensando no quanto eu tinha engordado naquele verão.

India riu, um som bem alto e agudo, e aquele sorriso iluminou seu rosto. Com uma das mãos molhadas segurando a minha, ela usava a outra para se abaixar e pegar água. Paramos de andar quando o mar alcançou a altura das nossas canelas. Uma onda cheia de espuma atingiu nossas pernas e India deu um gritinho. A água estava fria.

— A gente pode molhar o cabelo? – perguntou Erica.

— Se quiserem.

— Vovó vai matar a gente se nos vir de cabelo molhado. Acabamos de fazer escova.

— Não se preocupe com isso.

Quando comecei a vir a essa praia, na minha infância, era de graça. Agora era preciso pagar o guarda do parque. Ele nos dera um pedaço de papel para colocar no painel do carro. Era domingo de manhã, bem no horário do culto, então conseguimos escolher um pedaço silencioso da praia, sem ninguém por perto. Eu tinha trazido três cadeiras, e Mace sentou numa delas, apertando os olhos. A vara de pescar seguia intocada a seu lado.

Cheguei a tirar o shorts, mas ainda estava de camiseta. Meu maiô era azul-escuro com uma estampa floral laranja. Era impossível para uma mulher com o corpo como o meu não mostrar o decote, mas aquele maiô até que me dava um suporte decente. Ainda assim estava com vergonha de tirar a camiseta.

As meninas não tinham roupa de banho, mas isso não as impediu. Já tinham molhado a parte de baixo do shorts com toda aquela jogação de água.

— Cadê seu sutiã, Erica?

— Odeio aquele troço. Não é confortável.

— Não vai ter outra opção em breve.

India se desequilibrou um pouco e ficou em pânico.

— Está tudo bem. Abra os braços para melhorar o equilíbrio.

As duas levantaram os braços como se fossem moinhos de vento. Uma gaivota passou dando um rasante na água bem diante de nós, e depois subiu de novo com um peixe pendurado no bico. Vi que India seguiu o pássaro com o olhar.

— É uma gaivota – falei. – É linda, não é?

India colocou a mão sobre os olhos, criando uma sombra.

— Venham, vamos sentar.

Andamos até a beira da água e nos sentamos, abraçando os joelhos. A água batia no meu pé, o frio se infiltrando entre os dedos. India foi catar conchas. Eu peguei um graveto na areia e escrevi o nome de Erica. E-R-I-C-A.

— Mamãe me ensinou a escrever meu nome. Mas ela escrevia com K.

— Escrevia o quê com K?

— Meu nome.

— Todo mundo escreve seu nome errado, então?

Pensei em todas as vezes que ela tinha sido mencionada nos jornais, nos documentos de inscrição da escola.

Ela deu de ombros.

— Como está na sua certidão de nascimento?

— Não me importo de escrever com C. Pra mim, o outro jeito era só entre eu e minha mãe. E não pra estranhos.

— Mas isso não faz sentido. A gente precisa escrever do jeito certo.

— Eu falei que não quero – protestou ela, e jogou fora o graveto que eu tinha usado para escrever.

— Tudo bem, tudo bem.

Mace tinha razão. Eu precisava aceitar que nenhum deles era um caso que eu precisava resolver. Eu nunca soube que as boas intenções podiam ser tão destrutivas quanto as ruins. Definitivamente, essa era uma família capaz de tomar as próprias decisões.

Os olhos castanhos de Erica reluziam sob a luz do sol. Eu nunca tinha notado que seus olhos eram castanhos. Apenas registrara que não tinham o mesmo tom claro dos olhos do pai.

Uma onda nos atingiu e India se assustou. Erica entregou seu punhado de conchas para a irmã. India pegou e começou a separá-las por cor e tamanho. Influência da irmã LaTarsha, sem dúvida. Era difícil estar perto das meninas sem sentir vontade de compartilhar daquele vínculo. A proximidade que tinham alterava até o ar ao redor delas.

— Vou lá ver como está o pai de vocês.

Erica desenhou letras na areia com o dedo. I-N-D-I-A.

— Viu? Esse é seu nome, India – disse para a irmã.

Mace tinha estendido uma toalha bem longe da água. Quando cheguei perto, vi que estava de olhos fechados.

— Não vai pescar?

— Talvez.

Sentei na cadeira ao lado dele. Meu pai me ensinara a nadar naquele mar. Queria garantir que eu me sentisse confortável dentro das ondas. Ele me carregava até a água ficar na altura de seu peito. Então as ondas vinham e ele pulava. Sua tranquilidade dentro d'água me ensinou que não havia nada a temer. Uma vez ele pegou um punhado de algas e as colocou bem diante do meu nariz. Depois disse: "Está sentindo esse cheiro? Esse é o cheiro do Criador. E o Criador ama você e sua linda pele marrom." Sequei a testa suada. Havia pegadas do papai por toda aquela areia.

— Quando comecei a vir aqui, quando criança, essa era uma praia de cor. Foi batizada em homenagem a um soldado morto na Guerra da Coreia. Rosamond Johnson.

— Praia de cor? – disse Mace.

— Hum, você sabe que os negros vieram da África, onde às vezes fica tão quente, que dá pra fritar um ovo na calçada, certo?

Mace soltou uma risada tão áspera, que ele parecia estar com areia na garganta.

— Por falar em fritura, eu lembro que tinha uma barraquinha aqui onde um homem fritava peixe numa panela na fogueira. E um lugar chamado Clube Sunset Riding.

Seus olhos vasculharam a praia. Claro que não havia mais qualquer sinal da barraca nem do clube.

— Os brancos fecharam tudo. Não ficou nem o rastro de nada. Acho que agora as praias pertencem ao governo.

— Não estou surpreso.

Queria continuar a história e contar a ele que meu avô também fora médico e que tinha sido amigo do dentista que era dono do Clube Sunset Riding. Quando eu era criança, meu pai comprava picolé para mim, e ele ia derretendo e escorrendo pelo meu pulso. Queria compartilhar tudo isso com Mace, mas não conseguia dizer as palavras. Eu me preocupava com como ele ia se sentir. Talvez nem acreditasse em mim. Vir de uma família de médicos era uma realidade a anos-luz de distância do universo dele.

— Uma praia de cor… – sussurrou ele mais uma vez.

Erica se virou para nós e acenou. Mace fez o sinal de paz com os dedos.

— Quero te perguntar uma coisa – disse ele para mim.

Eu me endireitei na cadeira e limpei a areia dos pés.

— Diga.

Ele apertou os olhos na minha direção.

— Acha que é tarde demais pra eu aprender a ler?

— Ler?

Eu tinha escutado bem, mas era a última coisa que eu esperava que ele dissesse.

Mace manteve o olhar focado nas meninas, e eu percebi que estava evitando os meus olhos de propósito. Ele não repetiu.

— Não, nunca é tarde demais. Acho que tem aulas gratuitas na biblioteca.

Ele sacudiu a cabeça.

— Não, não vou na biblioteca.

— Tudo bem – falei, devagar. – Quer que eu encontre alguém para te ensinar?

Pensei na freira que administrava a escola de India. Irmã LaTarsha devia conhecer alguém. E tinha a igreja. Certamente eles tinham algum ministro que fazia esse tipo de trabalho.

— Já encontrei uma pessoa – disse ele.

— Ah, é? Quem?

— Você.

— Não sei fazer isso, Mace. Nunca ensinei ninguém a ler antes. Nem saberia por onde começar. Nem lembro como foi que eu aprendi.

— Deixa pra lá.

— Não, Mace, eu...

— Eu disse pra deixar pra lá.

Ele se levantou e limpou a areia do shorts. Tirou a camisa devagar e então foi andando na direção das meninas. Eu não o vira sem camisa desde aquele dia no casebre e desviei o olhar, depois olhei de novo para ele, e aí desviei mais uma vez.

Pare com isso, Civil. Você está na praia. É isso que os homens fazem na praia. Eles tiram a camisa. Você é a única que está sentada cheia de roupa por cima do maiô.

Mace jogou uma pedra na água com destreza. Lançou outra, e ela quicou duas vezes antes de afundar. Tentei pensar com clareza. Era Mace que era orgulhoso demais para ir até a biblioteca e se confundir todo com as palavras junto com os outros adultos que estariam lá. Era problema dele e não meu. Não era minha responsabilidade ensiná-lo a ler. Eu já tinha feito o suficiente por ele e pela família.

Ele foi até a água junto com India. Só pelo jeito de andar, já dava para ver que estava assustado. Ele não sabia nadar e, no oceano, até mesmo a maré rasinha pode desequilibrar. India puxou a mão dele, como se fosse ela quem estivesse conduzindo uma criança, do mesmo jeito que eu tinha feito com Erica e ela. Estava tão concentrada em puxá-lo, que acabou caindo, mas ele a pegou. "Menina!", ouvi ele gritar. Ela abraçou as pernas dele e ele se inclinou para beijar sua têmpora. India sorriu para ele.

Não havia salva-vidas ali. Se um deles se descuidasse na água, era eu quem teria que salvá-los. E seria uma tarefa quase impossível. Eu já tentara salvá-los tantas vezes. Uma tarefa colossal. Mas saber que era inútil não me impedia. Não podia me impedir.

Abri minha bolsa e peguei a Coca-Cola que tinha trazido. Usei o abridor do chaveiro de Mace para tirar a tampinha e tomei um longo gole.

India segurou a mão do pai e apontou. Algum tipo de animal marinho tinha saltado ali. Talvez tivesse sido um golfinho, mas eu não conseguia enxergar de onde estava sentada. Eu amava aquela família, era simples assim. Resisti à vontade de me juntar a eles. Não eram a minha família. Eles sempre pertenceriam a Constance. Ainda assim, eu os amava.

Eu ia ensiná-lo a ler. Eu ia ajudar Lou com o caso. Eu ia arranjar outro emprego e depois seguir em frente. E então aquela história terminaria de vez. Tinha que terminar.

Pelo menos foi isso que eu disse a mim mesma.

Parte III

38.

Montgomery

1973

O julgamento começou no início de outubro, no tribunal federal de Montgomery, com jurisdição sobre a região central do Alabama. Estava agendado para acontecer na mesma sala onde o juiz Frank Johnson determinara a integração de duas das mais proeminentes escolas de ensino médio totalmente brancas da cidade, onde determinara o fim do boicote aos ônibus ao decidir pela integração dos ônibus da cidade, e onde determinara que a marcha de Selma até Montgomery podia continuar. O prédio ocupava um quarteirão inteiro, com sua arquitetura imponente, que resgatava o estilo renascentista, e marcava bem uma das extremidades da cidade. Não havia dúvida de que o caso Williams tinha ganhado repercussão nacional.

Ao fazer seu discurso de abertura, Lou Feldman não parecia intimidado. Em pé, diante do juiz, ele parecia mais alto. A voz estava mais grave, a sobrancelha franzida. Era o mesmo tipo de transformação que acontecera em Washington, e mais uma vez fiquei impressionada.

Mas, ainda que eu estivesse admirada com seu comportamento, era difícil para mim ouvir Lou dizer que Mace e a mãe tinham sido ludibriados pela Sra. Seager. Sim, era verdade, nenhum dos dois sabia ler, mas aquela descrição que ele fez dos dois como pessoas simples do campo, cuja única prioridade era sobreviver dia após dia, parecia meio falha. Aquelas pessoas eram mais inteligentes do que isso. A Sra. Williams podia colocar um pedaço de torta de batata-doce na boca e dizer exatamente quanto de noz moscada tinha sido usado na receita. Mace podia enfiar o dedo na terra e dizer com precisão o que cresceria ou não ali, e se lembrava dos nomes de árvores que eu nunca nem soubera que existiam. Eles eram muito mais do que camponeses analfabetos, mais do que vítimas enganadas pelo governo federal. Aquela era uma família que, se recebesse outras oportunidades, poderia conquistar muito mais coisas.

Do outro lado da sala, Caspar Weinberger, secretário de Saúde, Educação e Bem-Estar, colocou os cotovelos sobre a mesa. Ele tinha chegado à cidade no dia anterior ao julgamento, e os boatos eram de que estava hospedado no Holiday Inn. Dois dos advogados do governo o ladeavam, um de cada lado, mas eu já tinha dado uma boa olhada em Weinberger no corredor, lá fora. Cabelo escuro que se ondulava para longe do rosto comprido; sobrancelhas bem arqueadas; olhos afundados nas órbitas. Segundo Lou, o homem estava bastante preocupado com o caso e queria saber exatamente quantas crianças tinham sido afetadas. Na outra extremidade da mesa, o outro réu, Alvin Arnett, diretor da Secretaria de Oportunidades Econômicas, olhava com atenção para o juiz. Eu fiquei impressionada com o quão imenso era o abismo que existia entre esses políticos de Washington e os meus amados Williams. Nós respirávamos um ar diferente, caminhávamos por outra estrada.

O público presente no tribunal era escasso. Reconheci dois dos homens da terceira fileira como jornalistas. Faziam anotações num bloquinho retangular. Alguns jovens na última fileira carregavam mochilas que me pareceram algo que estudantes usariam. Duas mulheres com vestidos florais estavam sentadas juntas e cochichavam. Outros três ou quatro indivíduos pareciam ser apenas curiosos. Eu era a única pessoa negra entre eles.

Fiquei ali ouvindo os detalhes técnicos do julgamento e não entendi nem a metade, mas era melhor do que ficar em casa. Durante o intervalo, Lou recusou meu convite para levá-lo para almoçar. Nos dias que se seguiram, acho que ele ficava ao mesmo tempo irritado e animado com a minha presença. Eu sempre me sentava no mesmo lugar, e mais de uma vez, notei que ele procurava por mim ao entrar no tribunal. Eu usava sapatos mocassins e saia, e prendia o cabelo para não chamar muita atenção. Durante as pausas, ia ao banheiro e jogava água fria no rosto.

Um dia, depois de entregar a Lou uma sacola com um sanduíche de manteiga de amendoim e uma banana, eu o ouvi resmungar alguma coisa em voz baixa.

— O que foi?

— A União Americana pelas Liberdades Civis acabou de me enviar documentos que revelam que centenas de mulheres negras foram esterilizadas na Carolina do Norte e na Carolina do Sul. Mas a defesa os contestou como provas porque não foram apresentados na audiência preliminar.

— Não pode pedir para o juiz abrir uma exceção?

— Posso, mas talvez ele não conceda.

— Coma sua banana – falei, tirando a casca para ele.

Ele deu uma mordida e se apoiou no corrimão. O mezanino tinha esvaziado. Dois estudantes fumavam um cigarro ao lado do cinzeiro bem ali embaixo, no saguão.

— O que está acontecendo aqui repercute todos os dias, Lou. Com certeza o juiz lê o jornal.

Lou parou de mastigar.

— Ele não pode ler matérias que talvez afetem seu julgamento.

— Você tem indigestão, não tem? – olhei para ele com atenção.

— Como você sabe?

— Acabou de passar a mão na barriga.

— Será que você compraria um antiácido pra mim?

— Claro. Quanto tempo ainda temos?

— Uma hora. Encontro você aqui de volta. – Falou e saiu andando, carregando sua maleta.

Depois do intervalo, Lou se sentou à mesa, o pacote de antiácido ainda fechado rolando entre os seus dedos. O juiz entrou e todos se levantaram.

— Por favor, sentem-se.

— Vossa Excelência – disse Lou –, gostaríamos de nos aproximar da bancada.

Os advogados de defesa foram junto com Lou até a mesa do juiz. Conversaram com ele e então voltaram a seus lugares.

— Meritíssimo, aqui na sua frente está a Prova A. O regulamento federal da agência de vigilância sanitária, que foi atualizado em primeiro de abril deste ano.

— Obrigado.

— Também temos aqui a Prova B. O guia de proteção aos seres humanos dessa mesma agência. Este guia faz referência à emenda Kefauver-Harris, de 1962, que aumentou a autoridade regulatória da agência de vigilância sanitária sobre testes clínicos de novas drogas.

Ou o juiz tinha uma carranca entalhada em seu rosto de forma permanente, ou ele não gostava de Lou. Toda vez que ele olhava para o jovem advogado por cima de seus óculos, parecia emanar uma expressão de desdém. Dava para notar que Lou estava sendo bem cauteloso com ele.

— Como pode ver – continuou Lou –, o artigo 130.37 estipula que qualquer uso de novos medicamentos experimentais em seres humanos deve ser efetuado sob a condição de que o profissional tenha obtido o consentimento. Na oitava seção, o artigo define consentimento da seguinte maneira... – Ele abaixou a cabeça para ler. – ... "A pessoa envolvida tem capacidade legal de fornecer o consentimento, está apta a exercer o direito de escolha e recebe uma explicação satisfatória, com informações pertinentes a respeito do medicamento experimental."

— Eu sei ler, Sr. Feldman.

— Claro, Meritíssimo.

O advogado de defesa se levantou.

— Vossa Excelência, o uso do Depo-Provera não pode ser considerado experimental. Seu uso como anticoncepcional foi autorizado.

— Não foi autorizado pela agência de vigilância sanitária – contestou Lou.

— Não se tratava de uso experimental. O governo federal jamais faria isso, principalmente com menores de idade.

— Senhores, por favor, sentem-se. Vocês terão a oportunidade de apresentar seus argumentos. Sr. Feldman, o senhor está alegando que as reclamantes foram prejudicadas pelo Depo-Provera?

— Vossa Excelência, esse é um medicamento novo. Os efeitos a longo prazo em humanos ainda são desconhecidos. Mas sabemos que causou câncer em animais de laboratório durante os estudos.

— Sr. Feldman, o que lhe foi perguntado é se as reclamantes alegam que o medicamento causou, de fato, algum dano.

— Não, Meritíssimo, não podemos fazer essa alegação ainda.

— Obrigado, Sr. Feldman.

Pensei no dia em que injetei a agulha no braço de India. A menina não podia falar. Não podia protestar. Ela tinha apenas confiado. Eu aplicara a injeção nela apenas uma vez, mas a memória daquele momento me assombrava. Eu não tinha informações sobre a droga que estava manejando, mas era meu dever ter. Eu era a profissional de saúde, aquela com o conhecimento que estava fora do alcance de pessoas como as da família Williams. Do mesmo jeito, eu poderia ter pousado uma nave espacial naquela fazenda e ter dito a eles que lhes daria uma comida milagrosa capaz de salvar a vida de todos. E eles teriam acreditado. Porque, mesmo que eu fosse uma marciana, eu me parecia com eles. Sentada naquele tribunal, compreendi pela milésima vez a enormidade do meu erro. A falha absurda que cometera. Eu devia ter questionado a Sra. Seager sobre o novo medicamento a respeito do qual eu não sabia absolutamente nada antes de aplicá-lo no braço de uma menina de onze anos. A ignorância não era desculpa. Eu devia saber. Eu tinha sido formada para saber e para perguntar.

— Vossa Excelência, eu apresento agora a Prova C: as regras da agência de vigilância sanitária em relação a contraceptivos orais. As reclamantes nunca receberam material por escrito que descrevesse os efeitos colaterais do medicamento.

O advogado de defesa se levantou novamente.

— Meritíssimo, os responsáveis assinaram formulários de consentimento que incluíam as advertências e os avisos obrigatórios.

— Vossa Excelência, tenho declarações juramentadas de três diretores de clínicas do estado do Alabama afirmando que não era um procedimento padrão entregar informações por escrito para as pacientes analisarem. A promotoria argumenta que a administração de medicamentos experimentais é particularmente grave quando se trata de usuários pobres.

Eu me ajeitei na cadeira. As enfermeiras ajudaram com essas declarações juramentadas. Tinha sido nossa contribuição para o caso até agora. Mas íamos precisar de mais. Não havia quantidade suficiente. Nós tínhamos trabalhado na clínica de Montgomery e sabíamos por experiência própria que os avisos a respeito do Depo-Provera eram feitos oralmente, e isso quando eram feitos.

— Vossa Excelência – começou o advogado de defesa, usando um tom de deboche –, o governo federal trata todas as pessoas igualmente. Essas alegações de que há um viés contra os pobres são impossíveis de provar e até mesmo histriônicas. E não mudam em nada o fato de que os avisos por escrito sempre estiveram disponíveis caso fossem solicitados.

— Histriônicas jamais, e eu discordo que sejam impossíveis de provar.

— Parem com isso imediatamente, antes que eu puna os dois por desrespeito ao tribunal. Eu não vou dar outro aviso.

Disponíveis caso fossem solicitados? O homem vivia em um mundo de fantasia. E teve a cara de pau de dizer que o governo federal tratava todas as pessoas igualmente. Era nítido que estava em negação a respeito do que acontecera em Tuskegee.

O plano de Lou ficou claro para mim. Primeiro ele ia argumentar que as clínicas federais estavam aplicando o Depo-Provera sem o devido consentimento das pacientes. Depois se valeria desse argumento para abordar as questões relacionadas às esterilizações e evidenciar como todo o sistema era abusivo.

Gostei da estratégia. Mas ele tinha que provar isso para este tribunal. E eu estava vendo em primeira mão que não ia ser nada fácil.

O ano escolar tinha começado, assim como a temporada de futebol americano. Eu sempre adorei Centennial Hill nessa época do ano. Quando as folhas começavam a mudar, havia pêssegos cozinhando no fogão e camélias florescendo, a cidade se tornava um dos lugares mais lindos que eu já vira. As pessoas se sentavam na varanda e acenavam para os carros. Homens de chapéu iam até a lojinha da esquina para comprar uma garrafa de Coca-Cola. O caminhão de sorvete passava tocando uma musiquinha no alto-falante. As crianças jogavam taco na rua. O carteiro sabia que você estava aguardando notícias de um primo doente e batia à porta para garantir que a carta fosse entregue em mãos. Para o resto do mundo, Montgomery era o berço dos confederados. Para mim, era o meu lar.

Lógico, Montgomery também tinha seu outro lado. Conhecer a família Williams me lembrou disso. Do meu lado, éramos protegidos por nossa educação, nossos empregos e pela possibilidade de fazer barulho, enquanto os negros pobres passavam fome e eram humilhados pelos patrões que exploravam a precariedade de sua própria existência. Muitos negros ainda viviam em casas minúsculas sem encanamento. Não havia nenhum de nós no legislativo da cidade, e a ideia de eleger um prefeito negro em um futuro próximo era risível.

As coisas eram especialmente ruins no interior. Lá o pessoal vivia em barracos, lutando para sobreviver. As crianças corriam descalças porque os sapatos já tinham ficado pequenos, muitas delas com fome ainda que os pais passassem o dia trabalhando em plantações de comida. Erica tinha me contado que, no último Natal, o pai dera de presente para ela e India um saco de tangerinas. As duas comeram aquelas frutinhas doces até o estômago doer, dissera ela.

No outono de 1973, as pessoas que viviam como os Williams não saíam da minha cabeça. A cada vez que fazia compras no supermercado, eu pensava neles. Toda vez que pegava um livro na biblioteca, eu pensava neles. Quando colocava gasolina no carro, pensava neles. Tentava me manter firme porque o julgamento seguia a todo vapor e eu não queria atrapalhar nem desapontar ninguém, mas eu estava bem perturbada naquela época.

Lou trabalhava sem parar. Acho que o homem dormia de terno às vezes, se é que dormia. Ele tinha uma esposa que trabalhava em Selma, mas ninguém nunca a conhecera. Eu tinha medo de que ele acabasse enfrentando um divórcio se não cuidasse mais da vida pessoal, mas, quando vi a determinação em seus olhos, não ousei me intrometer.

Aos domingos, depois do culto, eu ia até a casa de Mace para ensiná-lo a ler. Nos sentávamos na sala enquanto as meninas brincavam lá fora e a Sra. Williams preparava o jantar. A leitura dele estava melhorando. A bibliotecária local me ajudou a achar mais livros. Eu não conseguia encontrar muitas histórias com personagens negros, então pegava as que contavam histórias de animais, como *Triz*, de Leo Lionni. Embora Mace não quisesse escorregar nas palavras na frente de outras pessoas em uma sala aula, ele não parecia se importar quando eu o corrigia. Dizia: "Vambora, mulher" para me encorajar a ensiná-lo ainda mais rápido. O homem sentava tão perto de mim, que eu podia sentir o calor de seu hálito enquanto ele pronunciava cada letra.

Um dia, ouvi a mãe dele jogar algo no óleo e o barulho da fritura em seguida. De repente, Mace se virou e me beijou. Aquilo me surpreendeu, mas eu estava preparada. Depois de meses sentindo algo crescer entre nós, enfim cedemos à atração que existia. Ele tinha o gosto que eu imaginava que teria, de ar livre. E beijá-lo era diferente de beijar Ty. Mace beijava com mais força, pressionando o corpo contra o meu, me segurando como se aquele pudesse ser nosso último momento juntos. Ele era meio bruto e, para dizer a verdade, eu gostava. Ty sempre fora delicado e inquieto, preocupado com o meu conforto.

Não era só o fato de Mace ser dez anos mais velho que eu. Ele era diferente de todos os homens que eu já conhecera. Quando o zunido da batedeira começou, nós nos aproximamos. Quando a mãe dele abriu a janela e começou a chamar o vizinho, ele me abraçou. Eu continuava dizendo a mim mesma: "Se controle, Civil." E, de alguma forma, me convenci de que tinha tudo sob controle.

A certa altura, quando já tinha terminado de preparar o jantar, a Sra. Williams voltou para sua poltrona para fazer crochê. Continuei com a aula como se nada tivesse acontecido, e dava para notar que ela estava concentrada em minhas palavras. Em meio ao nervosismo, me ofereci para ensiná-la a ler também, mas ela recusou, preferiu continuar só ouvindo.

39.

Durante muito tempo, papai não questionou minha recusa em procurar emprego nem mencionou minha obsessão. Todo dia eu acordava e me vestia para o tribunal como se estivesse indo trabalhar. Revezava entre três saias escuras e alguns suéteres. Roupa de tribunal, como eles diziam. Eu buscava as meninas à tarde e perguntava a Erica se ela precisava de algum material escolar e quais eram as novidades sobre suas amigas. A única evidência de que India amava a escola era o sorriso enorme em seu rosto quando entrava no carro. Alguém deixou uma doação anônima para Mace no escritório de Lou e, com a quantia, ele comprou um novo carburador para sua caminhonete problemática, então passou a levar as meninas para a escola todas as manhãs.

Chegou meados de outubro e, com isso, meu aniversário de vinte e três anos. Eu não achava certo comemorar até que o julgamento terminasse, mas Ty e sua família convidaram Alicia e eu para irmos assistir ao Magic City Classic, em Birmingham. A ideia era apenas passar o dia e voltar à noite, então concordei. Acordei cedo para me vestir e arrumar um *cooler* com bebidas. Meu pai apareceu na porta.

— Ah, pai, você me assustou. O que está fazendo acordado tão cedo?

— Vi você outro dia na loja.

— Que loja?

— Estava com aquele Williams. Fazendo compras. Está usando o dinheiro que te dou para sustentar aquela família?

— Pai, ele recebe cupons de alimentação. Não precisa do seu dinheiro.

As garrafas batiam umas nas outras conforme eu as colocava no *cooler*. Papai cutucou a mesa com a lateral da mão. Minhas palavras tinham soado incertas até para mim.

— Você costumava estudar nessa mesa da cozinha o tempo inteiro na época do ensino médio, lembra? Oradora da turma. Aquela com mais chances de ser bem-sucedida. Ainda dá tempo, Civil.

Eu não esperava que ele fosse acordar tão cedo. Queria encontrar um jeito de me desvencilhar dele e evitar aquela conversa, mas tinha que esperar a família Ralsey vir me buscar.

— Tempo pra quê?

— Você ainda pode fazer a diferença como médica.

— Por favor, papai, hoje não.

— Você podia ter ido para qualquer faculdade do país. Spelman. Fisk. Howard. Mas foi só até a esquina. Você achou que ia me deixar feliz com isso? Estudar na minha *alma mater*?

Ah, meu Deus. Ele queria ter aquela conversa profunda e eu ainda nem tinha acordado direito.

— Provavelmente – respondi, com sinceridade. – Mas, quando entrei lá, eu gostei.

— Me deixou feliz mesmo, Civil. Tudo que você fez sempre me deixou feliz.

— Menos ir a uma loja com um camponês analfabeto do interior. – Eu estava provocando-o e sabia disso. Mas não sabia como reagir de outra forma. Ele tinha me pegado desprevenida. – Pai, lembra o que você me dizia quando eu era pequena? Por que me deu o nome *Civil*?

— Porque queríamos que você fosse livre – disse ele. – A décima terceira e décima quarta emendas deviam garantir direitos civis. Mas, no ano em que você nasceu, aquilo ainda era apenas uma esperança.

— Então me deixe ser livre.

— Sei que se sente mal pelo que aconteceu com aquelas meninas, meu bem, mas o que aconteceu, aconteceu. Aquele homem é...

— Mace. O nome daquele homem é Mace Williams.

— Civil, você precisa viver sua própria vida. Seguir em frente. Aquelas pessoas não são sua família.

— Por que você fala sobre eles como se fossem extraterrestres?

— O que você vê naquele homem, Civil? Que tipo de vida você teria?

Deus do céu, meu pai achou que eu e Mace estávamos namorando. Tinha sido só um beijo, nada além disso. Mas eu não podia abrir a boca para convencê-lo do contrário, porque a verdade podia me fazer parecer vulgar.

— E o Ty?

— Papai.

— Ele é um ótimo jovem. Obteve o diploma da universidade.

— A mãe de Ty ainda lava as roupas dele.

— A mãe de Ty é uma das melhores advogadas da cidade.

— Eu sei, pai. Só estou dizendo...

— Williams é um homem feito. Você está pronta para isso?

— Sim, estou.

Não consegui evitar aquela reposta, mas, até mesmo enquanto as palavras se formavam na minha cabeça, eu sabia que não queria que tivessem soado daquela maneira. Eu não conseguia olhar para ele. Os azulejos do chão da nossa cozinha eram azuis com riscos amarelos. Mamãe os comprara quando estava no México, numa viagem para um retiro de pintura. Tinham sido trazidos até o Alabama de caminhão. O chão da cozinha dos Williams era coberto de vinil. Por que é que toda coisa bonita da nossa casa precisava ser um lembrete do que eles não tinham?

Ouvi uma batida de leve na porta latera, e Ty acenou para mim pelo vidro.

Papai me poupou e ficou em silêncio ao se levantar para pegar o café. Eu coloquei a alça do *cooler* no ombro, apanhei meu casaco e murmurei um tchau.

Era de manhã cedo, mas o trânsito na Interestadual 65 já começava a ficar intenso. Os negros do Alabama iam para o Magic City Classic desde que eu me entendia por gente. Quando os brancos do Alabama falavam de rivalidade no futebol americano, era sempre entre o Alabama Tide e os Auburn Tigers. O jogo deles, conhecido como Iron Bowl, acontecia no Legion Field, em Birmingham, assim como o nosso, mas em geral era em novembro. Quando os negros falavam de futebol americano, nós estávamos falando do Alabama A&M contra o Alabama State. Nosso futebol crescera ao lado do deles, como irmãos que não se falavam muito, mas tinham o mesmo penteado. Esses universos paralelos do futebol definiam nossa vida muito mais do que você pode imaginar.

Meu pai era da Tuskegee, mas ele e mamãe tinham se conhecido quando ele estava na Faculdade de Medicina Meharry e ela estudava na Fisk, em Nashville. Nenhum de nós da família Townsend tínhamos uma grande conexão com o futebol americano, mas, ainda assim, minha família já tinha viajado para assistir ao jogo em Birmingham muitas vezes ao longo dos anos.

A rivalidade entre o Alabama State Hornets e o Alabama A&M Bulldogs ia muito além do jogo de futebol. Muitos dos fãs iam lá só para ver a famosa Batalha das Bandas. As balizas e seus passos, a percussão com precisão militar, a mascote dançando no meio do campo. Era uma empolgação anual que poucos eventos no Alabama conseguiam superar. Os Ralsey eram assíduos, faziam questão de ir todo ano. Todo mundo na família era ex-aluno da Alabama State e, quando entrei no carro, os três vestiam diferentes combinações de preto e dourado, as cores da universidade. A Sra. Ralsey usava um suéter com gola dourada.

Com todo aquele trânsito, a viagem até Birmingham levou mais de duas horas. Quando o Sr. e a Sra. Ralsey iam para o Classic, eles deixavam o trabalho de lado, então eu sabia muito bem que não devia mencionar o caso Williams. No carro, cantamos músicas de Natalie

Cole, Gladys Knight e dos Jackson 5. Ty fez uma imitação perfeita de Richard Pryor. Alicia nos fez jogar um jogo idiota em que era preciso pensar numa palavra associada à que tinha sido dita antes. Depois a Sra. Ralsey começou uma rodada de "qual é a música". O pai de Ty era completamente desafinado e ninguém adivinhava as músicas dele. Ty distribuiu Coca-Cola e nós bebemos até dar vontade de ir ao banheiro. O Sr. Ralsey continuou dirigindo por mais um tempo, escolhendo com cuidado onde ia parar. Em muitos dos postos de gasolina era preciso pedir a chave para usar o banheiro e, se uma pessoa negra pedia, eles diziam que estava interditado. Em outros, até davam a chave, mas você chegava lá e o banheiro estava impraticável.

Quando chegamos a Birmingham, o Sr. e a Sra. Ralsey foram procurar os amigos enquanto Ty, Alicia e eu fomos perguntar que horas começava o desfile. Ty queria encontrar os amigos da fraternidade, mas não queria se separar, então segurou as mãos de nós duas, falando "Vamos, gente".

Percebi meu corpo relaxar quando ouvi o eco dos tambores e senti o cheiro salgado da linguiça de porco. Um radinho começou a tocar bem alto. As pessoas caminhavam cheias de cores. Preto. Dourado. Azul. Branco. Vermelho. Rosa. Verde. Passei a mão na frente do meu suéter, me sentindo meio pesada com minha calça jeans boca de sino. Era muito comprida para mim e arrastava no chão. Penteados *black power. Tops* de frente única. Revolucionários de boina. O público era uma grande mistura. Velhos e jovens. Famílias e casais. Com quatorze universidades historicamente negras no estado, aquele jogo era a verdadeira meca.

Assistimos ao desfile durante um tempo, aplaudindo conforme as bandas apareciam marchando, mas eu era muito baixa para enxergar. Encontrei duas estudantes de enfermagem da Tuskegee que mencionaram rapidamente o caso Williams e nos cumprimentaram com o punho fechado, o símbolo dos movimentos negros. Alicia disse que estava com fome e Ty concordou. Ele abriu três cadeiras e trouxe pratos de asinhas de frango com salada de batata para nós. As asinhas estavam mergulhadas em molho picante, a salada de batata meio exagerada na maionese. Alicia tomou uma limonada. Ty terminou a cerveja e disse que voltava logo. Alicia abriu a bolsa.

— Tenho um novo caso. – Ela me entregou uma pasta. – Uma jovem do interior.

— Caramba, Alicia. Por que trouxe isso? – falei, mas não conseguia tirar os olhos do arquivo.

— Quatorze anos. Dois bebês. Recusa o anticoncepcional por motivos religiosos.

— Não dá pra mudar a cabeça das pessoas.

— Mas eu sugeri que ela tentasse a pílula. Finalmente a convenci. E aí... adivinha? Depois de tudo isso, a pílula a deixou doente.

Fiquei parada por uns instantes, e então peguei a pasta.

— Tentou mudar?

— Sim. Tentamos algumas pílulas diferentes.

Li as anotações. A adolescente já cuidava de três irmãs mais novas quando seus filhos nasceram. Agora ela tinha abandonado a escola. *Não leia mais*, pensei comigo mesma. *Não leia mais*. Mas, se ninguém interviesse, o destino dessa menina estaria selado.

— O que a Sra. Parr disse?

— Quer que eu continue conversando com a menina. As opções são limitadas, então estou tentando trabalhar com o que temos.

Fechei o arquivo.

— Por que está me mostrando isso, Alicia? Pra quê?

— Só queria a sua opinião.

— Minha opinião? Eu não trabalho mais lá. E não tenho um histórico muito bom de opiniões.

— Isso não é verdade, Civil. Você tem um dom, e sempre esteve presente.

— Presente? Eu ouvi falar em presentes?

Ty bateu na palma da mão ao se aproximar. Seus olhos brilhavam, como se tivesse entornado mais algumas cervejas.

— Olha, não fica muito animada, Civ. Meu trabalho de meio período na universidade só me paga um dólar e sessenta centavos por hora – completou ele.

Ty recentemente começara a trabalhar como conselheiro residente no dormitório dos calouros. Ele parecia não saber muito bem o que fazer a seguir com sua carreira. Meu pai tinha questionado como seria um futuro com Mace, que nunca tivera o luxo de tirar um tempo para "pensar nas coisas". Meu pai o julgava, mas não parecia muito justo questionar o futuro de Mace uma vez que a palavra *futuro* tinha um significado diferente para ele.

Alicia abriu a bolsa que estava em seu pé e tirou dois presentes embrulhados lá de dentro.

— Pra mim?

— Não é seu aniversário amanhã, sua doida? – disse Ty.

— Parece que foi você mesmo que embrulhou.

O presente dele para mim era do tamanho de uma caixa de camisa para homens. Imagens de árvores de Natal cobriam o papel vermelho. Típico do Ty. Uma vez, quando tínhamos treze anos, ele embrulhara duas barras de chocolate em um jornal e as colocara em cima da minha mesa na escola. A tinta do jornal estava úmida e sujara meus dedos. As barras de chocolate estavam derretidas, mas comi assim mesmo. Segurei a caixa diante de mim e me lembrei de todas as vezes em que Ty me dera um presentinho engraçado.

— Abre o meu primeiro – disse Alicia.

Pelo formato e pelo peso da caixa, dava para saber que era um livro. Ela ficou olhando daquele jeito nervoso que as pessoas ficam quando estão preocupadas se você vai gostar ou não do presente.

Rasguei o papel.

— Não estava esperando isso.

— Não é pra pressionar. É só uma pequena inspiração – rebateu Alicia, rapidamente.

— Não, acho que é pressão mesmo – brincou Ty.

Virei o livro do outro lado. *Teste de admissão em medicina: Um guia de estudos*. Era o tipo de presente que meu pai daria. Eu não sabia muito bem como responder àquilo.

— E aí, diz alguma coisa.

— Não sei o que você quer dizer com isso.

— Acredita que dei de cara com ele em um sebo? E ainda está como novo. Alguma pobre alma deve ter ficado com ele por pouco tempo, até mudar de ideia sobre a faculdade de medicina. Então pensei que o livro ainda estava procurando seu destino. Era melhor eu comprar, dar de presente e ver se poderia ser a oportunidade de outra pessoa mudar de ideia.

Franzi a testa.

— Talvez seja você quem esteja pensando demais na faculdade de medicina, não acha?

— Nada, mulher, no máximo eu vou casar com um médico. Mas você? Você é diferente.

— Diferente?

Ela segurou minha mão.

— Sei que se sente péssima pelo que aconteceu com aquelas irmãs. Mas, mesmo que não enxergue isso, você tem um talento, Civil Townsend. Você é especial. E daria uma médica excelente.

Alguém começou a tocar Marvin Gaye e as pessoas à nossa frente passaram a se mexer como se estivessem em uma pista de dança.

— Ah, se o pai de Civil te ouvisse agora, Alicia, era capaz de você conseguir até arrastar o bom e velho Dr. Townsend para a igreja! – disse Ty.

— Vamos só nos divertir por enquanto, tudo bem? – Alicia tirou o livro da minha mão e o guardou de volta na bolsa.

— Desculpa se pareci ingrata – falei. – É só porque eu gosto de ser enfermeira. Acho que somos as verdadeiras responsáveis por cuidar das pessoas. Alicia, você sabe que os médicos não conseguiriam fazer o trabalho deles sem as enfermeiras. Quem é que percebe quando um paciente não para de coçar o peito? Quem é que anota que eles estão suando mesmo quando a sala está fria? Com quem é que eles reclamam quando o remédio começa a dar enjoo?

Nenhum dos dois respondeu.

— Faculdade de medicina é para pessoas que querem um título. Eu não preciso de título. Não preciso do respeito dos outros.

Alguém aumentou o volume da música. Comecei a gritar para eles me ouvirem.

— Entendem o que estou dizendo?

Ty levantou a mão.

— Civil. É só um livro. Coloca dentro do armário e deixa pra lá. Agora abre o meu.

— Vocês não precisavam comprar nada pra mim. Não estava esperando isso – falei, enquanto rasgava o papel de presente de Natal.

Sem dúvida era uma caixa reciclada, estava toda amassada nos cantos. Ele tinha colado com durex. Passei a unha sob a borda, puxei a tampa e fui tirando os papéis de seda do caminho.

Era uma foto minha com Erica e India do lado de fora do nosso hotel em Washington. Eu me lembrava de um dos fotógrafos chamando quando descemos os degraus. Eu segurara as meninas perto de mim, com os braços em seus ombros. Tinha levado as duas em um passeio para ver o National Mall. A expressão em meu rosto era de irritação, mas as meninas sorriam. Era a única foto de nós três que eu tinha.

— Ty, como foi que conseguiu isso?

— A foto foi publicada no *Tri-State Defender*, em Memphis. Tinha lá o nome do fotógrafo. O homem se chama Ernest Withers. Achei o telefone dele e liguei. E acabou que era um cara negro que viajou para Washington pra cobrir a audiência.

— Mas... – Eu esfreguei os olhos.

— Garota, vem aqui – disse ele.

Ty me abraçou pelo pescoço e quase me derrubou da cadeira, e aquela nossa falta de jeito me lembrou do quanto éramos todos jovens e sem nenhuma noção de nada. Estávamos só tentando navegar por aquela situação, que era o maior acontecimento da nossa vida. Mas não havia como negar que meu amor por aquelas meninas era genuíno, por mais inadequado e cheio de falhas que fosse.

Apertei a foto contra o peito. Minhas meninas. Minhas menininhas.

40.

Na quarta-feira daquela semana, Lou jogou uma verdadeira bomba no tribunal.

— Vossa Excelência, o que tem aí na sua frente é um panfleto com diretrizes para a esterilização.

Eu tinha uma cópia do panfleto no colo. Ele tinha me entregado na noite anterior. Aquele era o primeiro dia em que ele poderia elaborar um argumento acerca desse tópico. Os advogados do governo também estavam com os panfletos deles em suas pastas. Todos originais. Havia o suficiente para distribuir.

— Meritíssimo, vinte e cinco mil cópias deste panfleto foram impressas. Vinte. E cinco. Mil – repetiu ele, lentamente. – Ainda assim, elas permaneceram guardadas em um galpão e, consequentemente, nenhuma das clínicas subsidiadas pelo governo em todo o país as recebeu.

O juiz examinou Lou por cima de seus óculos.

— Essas orientações foram replicadas em algum outro material enviado pela secretaria para as clínicas?

— Não que eu saiba, Excelência. Depois da repercussão nacional na mídia a respeito do caso de India e Erica Williams, as vinte e cinco mil cópias com as orientações impressas foram descobertas em um armazém do governo federal na rua Três, em Washington.

Lou enfatizou *rua Três* com um floreio dramático e fez um gesto em direção à bancada da defesa ao falar. Não havia nenhuma dúvida, pelo menos no meu entendimento: distribuir aquelas orientações poderia ter evitado algumas esterilizações, ainda que, definitivamente, enfermeiras e médicos treinados não precisassem de instruções por escrito para saber que não deviam esterilizar uma menor de idade.

Ouvi os rabiscos de lápis nos papéis enquanto observava o rosto do juiz. A existência de instruções provava que o governo federal estava no mínimo ciente de que havia a possibilidade de estarem ocorrendo irregularidades e compreendia a necessidade de determinar padrões de procedimentos para lidar com esse tipo de caso. O fato de as clínicas nunca terem recebido aqueles panfletos significava que o governo tinha distribuído dinheiro e sido negligente ao não providenciar orientações sobre como aquele montante deveria ser utilizado.

Às vezes era difícil escutar alguma coisa no tribunal, mas em outros momentos era possível ouvir até o estômago de alguém roncar. Os advogados de Washington provavelmente acreditavam estar em desvantagem ao vir para um território desconhecido, onde o juiz tinha o mesmo sotaque do promotor.

No entanto, se alguém estava em desvantagem nessa confusão toda, eram as minhas meninas. O sistema não era pensado para ficar do lado dos pobres. Para dar-lhe o devido crédito, o juiz estava sendo bastante cuidadoso na condução do julgamento. Ouvia com atenção e nunca pedia para ninguém se repetir. Fazia muitas anotações e, no fim de cada dia, agradecia a todos com muita educação. Olhei para a escrevente do tribunal, uma mulher de rosto pálido. Todo dia ela usava um vestido floral diferente, e o de hoje tinha margaridas. As teclas de sua máquina batiam com suavidade. O rosto do oficial de justiça estava avermelhado por causa do sol e o suor das axilas havia deixado manchas em sua camisa, apesar das correntes de ar que circulavam na sala. Os radiadores fizeram um ruído discreto quando foram ligados.

— Sr. Feldman, sua testemunha está pronta?

— Sim, Vossa Excelência. Gostaria de chamar o Dr. Lance Paasch.

Um homem se levantou de um dos bancos e caminhou pelo corredor. Depois de fazer o juramento, sentou-se na cadeira à esquerda do juiz.

— Por favor, diga seu nome e sua profissão para constar no registro.

— Meu nome é Lance Paasch. Sou ex-chefe da Divisão de Planejamento Familiar da Secretaria de Oportunidades Econômicas.

— Obrigado.

Lou saiu de trás de sua mesa.

— Sr. Paasch, é correto dizer que o senhor é o autor dessas... diretrizes acerca da esterilização? – Lou exibiu o panfleto.

— Sim, senhor.

— E escreveu essas orientações quando ainda era chefe da divisão?

— Sim, senhor.

— Foi instruído a escrevê-las?

— Sim, senhor.

— Quem foi que pediu que executasse essa tarefa?

— O diretor-adjunto da Secretaria de Saúde, Educação e Bem-Estar.

— Qual é o nome dele?

— Anthony Marcus, senhor.

— E sabe por que ele pediu que escrevesse essas diretrizes?

— Objeção, Meritíssimo. O advogado está pedindo para a testemunha especular sobre as motivações de outra pessoa.

— Estou apenas perguntando sobre as políticas do departamento, Excelência.

— Negada. Por favor, responda à pergunta – disse o juiz.

— Nós criamos uma nova política em 1971 que nos permitia subsidiar serviços de esterilização voluntária. Precisávamos de orientações para implementar a nova política, e a minha divisão ficou incumbida de desenvolvê-las.

— Quanto tempo demorou para que finalizassem essa tarefa?

— Alguns meses. Começamos em 1971 mesmo, no meio do ano, e na época do Natal elas já estavam todas escritas. Eu me lembro porque visitei minha mãe nos feriados de fim de ano. – Ele se virou para o juiz e abriu um sorriso.

— Depois que as diretrizes foram todas definidas, vocês as enviaram para as agências interessadas?

— Bom, nós enviamos uma carta para todas as agências comunitárias pedindo que segurassem os recursos destinados aos serviços de esterilização até que as diretrizes fossem aprovadas e distribuídas.

— E as agências esperaram?

— Não sei. As diretrizes foram aprovadas pelo diretor-adjunto Marcus em... – Ele pegou um pedaço de papel para ler – ... dez de janeiro de 1972. Levou mais um mês para imprimir e elas estarem prontas para distribuição. Mas aí minha divisão recebeu um aviso de que precisavam ser aprovadas pela Casa Branca.

— Pela Casa Branca? Está falando do presidente?

Eu me inclinei para a frente. Já suspeitava que esses projetos do governo tinham ramificações que chegavam até o topo da cadeia. Já tinha falado isso para Lou também.

— Bom, não tenho como saber se o próprio presidente estava envolvido na questão, senhor.

— Você teve algum contato com a Casa Branca durante esse período?

— Sim, entrei em contato com a equipe da Casa Branca diversas vezes no decorrer de quatro meses, mais ou menos. Então finalmente consegui falar com a equipe jurídica da Casa Branca para entender o que estava atravancando o processo, mas, em vez de qualquer informação, eu recebi uma reprimenda. Então pedi demissão.

— Uma reprimenda? – perguntou Lou, agindo como se estivesse surpreso.

— Sim, senhor.

— Por que pediu demissão?

O Sr. Paasch hesitou. Olhou para os advogados do governo, depois voltou a olhar para Lou.

— Pedi demissão porque fiquei preocupado que essa demora estivesse criando uma situação perigosa e urgente.

— Como assim? Você não escreveu para as agências e pediu que elas interrompessem as esterilizações até que fosse possível distribuir as orientações?

— Sim, nós fizemos isso, mas eu estava preocupado que as cirurgias estivessem acontecendo assim mesmo e que seriam feitas sem que as pacientes recebessem as devidas informações.

— Estava preocupado que elas não pudessem dar o consentimento informado?

— Objeção, Meritíssimo. Está conduzindo a testemunha.

— Deferida. Por favor, Sr. Feldman, reformule sua pergunta.

Lou falou bem devagar:

— Com o que estava tão preocupado a ponto de pedir demissão, Sr. Paasch?

— Estava preocupado com muitas coisas. A esterilização estava se tornando um fator político dentro da administração. Era ano de eleição.

— Objeção, Meritíssimo. Essa declaração é apenas especulação irrelevante.

Todos nós sabíamos das polêmicas crescentes envolvendo o presidente Nixon e seu mandato. O vice-presidente tinha acabado de renunciar ao cargo sem contestar nenhuma das acusações de evasão fiscal. Um comitê do senado comandava uma investigação a respeito de um assalto à sede do comitê nacional do Partido Democrata. O promotor de justiça tinha sido afastado. Ao mencionar o presidente, Paasch acendeu uma fogueira dentro do tribunal.

— Não tenho mais perguntas, Excelência – disse Lou, antes que o juiz pudesse responder à objeção.

Quando Lou voltou para a cadeira, ele olhou para mim. Dava para ver em sua expressão triunfante que ele sabia que aquele tinha sido seu melhor dia no tribunal até agora.

Eu não visitava as meninas havia mais de uma semana, então decidi ir vê-las e levar umas comidinhas para elas. Papai tinha adivinhado. Eu andava mesmo comprando comida para eles, mas também tinha dito a verdade a respeito dos cupons de mercado. No entanto, os cupons mal eram suficientes para alimentar uma família de quatro pessoas, então eu ajudava quando podia. A Sra. Williams não cozinhava mais do que eles comiam, mas ela sem dúvida gostava de ter duas refeições na mesa todo dia. E não havia nada que ela gostasse mais do que fritar umas coxas de frango ou colocar algo para assar no forno. Como eles não tinham uma cozinha lá no barraco da fazenda do Adair, ela agora se esbaldava na nova. A mulher fazia mágica com muito pouco. Quando estava num dia criativo, ela às vezes cortava uma maçã e embrulhava no papel laminado junto com o presunto para assar, ou então empanava o frango com flocos de milho antes de fritar.

A Sra. Williams pegou as sacolas das minhas mãos.

— Onde estão as meninas? – perguntei.

— Estão em algum lugar lá fora. Vem aqui me ajudar a lavar as verduras. Vou fazer frango com gyoza hoje. Você comeu isso recentemente?

— Não, senhora. Na verdade, nem lembro a última vez que comi frango com gyoza.

— Eu também não. Por isso que estou fazendo. Primeiro lave as mãos.

Havia dois sabonetes em formato de concha na pia do banheiro. E até uma toalha de rosto. Nunca tinha visto uma toalha de rosto no banheiro deles. A cada visita eu ia notando mais um passo dado na trajetória da família Williams. Eles viviam daquele jeito antes porque era assim que aquele casebre os fazia se sentir. Era difícil manter as coisas arrumadas quando o chão era sujo, difícil manter a dignidade em um barraco que cheirava a urina. Na fazenda do Adair, eles acabaram renunciando às melhores partes de si mesmos. Nesse novo apartamento, com cozinha de verdade e um banheiro, a família estava se recuperando.

Olhei para mim mesma no espelho. Não sabia por que Alicia tinha me dado aquele livro. Eu não conseguia me imaginar como médica. Ver as pessoas depositarem sua confiança em mim e depois decepcioná-las seria devastador. Pensei naqueles vários profissionais de saúde testemunhando no julgamento. Como é que eles viviam com o peso da gravidade de seus erros?

Na cozinha, a Sra. Williams abriu a torneira.

— Pode ir lavando nessa água enquanto vai separando os caules duros. Não gosto deles nas minhas verduras.

— Sim, senhora.

O cheiro forte do frango fervendo subiu de uma das panelas. Ela jogou um pouco de farinha numa tigela.

— Essas verduras são da horta da vizinhança?

— Isso mesmo. – Ela não olhou para cima. – Plantamos verduras, nabos, tomates e repolho. É a única coisa que sinto falta lá daquelas terras.

Separei uma das hastes.

— Como é que está indo o julgamento?

Ela me surpreendeu, porque raramente perguntava sobre o assunto.

— Está indo bem. Lou ainda está apresentando o nosso lado.

— Aquele lá é um cara branco e tanto, vou te dizer. Deus não faz muitos como ele, não.

— É, ele é especial.

— Eu ouvia falar de jovens brancos vindo pra cá, para os protestos. Uns até deram a vida pela causa. Lembra aquela moça branca que veio aqui pra protestar pelo direto ao voto? Eu ouvi falar nela, mas não sei o nome. A mulher desapareceu e nunca mais foi achada. E tinha quatro filhos! Imagino que a família ainda deve tentar entender por que ela veio fazer isso.

— Hum.

— Claro que eu nunca fui aos protestos. India e Erica eram pequenas. Eu ajudava a mãe delas. Ela ia fazer faxina nas casas, e eu olhava as crianças enquanto ela trabalhava.

— Hum.

— Quando ela morreu, aquela família branca pra quem trabalhava não mandou flor, não deu os pêsames, não mandou a gente se ferrar, nada. Ela trabalhou pra essa gente por sete anos, e eu ouvi dizer que eles já tinham contratado outra empregada antes do corpo dela esfriar.

— Não pode estar falando sério. – Eu sequei a testa com a parte de trás da mão.

— Enfim, estava pensando neles porque pensei que agora que as meninas estão na escola e tem ônibus aqui perto, eu posso voltar a trabalhar. De repente eles me contratam.

Joguei um punhado de folhas na pia e as esfreguei debaixo da água.

— Conseguiria trabalhar pra essa família depois do que eles fizeram?

Ela deu de ombros.

— É trabalho.

— De repente uma das escolas está precisando de alguém. Posso falar com…

— Lá vem você de novo.

— O quê?

— Você já fez o suficiente, Civil.

— Só estou dizendo que…

— Civil.

— A senhora está parecendo o Mace falando.

— Me passa aquela vasilha. É um pernil, ali na geladeira.

— Sim, senhora.

Quando me abaixei para pegar a vasilha, ouvi a porta da frente se abrir. As meninas vieram direto para a cozinha e, quando me viram, as duas me abraçaram.

— Onde é que vocês estavam? – perguntei, e dei um beijo na testa de India.

— Olha o que eu tenho. – Erica mostrou uma embalagem de batom.

— Onde arranjou isso?

— Eu encontrei. Está bem usado, mas minha amiga disse que é só limpar com um lenço e vai ficar igual novo.

— Ah.

O batom estava sujo e usado quase até o final. Estava na ponta da língua me oferecer para comprar um novo para ela na farmácia, mas fiquei quieta. Sabia que a Sra. Williams estava de olho em mim.

Aquela mulher podia dizer o quanto quisesse que eu estava tentando consertar as coisas. Mas as meninas eram minhas meninas também, e eu ia fazer o que eu quisesse por elas. Decidi comprar um batom novo para Erica no dia seguinte.

41.

Lou estava com uma caneta pendurada entre os dedos.

— Lou, eu estava pensando em uma coisa sobre essa história de o governo dizer que as esterilizações não tinham como alvo intencional as mulheres pobres. E sobre você precisar provar isso.

— Sim?

Estávamos sentados num escritório que o tribunal designava para os advogados durante os julgamentos. Duas mesas e duas cadeiras viradas uma para a outra. Uma pequena janela que dava para a rua. A sala era fria, cheia de correntes de ar, e as paredes estavam vazias.

— Isso não é muito diferente do que aconteceu em Tuskegee.

— O que estamos falando aqui é um pouquinho diferente. Oitenta e duas pessoas foram esterilizadas no estado do Alabama no último ano e quarenta delas eram brancas. A defesa vai alegar que essa porcentagem prova o argumento deles. Até onde eu sei, não teve nenhum homem branco infectado no estudo em Tuskegee.

Lou não falava comigo com condescendência quando discutíamos sobre o julgamento. Na verdade, eu diria que ele me levava bastante a sério. Ele contava comigo para testar suas ideias e formular melhor os argumentos.

— Mas metade da população do Alabama não é negra. Esse número não é proporcional – falei.

— Verdade. Mas, ainda assim, o argumento deles se sustenta.

— E a localização das clínicas de planejamento familiar? A nossa fica bem no meio de uma vizinhança negra. Será que isso não é típico?

Parece ser algo fácil de descobrir. Podemos procurar os endereços e, só pela localização, argumentar que as clínicas têm nossa comunidade como alvo.

Ele assentiu.

— Boa ideia.

— Então, já que Tuskegee não funciona, e se a gente ligar ao direito ao aborto?

— Como assim?

— Aborto e esterilização forçada me parecem duas faces da mesma moeda. De um lado, eles restringem nosso acesso ao aborto. Do outro, ligam nossas trompas. As mulheres ficam entre a cruz e a espada, Lou. Mesmo com a decisão da Suprema Corte, é muito difícil para as mulheres pobres conseguirem fazer um aborto.

— Aqui é o Alabama, Civil. Acho que não queremos entrar no tema do aborto.

Tentei engolir, mas minha boca estava seca.

— Mas é relevante. Se a gente conseguir de alguma forma fazer a ligação entre matar um bebê na gestação e bebês não concebidos, talvez isso chame a atenção do juiz.

— Muito arriscado.

— Olha só, uma mulher precisa ter o direito de interromper uma gravidez se ela quiser. A questão no nosso caso é se a mulher queria ou não.

— Civil.

Continuei, ignorando-o.

— É sério, o que você acha?

— Arranja os endereços das clínicas. Esse é um bom lugar para começarmos.

— Tá bem. – Cruzei os braços.

— Civil, eu tive um professor de direito em Auburn. O nome dele era Maddox. Trabalhei como auxiliar do pai dele durante dois anos depois da faculdade. O homem me ensinou uma lição muito valiosa sobre direito processual que eu nunca mais esqueci.

— Qual foi?

— Não se antecipe. Dê um passo de cada vez e, em algum momento, seu argumento no tribunal vai refletir aquela precisão. Paixão é ótimo. Mas só quando é usada com foco.

— A mim parece que ele precisava dar uma relaxada – retruquei, mas então lembrei que aquilo era bem parecido com o conselho que a mãe de Ty dera.

Ele pegou uma pastilha de antiácido e colocou na boca.

— Você não desiste, não é?

Ele tinha um bom ponto. A minha determinação nos últimos meses havia surpreendido até a mim mesma. Sempre acreditei que eu era o cruzamento perfeito dos meus pais. Papai, o cauteloso e conservador. Mamãe, a artista impulsiva. Mas talvez eu fosse mais do que a soma deles.

O livro de estudos para a prova de medicina que Alicia me dera ainda estava debaixo da minha cama. Eu o enfiara lá, mantendo-o o mais longe possível. Alicia tinha dito que se tornara enfermeira para provar que Deus existia. Bom, eu tinha ido para a faculdade de enfermagem para fazer a diferença.

Eu não podia ser cautelosa como meu pai, nem podia viver nas nuvens como a minha mãe. Eu precisava agir.

No dia seguinte, Lou chamou três médicos para o banco das testemunhas. O primeiro era um homem branco bem baixinho, usando uma jaqueta de *tweed* e óculos redondos pequenos. Estava vestido mais como um professor do que como um médico. Cheguei mais para a frente para ouvi-lo melhor, porque ele falava baixo.

— Sou o Dr. Walter Rosenstein, médico licenciado no distrito de Columbia e especialista em clínica médica. Sou diretor do Grupo de Pesquisa em Saúde, uma organização pública sem fins lucrativos que conduz pesquisas e publica artigos relacionados à saúde.

— Obrigado, doutor. Estou com um relatório aqui... é a Prova F, Vossa Excelência... elaborado e publicado pela sua organização, Dr. Rosenstein, sob o título: "Estudo do Grupo de Pesquisa em Saúde sobre Esterilização Cirúrgica: Irregularidades Atuais e Propostas de Regulamentação". Nossa, é um nome bem grande. Falei tudo certo, doutor?

— Sim, senhor.

Lou caminhou de volta para sua mesa, como se para consultar anotações. Eu nunca soube muito bem o quanto dessas caminhadas de ida e volta para consultar documentos eram puro teatro de tribunal.

— Para que a corte registre, pode dizer qual é a data de publicação desse relatório?

— Maio deste ano, senhor. Cerca de seis meses atrás.

— E poderia explicar à corte o conteúdo deste relatório?

O médico ajeitou os óculos sobre o nariz.

— Em nossa pesquisa, reunimos informações do Hospital Baltimore City, do Hospital Los Angeles County e do Hospital Boston City. Em nossas descobertas, documentamos diversas irregularidades nas esterilizações feitas em cada um desses hospitais.

— Pode por favor descrever o que está chamando de *irregularidades*?

— Bom, foi pedido que mulheres, muitas delas dependentes do programa social de assistência à saúde, dessem o consentimento para a esterilização durante o parto, sobretudo no caso de mulheres que já tinham três ou mais filhos.

— Durante o parto?

— Sim, senhor. A maioria delas relatou nunca ter conversado sobre esterilização com o médico antes de chegar à sala de parto. Também descobrimos que os formulários que elas assinavam no Hospital Baltimore City tinham apenas sete linhas de texto. Que diziam apenas que a paciente autorizava de maneira voluntária o procedimento de esterilização e que provavelmente nunca mais poderia engravidar. Não havia nenhuma informação no formulário sobre benefícios, riscos ou alternativas à esterilização.

— Excelência, temos aqui uma cópia do formulário de esterilização do Hospital Baltimore City.

Lou aguardou enquanto o juiz examinava o documento. A luz do sol entrava pela janela. Era uma daquelas manhãs frias de outono em que o sol brilhava tão forte, que era impossível não querer ficar ao ar livre. Eu sabia que, com esse sol, mamãe ia ficar no estúdio o dia inteiro. Papai ia tentar terminar o dia o mais cedo possível para ir para casa fazer o jantar. Eu nunca fui muito de gostar do ar livre, mas tinha acordado cedo naquela manhã e me sentado em uma cadeira na varanda dos fundos, de frente para o jardim, e ficara olhando as folhas caírem com o vento.

— Dr. Rosenstein, você acredita que essas mulheres eram legalmente capazes de fornecer o consentimento?

— Sim, eram legalmente capazes na maior parte dos casos.

— Mas elas não recebiam informações limitadas?

— Sim, senhor. Descobrimos até que muitas delas acreditavam que o procedimento era totalmente reversível, a despeito da linguagem usada no formulário.

— Então elas acreditavam que a esterilização era um método contraceptivo temporário?

— Exatamente, senhor.

— E muitas delas eram mulheres pobres dependentes do programa social de assistência à saúde?

— Sim, senhor.

— Não tenho mais perguntas, Meritíssimo.

— Sr. Peters, gostaria de interrogá-lo também?

O advogado do governo não se levantou.

— Não, Meritíssimo.

Weinberger não estava no tribunal naquele dia. No lado da defesa estavam apenas os três advogados do governo. Havia dois homens não identificados no banco bem atrás dos advogados. Depois fiquei sabendo que um deles era o secretário assistente e o outro era um congressista do Alabama. Se eu soubesse naquela hora quem eles eram, talvez tivesse tido uma noção melhor do quão importante o caso estava se tornando. Lou não parecia preocupado. Ele era como um soldado, não olhava nem para a direita nem para a esquerda. O advogado do governo parecia relaxado, fazendo suas perguntas do conforto da cadeira de rodinhas. Lou nunca ficava sentado enquanto estivesse interrogando uma testemunha.

Quando o Dr. Rosenstein saiu do banco de testemunhas, notei o quão sofisticado era seu traje. Não consegui deixar de pensar que, mesmo com todas as informações e o conhecimento que tinha, ele não teve poder para impedir as cirurgias.

Queria ter visto a expressão no rosto de Lou, que estava de costas para mim. Ele tentava mudar as leis, mas o caso podia ir por água abaixo se o juiz decidisse que as leis já tinham sido mudadas e que, portanto, não havia mais necessidade de uma medida cautelar.

Lou chamou a segunda médica.

— Vossa Excelência, chamo agora a Dra. Barbara Robard.

Uma mulher que estava sentada na última fileira se levantou. Eu tinha achado que ela era uma local, uma espectadora como eu. Esperei com impaciência pelo juramento. Eu convivera o suficiente com os amigos do meu pai da Meharry para já ter conhecido médicas negras, mas precisava admitir que não havia muitas.

— Dra. Robard, por favor, diga qual é o seu trabalho e a sua posição.

— Sou diretora de pesquisa no Centro de Consultoria para Políticas de Saúde, em Washington.

Ela era pesquisadora ou médica? Ou as duas coisas? Queria que Lou tivesse esclarecido. A mulher me intrigou.

— O que sua pesquisa revelou acerca das taxas de esterilização no país?

— Sr. Feldman, nós constatamos que a esterilização é a regra, e não a exceção. É amplamente endêmica no país. É uma forma de controle reprodutivo.

Lou estava acertando bem no alvo agora. Era exatamente o que ele queria que o juiz escutasse.

— Objeção, Meritíssimo.

— Qual o fundamento?

— Hipérbole.

— Deferida.

Eu balancei a cabeça. O advogado de defesa não tinha nem oferecido um argumento real para a objeção e o juiz concedeu. A mulher no banco de testemunhas não pareceu se abalar, nem Lou.

— Dra. Robard, poderia nos fornecer algumas estatísticas de sua pesquisa?

— No ano passado, fizemos um levantamento e descobrimos que embora dois terços dos pacientes de clínicas subsidiadas pelo governo sejam brancos e apenas um terço seja negro, quarenta e três por cento das pessoas esterilizadas são negras. Um relatório do próprio governo americano... – Ela apontou para os advogados do governo. – ... constatou que, entre os verões de 1972 e 1973, vinte e cinco mil adultos foram esterilizados em clínicas subsidiadas pelo governo. Destes, cento e cinquenta e três tinham menos de dezoito anos...

— Objeção, Meritíssimo.

— Na Carolina do Norte, entre 1960 e 1968, das mil seiscentas e vinte esterilizações realizadas, sessenta e três por cento foram em mulheres negras...

— Objeção, Meritíssimo.

— E cinquenta e cinco por cento dessas foram feitas em adolescentes! – gritou a Dra. Robard.

— Objeção!

O juiz bateu o malhete com força.

— Ordem. Acalmem-se todos agora. Este é o meu tribunal, não um circo.

Os números! Robard tinha os números.

— Vossa Excelência, a testemunha está apenas respondendo minha pergunta sobre as estatísticas – disse Lou.

— Essas estatísticas são mais amplas do que o escopo deste caso – protestou o advogado de defesa.

— Vou indeferir uma parcela da sua objeção. Ainda que os números dos anos 1960 sejam irrelevantes para a legislação atual, quaisquer estatísticas relacionadas a um ou dois anos anteriores são diretamente relevantes e serão levadas em conta. Dito isto, Srta. Robard, responda apenas à pergunta que lhe foi feita. Isso aqui não é um zoológico. Ficou claro para todos?

Não gostei da referência do juiz ao zoológico. E ele se dirigiu à doutora como Srta. Robard. Supus que o esperado era que agradecêssemos por ele não tê-la simplesmente chamado pelo primeiro nome, como muita gente branca fazia com as mulheres negras. Me perguntei se aquele era o tipo de viés com o qual Lou estivera preocupado. Talvez todo aquele profissionalismo do juiz fosse apenas uma estratégia para fingir imparcialidade. Estávamos caindo numa cilada ao acreditar em sua justeza.

— Prossiga, Sr. Feldman.

Lou falou devagar.

— Qual é a extensão dos números mais recentes, Dra. Robard?

— Nossas descobertas mostram que os números da Secretaria de Saúde, Educação e Bem-Estar têm sido grosseiramente subestimados. Nossa pesquisa revelou que, nos últimos anos, quase cento e cinquenta mil mulheres de baixa renda em todo o país foram esterilizadas em programas subsidiados pelo governo.

Levei a mão à boca. Tudo isso tinha acontecido sob a vigilância do governo. Eu não queria nem tentar adivinhar o número total de vítimas menores de idade. Ela tinha mencionado que cinquenta e cinco por cento eram adolescentes na Carolina do Norte, mas agora tudo parecia derreter na minha mente. Todos aqueles números se misturaram para formar um único pensamento indignado: *Como ousam?* Nosso corpo só pertencia a nós. Pobres, deficientes, não importa. Era o nosso corpo e tínhamos o direito de decidir o que fazer com ele. Era como se eles simplesmente estivessem tirando isso de nós, como se nem sequer nos pertencesse.

Eu precisava de ar. Precisava sair dali, mas não queria atrapalhar o prosseguimento. Não desejar a maternidade já tinha me feito imaginar se havia algo de errado comigo. Eu tentara fazer as pazes com esse sentimento depois do meu aborto, e acreditava com todo o coração que havia uma base científica capaz de explicar todas as facetas da natureza humana. Mas eu exercera o poder de escolha, algo que estava sendo negado a essas mulheres.

— Sem mais perguntas, doutora.

Quando a doutora passou por mim, senti minhas entranhas borbulhando, como se um vulcão estivesse prestes a entrar em erupção bem no meio do caminho dela. Esperei o juiz dispensar a corte por aquele dia, mas, quando fui tentar encontrar a Dra. Robard no saguão, ela já tinha ido embora.

42.

Lou encerrou o caso da promotoria no fim de outubro, e a corte entrou em recesso temporário. Ele tinha trabalhado muito, mas não dava para ter certeza de que tinha sido suficiente. Depois que saí do tribunal, só queria comer um sanduíche e ir para a cama. O almoço que eu tinha embalado naquela manhã ainda estava dentro da sacola, no banco de trás do meu carro.

Quando cheguei em casa, todas as luzes estavam ligadas, tanto da sala de estar quanto da sala de jantar. Imaginei que minha mãe estivesse em um dos seus arroubos de limpeza. Ocasionalmente ela pegava um balde e começava a limpar a casa inteira, jogar um monte de coisa fora, mudar os móveis de lugar. Algumas vezes o rompante de limpeza acabava com ela pintando as paredes. E em outras ela desistia no meio do caminho, e meu pai e eu tínhamos que colocar tudo de volta no lugar. Mas, quando parei para pensar, percebi que já havia muito tempo que ela não fazia isso. Na verdade, eu nem lembrava qual tinha sido a última vez que ela limpara a casa.

Na cozinha, senti cheiro de gardênias. Visita.

— Papai? – chamei.

— Aqui atrás, meu bem.

Peguei uma maçã dentro da minha sacola de almoço e fui andando até a sala de estar. Minha tia Ros estava sentada na cadeira do meu pai. Ele estava recostado no bar.

— Tia Ros, quando foi que chegou?

Envolta em camadas infinitas de tecido, tia Ros era a rainha das roupas drapeadas. Uma vez ela se vangloriara de não ter nenhum cinto, e eu acreditei. Tinha as mesmas bochechas altas da minha mãe, o mesmo corpo esguio e o pescoço longo, mas as semelhanças paravam por aí. Diferentemente da mamãe com seu batom vermelho, que era sua marca registrada, a tia Ros nunca usava maquiagem nem sapatos de salto alto. E seu cabelo estava sempre penteado no maior *black power* que eu já tinha visto na vida.

— Seu pai estava me ignorando há semanas, então decidi vir pessoalmente ver o que estava acontecendo.

— Não vi seu carro na entrada.

— Vim de ônibus.

Sentei na beira da banqueta, ao lado do meu pai. Mamãe estava sentada no chão, as pernas cruzadas, raspando esmalte rosa das unhas. Não parecia ter tomado banho antes de voltar para casa.

— Civil, você é enfermeira. Eu sou psicóloga. Nós duas cuidamos das pessoas. Você está vendo o que está acontecendo nessa casa. Você sabe e eu sei.

— O que está acontecendo?

— Sua mãe fica lá naquele estúdio o tempo inteiro. Ela até dorme lá.

Era verdade. Minha mãe dormia lá cada vez mais, mas não era toda noite. Pelo menos eu achava que não.

— Como sabe disso? – perguntei, delicadamente.

— Sua vizinha Mabel Turner me ligou. Estava preocupada. Disse que tentou conversar sobre o assunto com seu pai e ele insistiu que estava tudo bem.

— Mamãe só tem pintado muito, é só isso. Está trabalhando numa série.

— Eu conheço minha irmã tão bem quanto qualquer um nesta sala e sei que isso não tem a ver com série nenhuma. Por que não buscam ajuda pra ela? No hospital tem orientação psicológica.

— Orientação psicológica? – perguntei. – Por que ela precisaria disso?

Tia Ros se ajeitou na cadeira de balanço e ela tombou para a frente.

— Henry, você fica no consultório o tempo inteiro. Trabalha até aos sábados agora. E June, você está se enganando se acha que está lá tentando terminar uma porcaria de série. O que está fazendo é se enfiar num poço de lama.

Balancei a cabeça. Tia Ros tinha aparecido aqui como se tivesse um telescópio mágico capaz de enxergar dentro de nós lá de Memphis. Ela sempre fora assim, achava que podia encaixar todo mundo em algum manual de psicologia.

— Mãe, diz a ela que você está bem – falei.

Mas tia Ros não parou.

— June. Você vem passar umas semanas em Memphis comigo e não vou aceitar um não como resposta.

— Ros, não posso fazer isso. Não posso simplesmente levantar e ir embora. – disse mamãe, com a voz soando fraca.

— Você vai entrar naquele ônibus comigo, Junebug.

Meu pai não protestou. Talvez estivesse grato pela interferência. Talvez os dois estivessem. Eu tentei ler seu rosto, mas ele não olhou para mim.

— E Henry, você vai...

— Tia Ros. Não pode simplesmente chegar aqui e desmembrar a família. Você não sabe tudo. Eu e a mamãe estamos indo à igreja aos domingos agora. Ela está bem. E papai não trabalha mais do que sempre trabalhou. É só porque a clínica está crescendo.

Ela se virou para mim.

— Civil Townsend, por que você não está trabalhando? Não trabalha desde o verão. Mabel diz que está indo para aquele julgamento todo dia. Aquelas não são suas filhas. Fica indo para o tribunal todo dia como se fosse a maldita mãe delas.

— Ros.

— Desculpa, Henry, mas você sabe que é verdade.

— É difícil pra mim arranjar um emprego em Montgomery nesse momento, tia Ros. Todo mundo me culpa.

— Ninguém culpa você, meu bem – rebateu ela.

— Eles falam de mim pelas costas. Me chamam de encrenqueira. Me culpam pelo que aconteceu com as meninas. Até o pessoal da igreja me olha torto.

Tia Ros não fez nenhuma menção de se mexer e vir me consolar.

— Quem fala de você?

— Todo mundo.

— Querida, sempre vai ter gente que não entende o sacrifício da justiça. Você estava tentando melhorar uma situação ruim. Se tiver essa certeza no seu coração, isso será tudo que importa.

Sacrifício da justiça? Tia Ros não sabia de nada. Estava longe de Montgomery havia muito tempo. Fosse a bomba na igreja em Birmingham, fosse o caso de Ruby Bridges, não havia justiça para as meninas negras, e nunca houvera.

Naquele domingo, em vez de irmos para a igreja, meu pai levou mamãe e tia Ros até a rodoviária. Eu não consegui ir. Doeu demais ver minha mãe daquele jeito tão vulnerável e penoso. Ros tinha colocado um espelho diante da família, e minha mãe finalmente sucumbira à exaustão. Seus olhos pareciam ter afundado e suas bochechas caíram, revelando sua idade de uma maneira que eu nunca vira antes. Quando entrei no quarto dela naquela manhã em que foram embora, tia Ros a vestia e minha mãe só estava sentada ali, catatônica.

Eu me despedi em casa. Tia Ros falou que quando a mamãe voltasse para casa estaria tão transformada, que ia até cozinhar. Papai só riu porque, já no dia do casamento deles, minha mãe tinha deixado claro que não sabia cozinhar e não pretendia aprender.

Alguns dias depois que elas foram embora, meu pai começou a buscar um médico iniciante para ajudá-lo na clínica. E entrou em um clube de poesia para homens que se reunia no sábado de manhã. Eu ficava na cama a manhã inteira e assistia à TV na parte da tarde. Parecia que minha família tinha me deixado para trás.

Um dia, Ty bateu na porta lateral, mas eu não atendi. Ele deixou um bilhete.

A Alabama State está com uma vaga aberta para enfermeira. Se vier trabalhar aqui, eu levo café pra você.

Junto com o bilhete havia um folheto com furinhos em cima. Em vez de anotar a informação, Ty pegara o papel. Dobrei-o e o coloquei na gaveta da escrivaninha.

Eu ainda chafurdava naquele momento de autopiedade quando Lou me ligou naquela tarde e disse que os advogados haviam encerrado o caso da defesa.

— Mas já? O que isso significa?

— Eles entregaram os documentos e depois apresentaram uma moção para rejeitar o processo. Disseram que os reclamantes tinham entrado com a ação de forma prematura. Depois apresentaram evidências de que a secretaria está atualmente revisando as regras para esterilização. Disseram que meu caso não se sustentava mais.

— O que o juiz disse?

— Ele disse: "Vou levar isto em consideração" – respondeu Lou, imitando a fala arrastada e grave do juiz.

— Igualzinho a ele.

— É, bom, eu ouvi tanto aquela voz que ela tem aparecido até nos meus sonhos.

— E agora?

— Agora nós esperamos.

— Quanto tempo?

— Não muito. Ele vai analisar as anotações da corte e escrever o veredicto.

— Quanto tempo é "não muito"?

— Não sei. Ei, o que está fazendo em casa no meio do dia? Quer ir comer alguma coisa? Estou indo agora lá no Hotel Ben Moore.

— Não, tenho uma coisa pra fazer hoje.

— Tudo bem, eu te ligo se souber de alguma novidade.

— Obrigada, Lou. De verdade. Obrigada por tudo.

— Não me agradeça ainda.

Era de tarde, mas eu ainda estava de pijama. Coloquei o chinelo e fui andando até o jardim dos fundos. A cadeira branca de plástico rangeu quando me sentei. Aquele galo doido começou a cacarejar e eu gritei de volta. Ele parou logo, como se tivesse ficado confuso com a minha resposta. Passei os dedos em meio aos botões da camisa e senti a maciez da minha barriga, tentando imaginar como seria ter um feto ali dentro, crescendo e fazendo-a inchar.

O vento soprou em minhas orelhas. Eu tinha tantas perguntas, mas sabia que a maior parte delas era para Deus. Minha mãe estava mesmo doente? O que eu estava fazendo com Mace? Será que eu deveria voltar a trabalhar na clínica? A esterilização das meninas tinha sido minha culpa?

Houve uma época em que conversávamos sobre as coisas. Eu conversava com o papai. E ele conversava com a mamãe. Não tínhamos segredos, e os pensamentos circulavam pela nossa família como um triângulo simples, a intimidade seguindo seu curso habitual até encontrarmos a resposta.

Eu nunca tinha compreendido minha mãe de verdade, então a ideia de lidar com sua depressão de outra forma, diferente da habitual, me deixava confusa. As pinturas pareciam ser a chave, do mesmo jeito que significavam coisas diferentes para pessoas diferentes. Eu conseguia entender que a liberdade interpretativa era uma convicção importante de direitos civis para ela. A arte negra, ela sempre dizia, não tinha que ser representativa ou realista para ser política. O poder de comunicação da arte às vezes está na relutância em ser definida como uma coisa só.

Aquele era o tipo de argumento que sempre me fazia olhar para mamãe e pensar: ela também não pode ser definida como uma coisa só. No meu caso, eu desejava a ordem e a racionalidade. Eu precisava entender. Não entender estava tirando completamente o meu chão.

Minha barriga foi esquentando sob meus dedos. Eu inspirava e expirava; ela subia e descia. Como é que eu ia compreender o sentido de tudo se o veredicto fosse contra as meninas, se o juiz não fizesse absolutamente nada para mudar as coisas?

O galo começou a fazer outro barulho, algo que não parecia nem um pouco com o som de uma ave.

43.

No dia três de novembro, o juiz avisou que estava pronto para dar o veredicto. A caminho do tribunal, expliquei para Mace e para a Sra. Williams quais eram os possíveis desdobramentos.

— Hoje o juiz vai tomar uma decisão que pode interromper todas as esterilizações em clínicas subsidiadas pelo governo federal. Ele pode apenas suspender temporariamente, até as clínicas provarem que estão cumprindo as regras com relação ao consentimento informado. Ou ele pode simplesmente rejeitar o caso.

— Rejeitar? – perguntou a Sra. Williams no banco de trás.

— Bom, você sabe o que estamos tentando fazer, Sra. Williams. Já conversamos sobre isso. Precisamos garantir que o que aconteceu com India e Erica não aconteça com mais ninguém. Nenhuma mulher deve ser pressionada a fazer a ligadura de trompas. Nenhuma.

— Essa é a mais pura verdade de Deus, sim.

— Esperamos que o juiz diga ao governo que o que aconteceu foi ilegal e que eles precisam resolver o problema.

Mace esteve quieto durante toda a viagem. Um silêncio terrível.

— Aconteceu com quantas? – perguntou ele, a certa altura.

— Nos últimos anos, milhares de mulheres pobres foram esterilizadas no país inteiro.

— O diabo anda ocupado – murmurou a Sra. Williams.

— Bom, nada que o juiz diga hoje vai mudar o que aconteceu – disse Mace.

— Não vai mesmo – falei, com cuidado. – Mas pode dar algum significado a tudo isso que elas passaram. Se o juiz decidir a nosso favor, vai ser graças à bravura de vocês, ao depoimento perante o Congresso, à sua disposição de permitir que as meninas lutem pelo que é correto.

— Mace, meu filho, foi pra isso que fomos para Washington. Lembra que conversamos sobre isso? E aquele moço simpático, Kennedy, nos ouviu. Escreveu tudo. Disse para os outros brancos o que eles precisavam ouvir.

Mace não respondeu. Fiquei feliz por termos decidido não levar as meninas. Elas estavam na escola, e nós três concordamos que essa era a melhor opção. Se o veredicto fosse ruim, não queríamos que elas vissem.

Ao chegarmos, nos deparamos com um mar de câmeras de TV. A polícia fizera um cordão de isolamento na área ao redor do tribunal. Lou tinha mandado uma escolta para nos buscar, mas, enquanto caminhávamos em meio à multidão, um jornalista reconheceu Mace e a Sra. Williams.

— Qual você espera que seja o desdobramento do caso hoje, Sra. Williams?

— Desdo o quê?

— O que espera que o juiz diga?

— Obviamente só esperamos que ele faça o certo. O que aconteceu com minhas netinhas foi um pecado contra Deus, e o mundo inteiro sabe disso.

— Vamos. – Eu os conduzi para dentro.

A Sra. Williams subiu as escadas atrás da escolta e à frente de Mace e de mim.

— Vocês estão andando muito devagar – disse ela para nós.

Mace segurou meu cotovelo. Eu estava morrendo de medo de entrar naquele tribunal. Não sabia se teria coragem de olhar no rosto das meninas se as coisas não saíssem como esperávamos. Quando dissemos a elas que o veredicto ia sair, India apenas me encarou e Erica perguntou: "Todo mundo sabe que é hoje?"

A escolta nos levou até uma mulher que vestia um terno branco e marrom na porta do tribunal.

— Civil Townsend? Sr. e Sra. Williams?

— Sim, senhora.

— Vou guardar seus casacos e mostrar onde são seus assentos.

A sessão estava prevista para começar às nove e meia da manhã, mas a sala já estava lotada de pessoas. As primeiras que vi foram as enfermeiras. Todas uniformizadas. Uma mulher negra alta que vestia um uniforme quase igual ao delas, mas em um tom clarinho de azul, e uma touca idêntica estava sentada no fim da fila. Era a primeira vez que eu via a nova diretora, Sra. Parr. Quando me viu, ela acenou. Ao perceber sua expressão receptiva e acolhedora, eu me arrependi por não ter ido à clínica para conhecê-la antes. Alicia acenou também, e algumas das outras fizeram um gesto com a cabeça. Eu não esperava ver todas ali e me pareceu estranho não estar sentada com elas. Tínhamos começado essa jornada juntas e, apesar de ter trabalhado na clínica só por alguns meses, eu era uma delas.

Os Williams e eu nos sentamos na fileira reservada atrás da mesa de Lou. Mace segurou minha mão e vi que a Sra. Williams nos observou de canto de olho.

— Ei – sussurrou ele –, depois que tudo isso acabar, não importa o que acontecer, quero que saiba que você se saiu bem.

Mace abriu o mesmo sorrisinho que me mostrara da primeira vez que o vi. Aquele tipo de sorriso que por um momento fazia você pensar que ele estava só provocando. Meu pai tinha razão: Mace era de verdade. Um homem feito, um pai, um filho. Eu não tinha o direito de ficar brincando com a vida dele. Tirei minha mão gentilmente, de um jeito meio distraído, como se por acidente.

A porta no fundo do tribunal se abriu e todos nos viramos para ver os advogados entrarem. Lou usava um terno novo bem formal, que o engolia num mar de listras. O rosto estava recém-barbeado, o cabelo cortado; ele era a imagem de um diácono da igreja. Caminhou diretamente até a mesa e acomodou sua pasta ali em cima. Eu tinha ouvido seus argumentos finais na noite anterior. O texto era bom. Mas nenhum de nós sabia se seria bom o suficiente.

Dei uma olhada ao redor da sala. Vi o Sr. e a Sra. Ralsey, mas não havia nem sinal de Ty.

— Levantem-se todos para Vossa Excelência, juiz Eric Blount – anunciou ele.

O juiz entrou rapidamente.

— Podem se sentar – disse o oficial de justiça, por fim.

— Este é o Tribunal do Distrito Central do Estado do Alabama – começou o juiz –, no caso de Ação Civil número 23-2561. O caso de Erica e India Williams e outros reclamantes contra Caspar Weinberger e outros.

Sequei o suor da minha nuca.

O Sr. Weinberger estava sentado ao lado dos advogados de defesa. Depois vinha o Sr. Arnett. Atrás deles, um grupo que só podia ser de gente do governo de Washington, estranhos que não reconheci. Os figurões de Montgomery também tinham ido acompanhar o veredicto. George Wallace estava inclinado para a frente, sentado em sua cadeira de rodas, no fundo da sala, com o prefeito Robinson ao lado dele. Da nossa comunidade, eu vi Johnnie Carr. Rufus Lewis. Fred Gray. Vi até a irmã LaTarsha sentada ao lado de duas outras freiras.

O juiz começou a ler sem muitos rodeios ou cerimônia:

— Decido por meio desta que as reclamantes India e Erica Williams podem seguir com suas reivindicações como representantes de uma classe, de acordo com a regra 23 B-2 das Normas Federais de Processo Civil, em nome de todas as pessoas pobres sujeitas à esterilização involuntária por força de programas que recebem fundos administrados pelo Serviço de Saúde Pública ou pelo Serviço Social e de Reabilitação da Secretaria de Saúde, Educação e Bem-Estar dos Estados Unidos.

A Sra. Williams se virou para mim, nervosa. Eu fiz um gesto para ela, indicando que aquilo era um bom sinal.

— As seções de planejamento familiar da Lei de Serviço Público e da Lei da Previdência Social não autorizam o fornecimento de recursos federais para a esterilização de qualquer pessoa que tenha sido declarada pela justiça como mentalmente inapta ou que, em conformidade com as leis estaduais, seja de fato legalmente inapta a dar o consentimento informado e vinculativo para a realização de tal procedimento, seja devido à idade própria ou à sua capacidade intelectual.

Ele pigarreou antes de prosseguir.

— Eu determino que os réus, seus sucessores, subordinados, agentes e funcionários estão permanentemente proibidos de fornecer recursos no âmbito das seções de planejamento familiar previamente mencionadas para a esterilização de qualquer pessoa que tenha sido declarada pela justiça como mentalmente inapta ou que de fato seja legalmente inapta de acordo com os termos da legislação estadual aplicável. O Regulamento de Esterilizações emitido pela Secretaria de Saúde, Educação e Bem-Estar dos Estados Unidos é arbitrário e irracional, na medida em que autoriza o fornecimento de recursos federais sem exigir que a pessoa seja avisada, desde o princípio, de que o consentimento para tal operação não tem qualquer influência sobre os outros benefícios concedidos pelo governo federal, e, do mesmo modo, por não exigir que tal aviso apareça com destaque no topo do documento de autorização mencionado no regulamento em questão.

— Glória a Deus! – gritou alguém.

O juiz não respondeu à manifestação.

— Fica determinado que os réus devem retificar prontamente o Regulamento de Esterilizações para colocá-lo em conformidade com esta decisão. Fica determinado ainda que a moção das reclamantes por um julgamento sumário está concedida, de acordo com os princípios supracitados, e que a moção dos réus para rejeitar o caso está negada.

Eu não me mexi. Não conseguia pensar, nem mesmo quando o juiz iniciou os procedimentos para encerrar o julgamento. Ninguém mais pareceu reagir também. Talvez as pessoas não tivessem compreendido. O proferimento tinha sido tão técnico quanto um diagnóstico médico. Duas menininhas negras do Alabama tinham mesmo acabado de vencer em uma corte federal? Muito lentamente, alguém começou a aplaudir.

— Civil, Civil.

— Sim?

— A gente ganhou, não foi? – sussurrou ela.

Eu assenti.

— Sim, sim, Sra. Williams. A gente ganhou.

A sala voltou a entrar em foco. As enfermeiras estavam todas em volta de mim, os braços de Alicia ao meu redor primeiro, depois sua voz no meu ouvido.

— Você conseguiu, Civil. Mulher, você conseguiu.

Mace e a Sra. Williams se afastaram para dar espaço às enfermeiras. Eu comecei a chorar, mas então me segurei.

Vi quando Lou caminhou para apertar a mão dos advogados de defesa. Eu mal podia acreditar no que acabara de ouvir. Queria ver as meninas, dizer a elas que podiam ficar orgulhosas. Elas eram heroínas agora. Estranhos me cumprimentavam à medida que deixavam o tribunal.

— Parabéns, Srta. Townsend.

— Bom trabalho.

— Mande meus cumprimentos para as meninas.

— Você fez muito bem.

— Deus te abençoe, moça.

— Pedimos à imprensa que aguarde as entrevistas do lado de fora do prédio para conseguirmos esvaziar o tribunal e os corredores – anunciou o oficial de justiça.

Todas nós, enfermeiras, nos juntamos em um abraço. Val secou minhas bochechas.

— Vou passar o resto da minha vida arrependida do que fiz. Mas hoje agradeço a Deus por tudo o que você fez, Srta. Civil Townsend. E pelo seu coração enorme.

Val, Liz, Fiona, Gina, Margaret, Lori, Alicia e eu. Nós oito estivemos nisso juntas, unidas pelo juramento que nos firma ao compromisso de ajudar as pessoas. As boas intenções, nós sabíamos agora, não justificavam os danos. Trabalhar em nome do bem não anulava o mal. Enquanto aquelas injustiças continuassem, todas nós seríamos culpadas. Eu queria dizer isso a Val, queria fazer um discurso em agradecimento àquelas mulheres, mas achei que, no minuto em que abrisse a boca, todas as emoções que eu vinha reprimindo sairiam jorrando.

Mace e a mãe caminharam em direção à porta. Ouvi a Sra. Parr dizer às enfermeiras que estava na hora de voltar para a clínica e uma delas lhe oferecer carona.

— Mace, posso deixar você na caminhonete para poder ir trabalhar.

Minha voz estava rouca. Eu queria gritar de alegria, mas também queria chorar. Talvez tia Ros estivesse certa. Havia coisas acontecendo no meu corpo com as quais eu precisava lidar. Porque vou te dizer uma coisa: aquele veredicto me deixou toda engasgada.

— Eu tô muito agitado pra trabalhar, mas é melhor irmos andando – disse ele.

— Bom, eu não tenho que trabalhar. Mace, vá pegar nossos casacos. Civil, que tal eu e você irmos naquela lanchonete que você gosta? Eu tenho uns trocados. Vou pagar um café da manhã pra você, te fazer um agrado pra variar um pouco.

— Tudo bem, Sra. Williams. Parece ótimo. Vamos só deixar Mace, então.

Fomos seguindo a multidão escadaria abaixo, nossos sapatos batendo no chão de pedra. Eu sabia que a imprensa ia querer entrevistar Mace e a Sra. Williams, mas não me achava em condições de responder àquelas perguntas sobre "como você sente". Qualquer coisa que eu falasse ia ser uma bobagem. Precisava de mais tempo para digerir as novidades. Minhas meninas finalmente tinham ganhado alguma coisa. Bem aqui em Montgomery, no Alabama, a justiça prevalecera. Era desconcertante para mim constatar que o ódio e a bondade podiam coexistir dessa maneira. O mundo era um grande enigma. Meu país era um grande enigma. Ainda assim era o meu país. E eu amava cada metro quadrado dele.

Quando eu e a Sra. Williams chegamos à base da escada, Ty estava esperando.

— Ty, onde você estava? Perdeu a coisa toda.

Ele colocou a mão no meu ombro e se inclinou para falar no meu ouvido:

— Civil, uma das meninas está desaparecida.

— Como assim *desaparecida*? – falei alto.

— A escola ligou para a polícia mais ou menos uma hora atrás. Um dos amigos da minha mãe na delegacia ligou lá pra casa; eu atendi quando estava prestes a sair para vir pra cá. É a Erica.

— Que história é essa de Erica desaparecida? Não é possível. Ela pegou o ônibus hoje de manhã – disse a Sra. Williams. – Eu vi com meus próprios olhos.

— Sim, senhora – respondeu ele. – Disseram que ela chegou até a escola, mas desapareceu logo depois que o ônibus deixou as crianças lá. Eles só perceberam que ela estava sumida um tempinho atrás.

— Ela deve estar em algum lugar perto da escola. Não precisamos entrar em pânico – falei.

Mace veio descendo as escadas com nossos casacos. A Sra. Williams foi até ele, mas não ouvi o que ela disse.

— Me leva até minha caminhonete, Civil – pediu Mace, já caminhando para a porta do carro.

— Mas você precisa ir para o trabalho – protestei, de maneira estúpida.

— Você tem carro, rapaz? – perguntou a Sra. Williams, olhando fixamente para Ty.

— Sim, senhora.

— Vamos buscar India. E depois você me leva pra Dixie Court. Erica deve estar indo pra casa. Quero estar lá esperando.

— Sim, senhora.

A escolta nos conduziu em meio à multidão até os carros. Quando a horda de jornalistas entendeu que não íamos parar para dar entrevista, eles foram para os fundos do prédio. Consegui ver de relance quando Lou saiu pela porta dupla com sua pasta. A multidão ficou quieta e eu ouvi suas primeiras palavras.

— Senhoras e senhores, duas meninas conseguiram justiça em Montgomery, no Alabama, hoje. E essa justiça se estende às mulheres pobres de todo o país.

44.

Rockford
2016

A vizinhança está decadente, mas ainda é uma comunidade. Percebo a fumaça de carvão assim que viro a esquina. Uma senhora acena para mim de sua varanda e eu a cumprimento de volta. Dois meninos se afastam para eu passar com o carro, depois voltam a chutar bola na rua. É uma casa de um andar, com alguns degraus de pedra e um quintal vazio. Há um carro abandonado parado na entrada. A grama cresceu em meio ao concreto, envolvendo os pneus furados.

Diminuo a velocidade quando chego em frente à casa. O segundo número está apagado na caixa de correio, mas só pode ser aqui. Há uma porta de ferro que parece resistente e grades nas janelas. É uma casa de verdade, longe de parecer o barraco onde a família morava na fazenda do Adair. Vejo primeiro a parte de trás de um ar-condicionado pendurado na janela da frente. Depois, uma chaminé, e imagino uma lareira quentinha no inverno.

Antes de continuar, preciso lhe contar algumas coisas que tinha me esquecido de dizer sobre India e Erica. Elas eram altas para a idade que tinham. Isso provavelmente era parte do motivo pelo qual a Sra. Seager as julgou mal. Quando as conheci, elas tinham a minha altura, mas no outono Erica já estava uns três centímetros mais alta. Embora não fossem as meninas mais saudáveis do mundo, nenhuma das duas era magrinha. A Sra. Williams sempre fora uma ótima cozinheira e conseguia transformar quase qualquer coisa em uma refeição. Ela manteve as meninas alimentadas.

A aparência do cabelo e da pele delas era péssima. A combinação de puberdade e má higiene tinha destruído o rosto das meninas. Nas primeiras semanas, eu passei bastante tempo cuidando da aparência delas. Depois daquela primeira vez que cortei as pontas, o cabelo das duas cresceu o suficiente para que eu pudesse dividi-lo e trançá-lo. Comprei sabonete Ivory e vaselina para elas.

No apartamento de Dixie Court, as meninas tomavam banho regularmente e tinham uma série de produtos femininos no banheiro. Usavam desodorante e, embora eu mesma nunca tenha raspado minhas axilas e nem as ensinado como fazer isso, Erica adquiriu o hábito em algum outro lugar. À noite, depois do banho, elas iam para o quarto, fechavam a porta e passavam bastante hidratante. Eu costumava brincar que a Jergens não falia graças a elas.

Na época em que o veredicto saiu, elas já se pareciam com as outras crianças de suas respectivas escolas e já tinham perdido aquelas características que revelavam uma vida em meio à pobreza extrema. Erica tinha sardas escuras na testa e espirrava muito durante a primavera. Amava usar *gloss* nos lábios e dançar *soul music*. Sempre que visitava minha casa, ela ia direto nos discos. Eu curtia mais os da Stax – Carla e Rufus Thomas, principalmente – e de vez em quando um James Carr, mas Erica estava mais inclinada aos sons da Motown. Ficava fascinada com as letras de Stevie Wonder e tinha ouvido tantas vezes *Music of My Mind* que eu brinquei uma vez dizendo que o disco ia furar.

O fungo no pescoço de India finalmente tinha melhorado. Ela tinha uma verruga na curva do nariz e sua comida favorita era manteiga de amendoim. Comia direto do pote. E aquela menina nunca conheceu um cachorro de que não gostasse. Alimentava os bichinhos abandonados que vagavam por Dixie Court com pão mofado e biscoitos velhos. Eu me lembro de um pastor-alemão de pelagem branca que a seguia para todo canto. Quando India subia no balanço, o cachorro se sentava perto e ficava olhando para ela, como se para garantir que a menina não fosse cair. India não tinha habilidade verbal para dar um nome a ele, mas ela assobiava. Não era um assobio muito alto, mas de algum jeito o cachorro sempre ouvia e saía rastejando debaixo de um dos prédios. Eu levei um tempo para perceber que aqueles cachorros sarnentos da fazenda tinham sido tolerados pela família porque acalmavam India. Depois da mudança para Dixie Court, a Sra. Williams jurou que nunca mais deixaria um cachorro entrar em casa, mas India tomava conta desse pastor-alemão do lado de fora mesmo, e ficava satisfeita quando ele se deitava a seus pés para ela coçar suas costas. Sua outra paixão eram as bonecas. Ela tinha seis e as arrumava sobre o travesseiro na cama.

Erica: canhota. Teimosa. Educada. Fazia a cama todo dia. Dormia de meia. Amava sorvete de chocolate, músicas da Motown e sua irmãzinha.

India: destra. Meiga. Amante de cachorros. Mãe de bonecas. Viciada em manteiga de amendoim. Escaladora de cercas. Passageira de carrossel.

Seus nomes sempre me pareceram dignos de ser dados a gêmeas. Erica e India. India e Erica. Embora elas fossem muito diferentes, não havia nenhuma dúvida: as irmãs tinham uma conexão de almas.

As irmãs Williams. Dois dos maiores amores da minha vida. E dois dos meus maiores pesares. Elas são a razão tanto de eu nunca ter tido filhos biológicos quanto de eu ter encontrado no meu coração o amor que possibilitou que eu fosse sua mãe. Eu nunca tivera confiança na minha habilidade para ser mãe, mas meu amor por elas perdurou ao longo dos anos.

45.

MONTGOMERY

1973

Erica estava desaparecida havia três dias. Ela sabia o número de telefone da minha casa, mas, como mamãe estava em Memphis e papai constantemente trabalhando, ela não conseguiria falar conosco mesmo que tivesse acesso a um telefone. Não tínhamos secretária eletrônica naquela época, e eu não podia ficar em casa esperando que ela ligasse. A família não tinha telefone, então a Sra. Williams permaneceu no apartamento, em uma vigília de vinte e quatro horas durante aqueles dias. O pessoal de Dixie Court fazia compras e trazia para ela porque sabiam que cozinhar lhe acalmava os nervos. Mas ela não chegou a cozinhar e, quando passei por lá um dia, encontrei India comendo pão com queijo.

O chefe de Mace lhe deu alguns dias de folga para ajudar nas buscas sem que precisasse temer perder o emprego. Como ele não recebeu por esses dias, minha igreja organizou uma vaquinha para ajudar a família. Eu ficava no telefone, ligando para todos os contatos dos meus pais e informando sobre os locais e os horários de encontro das equipes de busca. Ty comandava as buscas pela manhã. Mace passava o dia inteiro na função e só parava para comer e dormir uma horinha ou outra.

India estava inconsolável. Recentemente ela havia começado a se comunicar mais – apontar, grunhir, indicar com a cabeça –, mas, quando Erica sumiu, ela ficou em silêncio de novo. Sem expressões faciais. Sem emitir sons. Nada. A fim de distraí-la do que estava acontecendo, a Sra. Williams deixou que ela fosse dormir na minha casa. Eu não pretendia levá-la para a escola, mas a irmã LaTarsha me ligou e disse que voltar à rotina faria bem à menina. Quando perguntei a India o que ela achava, ela não assentiu nem esboçou qualquer reação. Só ficou sentada na beira da cama, olhando para baixo.

Levei India até a sala e a coloquei de frente para a televisão. Aquilo pareceu acender uma pequena chama em seus olhos. Ela ficou assistindo a *Sanford and Son* enquanto comia biscoitos Funyuns.

Sentei-me ao seu lado no sofá e fiquei pensando em Erica, tentando não imaginar o pior. Mas o pior continuava assombrando meus pensamentos. Sequestro. Assassinato. Estupro. *Por favor, Senhor,* clamava eu, *tenha misericórdia.* A escola não ficava muito perto de nada. Tinha sido construída nos limites do interior, uma decisão contra a segregação, mas que não fazia sentido porque todo mundo da cidade precisava pegar um ônibus ou ir de carro para chegar lá. Erica não tinha dinheiro, então só podia estar comendo a comida de alguém. Se estivesse roubando, eu rezava para que não fosse pega. Se tivesse encontrado comida, eu rezava para que fosse suficiente.

Pensei em todas as coisas que eu podia ter feito diferente, mas tudo o que me vinha à mente acabava se desdobrando em algum outro erro inesperado que eu nunca poderia ter previsto. Podia ter me candidatado para a faculdade de medicina em vez de voltar a Montgomery para trabalhar na clínica. Podia ter feito uma denúncia assim que descobrira a respeito do Depo. Podia ter ido à casa das meninas de manhã em vez de esperar até de tarde. Podia ter deixado o caso para lá.

Talvez o veredicto não tenha mudado nada de fato.

No terceiro dia, a única coisa que me fez sair da cama foi India. Eu precisava levá-la para a escola, mas, quando a acordei, ela parecia tão agitada quanto eu. Deixei-a no banheiro para que pudesse escovar os dentes e, quando voltei, ela estava parada em frente ao espelho, com a escova de dentes ainda seca na mão. Achei que pudesse estar doente, então pedi ao papai para examiná-la. Ele disse que não parecia se tratar de um problema médico e que a escola compreendia melhor a sua deficiência. Ele me incentivou a levá-la para ver a irmã LaTarsha. Algumas enfermidades não devem ser tratadas com diploma médico, disse ele.

Eu ajudei India a fechar o sutiã e enfiei uma camisa sobre sua cabeça.

— Tenho certeza de que Erica vai voltar logo. Agora vamos, eu fiz torradas e ovo cozido. Tem geleia também. Vamos forrar o estômago.

A cozinha estava escura. Acendi a luz e abri as cortinas. Eu preparava refeições desde que era ainda mais jovem que India. Tinha que fazer comida quando mamãe dormia até tarde. Antes da escola, era torrada, geleia e ovo cozido. No inverno, mingau de aveia. Depois da aula, eu abria uma lata de feijão e espalhava os grãos sobre a torrada, colocava uma fatia de queijo por cima e levava ao forno até que o queijo derretesse. Eu não era uma cozinheira de mão-cheia como a Sra. Williams, mas sabia fazer uma comida que as crianças gostassem. O apetite de India ainda estava bom. Aquilo me deixou aliviada.

— Quer mais torrada?

Ela não respondeu. Quando Erica estava junto, ela respondia por India. Com a separação forçada, provavelmente India sentia que metade de si mesma tinha sumido.

Depois que deixei India na escola, fui até o apartamento da família. Um policial colhia mais um depoimento da Sra. Williams, que, pela expressão em seu rosto, parecia prestes a xingar alguém se tivesse que responder a mais alguma pergunta. Ela não era de xingamentos, mas eu nunca a vira com um aspecto tão cansado.

— Acho que por hoje basta, ela precisa descansar – falei.

Tentei pensar em outros amigos que Erica pudesse ter mencionado. Só dois nomes me vinham à mente – Dinesha e Tonya –, e as duas já tinham sido interrogadas. A foto de Erica estava estampada no jornal. Algumas das crianças se reuniam do lado de fora da escola, todos os dias, perguntando uns aos outros se a tinham visto. Todo mundo estava fazendo o possível.

O distintivo do detetive estava enfiado no bolso da frente de sua camisa. O bloquinho de anotações estava intocado no colo, e ele se sentava com as mãos cruzadas sobre a pança.

— Eu tenho três meninas, Sra. Williams.

Ela esfregou as mãos, como se as estivesse lavando.

— Tem alguma outra coisa que esqueceu de nos contar? Existe algum... namorado?

Eu recuei. Ele provavelmente estivera esperando para fazer essa pergunta durante todo aquele tempo. Senti vontade de chorar porque, no fundo, já tinha começado a considerar essa possibilidade. Erica estava ficando mais velha. Com certeza já começava a ter algumas paixonites. Pensei no batom que tinha começado a usar. Eu até lhe trouxera um novo depois de jogar fora aquele sujo que ela tinha encontrado.

— Já falei que chega por hoje.

— Tá tudo bem, Civil. Não tem namorado – respondeu a Sra. Williams. Sua voz parecia apática e distante.

— Certo. – Ele apertou as mãos sobre a barriga. – Vocês fizeram algum passeio especial?

— Passeio especial? – perguntou ela.

— Sim – respondi, ao me lembrar de repente. – Eu levei as meninas para a praia.

— Que praia?

— Lá em Panhandle.

Era muito longe, mas talvez ela tivesse pedido carona? Talvez não tenha se dado conta do quão longe era. Pensei na noite em que a ajudei com o dever de casa de matemática. Suas habilidades de leitura ainda estavam meio atrasadas, mas ela vinha se revelando um talento para os números. Já sabia a tabela de multiplicação e aprendera tão rápido, que a professora já começara a lhe ensinar as divisões simples. Era uma menina muito inteligente, e eu tinha esperanças de que a inteligência a ajudasse a sobreviver ao que quer que estivesse acontecendo.

O detetive não escreveu nada, apenas analisou meu rosto por uns bons segundos. Fiquei com a impressão de que ele estava imaginando qual era meu papel ali. Eu era enfermeira delas, não era da família.

Depois que ele foi embora, ajudei a Sra. Williams a arrumar a sala. Se eu me mantivesse ocupada, poderia aguentar a tortura dos ponteiros do relógio passando devagar. A Sra. Williams me pediu para ir embora. Eu sabia que ela queria ficar sozinha, mas eu não queria ficar sozinha. Poderia conversar com Lou sobre o veredicto, mas qual era a importância disso se algo tivesse acontecido com Erica? Já estava com fome de novo, a torrada mal tinha feito cosquinha no meu estômago. Eu poderia ir conversar com Irene na lanchonete. Mas já não éramos amigas havia muito tempo. Alicia estava no trabalho. Ty estava acompanhando as buscas. Eu queria abraçar a Sra. Williams, compartilhar esse fardo com ela. Quem mais amava essas meninas como ela, Mace e eu? Compartilhar desse tipo de devoção por outro ser humano era uma coisa rara. Eu me sentei no braço do sofá, o que foi um tanto mal-educado da minha parte, mas na hora eu sequer pensei nisso.

— Civil.

— Senhora?

— Como está sua mãe?

Eu não disse nada. Tinha falado com a mamãe duas vezes desde que ela fora embora, algumas semanas antes. Não tinha sentido falta dela até então, mas sem dúvida precisava dela naquele momento. Precisava que viesse me ajudar com tudo aquilo.

— Ela está bem.

— Está? Você devia ver como ela está.

— Ver como ela está?

— Meu bem, eu conheço aquele baixo-astral. Já andava querendo te falar. Eu a vi no hospital naquele dia que ficou te esperando no *hall* de entrada. Vi uma coisa nos olhos dela. Sei porque já passei por isso. Fiquei assim um bom tempo depois que Constance morreu.

Eu não devia estar sentada no braço do sofá, mas não me movi, e ela também não me corrigiu. Ficamos sentadas ali, em silêncio, cada uma perdida em sua própria ilha de tristeza.

46.

Liguei para mamãe naquela noite e, na manhã seguinte, ela chegou a Montgomery. Tia Ros veio dirigindo dessa vez. Elas entraram em casa cobertas de perfume. Minha mãe usava as roupas de tia Ros, um vestido preto com flores azuis e brincos grandes de argola. A primeira coisa que percebi foi que não estava com seu habitual batom vermelho. E não foi imediatamente para o estúdio conferir suas telas. Ela e tia Ros vagavam pela casa, falando alto e brincando uma com a outra. Conectaram um longo fio de extensão ao telefone e montaram uma espécie de escritório de ligações na sala, onde passaram metade da noite telefonando para as mesmas pessoas que eu já havia contatado. Fiquei sentada no sofá de pijama, preocupada com o fato de que Ty pudesse estar me ligando enquanto elas ocupavam o telefone. Ele e Mace tinham saído mais uma vez para andar pela floresta perto da estrada Hunter.

Papai entrou na sala carregando um prato de cachorros-quentes.

— Eu mesmo fiz a salada de repolho.

— Não sei como é que vocês se nutrem aqui. Essa deve ser a casa com os piores cozinheiros do Alabama – disse tia Ros.

— Não maldiga minha salada de repolho antes de provar.

Mamãe riu, e tanto eu quanto papai nos viramos, surpresos. Não a ouvíamos rir daquele jeito há muito tempo.

— Vocês estão muito aflitos. Nós vamos encontrá-la – disse minha mãe, confundindo nossa surpresa com nervosismo.

— Mamãe, o que você e tia Ros têm feito em Memphis?

— Menina, sua tia é maluca. Ela organiza uns encontros em casa onde as mulheres falam sobre as coisas ruins da vida. Aí escrevem num papel e jogam na lareira.

Meu pai arrumou quatro bandejas para colocar a comida.

— Depois ela começa uma meditação e dá a elas um pedaço de papel com um cântico. Elas não têm nem ideia do que estão lendo naquele papel.

— Elas confiam em mim, June. Eu tenho licença.

— Tem licença, sim. Certificado de doida.

As duas riram de novo, e eu pude ver o quão facilmente mamãe recorrera ao abraço da irmã. Ela conseguira algo em Memphis que seu estúdio não lhe dera, algo que nem eu nem papai conseguíamos lhe dar. Talvez tia Ros tivesse dado algum tipo de remédio a ela. Daqueles legais, embora eu não duvidasse nada que ela usasse os ilegais. Meu pai nunca foi a favor de tratamentos com fármacos para este tipo de problema, mas minha tia era rebelde. Eu ainda estava analisando as duas quando o telefone tocou.

Empurrei minha bandeja para o lado.

— Eu atendo, meu bem. Alô? – mamãe ouviu por um momento e então passou o telefone para mim. – É o Ty.

Peguei o telefone.

— Ty?

— Oi. A polícia acabou de ligar. Acharam Erica.

— Ela está machucada?

Esfreguei o peito, sentindo meu coração acelerado.

— Falaram que ela está bem.

— Onde encontraram ela?

— Disseram que ela voltou para a casa antiga onde eles moravam.

— Achei que vocês tinham procurado lá. Ninguém foi verificar?

— Claro que procuramos. Duas, três vezes. Ela deve ter se escondido quando ouviu a gente chegando.

— Onde ela está agora?

— Levaram ela pra delegacia.

— Delegacia? Ela não é uma criminosa. – Tentei me acalmar. – Sabe qual delegacia?

Minha mãe me envolveu com os braços por trás e eu quis me afundar naquele abraço inesperado. Precisava tanto dos braços da mamãe. Tapei o bocal do telefone com a mão.

— Encontraram ela. Está tudo bem.

Eu ainda tive que me vestir, então, quando cheguei à delegacia, Erica já não estava lá. Mace acabara de sair com ela. Segundo a moça da recepção, Mace havia ficado de saco cheio das perguntas e perguntou se ela era obrigada a ficar lá. Quando responderam que não, ele a pegou pelo braço e saiu andando.

Fui dirigindo até Dixie Court numa velocidade tão grande, que rezei para não me envolver em outro acidente. Havia muitos carros na rua, e demorei até encontrar uma vaga. Dentro do apartamento, a sala estava lotada. Eu nunca tinha achado o espaço particularmente grande, mas, com toda aquela gente ali, a sala parecia escura e apertada. A maioria eram vizinhos – homens que tinham procurado junto com Mace, mulheres que tinham levado comida para eles, a policial que a encontrara. Sentados em cadeiras. De pé com a mãos nos bolsos. Lou e Ty estavam lado a lado no sofá, e foi uma imagem inusitada porque eu nunca tinha visto Lou dentro do apartamento da família Williams. Mace se sentava no outro sofá e mantinha um braço ao redor de uma visivelmente cansada Sra. Williams. Quando entrei na sala, todos se viraram para mim, mas meu olhar foi direto em Erica. Corri na direção dela e senti seu cheiro preencher minhas narinas. Segurei o rosto dela com as mãos e tirei uma casquinha do canto de seu lábios.

— Graças a Deus. Graças a Deus você está bem – falei.

Ela me olhava com uma expressão impossível de decifrar, e suas pálpebras estavam inchadas de cansaço.

— Senhor. Policial... – Eu li o distintivo dele. – Policial Hatch, essa moça claramente passou por muita coisa. Se não se importar, gostaria de dar um banho nela.

— E quem é você exatamente?

— Sou a enfermeira dela.

Falei aquilo como se tivesse dito a palavra "médica". E devo ter transmitido autoridade, porque todo mundo começou a se movimentar. Acho que lhes dei a oportunidade perfeita de encerrar as coisas por ali. Mace caminhou até a porta. Os homens apertaram as mãos uns dos outros. Com uma voz cansada, mas sincera, a Sra. Williams prometeu fazer torta para todos assim que conseguisse voltar para a cozinha. O detetive entregou a Mace um pedaço de papel com um número de telefone. Foi ele quem ficou mais tempo por ali, perguntando se havia algo mais que pudesse fazer. Eu compreendia aquele homem. Era difícil aceitar que tudo tinha acabado, que você tinha cumprido o trabalho que lhe haviam designado.

Levei Erica até o banheiro.

— Vou encher de água, está bem?

Sentei na borda da banheira. Erica baixou a tampa do vaso e sentou.

— Alguém me traz uma toalha limpa?!

Erica apontou para uma que estava pendurada atrás da porta. Achei que talvez fosse a toalha suja que ela tinha usado antes de desaparecer. Eu percebi que ela podia não ter se dado conta de quanto tempo passara sumida. *Quatro dias, meu bem*, eu queria dizer a ela, mas fiquei em silêncio.

Enquanto a banheira enchia, aproveitei para ver como estava India. Sentada à mesa, ela comia uma tigela de cereal. Mace estava a seu lado, com uma das mãos apoiadas sobre a caixa de leite.

— Então ela ficou lá na casa antiga esse tempo todo? – perguntei.

— Foi o que ela disse.

— Como foi que vocês não viram?

— Foi um dos primeiros lugares onde procuramos. Mas ela odiava aquele lugar. Nunca achei que voltaria pra lá.

— Eles examinaram ela? Não tem nenhum ferimento?

— Não, ela disse que ficou sozinha o tempo inteiro. Acho que só estava assustada e com frio.

— Ela fez uma fogueira e ninguém viu?

Ele deu de ombros e colocou o cotovelo sobre a mesa.

— Ela roubou da casa do Sr. Adair. Quando ele descobrir, aposto que vai me cobrar. Ele é esse tipo de homem.

Em outras circunstâncias, eu teria julgado aquele roubo. A pobreza não era desculpa para desobedecer a Deus, nosso pastor avisara mais de uma vez. Mas fiquei feliz que ela tivesse feito o necessário para sobreviver.

Fui checar a banheira. Erica já tinha entrado e estava deitada com os olhos fechados. Desliguei a água e peguei o jarro na prateleira. Enchi, derramei água sobre o cabelo de Erica e passei os dedos entre os fios.

— Por que, Erica?

Eu sabia que deveria esperar ela descansar um pouco, mas não consegui me segurar. Precisava saber. Não conseguiria dizer mais nada até que ouvisse a resposta para essa pergunta.

— Foi por causa do caso no tribunal?

Me odiei por fazer essa pergunta, mas era uma dúvida honesta. O tempo inteiro eu sabia que, se algo acontecesse com essa garota, a culpa seria toda minha.

— Eu só não quero mais morar em Montgomery.

— Onde você quer morar?

— Não sei. Mas cansei de falar pra minha avó que não quero mais morar aqui e ela só responder com: "Garota, você é doida."

Erica fechou os olhos. Eu não sabia dizer se era para evitar que a água entrasse neles ou se ela apenas não queria olhar para mim. Dei um empurrãozinho no queixo para virar sua cabeça para trás.

— Nós ganhamos o caso. Alguém te contou?

— Eu quero ir de novo naquela praia.

— Você ouviu? Nós ganhamos.

— O único lugar que eu sabia chegar era a casa do Adair. Quando olhei e vi que a casa estava vazia, bem do jeito que a gente deixou, até mesmo com um dos cachorros que costumava ficar por ali, eu entrei.

O sabonete estava seco e havia grudado na saboneteira de porcelana. Ela o pegou e mergulhou na água, virando-o de um lado para o outro até deixar a água turva.

— Erica, você assustou todo mundo. A cidade inteira estava procurando você. Passou até no jornal...

— O jornal. – Ela se sentou, espirrando água para os lados. – Estou cansada dessa gente de jornal. Cansada de todo mundo falando sobre mim e a minha família como se a gente tivesse alguma doença.

Coloquei a mão em seu ombro, mas ela estava escorregadia e eu não consegui manter um contato sólido.

— Estou cansada. Cansada. – As palavras saíram numa torrente. – Sem marido. Sem vida. Sem bebês. Eu nunca vou ser feliz.

— Vamos terminar o banho pra você descansar.

Ela passou a barra de sabonete no rosto e piscou rapidamente.

— Erica, você está bem? Está machucada?

Peguei a toalha do gancho atrás da porta e a estendi para ela. Erica limpou os olhos.

— Vamos lá. Vamos sair.

Eu ajudei a secá-la como se fosse um bebê e coloquei uma touca em sua cabeça. India já estava na cama. Dei um beijo na bochecha das duas antes de desligar a luz.

— Tem certeza que não está machucada em lugar nenhum?

— Não, senhora.

— Tudo bem, então durmam. Foi um dia longo.

— Preciso ir pra escola amanhã? – perguntou Erica.

Eu parei.

— Acredito que não. Vamos conversar de manhã. Acho que meu pai deve vir aqui te examinar. Tudo bem por você?

— Sim, senhora.

Na sala, Mace já tinha colocado um cobertor em cima do sofá. Seu rosto estava abatido e enrugado. Nem olhou para mim ao dizer:

— Vou pegar um travesseiro.

Eu me sentei no sofá e fiquei esperando o travesseiro. Depois fechei os olhos e não me lembro de tê-los aberto até a manhã seguinte.

47.

ROCKFORD
2016

A fachada da casa é lisa e sem graça, e eu me dou conta, repentina e dolorosamente, de que elas ainda são pobres. Nunca houve uma indenização monetária vultosa, nunca um pagamento significativo do governo para compensar o erro cometido contra essas meninas e essa família. Mace morreu há uns vinte anos, a Sra. Williams há dez. Tenho dificuldade em aceitar essas mortes, provavelmente porque nunca consegui encontrar minha paz. Pelo menos é assim que me sinto.

Na manhã seguinte ao meu encontro com a filha da Sra. Seager, fui de carro até Dixie Court. Alicia havia me contado que os apartamentos seriam demolidos, e eu queria dar uma última olhada neles. A princípio pareciam abandonados. Tábuas nas janelas, grama na altura dos joelhos. Mas, ao dirigir por ali, percebi que algumas famílias ainda habitavam o complexo. Era inquietante saber que elas estavam morando lado a lado de imóveis abandonados, animais convivendo com crianças. O apartamento da família Williams era um dos que estavam fechados. Alguém tinha pintado uma coisa ilegível com *spray* vermelho sobre as tábuas. A escada estava escurecida, mas eu ainda conseguia ver India descendo por ela, a memória fresca.

Agora, diante da nova casa delas, compreendo um pouco melhor esse período de tempo que se passou. Toco a campainha, hesitante, com a absoluta compreensão de que isso é mais do que uma porta. É um portal.

Ouço um barulho fraco de sino e o latido de um cachorro. E lá está Erica, sem dúvida é Erica. Ela sorri para mim pela porta de ferro enquanto a destranca com uma chave. Tudo acontece tão rápido que mal consigo pensar. Mordo a parte de dentro da bochecha.

— A Dra. Civil está aqui, India. Dra. Civil! – grita ela, por cima do ombro.

Toco meu pescoço suado. Erica, por outro lado, parece calma e confortável. A mesma testa ampla e cheia de sardas escuras. O nariz generoso e o sorriso rápido. Sinto uma pontada no estômago ao perceber o quanto ela se parece com a Sra. Williams, sua avó.

Ela me conduz para dentro e eu a sigo, meio sem jeito. O ar-condicionado emite um ruído suave. Um chihuahua marrom cheira meus pés e corre em círculos, apesar de não estar mais latindo. As cortinas estão fechadas. A sala é iluminada por uma televisão grande. Um cheiro doce preenche o ar.

— Tem algo com cheiro bom – digo.

— Eu não sei cozinhar como a minha avó, mas sei fazer bolo. Acabou de sair do forno.

— Não precisava se dar ao trabalho.

— Querida, é tão bom ver você. A gente estava te esperando. O trânsito foi tranquilo?

Ela coloca a mão na minha cintura, e eu fico ali de pé, parada, momentaneamente incapaz de conciliar a criança que conheci com essa mulher de meia-idade que está me abraçando.

— Senta, senta – diz ela.

Escolho o sofá. Há duas poltronas reclináveis que, imagino, pertencem às irmãs. Uma manta de crochê repousa sobre uma das poltronas, e eu me pergunto se aquilo é obra da Sra. Williams. Sinto muita aflição. Eu devia ter vindo aqui há muitos anos. Devia ter ligado e mantido contato.

— India!

Ela diz para o cachorro ficar quieto e vai buscar a irmã. A sala é pequena, mas acolhedora, o chão coberto por um carpete rosa de um lado a outro. Atrás da porta da frente, há uma foto de Barack Obama pendurada. Parece ter sido cortada de uma revista e emoldurada. Abaixo dele, uma foto de Martin Luther King Jr. Acima da porta, um tecido bordado em ponto de cruz traz uma citação de John F. Kennedy: "Toda conquista começa com a decisão de tentar." Há uma mesinha atrás do sofá cheia de fotos emolduradas. Eu me levanto para olhar, e aquilo abre uma janela para dentro da vida da família Williams. Lá está Mace, em pé ao lado de sua caminhonete. Está vestido com uma calça jeans apertada que se alarga na parte de baixo e tem o cabelo na altura dos ombros. Não está sorrindo na foto, mas o sol mostra o brilho em seus olhos e ele está relaxado. Procuro outras fotos dele, mas não há. Sei que Mace morreu de uma doença no coração. Embora eu saiba que ele nunca tenha se casado novamente, quero saber se encontrou amor e cura. Mas tenho vergonha de perguntar.

Uma outra foto mostra a Sra. Williams com sua melhor roupa de domingo. Usa um terninho branco e chapéu, como se fosse o Dia do Missionário na igreja. Os dedos inchados seguram uma bolsa branca de miçangas no colo, e ela está sentada em uma cadeira de rodas. Olho para o corredor e me pergunto se Erica também teve a função de cuidar da avó em seus últimos anos de vida. Pelo que sei, a Sra. Williams se casou de novo, mas o marido morreu alguns anos antes dela. Eles aparecem posando em um daqueles estúdios de fotografia com cenário de fundo falso. Ele está atrás dela, as mãos segurando-a pela cintura. Tem um cabelo grisalho e costeletas grossas. Seu rosto redondo me lembra Dennis Edwards, do Temptations. A Sra. Williams parece tranquila, satisfeita. Um de seus dentes brilha, dourado.

Assim que pego uma foto das irmãs, elas chegam à sala. Coloco a foto de volta no lugar. Erica conduz India, segurando-a pelo cotovelo. India usa um vestidinho simples de casa e parece bem mais velha do que a irmã, apesar de ser a mais nova das duas. Talvez seja porque o estilo da peruca cacheada que ela está usando seja de uma mulher mais velha. Ela sorri para mim.

— India – sussurro ao me aproximar dela. – India.

Ela é alguns centímetros mais alta do que eu agora, portanto, quando coloca a cabeça em meu ombro, precisa se abaixar. Eu a abraço.

— India. Lembra de mim?

A irmã mais nova sorri para mim, mas não responde.

48.

Montgomery

1973

Mamãe fez um bolo para a família Williams, para comemorar o veredicto e o retorno de Erica. Assim como era com a maioria das coisas criativas, ela fazia mágica ao decorar bolos. E cantava enquanto o fazia. Eu me lembro porque não a ouvia cantar havia muito tempo. Minha mãe não tinha ido ao estúdio desde que voltara de Memphis. Meu pai e eu lançávamos olhares um para o outro, tentando compreender essa mudança. Todo dia, mamãe e tia Ros se sentavam no chão, davam as mãos e entoavam algum tipo de cântico meditativo. Faziam chá e ouviam música tântrica. Ros disse para não nos preocuparmos, que mamãe ainda era cristã. Aquilo fez meu pai rir.

Tia Ros decidiu ficar para o Dia de Ação de Graças. Papai queria receber pessoas em casa, e todos concordamos. Ele pediu para o Sr. Singh preparar a refeição completa, embora Mabel Turner tenha insistido em levar pão de milho com torresmo, uma das comidas favoritas de India. Eu e tia Ros decoramos a casa com pinhas falsas e perus de papel. De vez em quando, ela ia lá fora fumar um cigarro. Enquanto a esperava, eu percebia o quão silencioso o ambiente ficava durante aqueles minutos. A presença de tia Ros iluminava a casa e, quando ela saía, o clima mudava.

Na noite de Ação de Graças, Lou apareceu com a esposa, Jenna, e ela não era nada do que eu esperava. Como Lou tinha o hábito de trabalhar sem parar, eu imaginei que ela fosse quietinha. Estava errada. Pelo modo como apertou minha mão, já vi que não era nada tímida e gostei dela de cara. Seus olhos eram intensamente inteligentes, e eu tive a sensação de que ela sabia tanto quanto eu sobre o caso.

Ela também estava grávida. Muito grávida. Apoiou a mão no encosto de uma das banquetas da sala.

— Precisa se sentar? – perguntei a ela.

— Não, estou bem.

— Lou, não estou acreditando nisso – falei para ele. – Quando o bebê nasce?

— Você sabe que Civil foi minha assistente jurídica, não é? – disse ele para a esposa.

— Foi o que ouvi dizer – respondeu Jenna.

— O bebê está para nascer mês que vem – contou Lou.

— E vocês não moram na mesma cidade? – perguntou mamãe, também reagindo à barriga de Jenna.

— Mulher, os jovens fazem tudo diferente hoje em dia. – Tia Ros guardou o maço de cigarros na bolsa e foi para trás do balcão do bar. – Não consigo entender.

— Ela vai e volta de carro com frequência, mas agora vai ficar aqui até o bebê nascer – explicou Lou.

— Indo e voltando de Selma? Nesse estado? – disse minha mãe.

Tia Ros colocou duas taças sobre a bancada.

— Alguém quer vinho?

Eu chamei Lou num canto e sussurrei:

— Lou, você já sabia que sua mulher estava grávida quando pegou o caso, não é?

Ele fez que sim.

— E te incomodou saber que as meninas foram esterilizadas porque ia virar pai.

— Civil, a essa altura do campeonato você já me conhece bem. Sabe que eu pegaria o caso de qualquer forma.

— Acho que só estou tentando juntar as peças.

— Quando conseguir, por favor, esclareça pra mim, então.

A família Ralsey chegou em seguida, junto com Alicia. Eu a abracei e ela ficou ali grudada em mim por um longo tempo. A Sra. Ralsey pediu a Ty para buscar a vasilha com vegetais que ela havia esquecido no carro. Ela foi falar diretamente com a mamãe, e pude ouvi-la pedindo desculpas por estar ocupada demais para acompanhar como ela estava. Minha mãe disse que ela não precisava se preocupar e perguntou sobre o caso de Tuskegee. Aquilo iniciou toda uma nova conversa.

Na cozinha, Alicia me ajudou a organizar a comida na mesa para que todo mundo pudesse se servir.

— Acredita que Lou não contou que a mulher dele estava grávida? E ele passando todo aquele tempo no escritório?

— Pensei a mesma coisa – respondi. – Sabia que ela trabalha em um escritório de advocacia em Selma?

Alicia balançou a cabeça.

— O mundo está muito diferente hoje em dia, não é?

Eu abri um pote de macarrão e coloquei ao lado do pão de milho.

— Ela me disse que acompanhou o caso de perto. Quero perguntar a ela se acha que a família tem chance de ganhar um processo civil.

— Os Williams chegaram – disse Ty, enfiando a cabeça pela porta, e depois saiu.

Limpei a mesa que acabara de limpar minutos antes. Era a primeira vez que Mace vinha à minha casa, e eu sabia que papai ainda suspeitava que houvesse algo entre nós. Não havia e nunca haveria. Desde o desaparecimento de Erica, ele tinha se afastado de mim. E eu fizera o mesmo. Um beijo no sofá da sala não significava nada.

Alicia tocou no meu braço.

— Civil, ele está apaixonado por você. Sabe disso, não é?

— Quem?

Antes que ela pudesse responder, Erica e a irmã entraram na cozinha. India me agarrou pela cintura. Eu coloquei uma mecha de seu cabelo atrás da orelha e ajeitei sua sobrancelha com a unha. Do canto do olho, observei Erica atrás de India. Meu pai a tinha examinado e não encontrara nada de estranho. Ele disse que ela só estava exausta e precisava descansar. Mas ela ainda parecia desconfiada e distante.

— Comprei uns discos novos – falei, na esperança de que ela se interessasse.

Eu os comprei depois que ela desapareceu e prometi a mim mesma que, caso ela voltasse, eu a traria em casa para ouvi-los. Tive que me segurar muito para não dar meu toca-discos para ela. Ela iria aproveitá-lo melhor do que eu. Mas eu não podia mais fazer isso. Não podia mais tentar comprar a salvação deles.

— Vamos lá.

As duas foram comigo até o quarto. Meu pai tinha colocado música em algum cômodo, então falei para elas que se fechassem a porta do quarto poderiam ouvir melhor. Ao sair, pude ouvir Erica explicando para India como colocar o disco para tocar sem arranhá-lo.

Na sala, a Sra. Williams se sentava, bem ereta, na poltrona do canto. Na cadeira ao lado, tia Ros perguntava à mulher se ela já tinha entrado em contato com seu espírito animal interior. A Sra. Williams só dizia "aham" com uma voz divertida. Aquilo não intimidou tia Ros e, depois de alguns minutos, a Sra. Williams já tinha entrado na onda e sorria. Era impossível resistir a tia Ros.

Meu pai se agachou ao lado de sua coleção de fitas. Alguém abriu outra garrafa de vinho. Mace estava com uma taça na mão, mas não parecia estar bebendo. Ele e Ty conversavam sobre futebol. A mulher de Lou estava meio sentada, meio encostada na borda da banqueta. A família Ralsey se acomodou nas cadeiras dobráveis que meu pai trouxera do depósito. Ty saiu do cômodo e eu ocupei seu lugar ao lado de Mace.

— Tudo bem com você? – perguntei a ele.

— Sim – respondeu Mace. – E você?

— Mais ou menos. Ainda não acredito que acabou.

— Eu também não.

Eu me inclinei para perto dele.

— Está me evitando?

Ty voltou para a sala com um pedaço de pão de milho enrolado em um guardanapo.

— É falta de educação comer antes de o jantar ser servido – falei.

— Quem foi que morreu pra você virar a rainha?

Mace riu, como se ele e Ty fossem amigos agora. Eu franzi a testa. Quando chegou a hora de servir a comida, juntamos duas mesas na sala de jantar e as cobrimos com uma toalha. Mal havia espaço para circular ao redor das mesas, mas conseguimos acomodar todo mundo. Me sentei entre Alicia e Ty, com Mace à nossa frente. Tia Ros falou sobre seu consultório de terapia e como seus novos métodos incorporavam abordagens espirituais alternativas. Ela lamentou que mais pessoas negras estivessem precisando de terapia e falou sobre como gostaria de atender as nossas comunidades em Memphis.

— Atendo mulheres que foram abusadas sexualmente ou que estão em situação de rua desde bem jovens e não confiam em ninguém. São danos muito profundos, mas a possibilidade de cura existe. Vi muitas mulheres voltarem a ter uma vida saudável e feliz.

— Ros, ia ser bom para nós ter você aqui em Montgomery. No St. Jude há alguns desses serviços, mas você parece realmente se aprofundar com seus pacientes – disse a Sra. Ralsey.

Eu não disse nada. Tinha aprendido do jeito difícil que toda boa ação tem seu preço.

Houve um momento de silêncio na conversa e, então, meu pai levantou a taça.

— Não tínhamos conseguido ainda comemorar a vitória de Lou devidamente. Quero fazer um brinde a Lou, e agradecer por sua confiança e comprometimento.

— Sim, graças a Deus – acrescentou a Sra. Williams. – Deus te abençoe, rapaz.

— Obrigado. – Lou levou a taça de vidro à boca e tomou um longo gole. Erica pediu mais batatas-doces, e as passei para ela. Eu estava com medo de que toda aquela conversa sobre o caso a deixasse ansiosa. Não tinha passado muito tempo com ela ultimamente.

— Bom, eu também tenho algo a dizer. – A Sra. Williams colocou sua taça sobre a mesa. – Quero agradecer a todos vocês por tudo o que fizeram pela minha família. Quando meu filho Mace perdeu a esposa, mãe dessas meninas, eu achei que a vida não podia ficar pior. Mas esse ano me ensinou que só Deus sabe o quanto conseguimos aguentar.

Eu ouvi uma fungada. India mastigava um pedaço grande de pão de milho. Erica observava a avó. Parecia que a fungada tinha vindo de Mace. Será que ele ia mesmo chorar na frente de todo mundo? Se fizesse isso, eu não ia aguentar.

— Não, senhor. Ninguém prometeu pra gente que o caminho ia ser fácil. Mas eu persisti na fé. E conhecer pessoas como vocês, Sr. Lou e Srta. Civil, me fez ver o lado bom do mundo de novo.

Ela pigarreou.

— Quero agradecer vocês. Todos vocês. Eu não tenho muito a oferecer. Trouxe umas tortas, estão na cozinha. Fiz com as minhas próprias mãos. Coloquei meu coração em cada uma delas. Mas sei que nunca vou poder retribuir vocês. E não sei nem expressar como me sinto, não tenho palavras.

— Sim, senhora, claro. Palavras não são necessárias – disse Lou.

A Sra. Williams continuou como se não o tivesse ouvido. A mulher tinha mais a dizer.

— Depois que encontraram Erica, eu conversei com ela. Conversei com meu filho. E decidi que é hora de a gente sair de Montgomery.

— Sair? – repeti.

— Vamos morar com nossa prima Nellie. Aquela que você conheceu. Ela tem uma casa grande o bastante pra todos nós. O marido dela pode ajudar Mace a achar trabalho.

— E o estudo das meninas? India acabou de encontrar aquela escola, e vai ser difícil achar outra naquela cidade pequena.

— Civil. Você já fez o suficiente. É como uma filha pra mim. Mas estou sentada nesta mesa, nesta linda casa, e vejo que você tem sua própria família. E eles têm sorte de ter você.

Balancei a cabeça. Aquela não era a primeira vez que a Sra. Williams dizia para eu não me intrometer, mas fazer isso na frente de todo mundo era demais.

— A opinião das meninas não conta?

— São elas que querem ir. A Erica precisa. Eu e você sabemos disso.

Erica tinha falado sobre se mudar, mas aquilo era só a emoção do momento. Ela era só uma criança.

— Mace? – olhei para ele, que encarava o prato. – Mace?

Ele não disse nada, e Erica não se dignou a fazer contato visual comigo.

Passei o restante do jantar sem ver nem ouvir nada. Não conseguia sentir o gosto da comida e apenas a espalhava, distraída, pelo prato. Depois da sobremesa, todo mundo pegou seus casacos e começou a se dirigir para a porta. As meninas me abraçaram e eu as apertei com força. *Amo vocês*, eu queria dizer. *Amo vocês. Amo vocês.*

— Vá com eles até o carro – disse papai.

Ele deve ter visto como fiquei abalada. Do lado de fora, observei as meninas entrarem na caminhonete de Mace. A Sra. Williams ficou ao meu lado na calçada.

— Civil – começou ela –, sei que foi difícil pra você ouvir tudo isso hoje. E eu provavelmente devia ter te contado antes de anunciar pra todo mundo. Desculpa.

Não falei nada.

— Quero que saiba que valorizo muito tudo o que fez por nós. Mas eu posso cuidar da minha família daqui em diante.

Aquelas palavras me feriram, e não consegui esconder.

— Como? Como vai dar conta? A senhora não conseguia cuidar daquela casa na fazenda.

Ela apertou os olhos. Ao falar, sua voz era firme, mas paciente.

— Mace vai ficar trabalhando aqui. Quando estiver pronto e conseguir um trabalho fixo lá, ele vai também.

— A senhora vai simplesmente desistir do apartamento? Não sabe o quanto foi difícil pra mim consegui-lo? E a Nellie já sabe desse plano?

— Você sabe que eu não diria tudo isso se ela não soubesse. Ela ficou feliz de ter companhia.

Abri minha boca para dizer alguma coisa, mas então desisti ao perceber o quão idiota eu estava parecendo.

— Você está preocupada com o estudo das meninas, mas a assistente social disse que alguém pode ir em casa dar aulas para India.

— Vocês têm uma assistente social nova? Ela nunca vai poder fazer o que a irmã LaTarsha e as freiras fazem lá. Elas têm brinquedos, quebra-cabeças, tudo que India precisa pra aprender.

— Civil, vai ficar tudo bem com as meninas.

Mace ligou o carro e os faróis iluminaram a rua. A Sra. Williams ficou ali, na calçada, iluminada pela torrente de luz.

— Eu disse aquilo com sinceridade. Você é como uma filha pra mim. Sempre vou pensar em você e quero que saiba que vai ser sempre bem-vinda se quiser visitar as meninas. Não precisa nem perguntar. Mas quero que você siga em frente com a sua vida.

— Siga em frente?

Não entendi as palavras dela. Como é que alguém segue em frente longe da família? Será que ela não entendia que família era mais do que sangue? Era a experiência compartilhada, eram as histórias, as dores. Essas meninas agora eram uma família para mim tanto quanto para ela.

— Você quer que eu siga em frente para esquecer o Mace, não é? – perguntei em voz baixa.

Não consegui ver seu rosto claramente, mas dava para perceber que ela não ficou surpresa com a minha pergunta. Com certeza ela tinha suas suspeitas, e o fato de Mace ter segurado a minha mão no tribunal provavelmente as confirmou.

— Você e Mace são adultos, Civil. Não tenho nada a ver com isso. Mas o que eu acho é o seguinte: você nos tocou de uma forma que ninguém nunca fez. E eu agradeço por isso. Mas você tem coisas para resolver dentro do seu coração. Eu vejo isso. Sei disso. Entregue pra Deus, Civil. Ele vai te responder.

E, com isso, ela seguiu na direção da caminhonete, entrou na cabine com as meninas, e eles foram embora. A única que se virou para acenar para mim foi India, a palma branca de sua mão encostada na janela.

49.

Rockford
2016

Nos anos seguintes à partida da família, eu mergulhei na ausência deles. Discos que Erica poderia gostar. Uma boneca que talvez chamasse a atenção de India. Um sorvete que as duas adoravam. O buraco foi ficando cada vez maior, até que dez anos se transformaram em vinte, trinta, quarenta. E, agora, aqui estou eu, sentada na sala de estar das duas, abraçando India como não fazia há muitos anos.

— Vamos nos sentar – digo, e conduzo India até sua cadeira. A mulher se move devagar, e minha formação em medicina entra em cena. – Como está se sentindo?

Erica ajeita o vestido de India para ela poder se sentar confortavelmente. Depois senta-se em sua própria cadeira.

— Ela está na segunda rodada do tratamento. Com a graça de Deus, vai terminar daqui a alguns meses.

A menção à sua saúde frágil me deixa arrasada. Minhas memórias estão guardadas dentro de meus ossos, e não consigo suportar a ideia de perdê-la. Eu me esforço para não fazer o papel de médica. Haverá um momento para isso, se elas quiserem. Mas, antes de sair para essa viagem, eu decidi que não estava vindo aqui para salvá-las. Já cometi esse erro uma vez e não pretendo repeti-lo. Ainda assim, não consigo evitar a pergunta:

— Os remédios estão deixando ela enjoada?

— Na primeira rodada, sim. Eles acham que vai ser melhor dessa vez.

— Ela está comendo direito?

— Ela adora arroz integral. Você já comeu?

— Sim, adoro.

— Ela também. Experimentou no hospital e agora quer o tempo inteiro. Gosta com um pouquinho de manteiga.

— Que bom, Erica. Fico feliz que esteja cuidando dela.

— E você, Dra. Civil? Alicia disse que você é uma médica chique agora. Me conta sobre seu marido e sua família.

Eu recosto nas almofadas do sofá. Casamento não é um assunto sobre o qual eu adoro falar, mas não há como evitar. Digo a ela que tomo conta da minha mãe e que criei uma filha sozinha. Não menciono que, durante muitos anos, eu fui aquela com quem os outros médicos, que tinham famílias, sempre contavam para substituí-los. Fui aquela que todo mundo presumia não ter nenhum plano para as noites de sexta. E, durante muitos anos, eles estavam certos. Quando minha menstruação começou a rarear e meu médico me disse que eu estava na perimenopausa, comecei a fazer terapia pela primeira vez na vida. Na época, eu achei que seria libertador me livrar dessa inconveniência mensal, ainda mais porque eu nunca a desejara, e nem o óvulo que resultava dela, mas eu só conseguia pensar naquelas meninas. Nesse período em que as minhas chances de engravidar estavam realmente acabando, eu não lamentei o fim de todos aqueles anos de absorventes sujos, de manchas rosadas num pedaço de tecido. Não me arrependi de não ter dado à luz. Eu só pensava nas duas irmãs e na menstruação delas, decepcionando-as mês após mês, ano após ano, por décadas. E depois de um ano conversando com a terapeuta, percebi que eu tinha mudado. Já não via mais a maternidade como uma armadilha ou uma punição. Não precisava deixar de ter filhos para pagar minha dívida com essas meninas. Eu não era minha mãe, cuja maternidade fora afetada por sua doença.

Em vez de narrar todo esse passado torturante, eu apenas conto a Erica que aos quarenta e oito anos passei por uma mudança de mentalidade e comecei o processo de adoção. Entrego meu celular para Erica ver uma foto sua. Ela mostra para India.

— Ela é linda. Quantos anos disse que ela tem?

— Vinte e três.

Eu não esqueço que estou falando com duas mulheres sem filhos, que foram destituídas dessa oportunidade pelas circunstâncias e não por escolha. Eu fiz uma escolha, e isso foi algo muito poderoso. Mesmo sendo mãe solo, o sistema me beneficiou por ser médica. Para Erica e India, o processo de adoção seria muito mais difícil. O juiz esquadrinha muito mais a vida de quem é pobre. Deficiente. Solteira. Eu estou mais consciente do que nunca de tudo que precisa ser transformado nesse mundo.

Depois que me devolve o telefone, Erica me olha novamente com aquele rosto crescido, que me deixa um pouco nervosa. É como se agora eu fosse a criança, e ela a adulta nesta sala.

— Vou pegar o bolo. – Ela volta com dois pratinhos. – Já fui garçonete. Sabia disso?

Balanço a cabeça. É um pão de ló coberto com morangos. Morango é o sabor favorito de India, explica ela. O gosto e a textura são perfeitos, levinhos e aerados, algo que uma confeiteira profissional teria dificuldade de superar. Ela me pergunta se quero café e aceito com prazer. Ao comer, eu me lembro do dia em que conheci a família, quando a Sra. Williams me ofereceu um cozido preparado num buraco no chão. Eu nunca tinha visto ninguém cozinhar daquela maneira. Os Williams sempre alimentaram a minha alma, mesmo quando eu não sabia que estava precisando. Eu me dou conta de que recebi muito mais deles do que eu mesma poderia dar.

Conversamos até perder o fôlego. Lembramos do dia em que a avó delas ficou andando pela casa com farinha na ponta do nariz e ninguém falou para ela, e do dia em que fomos na Kmart e eu gastei uma pequena fortuna em moedinhas para India andar no carrossel, e como India uma vez trouxe o pastor-alemão para dentro de casa e a Sra. Williams o enxotou com uma vassoura, e como foi engraçado quando Mace entrou no mar usando meias. Elas se lembram.

Coloco o pratinho vazio sobre a mesa e agradeço mais uma vez.

— Não precisa mais agradecer, tá bem? Agora, Dra. Civil. Me diz uma coisa. Estou muito feliz em te ver, é claro. Sua visita significa muito pra gente. Mas por que veio aqui depois de tantos anos? Não quero ser mal-educada nem nada. Mas, quando soube que você vinha, fiquei me perguntando se está tudo bem com você. Não vem trazendo más notícias, não é?

Balanço minha cabeça e tomo um gole de café. A mulher acha que estou fazendo uma viagem de despedidas. Ainda assim, não sei muito bem como responder. É a mesma questão que enfrentei com Alicia, e está na hora de ser sincera. Considerei minhas intenções com muito cuidado. Não é fácil compreender tudo. Pedir desculpas para essas mulheres depois de tantos anos parece um pouco aviltante. Como se eu me supusesse o centro da vida delas. Também não quero fazer parecer que elas são pessoas dignas de pena. Elas passaram por toda essa dificuldade e viveram vidas plenas, encontraram sentido naquela irmandade, na família, e criaram esse belo lar. E ganharam uma ação judicial contra o governo dos Estados Unidos. Elas são muito mais do que garotinhas injustiçadas pelo sistema.

Eu falo devagar e, apesar das minhas intenções contrárias, o que sai é um pedido de desculpas.

— Queria dizer a vocês que sinto muito. Sinto muito, Erica. Eu queria, eu queria...

— Srta. Civil, não precisa de nada disso. Está me ouvindo? Não precisa.

Antes que eu possa responder, India começa a fazer um barulho. Erica pega o prato vazio da irmã.

— Vou pegar mais bolo pra ela. E, quando eu voltar, temos que assistir ao meu *talk show*, vai começar em um minuto. Tira os sapatos e fica à vontade, tá bem?

Ela sorri para mim antes de deixar a sala e eu recosto na cadeira. Eu não as vejo há décadas, mas essas mulheres são minha família e eu sou família para elas. Eu estava com dificuldade de compreender como é que eu ia compensar o tempo perdido, mas agora sei que o tempo não foi perdido. Ele só passou. E, felizmente, ainda há mais tempo. Não tanto quanto eu gostaria. Mas ainda há.

50.

MONTGOMERY
1973

Na semana depois da Ação de Graças, tia Ros foi embora e mamãe voltou a frequentar seu estúdio, mas só pela manhã. Saía para almoçar à tarde. Anunciou que daria aulas de aquarela, e três pessoas se inscreveram no primeiro dia. Ela desempacotava o jantar, o servia na louça de porcelana e arrumava a mesa como se tivesse cozinhado com as próprias mãos. Nós três nos sentávamos para jantar toda noite, como não fazíamos havia um bom tempo.

Depois que papai e mamãe se recolhiam para o quarto, eu ficava sentada, solitária, na minha cama. O inverno tinha chegado e estava cada vez mais frio lá fora. A mulher de Lou tinha dado à luz há pouco tempo, e eu não tinha tido coragem de ligar para ele. Mas, conforme o ano chegava ao fim, não consegui mais evitar. Fui de carro até o centro da cidade ao meio-dia e fiquei dando voltas no quarteirão do escritório dele. Na terceira volta, Pamela, a secretária de Lou, desceu os degraus e ficou olhando para mim. Eu me inclinei e abaixei o vidro do passageiro.

— Como está, Civil? – perguntou ela, acenando.

— Tudo bem. E com você?

— Ocupada.

— Lou está por aí?

— Sim, ele está lá em cima.

— Tudo bem. Vou parar e dar um oi.

— Faz. Se cuida!

Quando Lou abriu, eu falei:

— Quando foi que começaram a trancar a porta?

— Alguém vandalizou meu carro. Pode ter sido algo aleatório, mas cuidado nunca é demais.

Ele trancou a porta depois que entrei. Subi a escada atrás dele.

— Quando?

— Logo depois que o julgamento acabou. Não te contei porque estávamos todos ocupados procurando Erica.

Os papéis tinham sumido. As mesas estavam vazias. Havia quatro caixas de arquivos empilhadas na parede. Ele abriu um pacote de batatinha Lay's e me ofereceu.

— Não, obrigada. Não me diga que você ainda almoça essas porcarias.

Ele encheu a boca.

— Pamela foi comprar alguma coisa pra mim. Mas esses salgadinhos quebram um galho.

— Está com algum caso novo? Achei que estaria em casa com o bebê.

— Ah, eu beijo aquele bebê em todos os momentos que consigo. Mas minha mulher está me incentivando a pegar esse caso. Duas mulheres se inscreveram para a Polícia Rodoviária do Alabama. As duas foram recusadas.

— E você aceitou o caso?

— Acha que eu deveria?

— Acho que você é doido.

Ele riu. Eu senti falta de ouvir aquela risada esquisita. Lou tinha adquirido, bem diante dos meus olhos, um certo dom de conhecer as coisas do mundo, algo que o pessoal chamava de alma antiga. No Dia de Ação de Graças, tia Ros tinha dito: "Aquele Lou Feldman já esteve aqui antes." Ela tinha razão. Era difícil não sentir a luz de sua presença. Tudo que eu queria era arregaçar as mangas, pegar um bloquinho e começar a fazer anotações sobre esse caso da polícia rodoviária. Não era exatamente porque eu quisesse ser advogada, era mais por ficar estimulada pela bússola moral de Lou.

— E você, Civil?

Ele falou de um jeito calmo. Não gostei de seu tom de voz. Todo mundo tinha expectativas tão altas em relação a mim. Eu só queria que me deixassem em paz.

— Eu não sei o que quero.

Eu poderia trabalhar para o meu pai, mas não tinha certeza.

— Você vai descobrir.

— Posso ver esse bloquinho?

— Não pode, não.

— As mulheres que queriam entrar na polícia rodoviária são negras?

— Isso não é da sua conta.

— Deixa de bobagem, Louis Feldman.

Eu não tinha me sentado. Estava com a bolsa pendurada no ombro. Sabia que estava na hora de ir embora, mas também sabia que sair por aquela porta teria um caráter de finitude que nunca tivera antes. Não queria fazer aquilo. Se ele tivesse tentado me empurrar porta afora, eu teria resistido. Mas ele não tentou. Apenas ficou ali mastigando seu salgadinho.

— Te vejo por aí – falei, afinal.

— Se cuida, Civil Townsend.

Saí do escritório me perguntando se eu era a única de nós dois a sentir esse vazio depois do fim do julgamento. Estava tão perdida nos meus pensamentos que nem vi a Sra. Seager passar bem na minha frente. Quando reconheci aquele cabelão ruivo, ela já estava lá no fim do quarteirão. Fiquei parada ao lado do carro, o vento frio soprando em meu pescoço, enquanto a observava e ouvia o barulho dos saltos batendo na calçada. Queria gritar o nome dela para ver se iria se virar e falar comigo ou se ainda guardava algum rancor. Eu precisava falar com ela, dizer que eu compreendia como era possível ficar tão focada em fazer o bem e esquecer que as pessoas tinham vidas próprias.

51.

Comecei a trabalhar para meu pai no começo de 1974. Foi uma semana depois dos feriados de espera estava lotada. Ao caminhar por aquela sala, uma sala cheia de gente que eu conhecia desde criança, comecei a sentir a conexão entre todos nós. A Sra. Cooper, nossa mãe da igreja. O Sr. Jones do correio. Dena, da loja de material de construção. Todos estavam ali esperando para ver meu pai, um homem a quem confiavam suas dores. Não era o que eu queria, mas fazia sentido. Ele precisava de ajuda no consultório e aquilo me dava algo para fazer. Além disso, eu gostava do trabalho. Eu me dava bem com o médico assistente do papai e, ao contrário do que eu esperava – que os pacientes me tratariam com desconfiança por ser filha dele –, parecia que eles confiavam em mim ainda mais. Às vezes, eu estava apenas medindo a pressão de alguém, e a pessoa começava a falar comigo. Eu ouvia, escrevia tudo no prontuário e conversava com meu pai depois. Ele assentia e dizia: "Ele te contou isso?" Até ele ficava impressionado com o quão rapidamente as pessoas se abriam comigo. Havia uma satisfação nesse tipo de cuidado. Uma simplicidade que ao mesmo tempo parecia expandir os poderes da minha mente.

— Papai, eu coloquei o Sr. Jones na Sala 1.

— Ele vai precisar tirar sangue hoje – disse meu pai. – Pode preparar o carrinho?

Meu pai tinha uma habilidade excepcional para se lembrar de detalhes a respeito dos pacientes. Ele chegava mais cedo e lia as fichas de todo mundo que estava marcado para o dia. Os pacientes gostavam de ver que você se lembrava deles. Respondiam melhor quando você perguntava: "Ainda está sentindo aquelas dores no peito?" Eu estava trabalhando com ele havia poucas semanas, mas já tinha aprendido muita coisa.

Naquele mesmo dia, mais tarde, eu ajudei a organizar o consultório e conversei um pouco com Glenda enquanto ela desligava as luzes. Minha mãe tinha deixado uma tela nova por lá naquela manhã, e ainda não tínhamos onde colocá-la. Não era das melhores que ela já havia pintado, mas tinha um tom de azul-claro e não era muito complicada. Perfeita para um consultório.

— É azul demais. Se as pessoas ficarem olhando muito, vão achar que estão prestes a cair no céu.

— Glenda, agora vou ter que contar pra mamãe que você disse isso.

— Pode contar. Nem ligo.

Nós rimos.

— Vou trancar tudo.

Peguei a chave em cima da mesa dela na mesma hora em que Ty entrou pela porta.

— Oi.

— Menino, o que você está fazendo aqui? Está doente? – Glenda o espiou pela janela que ficava sobre sua mesa.

— Estou com cara de doente?

— Ele sempre está com cara de doente – falei.

— Não, é só meu belo rosto natural. Civil, você tem falado com a família Williams ultimamente?

— Não, por quê?

— Vim te avisar que Mace vai se mudar amanhã.

Eu sabia que a Sra. Williams e as meninas já tinham ido para Rockford, mas não tinha nenhuma notícia de Mace. Estava tentando dar espaço para a família, mas já sentia saudade das meninas e fiquei triste por não ter tido outra chance de me despedir.

— Você tem falado com ele? – perguntei, tentando não ficar magoada com o fato de que os dois andavam conversando pelas minhas costas.

Ty fez que sim.

— Ele enfim encontrou um trabalho por lá, então pediu demissão da fábrica de picles. Vai entregar as chaves amanhã. Imaginei que você iria querer se despedir.

— Não sei por que achou isso.

Ele inclinou a cabeça para o lado, e eu o odiei por me conhecer tão bem. Toquei a ponta da moldura do quadro da mamãe, que estava apoiado na parede. Glenda tinha razão: parecia que eu ia cair no céu.

Ty me levou até Dixie Court na manhã seguinte e esperou no carro.

— Não vou demorar muito – falei para ele, que esfregava as mãos para mantê-las aquecidas.

A porta estava escancarada. Lá dentro o apartamento estava vazio, e eu não suportava aquilo. Tentei não me lembrar de todos os móveis que escolhi com tanto cuidado, do lugar onde a Sra. Williams se sentava em sua poltrona, da manta sobre o sofá. A sala tinha um leve cheiro de suor e o ar estava gelado. Já tinham desligado o aquecedor.

Mace veio lá dos fundos com uma pequena caixa nas mãos. Olhou para mim e, depois, colocou-a no chão com cuidado. Andou na minha direção e me abraçou pela cintura. Senti um arrepio, mas não sabia muito bem se era de frio ou nervosismo. Ele levou os lábios até a minha orelha.

— Ty trouxe você aqui?

Eu fiz que sim.

— Aquele garoto te amou a vida inteira. Você sabe disso, não sabe?

Não consegui responder. Ele roçou os dedos para cima e para baixo na minha bochecha.

— Civil Townsend. Você me deu minha família de volta. Será que eu te dei alguma coisa?

Como é que ele podia me perguntar aquilo? Era eu quem tinha provocado todo aquele estrago. Durante anos desejei ter respondido àquela pergunta, ter confirmado para ele o quanto nosso tempo juntos significara para mim. Mas minhas emoções estavam todas amarradas com nós cegos naquele dia. Eu não tinha como saber que aquela seria a última vez que nos veríamos, mas acho que senti.

— Por que vocês estão indo embora? – foi tudo que consegui dizer.

Depois da morte de Mace, Alicia foi até lá para ouvir o discurso fúnebre do padre diante do túmulo, porque eles não tinham dinheiro para pagar uma cerimônia na igreja. Tinham apenas o suficiente para enterrá-lo em um caixão de madeira, mas Alicia disse que ele foi sepultado num lindo dia de outono, e que o padre fez piada sobre como Mace adorava ler e deixava todo mundo louco ao citar as frases do jornal. Erica e India se sentaram lado a lado, duas moças bem-comportadas, uma delas silenciosa e a outra já exercendo seu papel de cuidadora, ajeitando o chapéu da irmã mais nova. A Sra. Williams cambaleou um pouco ao subir a colina para chegar até seu assento, mas se segurou no braço do novo marido, um viúvo aposentado que lhe ofereceu uma vida simples numa casa pequena, mas bem-arrumada, a casa onde as irmãs iriam morar depois que o casal morresse, a casa que visitei anos depois, onde comi pão de ló com morangos.

Mas naquele último dia em Dixie Court, no dia em que roçou a mão na minha bochecha, Mace ainda estava bem vivo.

— Você é livre, Civil. Use sua liberdade pra mudar quantas vidas você puder.

Eu tinha ficado incumbida de devolver a chave e observei pela janela enquanto a caminhonete de Mace soltava fumaça pelo escapamento. Ela engasgou e depois começou a se mover devagar, a caçamba repleta de itens de casa. Fiquei esperando para ver se ele iria olhar para trás. Não olhou.

Tranquei a porta e desci as escadas. Do outro lado da rua, Ty esperava dentro do carro. Não dava para ver seu rosto pelo vidro da janela. Quando caminhei até o escritório imobiliário, pensei naquele primeiro dia, quando fomos com a funcionária para ver o apartamento. A família Williams não tinha ficado ali nem um ano, mas, com a demanda cada vez maior para aqueles apartamentos em Dixie Court, provavelmente já havia outra família pronta para se mudar.

Ali, ao meu redor, diversas famílias construíram seus lares, aceitando de bom grado essa ajuda do governo, enquanto suas crianças corriam e gritavam pelo parquinho.

52.
Montgomery
2016

Na manhã seguinte à minha visita às irmãs, visto a melhor roupa que trouxe comigo e faço *check-out* do hotel. Ao olhar pelo espelho retrovisor, sinto que há algo de errado. Paro numa farmácia. Lá dentro, sob a luz fria, analiso as prateleiras da seção de cosméticos, sem saber muito bem o que escolher. Um *blush* vai me deixar com cara de vulgar? Meus cílios precisam de rímel? Tenho pelos no queixo para arrancar? No fim das contas, escolho um batom cor de ameixa. No caixa, pego também um par de brincos.

Ligo para Ty do carro. Sei que, mais uma vez, não me esforcei para que as coisas terminassem bem entre a gente. Esse negócio entre nós dois continua mal resolvido e não acaba nunca. Ele atende na mesma hora.

— Estou indo para Birmingham. – Minha voz está um pouco trêmula.

— Quanto tempo vai demorar pra chegar aqui? – responde Ty, como se fosse a coisa mais normal do mundo eu ligar para ele às oito da manhã e dizer que estou a caminho. Ele parece compreender imediatamente que estou indo lá para vê-lo.

Olho para o céu e consigo ver Ty quando era jovem: molhando as plantas da mãe, me levando de carro para Tuskegee, me entregando um presente, me provocando. Ty – aquele menininho com pernas compridas e joelho ressecado que roubara meus lápis no terceiro ano do fundamental, o menino que se transformara em um jovem lindo com um coração enorme. Ainda que eu não tivesse percebido naquela época, ele gostava tanto daquelas duas meninas quanto eu.

E lá estou eu também. Vinte e três anos de idade. Doida para provar que meu pai estava errado. Ansiosa com a doença da minha mãe. Desejando um amor. Com esperanças de deixar minha marca no mundo. A jovem Civil, sorridente, trêmula e insegura, mas com toda a noção de que ainda existe um futuro para ser vivido.

Agora eu sei por que embarquei nessa viagem. Eu precisava ficar em paz comigo mesma. Não há nada como a paz de espírito, Anne. Nada.

Enquanto dirijo pela Interestadual 65 em direção ao norte, o céu do Alabama está limpo e sem nuvens, tão luminoso quanto uma das telas da mamãe. Eu me sinto protegida, por inteiro, em todos os meus pedacinhos quebrados sob este azul. É incrível olhar para esta terra, este país abençoado por Deus. Papai parece pairar por ali, sussurrando para mim que tudo vai ficar bem, com os dedos grossos sobre minha sobrancelha. Ele sempre esteve comigo, e agora não é diferente.

Atrás de mim, no horizonte, está minha comunidade – Montgomery, Centennial Hill, meus amigos, pessoas queridas –, todos aqui neste lugar que me colocou no mundo. Essa é sua linhagem, minha filha querida, a sua história. Muito mais poderosa do que sangue. A história dessas irmãs e do que aconteceu em Montgomery em 1973 é uma história que você compartilha com pessoas que nem sequer conheceu. Elas são sua família, tanto quanto eu.

Você agora tem a idade que eu tinha naquela época, e espero que se beneficie da sabedoria resultante dos nossos erros. Esse conhecimento, esse triunfo... se deixarmos, pode fortalecer a todos nós.

Se deixarmos.

Nota da autora

Este romance é uma obra de ficção livremente inspirada no caso real de Relf *vs.* Weinberger. Em junho de 1973, Minnie Lee e Mary Alice Relf, irmãs de doze e quatorze anos, foram esterilizadas sem consentimento em Montgomery, no Alabama, por uma agência subsidiada pelo governo. Indignada com essa violação terrível, a assistente social delas, Jessie Bly, fez a denúncia para um promotor local. A certa altura, o caso foi transferido para a corte federal, em Washington. O advogado principal das reclamantes foi Joseph Levin Jr., do Southern Poverty Law Center (Centro de Direito da Pobreza do Sul). Este caso é considerado um momento fundamental na história de injustiças com relação aos direitos reprodutivos, porque deu destaque às milhares de mulheres pobres e negras de todo o país que foram esterilizadas por programas subsidiados pelo governo federal.

Quando descobri sobre este caso, fiquei particularmente chocada pelo fato de ter acontecido apenas um ano depois da Associated Press publicar uma matéria de denúncia sobre como o governo federal deixou de oferecer tratamento para sífilis a centenas de homens negros do interior do Alabama, em um estudo da Universidade Tuskegee que durou quarenta anos. Os dois casos levantaram discussões nacionais sobre ética médica e racismo, mas o que permitiu que esse tipo de coisa acontecesse em plena luz do dia, à vista de todos? Comecei a fazer perguntas sobre culpabilidade e silêncio, às quais os documentos de arquivo não conseguiam responder.

Minha incapacidade de deixar essas perguntas para lá resultou em três anos de pesquisa e, em última instância, neste romance. Ávida por respostas, fui até Montgomery para conversar com Joseph Levin e Jessie Bly, que foram muito generosos ao dispensar seu tempo para mim. Sou sempre levada pela curiosidade, e de repente me vi pensando sobre as enfermeiras que trabalhavam na Clínica de Planejamento Familiar de Montgomery. Como foi que elas lidaram com o que tinha acontecido sob sua responsabilidade? Nunca consegui encontrar relatos de enfermeiras que trabalharam lá durante esse período, então decidi imaginar como teria sido. Foi assim que criei as personagens de Civil Townsend e das outras enfermeiras da clínica.

É importante destacar que *Me leve pela mão* não é uma descrição destes eventos; em vez disso, usei os registros históricos como inspiração para imaginar os impactos emocionais deste momento e de outros.

As questões éticas e morais que abordo em *Me leve pela mão* seguem relevantes até hoje. Em 2013, o Centro de Jornalismo Investigativo revelou que, entre 2006 e 2010, quase cento e cinquenta mulheres encarceradas em prisões estaduais na Califórnia foram esterilizadas sem aprovação oficial. Um ano depois, a Associated Press publicou uma reportagem sobre vários casos de promotores em Nashville, no Tennessee, que sugeriam o controle permanente de natalidade como parte dos acordos judiciais. Em 2020, um informante alegou que mulheres imigrantes detidas pela Agência de Imigração e Alfândega estavam sendo esterilizadas à força, sem consentimento, em centros de detenção norte-americanos. Na verdade, a esterilização compulsória de detentos "inaptos" em instituições públicas ainda é protegida a nível federal pela decisão da Suprema Corte no caso Buck *vs*. Bell, de 1927.

A *justiça reprodutiva*, uma expressão cunhada por feministas negras numa conferência em 1994, continua sendo uma ilusão para mulheres afro-americanas que têm dificuldade de acessar serviços de saúde com preços acessíveis graças às desigualdades sociais e econômicas. A taxa de abortos entre as mulheres negras é cinco vezes maior do que entre as mulheres brancas. Mulheres afro-americanas têm de três a quatro vezes mais chances de morrer no parto. Além disso, enfermidades que afetam muito mais as mulheres negras, como por exemplo o mioma uterino, recebem pouquíssimos recursos de pesquisa do governo. Minha esperança é que este romance provoque discussões sobre a culpabilidade em uma sociedade que ainda considera pessoas pobres, negras e deficientes como inaptas para a maternidade. Em um mundo inundado de informações sobre essas tragédias e outras mais, eu ainda acredito com fervor no poder da literatura (e de seus leitores!) para chamar atenção, influenciar corações e impactar vidas.

AGRADECIMENTOS

Primeiramente quero agradecer a vocês – meus leitores – por esperarem com tanta paciência pelos meus livros. Recebi mensagens de muitos de vocês desde que meu primeiro romance, *Wench*, foi publicado. Suas palavras de encorajamento me incentivaram a continuar, mais vezes do que vocês imaginam. A paixão de vocês pela história me inspira. A ânsia por mais um clube de leitura me motiva. Eu devo tanto a vocês, e quero que saibam que estão sempre na minha mente e no meu coração.

Não é todo mundo que tem a sorte de trabalhar com a mesma agente literária por quinze anos. Eu sou uma dessas autoras sortudas que encontrou não apenas uma agente, mas uma amiga e irmã para toda vida, além de uma musa criativa, na pessoa de Stephanie Cabot, da Susanna Lea Associates.

Este livro não teria sido escrito sem a generosidade de Joseph Levin Jr. e Jessie Bly. Os dois compartilharam comigo tudo de que se lembravam e, por isso, eu sou muito grata. Tomei liberdade com a história, é claro, como qualquer boa romancista faria, mas as suas respostas para as minhas perguntas abriram meus olhos para a seriedade deste momento. Vocês são duas das pessoas mais especiais que já conheci.

Agradeço ao Southern Poverty Law Center por ter assumido este caso e muitos outros que foram fundamentais para reparar as injustiças do nosso país ao longo dos anos.

Com o máximo respeito, quero demonstrar meu apreço à família Relf, em especial a Minnie Lee e Mary Alice Relf. Que Deus continue a abençoá-los.

Fiz perguntas jurídicas infinitas a meus amigos advogados, embora eu seja a única culpada se houver algum erro: Kathy Smith, Milton Brown, Rashida LaLande, Tasha Hutchins, Tracy Colden, Jessica Waters, David Valdez. Obrigada a Nyoka Beede pelo apoio constante ao longo dos anos. Obrigada a Sharony Green por compartilhar um pouco da história do Alabama e sempre usar meus livros em aula. Obrigada a Regina Freer por ser minha caixa de ressonância intelectual. O espírito generoso de Terry McMillan é tão vasto e profundo quanto o oceano. As primeiras leitoras dos primeiros rascunhos foram Sarah Braunstein e Sarah Trembath. Não me parece coincidência que essas duas Sarahs brilhantes tenham sido fundamentais para me ajudar a entender qual era a história que eu queria contar. Este livro finalizado provavelmente é bem diferente dos manuscritos que vocês leram, e isso se deve muito à ajuda que me deram para que eu pudesse compreender minha visão. Eu recorri muito a estes autores em busca de inspiração e amparo ao longo dos últimos anos: Tina McElroy Ansa, Naomi Jackson, Lauren Francis-Sharma, Marita Golden, Lalita Tademy.

Uma menção especial para Randall Kenan, *in memoriam*, que anos atrás me incentivou a escrever sobre as dinâmicas de classe social entre os negros no sul. Sinto sua falta, Randall.

Dorothy E. Roberts, autora de *Killing the Black Body*, tem sido uma voz essencial no aprendizado a respeito da justiça reprodutiva. Devo muito ao trabalho dela e de muitas outras pessoas.

Sou grata de verdade aos meus amigos, aliados, colegas e alunos do departamento de literatura da Universidade Americana, que são a comunidade mais amistosa e solidária em que eu já estive no mundo acadêmico. Obrigada ao Retiro de Escritores Rowland – e a Pleasant Rowland – por me dar uma cama quentinha, uma vista incrível e uma quantidade ilimitada de xícaras de chá enquanto eu trabalhava neste manuscrito.

Não estou exagerando quando digo que a Berkley Books tem a equipe dos sonhos: Ivan Held, Claire Zion, Craig Burke, Jessica Plummer,

Lauren Bernstein, Sareer Khader, Jeanne-Marie Hudson, Jin Yu, Dache' Rogers e Elisha Katz. E, claro, preciso agradecer especialmente à minha editora, Amanda Bergeron, por acreditar em mim, neste livro e nesta história. Adoro trabalhar com você, Amanda.

Por fim, quero agradecer à minha família: minha mãe, Barbara, minha primeira fã e apoiadora; meu pai amado, já falecido, que sempre encorajou os devaneios da minha cabeça; meu irmão, Harry, que sempre me protegeu; meu cunhado, Roscoe, que é muito leal. E para minha querida irmã, Jeanna: você será para sempre meu anjo, para sempre minha melhor amiga, e eu sinto sua falta. Um monte de membros da família Jones – sobrinhas, sobrinhos, tias, tios, primos – me mantém com os pés fincados no solo rico de Memphis. Minha família Aparicio em Los Angeles alimenta minha alma. Não tenho palavras para expressar a gratidão ao meu marido e parceiro de vida, David, que escuta pacientemente todas as frustrações, todas as ideias para uma história, todos os bloqueios, todos os triunfos. Você é a minha fortaleza. Samanta, Monica, Ana e Paty: obrigada por cuidarem das minhas meninas. Por falar em minhas meninas, Elena e Emilia, espero que carreguem essa história em seu coração. Essa também é a linhagem de vocês.

A primeira edição deste livro foi impressa nas oficinas da
DISTRIBUIDORA RECORD DE SERVIÇOS DE IMPRENSA S.A.
Rua Argentina, 171, Rio de Janeiro, RJ, para a
EDITORA JOSÉ OLYMPIO LTDA., em julho de 2025.

*

94º aniversário desta Casa de livros, fundada em 29.11.1931.